DANGEROUS

DU MÊME AUTEUR

Mad, Fleuve Éditions, 2018 ; Pocket, 2019
Bad, Fleuve Éditions, 2019 ; Pocket, 2020

CHLOÉ ESPOSITO

DANGEROUS

Traduit de l'anglais (Grande-Bretagne)
par Laura Contartese

fleuvenoir

Titre original :
Dangerous to know

ISBN : 978-2-265-11712-9

Dépôt légal : juin 2021

Pour Richard

« Et que servirait-il à un homme
de gagner tout le monde, s'il perdait son âme ? »
Bible, Matthieu 16,26
(trad. Louis Segond)

« J'ai marché si avant dans le sang que si je cessais
maintenant de m'y plonger, retourner en arrière serait
aussi fatigant que d'aller en avant. »
Macbeth, William Shakespeare
(trad. François Guizot)

« Méfie-toi, car je suis sans peur
et donc puissant. »
Frankenstein, Mary Shelley
(trad. Émilie Bourdarot)

SOMMAIRE

PROLOGUE

J'ai des défauts. Comme tout le monde, non ? C'est quoi, vous, votre pire défaut ? Le mien, c'est que j'aime trop. Je fais des trucs dingues par amour, des trucs fous, mauvais, dangereux.

On dit que le temps guérit tout. C'est un mensonge.

Ça fait un an.

Promis, mon prince des ténèbres, je me rachèterai.

Je l'aimais et je l'ai tué. Eh ouais. *La plus grosse bêtise de ma vie.* Nous étions des amants maudits, comme Roméo et Juliette, sauf que je suis toujours en vie. Nino est le premier homme que j'aie aimé, et le premier qui m'ait aimée (si l'on excepte Channing Tatum, évidemment, mais dans son cas c'était plutôt à sens unique).

C'est ma faute si Nino est mort. Il ne se passe pas un jour sans qu'il me manque.

« Ne jugez pas afin de ne pas être jugés. » C'est Jésus-Christ qui l'a dit. Alors ne commencez pas à me juger simplement parce que j'ai tué un mec.

Je ne prétends pas être parfaite. J'ai avoué ma bêtise. Mais si vous aviez été dans ma (magnifique) peau, vous auriez fait la même chose.

Quand je ferme les yeux, il est là, qui me chuchote à l'oreille. Sa voix est pareille au vent. Nino me parle, omniprésent : « Alvie, Alvie, Alvie… »

Je l'aime comme un opiacé, comme une drogue qu'il suffit de goûter une seule fois pour y devenir accro à vie ; rien d'autre ne sera jamais aussi bon, ni aussi douloureux. C'est ça, l'amour.

À moi de réparer les dégâts, maintenant. Je sais ce que j'ai à faire.

Peut-être que deux fautes s'annuleront ?

Je vais tuer UNE DERNIÈRE FOIS. Pour Nino.

Il m'a confié que le milliardaire Ed Forbes était responsable de la mort de son père. Ed, Eddie, vieux chenapan. Ton heure est venue, mon chou.

Un ultime meurtre et ce sera terminé. Je raccrocherai mon flingue.

(Il ne vous est jamais arrivé, à vous, de commettre une mauvaise action pour une bonne raison ?)

Après ça, fini les bêtises. Fini d'être une catastrophe ambulante. Je laisserai l'ancienne Alvie derrière moi. Je me transformerai, à la manière d'un papillon. Je serai différente. *Transfigurée.*

À quoi ça sert d'être vivante sinon ?

« Une vie sans examen ne vaut pas la peine d'être vécue. » Ça, c'est du Socrate.

Et Socrate, c'était pas le dernier des idiots.

PARODOS

Dimanche 24 juillet, 13 heures
Auberge de jeunesse, Archway, Londres

Je roule sur le lit superposé pour attraper mon sac Birkin. J'en sors mon faux passeport et j'étudie la fille qu'il identifie. Il y a une photo de moi. Elle a été prise il y a environ un an dans un Photomaton à Rome, dans un quartier du nom de Trastevere. J'ai les cheveux roses et un nez tout neuf (je venais de subir une rhinoplastie en urgence pour que la police ne me reconnaisse pas). Je porte un vieux tee-shirt Balenciaga et j'arbore un bronzage d'une perfection qu'on ne peut qualifier que de criminelle.

Avec un soupir, je caresse la joue de cette fille. Son visage est familier, mais elle me semble en même temps étrangère, bizarre ; comme si ce n'était pas moi. La teinture rose s'est estompée depuis longtemps et le superbe hâle est parti aussi. Et puis, d'après ce qui est écrit, il ne s'agit pas de moi, Alvina Knightly, mais d'une certaine Siobhán. Siobhán Faelan. (Je ne sais même pas comment ce prénom se prononce. « Si-o-bane » ? « Chou-vone » ?) Je lis les dates notées dans le livret bordeaux : j'ai désormais trois ans de moins, et je suis irlandaise. Je suis apparemment née à Cork un 22 août et, selon les tampons, j'ai visité les Bahamas.

Je ne vais pas vous mentir : j'ai très peu de souvenirs de l'année écoulée. Elle est floue, comme un tableau de Monet ou de n'importe quel autre impressionniste. Il y a bien quelques flashs rouges : une bouteille de Smirnoff, le sang de Nino sur les draps… Mais sinon, les couleurs sont globalement très fades : le gris du ciel londonien, le blanc cassé du plafond de l'auberge à travers mes paupières mi-closes, le beige sale de la moquette et le blanc d'un rail s'étirant sur des kilomètres et des kilomètres à destination de nulle part. Un visage blafard, aussi. Le mien ? Il s'est passé des trucs. J'ai eu des absences. De la cocaïne… C'est tout ce que je sais. On dirait ce film, là, *Very Bad Trip*, où des types se réveillent à Las Vegas un lendemain de fête sans plus rien se rappeler parce qu'on a versé du rohypnol dans l'alcool qu'ils ont bu. Moi c'est pareil, mais sur un an.

(Comment Elton John et Keith Richards ont-ils réussi à écrire leur biographie ? Ils ont dû abuser de la licence poétique, je ne vois que ça.)

Le moment est arrivé de devenir Siobhán. Je veux terminer en apothéose. Un dernier meurtre. Le meurtre de ma vie. Le meurtre du siècle. J'ai perdu trop de temps dans ce trou à rats. Je vais accomplir une action audacieuse et romantique. Pour lui.

Je ferme les yeux et me rallonge en glissant une main dans ma culotte. Bob occupe le lit du dessous, et Roxy ronfle juste à côté, mais je m'en fous royalement : j'ai trop besoin de jouir.

Je chevauche les vagues de mon orgasme en visualisant la queue de Nino.

Putain, ce qu'elle était belle. Mais pourquoi fallait-il qu'il meure ?

Il n'est plus là pour tuer Ed, alors c'est moi qui m'en chargerai. *Œil pour œil, dent pour dent.* C'est le moins que je puisse faire, après lui avoir collé une balle en pleine poire (je m'en veux toujours...).

Ed Forbes n'est pas seulement le type qui a assassiné le père de Nino. Il se trouve qu'il est riche, en plus, ce qui pourrait se révéler utile. Le fait qu'il soit milliardaire n'entre pas en ligne de compte, bien sûr ; je le liquiderais tout pareil s'il était fauché. Ce n'est pas une question d'argent. Mais si je parviens à mettre la main sur sa fortune au passage, je pourrais me payer une nouvelle vie. Avec un milliard de livres, j'aurais même de quoi m'acheter une île privée ! Je me ferais remodeler le visage pour avoir celui de Kylie Jenner (comme Nicolas Cage et John Travolta dans *Volte-face*). Je suivrais l'exemple de Michael Jackson et changerais la couleur de ma peau : de blanche à noire, puis de noire à blanche, et de nouveau noire. J'embrouillerais complètement les flics. Ils ne me débusqueraient jamais. Tous mes crimes, vols, incendies et autres délits resteraient impunis.

Oui, avec du fric, on peut tout faire. C'est le seul moyen.

Je prends mon téléphone et télécharge l'appli Basecamp. C'est un outil de gestion de projet que je compte utiliser pour mener à bien ma nouvelle mission. Je rédige ma liste de choses à faire. Elle est simple, mais efficace :

1. Devenir Siobhán.
2. Trouver Ed.
3. Tuer Tiff (sa femme).
4. Séduire Ed.
5. Épouser Ed.
6. Tuer Ed, dépenser tout son blé en fringues et me planquer pour échapper à la police.

Il n'y a pas à dire, c'est ultra professionnel. Parfaitement organisé. Je remets le téléphone dans mon sac. J'ai une envie pressante de pisser. Je descends de mon lit et sors dans le couloir pour me rendre aux chiottes.

Je jette un coup d'œil par la double porte. Il y a un flic à la réception. Je me fige sur place. Il tourne la tête vers moi, nos regards se croisent un instant, puis il se détourne. Je me précipite dans les toilettes, pousse le verrou et grimpe sur la cuvette.

— Merde, ils ont fini par me repérer ! je jure à haute voix.

Je me faufile par la fenêtre en m'éraflant les tibias sur les briques. Mon cœur me mitraille la poitrine, j'ai la respiration rauque d'un plongeur asthmatique en manque d'oxygène. Alors que je me relève sur la pelouse, un écureuil énorme me coupe la route. Je perds l'équilibre et tombe la tête la première dans la boue.

— Saloperie !

Je traverse Archway Road en courant, sous les imprécations des chauffeurs de bus, et me poste derrière la vitrine d'une sandwicherie Greggs pour épier l'entrée de l'auberge. J'attends, en nage, pantelante, mon souffle couvrant le verre de buée. Impossible de m'acheter un feuilleté à la saucisse. Ça me ferait pourtant très, très plaisir, mais je n'ai pas de monnaie sur moi. Et si j'en volais un ? Le parfum chaud et délicieux de la pâte et de la charcuterie m'emplit les narines. Je pousse un petit gémissement, consciente que je vis peut-être mes ultimes instants de liberté.

— Je suis foutue.

La police me recherche. Forcément, ce n'était qu'une question de temps. J'ai tué un paquet de gens l'année dernière pendant mes vacances en Italie.

La vendeuse derrière la caisse me demande si tout va bien.

Je fais oui de la tête. Je n'arrive pas à décrocher un mot, ni même à la regarder. J'observe mes mains : elles tremblent. Ma gueule de bois atteint des sommets. La sueur serpente le long de mon dos tandis que la bile remonte dans mon œsophage.

Enfin, je vois le flic émerger du bâtiment. Il inspecte les deux côtés de la rue, fronce les sourcils, puis grimpe dans sa voiture. Une fois qu'il a disparu, je ressors de la sandwicherie. Je prends une grande goulée d'air, redresse le menton puis me dirige en vitesse vers l'auberge. Et s'il avait laissé un piège à mon intention ? Un mouchard ? Une caméra cachée ? Il faut pourtant que j'aille récupérer mon téléphone, mon fric, mon faux passeport...

— Qu'est-ce qui se passe ? Pourquoi il était là, ce flic ? je lance à Darragh, le réceptionniste.

Il lève les yeux de l'écran sur lequel il est en train de jouer.

— Comment ça se fait que tu es couverte de boue ?

Je l'ignore, me raidis et serre les mâchoires, prête à m'entendre dire : « Il t'a réclamée. Je ne sais pas pourquoi, mais ça semblait important. Il a visité les chambres et tout. Il revient ce soir. »

Au lieu de ça, il répond :

— J'ai appelé la police parce qu'il y avait un écureuil agressif qui importunait les résidents.

Je cligne des yeux.

— Hein ? Un *quoi* agressif ?

— Un écureuil qui rôdait près de l'entrée. Des clients se sont plaints.

Je sonde son visage. Il a l'air sérieux, mais il est possible qu'il se paie ma tronche.

— Tu as fait venir les flics pour un écureuil ?

— Parfaitement. J'ai envisagé de contacter la protection des animaux ou un dératiseur, mais je me suis dit qu'il était important que la police sache à quel point la faune locale a basculé dans la délinquance. Ça fait vraiment peur.

Je reste sans voix et notre conversation s'arrête là. Darragh se replonge dans son jeu, *Black Ops 4* ou un truc du même style, alors je tourne les talons et regagne le couloir en direction du dortoir que je partage avec cinq autres larves.

Argh ! Je déteste cet endroit puant. Je loge ici depuis presque un an, depuis que je suis rentrée de Rome en avion avec le passeport de Siobhán. Je grimpe sur mon lit superposé, m'allonge et contemple le plafond. Je mets de la boue plein les draps, mais j'ai d'autres soucis en tête. Je me penche par-dessus le rebord avec un haut-le-cœur, mais rien ne sort. Pas encore. Bob comate toujours dans le lit du bas ; il ronfle comme si on l'étranglait et je vois un pied sale dépasser de sous sa couverture.

Mon rythme cardiaque revient progressivement à la normale. J'ai eu du bol. Cette fois, c'était pour un écureuil caractériel, mais la prochaine ce sera sans doute pour moi qu'ils se pointeront. Ça me pend au nez, je le sais. Je le sens. Je suis tel un renard traqué par une meute de vieux aristos. Ce n'est pas mon imagination, je ne suis pas parano. C'est ma vie, vous voyez. Si on peut appeler ça une vie. Je me tiens à carreau, bien sage, je ne fais pas de vagues. Mais me planquer plus longtemps ne m'avancera à rien ; il faut maintenant que j'agisse.

Avant tout, je dois me tirer de là. Je ne suis plus en sécurité. Il vaut mieux que je bouge. Je vais récupérer mon pognon et mettre les voiles. Allez, c'est parti ! Je redescends du lit en m'éclatant l'orteil contre l'échelle. Je ramasse mon sweat à capuche qui traînait par terre et je rejoins mon casier en lorgnant d'un sale œil les lumières trop vives et en tâchant de ne pas vomir.

J'ouvre mon casier et je retire le double fond pour laisser paraître… *rien*. Je n'ai plus un rond. Merde ! Où est passé mon fric ? En lieu et place de mes liasses de billets, il y a un papier de chewing-gum, des Pringles en miettes, un string que j'avais complètement oublié et un ticket de caisse froissé, témoin de l'achat de six bouteilles de vodka chez Tesco. Où sont tous mes biftons ?

— Fait chier !

Je suis presque à sec. Je rassemble les quelques pièces qui me restent : 9,58 livres. C'est sûrement un des résidents – Bob ou le type avec la toile d'araignée tatouée sur la figure et le cou – qui m'a dévalisée.

Ah non ! Ça me revient peu à peu : c'est moi qui ai tout dépensé. Il y a un an, j'ai vendu les diamants de ma sœur pour deux cent mille livres, et depuis j'ai vécu dessus. Jusqu'à aujourd'hui. J'ai eu ma chambre à payer. Mes nombreuses emplettes chez Gucci, Prada et Vuitton (être aussi classe, ce n'est pas donné). Et les tickets de loterie que j'ai achetés ces derniers temps (j'ai gagné dix livres samedi soir, mais j'en avais déboursé douze pour les tickets : une réussite mitigée). Mes baskets personnalisées, qui m'ont coûté mille livres. Sans compter les manucures, pédicures, sacs, chaussures (je raffole des chaussures et des sacs). D'ailleurs, j'ai craqué pour un splendide sac Birkin Hermès vintage. Tout le monde l'admire ; il valait bien ses cent mille livres. Je commande aussi sans arrêt à manger chez Deliveroo, Uber

Eats et Just Eat. Plus tous les brunchs et les déjeuners : tartines à l'avocat et *caffè latte*.

Ça craint. Ça craint sérieusement. Je n'ai même plus les moyens de me nourrir. C'est un violent coup de pied au cul. C'est même un message : il est temps d'arrêter l'alcool. L'univers a parlé.

PREMIER ÉPISODE

Dimanche 31 juillet, 13 heures
Auberge de jeunesse, Archway, Londres

Le premier élément de ma liste Basecamp est : « 1. Devenir Siobhán ». Il m'a fallu la semaine entière pour me faire à l'idée que je suis irlandaise. Ça me va, hein, je n'ai rien contre. Mais c'est quand même un peu perturbant, après vingt ans et des poussières à ne pas être irlandaise. C'est déroutant, quoi.

J'ai effectué des recherches approfondies sur le sujet. J'ai regardé des tas d'épisodes de *Father Ted*, les six saisons de *Ballykissangel*, et j'ai développé une obsession franchement morbide pour Colin Farrell jeune.

Je prends très au sérieux ce changement d'identité. Si je veux faire croire aux services secrets britanniques – Interpol, MI5, MI6, etc. – que je suis Siobhán et non plus Alvina Knightly, il faut que j'en sois moi-même persuadée. Je dois être aussi convaincante qu'une grande actrice de l'Actors Studio : Michelle Williams en Marilyn Monroe, Natalie Portman en Jackie Kennedy ou Christian Bale en Batman. Autrement, ça ne marchera pas.

Le rose de mes cheveux sur la photo du passeport n'est clairement pas une teinte naturelle, tout agent de Sa Majesté s'en rendrait compte à moins d'avoir une case en moins. Mes investigations sur Google concernant l'Irlande m'ont appris que sa population est celle qui contient la plus grosse proportion de roux de la planète. Roux, et pas rose, c'est le hic. Ce n'est pas la même chose. J'ai donc décidé que la vraie couleur de Siobhán serait carotte, comme Florence Welch de Florence and the Machine, ou les modèles peints par Dante Gabriel Rossetti et autres préraphaélites. Après avoir passé trois jours à me teindre les cheveux, les sourcils et les poils pubiens en orange, je peux affirmer en toute sincérité que je me sens pleinement rouquine, et je sais désormais ce qu'éprouvent le prince Harry et Geri Horner, née Halliwell, alias Ginger Spice.

Au début, j'ai eu peur de devoir apprendre l'irlandais. Vous imaginez mon soulagement quand j'ai découvert qu'en réalité, la plupart des Irlandais parlent anglais, mais avec un accent. Ça m'a fait économiser du temps, du travail et de l'argent. Pas besoin de cours de langue ni d'applis spécialisées. C'est une bonne nouvelle parce que ça me soûlait d'avance. Par contre, je me suis beaucoup amusée à perfectionner mon accent irlandais et à le tester sur d'innocents quidams. Un entraînement utile, puisqu'il m'est arrivé une fois ou deux d'oublier mes nouvelles origines et de revenir à mon accent anglais, ou pour être plus précise mon accent du Gloucester tirant sur le londonien. L'autre jour, je discutais avec une fille dans la queue de la soupe populaire, et elle m'a fait :

— Hein ? Je te croyais irlandaise !

— Ah oui, merde ! ai-je dit. Oui ! Euh, je veux dire, non ! Enfin, oui. Je suis à moitié irlandaise seulement.

Elle a opiné du bonnet, comme si ça expliquait les fluctuations de mon accent. Pour être franche, j'ai paniqué. J'ai récité la formule typiquement irlandaise : « Que le chat te mange et que le diable mange le chat ! » Je ne sais pas trop ce que ça signifie, mais ce n'est sans doute pas très gentil parce qu'elle ne m'a plus adressé la parole après, ce dont je n'ai pas trouvé à me plaindre par ailleurs.

Ce que je préfère, dans l'irlandais, c'est le mot *wee*. Eux ne l'utilisent pas pour dire « pipi » comme en anglais, mais pour dire « petit ». Tout semble plus mignon avec cet adjectif. C'est comme avec « chouia ». Par exemple : « Je vais me faire opérer, on va m'enlever un chouia d'utérus. Oh, rien de grave du tout. » Ou encore : « Tiens, je verse un chouia de ricine dans ton thé. Ça va te tuer, mais juste un chouia, promis. »

À ce propos, j'ai aussi découvert que les Irlandais ont une passion pour le thé et qu'ils pensent que ça guérit tout. « Empoisonné ? Buvez une tasse de thé ! » « Décapité par Daech ? Buvez une tasse de thé ! » Vous voyez le genre. Depuis que je suis devenue Siobhán, j'écluse six ou sept tasses par jour, et je ne sais pas si ça guérit tout, mais ça fait drôlement pisser.

J'ai visionné plein de fois le spectacle *Riverdance* sur YouTube. J'ai décidé que Siobhán adore chanter, danser, écouter The Corrs, et que, étant petite, on lui a imposé des cours de danse irlandaise pendant des années. Du coup, je m'entraîne à bouger comme Michael Flatley dans les toilettes communes de l'auberge quand il n'y a personne. Je mets de la musique traditionnelle à fond sur mon téléphone et je tape des pieds en gardant les bras plaqués le long du corps. Si des résidents arrivent, j'arrête la vidéo et je fais semblant d'écraser des insectes sous mes semelles. « Saletés de fourmis ! », je grogne, ou un truc du même style, et ils n'y voient que du feu. Désormais, je reproduis presque à l'identique les cinq premières minutes de la chorégraphie de *Riverdance*, et je suis sûre que si un spécialiste de la discipline me demandait une démonstration en guise de preuve de ma nationalité, je serais capable de donner le change.

Siobhán ayant trois ans de moins qu'Alvie, elle a forcément une peau fabuleuse, resplendissante, sans la moindre ride. Mardi, j'ai alors mis au clou un sac de luxe (un Lady Dior bordeaux), et je suis allée dans un institut me payer un peeling chimique. J'ai aussi subi une « microdermabrasion », technique consistant à aspirer les cellules mortes du visage après les avoir raclées avec des lames de rasoir miniatures. J'ai maintenant la tronche botoxée, comblée et repulpée de partout, si bien que je ne peux plus bouger les muscles du front, ce qui est une bonne chose.

Puisque Siobhán est beaucoup plus jeune qu'Alvie, on pourrait la croire plus dynamique, plus saine, avec des fesses en béton, un ventre plat et pas l'ombre d'une poignée d'amour. Pourtant, jusqu'à aujourd'hui, elle a négligé l'activité physique et vieilli prématurément. Elle a refusé de faire du sport. Elle s'est alimentée exclusivement de Guinness et de pommes de terre, sa boisson favorite étant une larme de crème de whisky dans une pinte de bière.

En fait, ce breuvage est le remède idéal à ses accès réguliers de « grippe irlandaise », autrement appelée « gueule de bois ». Selon l'Organisation mondiale de la santé, les Irlandais se classent deuxièmes parmi les plus grands pratiquants de *binge-drinking* – entendez « biture express » – au monde, juste derrière les Autrichiens ; et je suis sûre qu'ils pourraient rattraper leur retard avec un entraînement intensif et un bon approvisionnement en ibuprofène et en petits déjeuners complets. Figurez-vous que ces gens mettent même du whisky dans le café. Ils sont capables de tout.

D'après les images satellite de Google Maps, Cork se situe dans un coin de pays verdoyant que je me représente comme une campagne paumée, tranquille, préservée. En tant que fille de la campagne, Siobhán doit aimer la nature et les chevaux. J'ai étudié la faune et la flore indigènes d'Irlande, et je peux nommer les deux cents variétés de pommes de terre qui existent (la patate est originaire du Pérou, et non de l'Irlande, mais on n'est jamais trop prudent).

Siobhán est une fervente catholique, très pratiquante. Je suis donc allée à la messe tous les jours cette semaine, à St Joseph, l'église du quartier voisin de Highgate, et j'en suis à appeler le prêtre par son prénom (Sean. Il est canon : un neuf sur dix !). Je mets un point d'honneur à porter un chapelet sur moi et à prier haut et fort la Vierge Marie chaque fois que quelqu'un entre dans la chambre de l'auberge et me surprend en train de me caresser devant Colin Farrell.

Enfin, j'ai pensé qu'il serait approprié de m'acheter un petit leprechaun en plastique que j'ai accroché à mon téléphone. Cette espèce de lutin accroupi au pied d'un arc-en-ciel et qui tient dans ses mains un chaudron rempli de pièces d'or est un porte-bonheur de très bon goût. Sans oublier qu'il a été très efficace jusqu'ici, puisque je n'ai pas encore été arrêtée pour les vingt et quelques meurtres que j'ai commis, ni pour aucun autre de mes délits, dont celui d'avoir fait sauter un hôtel.

Ma métamorphose en Siobhán est terminée. Je maîtrise l'irlandais comme une pro, on croirait entendre Saoirse Ronan. J'ai même ouvert un compte en banque sous mon nouveau nom. Il est temps de diriger mon attention sur le deuxième point de ma liste : « 2. Trouver Ed ». Hmm, c'est là que ça se corse.

Je lance Google sur mon portable. (Le wi-fi de l'auberge est merdique. Internet est si lent que je ferais aussi bien d'aller dans une bibliothèque emprunter un bouquin illustré en noir et blanc au fin fond d'une réserve.) Après un moment passé sur Facebook à parcourir des posts sur le Brexit, les dernières élucubrations des politiciens et des photos de bébés partagées par de jeunes mamans, je fais une recherche d'images sur « Ed Forbes » (je l'ai déjà fait des tas de fois, mais l'espionnage en ligne n'est pas un crime, à ce que je sache). Le premier résultat montre un bel homme d'âge mûr. Il a soixante ans, mais en paraît dix de moins, une sorte de George Clooney rasé de près. Il est super sexy, bien que très vieux. Harrison Ford en plus mince. Je clique sur la page Wikipédia d'Edwin Forbes. Une autre photo. Je zoome dessus. Il a les yeux bleu clair et un sourire charmeur. L'article dit qu'il a fait fortune dans la finance, grâce à des fonds investis dans quelque chose qui a un rapport avec une « couverture ». C'est un des plus grands collectionneurs d'art du monde, il possède sa propre galerie à Mayfair. Il est marié avec Tiffany (née le 9 août 1985 à Chelsea, au Royaume-Uni). Premier mariage, pas d'enfants. Ils sont unis depuis sept ans. Parfait, j'arrive pile pour la fameuse crise des sept ans !

Je rentre l'URL du site web de Tiffany. Elle est célèbre en tant qu'épouse d'Ed, à l'instar de Melania ou de Kate, mais en plus talentueuse. Elle était mannequin pour des catalogues avant son mariage avec Mister Bling. Maintenant, elle donne dans le caritatif ; il y a un lien qui renvoie au Dogs Trust, une association qui vient en aide à des chiens. Mais la vraie raison de mon coup de foudre pour elle, c'est son vlog – pour ceux qui auraient besoin d'un décodeur, il s'agit d'un blog vidéo – complètement démentiel : *Breakfast with Tiffany*. Un croisement entre *Oprah* et *Goop*, avec une touche de *Je suis une célébrité, sortez-moi de là !* et le glamour excentrique de *RuPaul's Drag Race*. C'est ma nouvelle émission préférée. Tiff met en ligne quotidiennement des vidéos sur des sujets mystiques comme les boules de geisha, le chou kale et la méditation du Dzogchen. Je regarde son vlog tout le temps. (Certains utilisent l'expression « tout le temps » à la légère, même pour des trucs qu'ils font deux fois par mois ou une fois par semaine. Moi, quand je dis « tout le temps », je veux vraiment dire « en permanence ». En clair, je ne fais rien d'autre. Vu que je n'ai pas de boulot, je reste en tête à tête avec Tiffany sur mon Samsung.) C'est bizarre, mais j'ai l'impression de la connaître. Et j'ai le sentiment qu'elle me connaît aussi.

Suivre le vlog de Tiffany m'aide également pour mon projet Basecamp : ce sera plus facile de conquérir le cœur d'Ed si j'apprends à me comporter comme son épouse. Parce qu'il a sans aucun doute un type de femme. Donc si j'arrive à lui ressembler un peu, une fois qu'elle sera morte et enterrée, je mettrai le grappin sur lui.

Siobhán aussi, elle adore *Breakfast with Tiffany*. Elle est profondément mystique, et entre nous, elle a clairement des problèmes à régler. C'est une loque humaine. Il faudrait qu'elle arrête l'alcool et la drogue… et qu'elle se mette au kale et au kombucha. La méditation et le yoga ne lui feraient pas de mal non plus. Histoire que son corps devienne un sanctuaire. Ce qui est sûr, c'est que pour réussir son coup, Siobhán doit se transformer, comme ce type qui s'est changé en cafard.

Je vais sur le vlog de Tiffany et je me repasse la vidéo sur les chamans. C'est ma préférée. Dedans, elle accomplit une « quête de vision » dans une grotte en

Amazonie. Elle est assise par terre, en transe, et tape sur des tambours en compagnie d'un Péruvien jusqu'à ce qu'ils atteignent tous les deux un état modifié de conscience. Ensuite, le Péruvien et elle partagent une tasse de thé, et il lui offre un cadeau spécial : sa vieille sacoche de chaman. Fabriquée en museaux de renards cousus ensemble avec de la ficelle et de la fibre de coca. Très, très jolie… J'aimerais bien avoir la même. Il faudra que je guette les renards écrasés sur Archway Road pour m'en confectionner une.

J'ouvre Instagram sur mon téléphone et je trouve le compte de Tiffany Forbes. Je soupire. Qu'est-ce qu'elle est belle ! Pas de chance qu'elle doive mourir, mais je suppose que c'est un mal nécessaire. Un dommage collatéral. Sur le cliché, elle pose avec Ed devant l'entrée du Savoy. On voit les lettres argentées de l'enseigne et la statue dorée d'un type au-dessus. Je fais défiler ses photos. Il y en a une autre où ils sont là-bas. Et une autre, et encore une autre. Ils y descendent fréquemment. Je n'ai aucune difficulté à reconnaître l'hôtel grâce à son carrelage noir et blanc et à son rond-point juste devant l'entrée. Je n'y ai jamais mis les pieds, mais je suis passée devant des milliers de fois. Il me rappelle le Ritz (j'y suis allée une fois et je n'ai pas aimé).

Je like par inadvertance une de ses photos datant d'il y a dix mois.

— Non !

Merde !

Vite, je retire mon like. Ouf, heureusement que je m'en suis aperçue ! Ça aurait paru très bizarre. Elle m'aurait prise pour une folle.

Si je décrochais un boulot au Savoy et que j'y travaillais assez longtemps, Tiff et Ed finiraient bien par débarquer tôt ou tard. En attendant, ça me permettrait de me renflouer un peu et de conserver tous mes beaux sacs. Oui, voilà ce que je vais faire. C'est une excellente idée !

Mets ton plus beau slip,
Mon cher Mr Forbes. Siobhán
Se lance à tes trousses…

J'entends Taylor Swift chanter (ma sonnerie) et mon portable se met à vibrer. Je le sors de mon sac. Il affiche : « Mavis ». Ma mère. Depuis la mort de ma sœur, elle s'est mise à m'appeler régulièrement. J'imagine que Beth lui manque (je ne vois pas pourquoi) et qu'elle se rabat sur le second choix.

— Salut, maman. Quoi de neuf ?

— J'ai fait une lessive ce matin, et j'ai regardé un peu la télé.

— Oh, fantastique ! Comment va Ernie ?

Ernie est le fils de ma sœur. Il a deux ans (je crois). J'avais l'intention de l'adopter après le décès de Beth. J'aurais fait une maman formidable, aucun doute là-dessus, mais il n'aurait pas été en sécurité avec moi, à cause de toutes ces fusillades. Quand même, je regrette. Je pense que ça m'irait bien d'avoir un enfant (j'ai eu un petit chien à Rome et je suppose que c'est comparable). Il y a un lien particulier entre Ernie et moi. D'abord, il me ressemble beaucoup. Ensuite, il est évident qu'il m'aime plus que Beth. Je suis sa tata cool. Malheureusement, les flics sont à ma recherche, et je préfère ne pas ajouter le kidnapping à la liste de mes infractions. C'est ma mère qui s'occupe de lui depuis que j'ai tué ses parents. Le pauvre. Il aura besoin d'une longue psychothérapie.

— Et toi, tu ne fais rien, comme d'habitude ?

— C'est faux. J'ai composé un haïku.

— Pourquoi refuses-tu que je contacte un ami pour te trouver un emploi ?

— Un emploi ! Venant de toi, c'est un peu fort ! Tu n'as pas travaillé depuis les années 1980. (Elle aimerait sûrement que je bosse dans un bureau. Ou que je devienne comptable.) Je n'ai pas besoin d'aide pour décrocher un boulot. Je peux me débrouiller toute seule.

— Je connais quelqu'un. Il est riche. Il pourrait te donner un coup de pouce. Il…

— Eh, tu as vu l'heure ? Il faut que je me sauve. Je suis justement sur un grand projet. Ça devrait bientôt aboutir.

— Ne me dis rien : encore un poème ? Tu gâches ta vie. Tu perds ton temps à écrire de la poésie au lieu d'enfanter.

— Non, ce n'est pas un haïku. *(La garce !)* C'est une perspective de carrière lucrative. Tu m'appelais pour une raison précise ou seulement pour m'ennuyer ?

— Je voulais te tenir au courant, pour le procès.

— Ah, très bien…, fais-je en étouffant un bâillement.

L'an dernier, ma mère a été inculpée pour un meurtre qui remonte au début des années 1990. Celui de mon père, Alvin. Quand j'ai appris ça, j'ai eu un choc, bien sûr, mais après réflexion, je me suis dit que ça lui ressemblait bien. Ça ne m'étonne pas du tout.

— Comme tu le sais, je compte plaider non coupable. Cette histoire est ridicule !

Elle marque une pause, attendant que j'abonde dans son sens. Je me tais.

— Le procès débutera le mois prochain. Mon avocat a bon espoir que le jury se rende à la raison et me déclare innocente.

— OK. Bon courage, alors. À la prochaine !

Elle a autant de chances de s'en tirer qu'O. J. Simpson. Probablement moins, même. Elle est en liberté provisoire depuis des mois, il serait temps qu'on l'enferme et qu'on jette la clé de sa cellule.

Je raccroche et m'étire en bâillant. Bon, qu'est-ce que je faisais ? Je trouve un Pringles sous mon oreiller, je l'enfourne : goût barbecue, miam ! Ed, Tiff, le Savoy... Je lèche mes doigts un par un, savourant ce délice. Si je veux décrocher un job dans l'hôtel le plus sélect de Londres, il faudra que je me fasse propre. Que je prenne une douche, au minimum. Et ce serait sans doute mieux si je n'étais pas torchée en permanence.

Lundi 1er août, 19 heures
Archway, Londres

— Je m'appelle Siobhán, et je suis alcoolique.

— Bonjour, Siobhán, ânonne tout le monde en chœur.

— Bienvenue ! disent quelques-uns.

Les pieds de ma chaise en plastique crissent sur le sol. Je passe en revue le cercle des participants. Je ne connais pas un seul d'entre eux. La plupart regardent dans le vide, mais certains hochent la tête avec un sourire, m'encourageant à poursuivre.

— Est-ce que ce sera... euh... confidentiel ?

— Oui, me répond l'animateur. Ici, nous préservons l'anonymat de chacun, d'où le mot « anonymes ».

— Ah, c'est pour ça, les Alcooliques *anonymes*. D'accord. C'est la première fois que je viens. Alors tout ce que je dirai, vous ne pourrez pas le répéter, ni aux flics ni à personne ?

Il secoue la tête.

Allez, je me jette à l'eau.

Je me lève, prends une gorgée de leur café infâme, que je recrache aussitôt par terre. J'ai une gueule de bois de tous les diables, et en plus je suis bourrée.

— Je peux recommencer ?

Je me rassois, puis me remets debout. Je m'appuie à un dossier de chaise pour me stabiliser. La pièce tourne autour de moi comme si j'étais dans un manège. J'ai envie de descendre. (J'ai sifflé une bouteille de Malibu dans le bus qui m'amenait à la réunion. Si ce devait être la dernière fois que je buvais, je me suis dit, autant en profiter. Du coup, j'ai l'impression d'être à un carnaval dans les Caraïbes, et pas à Holloway dans un préfabriqué qui sent le chou et le moisi.)

J'examine le sol. Le plancher ondule. Je vacille légèrement, puis perds l'équilibre. Je me raccroche à une chaise.

— Qu'est-ce que vous voulez que je vous raconte ?

Je me concentre sur l'animateur, mais il semblerait qu'il se soit dédoublé. Possible qu'il ait un jumeau, comme moi.

— Tu pourrais peut-être nous dire pourquoi tu es là.

Je le fixe. Mon cerveau est soudain vide. Je n'ai aucune idée de la raison pour laquelle je suis ici. Ni de la façon dont je suis arrivée ici. Juste un vague souvenir de bus.

— Pourquoi es-tu là, Siobhán ? fait une voix.

Rien ne me vient.

Au bout d'un moment, devant mon silence, l'animateur du groupe précise :

— En général, les gens nous expliquent ce que l'alcool a changé dans leur vie, et la manière dont ils ont essayé de traiter leur problème.

— OK. Ça paraît logique.

Je balaie du regard le cercle d'inconnus. Tous ont les yeux braqués sur moi. Tout va bien, ils n'ont pas remarqué que j'étais pintée. Un petit couinement aigu s'échappe de mes lèvres : un hoquet.

— Je suis désolé, dit l'animateur. Il est interdit de participer aux réunions si on est ivre.

— Ivre ? Je ne suis pas ivre, je prends des médicaments pour… pour le rhume des foins. Ça me donne des bouffées de chaleur et ça m'assomme complètement. Je croyais qu'on n'avait pas le droit de couper la parole ? C'est une de vos règles, non ?

— Je t'en prie, continue, soupire-t-il. Excuse-moi.

— Ce que l'alcool a changé dans ma vie… Une fois où j'avais bu, j'ai assassiné ma sœur jumelle. Ensuite j'ai pris sa place pour qu'on ne sache pas qu'elle était morte. Ça a très bien marché… pendant un temps. On se ressemblait comme deux gouttes d'eau.

L'animateur fronce les sourcils. Je scrute son visage. Va-t-il m'interrompre ? Il ouvre la bouche, puis la referme. Poursuivons donc.

— Le mari de ma sœur a fini par me démasquer. Alors j'ai dû le tuer aussi. J'avais bu pas mal de champagne, ce jour-là.

Deux ou trois membres du groupe acquiescent, comme s'ils comprenaient. L'alcool pousse à faire des trucs dingues. C'est la boisson du diable, non ? Vu que personne ne dit rien, je reprends. Je suis lancée, maintenant. Je parie qu'ils ont l'habitude de ce genre de récit, et tout ça ne me paraît plus si grave à présent que je l'entends de ma bouche. Une semaine de folie. Une broutille.

— Sauf que…

Ma voix se brise, les mots restent coincés.

— Ça va aller, dit quelqu'un. Tu peux y arriver.

Je sens une main chaude contre mon dos. Je lève les yeux, le front crispé. La pièce est brouillée de larmes, tout à coup. J'inspire profondément, et je réessaie.

— Quand j'ai tué mon fiancé, je n'avais pas bu. Je vous jure.

L'animateur fronce encore les sourcils.

— Je vous jure, c'est vrai, je n'avais pas bu. J'avais pris un bon paquet de cocaïne, mais ça ne compte pas ici, hein ?

— Euh... c'est loin d'être encouragé.

— Je dois arrêter la drogue aussi ? (Là, ce sera plus compliqué. La coke, ça fait partie de mon alimentation de base.) Et la cigarette ?

— Eh bien, c'est mauvais pour ta santé. Mais chaque chose en son temps.

— Non, non, pas de problème, adieu la clope !

Après tout, pourquoi faire le boulot à moitié ? Je veux viser la perfection.

Je sors mes Marlboro Lights de ma poche et je les refile à mon voisin.

— Merci ! dit-il sans cacher sa joie.

— Ça fera dix livres.

La fille qui tient le chronomètre fait un signe. Mes trois minutes sont écoulées. Pfiou ! Contente que ce soit terminé. Je n'avais aucune envie de parler de Nino.

Je finis mon café qui a refroidi, et mon estomac émet un gargouillis. J'ai un petit creux. Je me demande si je ne pourrais pas dénicher des biscuits. Je mets le cap vers le buffet.

— Depuis combien de temps tu es sobre ? me demande la fille au chronomètre avec un sourire.

Je regarde l'horloge en plissant les yeux pour lire les chiffres mouvants.

— Vingt minutes, plus ou moins.

— Chaque minute est une étape en soi.

J'attrape une poignée de cookies, que je fourre dans ma bouche.

— Euh… à qui le tour ? lance l'animateur. Bon courage pour passer après moi !

Jeudi 4 août, 15 heures
Hôtel Savoy, Londres

Trois jours sans alcool,
Trop facile ! (Vite, du rhum ou
Je fais un malheur !)

Je cavale dans le smog et la chaleur, haletant et crachant mes poumons. Le soleil me cogne sur le crâne. Il fait plus chaud qu'en enfer ici. La météo ne tourne vraiment pas rond. C'est à cause du réchauffement climatique, à tous les coups. Les calottes polaires sont en train de fondre, bientôt on fera de la plongée dans les rues. La ville se retrouvera sous la mer, comme l'Atlantide, et seuls les poissons survivront.

Je file en direction du centre, louvoyant entre les flots de touristes qui obstruent la capitale tels des amas graisseux dans des artères.

— Poussez-vous ! Attention, bon sang !

Je m'incruste sur quelques clichés dans Trafalgar Square et j'abats d'une claque les perches à selfies comme autant de mouches.

— Arrêtez les photos !

J'arrache des mains de son propriétaire une bouteille de Volvic qu'il levait à ses lèvres.

— Eh, toi ! Reviens ! Rends-moi ça !

Hé, hé ! je cours plus vite que lui !

Je me désaltère puis renverse le liquide frais sur ma tête. Ça va mieux. Je ne buvais jamais d'eau avant, mais finalement, ce n'est pas si mauvais.

Là, devant, un flic ! C'est plus fort que moi, je me pétrifie aussi sec. Je le suis des yeux jusqu'à ce qu'il ait tourné le coin de la rue. *Alvie, ressaisis-toi !* C'est juste un type en uniforme. Il n'est même pas particulièrement séduisant.

Comme je n'avais pas les moyens de me payer le bus, j'ai fait tout le chemin en courant depuis Archway. Huit kilomètres environ. J'ai les joues en feu. Je bouillonne. Mon haut est tout poisseux et il sent la sueur.

Quand je parviens à proximité du Savoy, je respire à fond et redresse les épaules. En me voyant, le portier hésite à m'ouvrir. Je lui jette un regard assassin et me dirige vers la porte à tambour. Je franchis les battants vitrés encadrés de cuivre et pénètre dans le vaste hall d'entrée.

Je me tiens immobile, clignant des paupières. C'est un univers féerique, un lieu fabuleux. Fait de l'étoffe dont sont tissés les rêves. Il flotte un parfum de muguet. Un goût de banquiers et de holdings. Et la température est parfaite, bien plus agréable qu'à l'extérieur.

— Ciao ! dis-je à la réceptionniste. Je viens pour un travail.

Elle n'a pas l'air de comprendre, alors je poursuis tout en m'essuyant le front avec mon tee-shirt :

— J'aimerais parler au responsable du personnel. Où est le bureau des RH ?

Elle me fixe avec des yeux ronds, détaillant mes vêtements. Je ne suis sans doute pas habillée assez chic, mais ce n'est pas grave. La mode est aux filles sportives, et le look casual fait fureur.

— Le bureau de Nikita est au bout du couloir. Vous avez rendez-vous ? demande-t-elle en me regardant essorer mon haut.

— Oui, bien sûr. Je n'allais pas me pointer sans prévenir !

— Je vais l'informer de votre arrivée. Quel est votre nom ?

— Pas besoin, je l'ai déjà appelée. Je suis extrêmement efficace.

Je tourne la tête dans la direction indiquée, par-delà le damier noir et blanc du sol. À présent, je présume qu'elle attend un pourboire. Je sais comment ça marche dans ce genre de maison. Avec un soupir, je plonge la main dans mon Birkin et je farfouille dans le bazar qu'il contient. J'ai quelques billets issus de la vente de mon sac Chloé Nile, mais je ne vais quand même pas lui donner cinq livres. J'ai besoin de cet argent pour bouffer, moi. Je finis par déterrer une vieille pièce de cinq centimes d'euro qui me restait d'Italie.

— Tenez, c'est tout ce que j'ai. Vous pourrez l'échanger à la banque contre cinquante pence environ. Voire plus, peut-être, avec le Brexit.

Elle examine la pièce crasseuse, puis relève les yeux sur moi. Elle la laisse sur le comptoir, sans la ramasser ni dire merci. Je hausse les épaules et m'élance vers mon objectif. Il y a vraiment des gens ingrats.

Je repère une superbe coupe en porcelaine débordant de fruits exotiques. J'y pioche quelques pommes et bananes, ainsi qu'une mangue et un ananas, que je fourre dans mon sac. Les feuilles de l'ananas dépassent. Il faudra que je fasse attention, elles sont aussi tranchantes que des poignards.

Trouvant la porte marquée « RH », je frappe un coup puis j'entre.

Une femme est assise derrière un bureau, en train de manger un bagel. Elle est petite, avec des cheveux bouclés comme sur les photos « avant » des pubs pour les produits coiffants magiques du style « Frizz Ease » de John Frieda.

— Oh ! fait-elle en redressant la tête.

— Nikita ?

— Oui ?

— Je suis là.

— Je vois. Et vous êtes… ?

— Siobhán.

Je m'installe face à elle dans un fauteuil pivotant, sur lequel je fais quelques tours.

Elle fronce les sourcils.

— Vous avez rendez-vous ?

— Bien sûr. (Je me rappelle soudain que je suis irlandaise, et me corrige aussitôt.) Seigneur Dieu, que oui !

Elle fronce encore les sourcils et interroge son ordinateur.

— Je n'ai rien sur mon agenda.

— Vraiment ? Ah, c'est étrange. Enfin bon, je suis là maintenant.

— Êtes-vous certaine d'avoir rendez-vous ?

— Vous ne vous souvenez pas ?

— Euh…

— On l'a fixé la semaine dernière. Comment avez-vous pu oublier ?

J'affiche mon air le plus vexé. Celui du chiot qui reste le dernier à la fourrière. Et, dans le même temps, je me mets à fredonner « Father and son » de Boyzone : cette chanson me tire toujours des larmes.

— Que puis-je faire pour vous ? questionne-t-elle. Pardonnez-moi, je prenais ma pause-déjeuner.

Elle s'essuie la bouche avec une serviette puis range son bagel dans un tiroir.

Je la regarde mastiquer, attendant qu'elle ait avalé. C'est d'un malpoli. Quel manque de professionnalisme !

— Je souhaite obtenir un emploi.

Elle lorgne mon sac Birkin, le front plissé.

— Vous voulez un emploi ?

Je cause chinois ou quoi ? Ça doit être l'accent irlandais.

— J'aimerais travailler ici, j'explique en détachant les syllabes. C'est mon hôtel préféré.

— C'est gentil à vous. Vous venez souvent ?

— Non, c'est la première fois. Je me vois bien dans la sécurité. Je suis très douée avec les armes à feu.

— Les armes à feu ? (Sa mine s'allonge.) Vous étiez dans l'armée ?

— Non, pourquoi ?

Elle déglutit.

— Euh... avez-vous un CV ?

Elle commence déjà à m'exaspérer.

— Nikita, je vous en prie, plus personne ne s'embête avec ça, aujourd'hui !

Si j'avais un CV, il y aurait un grand trou à l'endroit de l'année écoulée, après la mention : « Vengeance ».

— Quel était votre dernier poste ? interroge-t-elle en pianotant sur son clavier.

Je ne lui parlerai pas du démarchage téléphonique. Je n'ai aucune envie de réitérer l'expérience. Ce boulot était aussi amusant qu'un frottis cervical. J'ai trimé un temps dans un restaurant japonais, mais personne ne se souviendra de moi là-bas, c'était il y a des lustres. Inutile de demander une lettre de recommandation.

Les sourcils toujours froncés, elle remonte ses lunettes sur son nez luisant.

— Qu'avez-vous fait ces dernières années, dites-moi ?

Je m'agite sur mon siège.

— J'ai profité de la vie. J'ai écrit des haïkus, surtout.

Elle n'a pas à savoir que je suis une tueuse à gages d'envergure internationale.

Elle ouvre un tiroir, d'où elle sort un formulaire à l'air barbant.

— Quelles sont vos qualifications ?

— Euh… (Je me triture les méninges.) J'ai suivi une formation en hygiène alimentaire il y a dix ans, mais… j'ai perdu le certificat.

Je ne lui dirai pas que j'ai été renvoyée du lycée pour avoir agressé le proviseur (rien de sexuel, j'ai seulement incendié sa voiture). C'est ma jumelle qui avait décroché son brevet et un master à Oxford. C'est elle qui faisait la fierté de notre mère. Vaccinée, allaitée, aimée. Moi, j'étais la brebis galeuse.

— Ne vous inquiétez pas. Il existe plein d'emplois peu qualifiés.

« Peu qualifiés » ! Si elle savait ! Je suis capable de tuer un homme à mains nues.

Ses doigts courent toujours sur le clavier. Combien de temps ça va encore durer ? Je recommence à jouer avec le fauteuil, jusqu'à ce que le mécanisme casse.

— Vous n'avez qu'à me placer à l'entrée. Votre portier actuel est nul.

Elle lève les yeux avec un sourire pincé, mais ne répond rien.

C'est vrai, ce serait le boulot idéal. Je ne pourrais pas manquer Tiff et Ed.

— Ou bien à la réception. J'ai un bon contact avec les gens.

— Voilà, dit-elle finalement. J'ai épluché tous nos postes vacants. Un seul semble vous correspondre. Celui de la plonge.

— La plonge ? C'est quoi ?

— Vous laverez la vaisselle dans les cuisines du restaurant.

Ma gorge se noue. Je ne voudrais pas de ce job même si c'était le dernier sur terre.

— Ça m'a l'air parfait !

Je me dirige vers le Savoy Grill. C'est mieux que rien, après tout. Au moins, je vais me faire un peu d'argent. Et j'aurai de la nourriture. Sans compter que je pourrai guetter en toute discrétion l'arrivée d'Ed et de la sublime Tiffany. Je ne devrais pas avoir à patienter beaucoup avant qu'ils se montrent. En tout cas, je les attendrai de pied ferme.

Parvenue au restaurant, j'embrasse la salle du regard. Ici aussi, c'est joli. Un arôme de pêche melba envahit l'atmosphère. Des dames déjeunent, tirées à quatre épingles. Des rires mélodieux ponctuent leurs échanges. Elles s'amusent bien, on dirait. Les têtes se lèvent sur mon passage.

— Quelle ambiance ! je lance.

J'exécute une petite gigue irlandaise puis pousse les portes des cuisines, m'enfonçant dans un bloc de chaleur. Il y a des éclats de voix, une odeur de cramé. J'avise le chef qui me tourne le dos.

— Hum-hum… HUM-HUM !

Il fait volte-face, visiblement agacé. Il a une poêle à la main, et elle est en feu. Cool ! Je regarde danser les flammes orange. C'est magnifique ! J'ai les cils qui roussissent.

— T'es qui, toi ? gronde-t-il.

Je détache les yeux de la flambée. Si j'étais un papillon de nuit, je serais cuite.

— Je m'appelle Siobhán, je suis ici pour le poste de plongeuse.

J'examine sa veste blanche et sa grande toque. Pourquoi est-il aussi couvert ? Il doit faire cinquante degrés ici ! Une goutte de sueur me dégouline dans le cou. J'ai les joues brûlantes, le visage rouge. Les Londoniens ne sont pas faits pour affronter des canicules. On devrait tous s'exiler.

— L'évier est là-bas, dans le coin.

Il me tourne à nouveau le dos.

— Ah. Alors ça y est, je suis embauchée ?

Pas de réponse.

Ed : 0. Alvie : 1. Je pars du bon pied !

— *Sláinte !* (Ça signifie « À la vôtre ! », en irlandais.)

L'évier en question se trouve à l'autre bout de la pièce. Il est rempli d'une montagne de casseroles. J'enfile une paire de gants et j'ouvre le robinet. Bon sang, l'eau est bouillante ! J'entreprends de récurer le fond d'une casserole, mais pas moyen d'éliminer les taches. Je frotte et je frotte et je frotte. Mon esprit se met à vagabonder. Je me souviens de la dernière fois où j'ai accompli ce geste : c'était pour nettoyer du sang.

C'était à Taormine, aux alentours de minuit. Les articulations de mes doigts étaient à vif. Armée d'un seau d'eau et d'une éponge, j'essayais d'effacer toute trace de mon beau-frère sur la scène de l'amphithéâtre. J'avais été forcée de lui écrabouiller la cervelle avec une pierre, voyez-vous. (Il avait découvert que je n'étais pas ma jumelle pendant qu'on couchait ensemble.)

J'ajoute un peu de liquide vaisselle et laisse couler l'eau froide. Laver le sang, c'était plus marrant, et Dieu sait pourtant que le sang est difficile à enlever.

Je jette un œil à l'horloge. Les aiguilles ne bougent pas. Ah si, elles bougent, mais super lentement. Dire que je vais peut-être rester coincée ici des semaines, voire des mois. Allez savoir quand Ed pointera le bout de son nez ! La mousse monte peu à peu. Je sombre dans la déprime.

— Ça va ? s'enquiert un des cuisiniers. Comment se passe ton premier jour ?

Je ne prends même pas la peine de répondre.

Il éclate de rire.

— Oh, allez, tu t'y feras !

— Ah ouais ? je grogne en rinçant un ramequin. Je ne crois pas, non.

Je daigne enfin poser le regard sur lui.

Oh, salut toi ! Mais c'est Henry Golding ! (En vrai, non, il lui ressemble juste.) Il est grand, mince, asiatique. Un sourire qui me fait fondre instantanément. Il est affublé d'un pantalon à carreaux noirs et blancs et d'un filet à cheveux, mais sur lui ça rend super bien, comme si c'était la dernière tendance.

— Ciao, je m'appelle Siobhán. Ravie de faire ta connaissance, dis-je avec mon accent irlandais le plus sexy.

— Moi, c'est Jack. Rassure-toi, c'est sympa ici. Ça fait trois ans que je travaille dans ce restaurant.

Je le contemple pendant qu'il goûte les sushis nigiris qu'il est en train de préparer.

— Mais toi, tu ne te farcis pas la vaisselle…

J'attrape un plat en céramique et racle un reste de gratin dauphinois que je balance à la poubelle avant de poser le plat dans l'évier.

— Tu as au moins la chance de la laver au Savoy, rétorque-t-il. C'est le meilleur établissement de la ville. On voit passer plein de célébrités.

— Qui, par exemple ? Channing Tatum ?

— Channing qui ?

— Laisse tomber. Et Ed Forbes, c'est un de vos clients ?

Il s'arrête de cuisiner et son visage s'éclaire.

— Il vient manger quelquefois, oui. Il sera peut-être là ce soir.

Je souris et me rapproche de lui.

— Ah oui ?

Il ne répond pas.

Je dois avoir une expression inquiétante, parce qu'il regarde soudain derrière lui d'un air effrayé. Puis il retourne à sa tâche. Quand il entame la découpe d'un poisson, son couteau dérape et lui entaille le doigt.

— Merde ! s'écrie-t-il. Putain, ça fait mal !

Oh, le pauvre chéri !

Il porte son doigt à sa bouche.

— Va mettre un pansement, ordonne le chef apparu comme par magie.

— Oui, chef, dit Jack en suçotant sa blessure.

— Espèce d'empoté ! grogne Grand Chef.

Je sens d'ici l'odeur du sang. Je me lèche les lèvres. *Ça me manque.* Qu'est-ce que je fous là, bloquée dans cette cuisine ? Reléguée à la plonge ! Levant les yeux au ciel, j'ôte mes gants et m'empare du couteau que Jack a abandonné sur son plan de travail.

Je finis de débiter le thon en jolis morceaux bien réguliers. Le temps que Jack revienne, le doigt enveloppé d'un gros pansement bleu, il ne reste du poisson que des tranches impeccables. Même moi, je suis impressionnée. La chair est d'un rouge rubis magnifique, brillante et lustrée. Il ne manque qu'une larme de sauce soja et une pointe de wasabi.

— C'est toi qui as fait ça ? s'exclame le cuisinier, bouche bée.

— Non, Jack, c'est un petit lutin.

Je tiens encore son couteau à la main. Il me mate en clignant des paupières, ébahi.

— Où as-tu appris à faire ça ? Et si vite, en plus !

— J'ai bossé dans un restau japonais.

Il reste planté là, à me dévisager.

— Qu'est-ce qui se passe, ici ? intervient Grand Chef. Qu'est-ce qu'elle fait, la plongeuse ?

— Euh, rien..., répond Jack.

Puis il me chuchote :

— Putain, tu as assuré !

J'enfonce les doigts dans la glace et en retire un autre poisson, que je dépose sur la planche avant de le trancher à son tour. Le couteau monte et descend, monte et descend... Je suis Edward aux mains d'argent. La lame rend un son agréable en percutant le bois. Ça me rappelle Tiff et le chaman jouant du tambour en Amazonie. Poc, poc, poc, poc, poc, poc, poc.

— Waouh ! souffle Jack. (Je crois que je l'excite.) Tu es vraiment très forte.

— Oui, dis-je en soutenant son regard. Oui, très forte.

Je continue à tronçonner la chair, laissant mon couteau s'exprimer à ma place.

Grand Chef se matérialise à côté de moi.

— La plongeuse ?

— Siobhán.

— Je m'en fous, de ton prénom. (Il se prend pour Gordon Ramsay ou quoi ?) Pourquoi tu n'es pas en train de laver la vaisselle ?

— C'est ce que je faisais, avant que cet empoté ne décide de couper son doigt au lieu du poisson. Je ne voudrais pas que le service prenne du retard.

— À d'autres ! Tu faisais ton intéressante, oui.

Je hausse les épaules. Il a sans doute raison.

— Quand on a des atouts, autant les montrer.

— Jack ? fait Grand Chef.

— Oui, chef ?

— Tu es notre nouveau plongeur. La plongeuse ?

— Oui ? C'est Siobhán.

— Tu es notre nouveau chef sushi. Allez, au travail !

Il repart.

— Il s'est passé quoi, là ? demande Jack, estomaqué.

Je prends une poignée de fleurs comestibles et la lui jette à la figure.

— J'ai eu une promotion, et tu as hérité de mon boulot. Désolée… ou pas.

Avec un grand sourire, je plante mon couteau dans le poisson suivant. Peut-être que je vais me plaire ici, finalement.

Je me souviens de mon premier emploi, celui qui s'est révélé si utile aujourd'hui… À l'âge de seize ans, je me suis enfuie de chez moi, et j'ai atterri à Londres. Je n'aurais pas supporté de vivre un jour de plus avec ma famille aux Slaughters, dans les Cotswolds. Ma mère et Beth me rendaient folle. Surtout Beth, à vrai dire, toujours si gentille et si douée dans tous les domaines.

J'ai dormi deux ou trois nuits dans la rue, jusqu'à ce que je finisse par atterrir dans une auberge. Et puis j'ai décroché ce job : j'étais chargée de détailler le poisson. J'avais ça dans le sang. Le chef cuisinier se nommait monsieur Tomohiko. C'était un vieil homme avec une longue barbiche blanche et des yeux gris pétillants. Je lui donnais au moins quatre-vingts ans, si ce n'est quatre-vingt-dix. Il avait un sourire tranquille, des yeux vifs, la patience d'un maître zen. C'est lui qui m'a confié le couteau (sans savoir à quel point j'allais adorer ça).

Le restaurant se situait dans une ruelle de Soho, au rez-de-chaussée d'une maison de passe. Tous les autres employés étaient japonais. La salle était petite, mais jolie, décorée de bambous et de paravents en ébène.

De délicieux parfums s'échappaient du gril robata crépitant. Je regardais le charbon flamboyer. Blanc, jaune, orange, rouge…

Ma mémoire est intacte. C'est comme si c'était hier. Dès que j'ai franchi la porte, je me suis sentie chez moi. C'était un sanctuaire à l'abri du monde extérieur. Je ne comprenais pas un mot de ce qui se disait, mais ça n'avait pas d'importance. Je m'en fichais. Ça me plaisait, même, d'une certaine façon. Personne ne m'humiliait, ne se moquait de moi ou ne me critiquait. Personne ne savait que j'avais une jumelle. J'avais le sentiment d'être un individu à part entière.

Lorsque j'ai mis les pieds en cuisine, Tomohiko m'a présenté un morceau de poisson cru. Un filet de thon sans la peau, d'un superbe rouge rosé. Il le tenait avec délicatesse, comme il aurait porté son bébé, et il m'a demandé de le couper en tranches, histoire de voir ce que je valais. Il m'a tendu un couteau à sashimi flambant neuf tiré d'un coffret en bois. Au moment de le toucher, un frisson m'a parcouru l'échine. Je l'ai empoigné. L'acier luisait. La lame possédait un tranchant biseauté – j'ai effleuré le fil du doigt – et un dos plat. Il a appelé ça un *Yanagi ba*, ce qui signifie « en feuille de saule ». Il était conçu pour être manié par un gaucher. La lame était très, très fine, afin de ne pas déchirer ou écraser le produit. Elle pénétrait dans la chair comme dans du beurre.

Tomohiko a passé de longues heures à m'enseigner la manière de couper le poisson et de confectionner des morceaux lisses, brillants et de taille égale. J'ai appris quelle était l'épaisseur idéale pour obtenir la meilleure saveur: dix millimètres pour les sashimis, six pour les sushis. C'est lui qui a transmis cet art à l'élève surdouée que j'étais. Et même si ça remonte à des années, je n'ai rien oublié. Il faut dire que je n'avais jamais aimé un objet ou une personne autant que j'aimais ce couteau. Jusqu'à Nino, évidemment. Et depuis, ma maîtrise de la lame m'a été très utile. D'ailleurs, quelque chose me dit qu'elle le sera encore à l'avenir…

Vendredi 5 août, 0 h 02
Hôtel Savoy, Londres

L'horloge murale indique minuit deux. J'ai travaillé deux minutes gratis. Je n'en reviens pas d'être restée si tard en cuisine alors que, si ça se trouve, Ed Forbes est dans la salle en ce moment même. Et si je l'avais manqué ? S'il avait dîné et était parti pendant que je passais ma soirée à découper du saumon ? Je l'aurais vraiment mauvaise. Je balance le couteau dans l'évier et m'essuie les mains sur mon tablier. Quelle horreur ! J'ai l'impression d'être Cendrillon, et je pue le poisson.

— Au revoir, Siobhán ! lance Jack.

— Bye, bye, Jack.

— Tu seras là demain ?

— Sans faute.

Il m'adresse un clin d'œil, que je lui retourne. (S'il est fâché, ça ne se voit pas.) Flirter un peu, ça n'a jamais fait de mal à personne, et je le trouve plutôt craquant dans son genre. J'attrape mon sac Birkin et je sors de cette étuve. J'adorerais continuer notre petit jeu, mais j'ai de plus gros poissons à pêcher.

Je suis lessivée après mon service de neuf heures (et deux minutes, mais je ne suis pas pinailleuse), et pourtant mon corps est habité d'une telle tension que j'en ai des fourmis sous la peau.

La salle est vide. Je le savais ! J'arrive trop tard. Comme si j'allais tomber sur lui dès le premier jour ! Faut pas rêver. Personne n'est verni à ce point. Je pars quand même à la recherche du bar, au cas où il y serait.

J'emprunte un couloir, guidée par l'écho des conversations et des rires. L'American Bar est bondé. Plein à craquer. J'examine la pièce, essayant d'apercevoir Ed. C'est chouette, ici. Une ambiance années 1930. Des photos en noir et blanc d'Elizabeth Taylor et de David Bowie sur les murs. Un pianiste joue un air de jazz. Je me juche sur un tabouret en cuir au comptoir et j'admire les bouteilles, toutes parfaitement alignées – elles s'étirent jusqu'à l'infini, étincelantes comme des diamants. Je n'ai jamais vu autant d'étiquettes différentes de gin, de vodka ou de brandy. Pas étonnant qu'Hemingway ait apprécié cet endroit ; il faisait partie des habitués, il paraît. Marilyn Monroe est venue, elle aussi (c'est le cuisinier qui m'a raconté tout ça). Je songe au jeton de sobriété rangé dans mon portefeuille. Je n'ai pas bu depuis la réunion des Alcooliques anonymes. Je compte les secondes.

Un élégant barman en costume blanc prépare un cocktail. J'inspire à fond : rhum et citron vert. Je me soûle des vapeurs. Une bouteille dorée de Southern Comfort semble m'appeler :

— Alvie ! Alvie, viens !
Viens me boire, que j'entre en toi.
— Tu vas te taire, oui ?

— Qu'est-ce que je vous sers, mademoiselle ? demande le barman.

Je consulte la carte des cocktails : Manhattan, dame blanche, corpse reviver. Je parcours les recettes sans alcool, mais elles sont sans intérêt. C'est du jus de fruits, ni plus ni moins. Je tuerais pour une margarita. Le problème, c'est que je dois rester sobre pour ma mission. Elle est trop importante, je ne veux pas tout gâcher.

— Tout va bien, mademoiselle ?

Oh mince, est-ce que je bavais ?

— Je vais prendre de l'eau du robinet, mais dans un verre à Martini.

— Par ici, Mr Forbes, fait soudain une voix masculine.

Je manque en tomber de mon perchoir.

Une voix féminine couine : « Eeeeeeed ! »

Incroyable, la chance que j'ai ! Mais je ne suis pas prête, moi. J'ai besoin de plus de temps pour travailler mon projet Basecamp. Il n'est qu'à l'état d'ébauche pour l'instant, je dois encore l'étoffer.

Un maître d'hôtel guide un groupe vers un espace privé doté d'une table et de colonnes tapissées de miroirs rutilants.

« *Au picotement de mes pouces, je sens qu'un maudit vient par ici*[1]. »

J'avale mon verre d'eau et me laisse glisser du tabouret. Je me faufile vers les arrivants à la façon d'une espionne. Ed Forbes et un deuxième homme sont entourés d'un harem de femmes toutes plus belles les unes que les autres. M'arrêtant net, je les observe. Je n'en reviens pas de l'avoir trouvé. C'est lui, pas de doute, c'est bien lui. Je reconnais sa montre : une Patek Nautilus en or. Je l'ai vue sur Instagram ce matin. J'étudie les filles qui se dirigent vers la table. Aucune ne ressemble à Tiffany, ce sosie de Brigitte Bardot au sourire ravageur. Je mate leurs corps sculpturaux. On dirait des finalistes d'*America's Next Top Model*. Il s'agit de prostituées, bien

1. *Macbeth*, acte IV, scène 1, William Shakespeare. Toutes les citations sont issues de la traduction de François Victor Hugo.

sûr, mais des prostituées de luxe visiblement. En comparaison, j'ai l'air d'une clocharde qui empeste la sardine. Je ne peux pas aborder Ed Forbes dans cet état. Qu'est-ce que je vais faire ?

Une des filles s'échappe du groupe. Je m'engage à sa suite dans les toilettes pour dames, me poste devant le lavabo et tourne le robinet. Peut-être que si je fais un brin de toilette, elle pourra me présenter ? Je me rince la bouche et détache mes cheveux, puis je me contemple dans le miroir. Je n'ai rien à envier à Tyra Banks. Je suis vêtue d'un chemisier blanc tout simple et d'un pantalon noir insipide (on m'a procuré un uniforme pour remplacer ma tenue de sport). Je case mon sweat orange fluo dans mon sac Birkin. Une cabine s'ouvre et le top model d'un mètre quatre-vingts en ressort. Je la fixe, bouche bée. De près, elle est vraiment très belle. D'une beauté intimidante, même. Je respire profondément. *Tu peux y arriver, Alvie. Il faut toujours que tu doutes de ton potentiel. Surmonte ton complexe de l'imposteur ! Tu es une tueuse aguerrie. Une dure à cuire, une vraie de vraie !*

— Ciao, dis-je dans un irlandais parfait.

— Bonsoir, ça va ?

Quel timbre magnifique ! Elle a l'accent de Birmingham, rendu sexy par une intonation voilée et suave.

Pendant qu'elle se lave les mains, je la dévore du regard. Elle porte un parfum Chanel. Je me rapproche pour mieux sentir. C'est Coco Mademoiselle : patchouli et fève tonka. Elle s'inspecte dans le miroir, puis applique une touche de rouge à lèvres carmin. J'admire son haut bandeau Hervé Leger. Ses longs cheveux noirs qui tombent en cascade jusqu'à ses fesses. Elle est chaussée de Louboutin cloutées à bouts ouverts, aux talons de quinze centimètres.

— Waouh, j'aime bien tes escarpins ! Non, je ne les aime pas, je les adore !

— Merci. Les hommes raffolent des talons ! glisse-t-elle en riant.

— En tout cas, ils te vont super bien. Tu as les pieds d'un mannequin Victoria's Secret.

Elle sourit, touchée par le compliment, et s'appuie au lavabo.

— Pour être honnête, elles me font un mal de chien. Je rêve de chaussures plates.

Je baisse les yeux sur mes baskets Prada.

— Tu peux m'emprunter les miennes, si tu veux. On doit faire la même pointure.

Je tente un sourire le moins inquiétant possible.

— Vraiment ? Ça ne t'ennuie pas ?

— Non, pas du tout. Je sais ce que c'est, les longues soirées, et puis ça me donnera l'occasion d'essayer les tiennes.

— Non, on ne peut pas faire ça ! glousse-t-elle.

— Mais si ! On rééchangera à la fin de la soirée.

Ha, ha ! compte là-dessus ! Elles sont à moi, rien qu'à moi.

Nous nous déchaussons.

J'enfile ses talons merveilleux, et elle mes baskets. Je déambule dans la pièce, aux anges.

Je suis invincible.

— Au fait, je m'appelle Vénus, dit-elle.

Nous nous serrons la main.

— Comme la déesse de l'Amour ? Moi, c'est A… A… Amazone.

Bien rattrapé, Alvie. J'ai eu chaud ! « Amazone » ? Pourquoi pas… Ça semble approprié. Une guerrière prête à la bataille.

— Tu me files ton rouge à lèvres, s'il te plaît ? Je me trouve un peu beurk.

Elle me le passe, et je m'en mets.

« Un visage faux doit cacher ce que sait un cœur faux[1]. »

En rejoignant le bar, nous nous arrêtons près du grand piano. Le pianiste joue un air de ragtime. Ça fait très *La La Land*.

— Tu es avec qui ? je demande.

— Des copines et deux mecs. Et toi ?

— Personne. Je sors du travail.

— Quoi, tu es toute seule ?

— Oui, je confirme avec une moue triste.

Elle me touche le bras. Je contemple ses doigts sur ma peau.

— Tu bois un verre avec nous ? propose-t-elle.

— Oh non, je ne voudrais pas m'imposer.

Super numéro d'actrice, Alvie ! Tu es la prochaine Meryl Streep.

— Mais si, viens. On a des magnums de champagne. Allez, ce sera sympa !

Je fais un geste de victoire dans ma tête. Je tiens le bon bout !

Elle me saisit la main et m'entraîne dans son sillage. Je la suis docilement. Sa peau est aussi douce que du cuir italien ; je suis sûre qu'elle s'applique matin et soir une crème hydratante hors de prix. Je sors mon téléphone de mon sac pour faire des photos. Je ne sais pas pourquoi, mais j'ai l'intuition que ça pourrait servir. Si Ed n'est pas sage, par exemple. J'ai besoin d'un maximum d'éléments accablants pour faire tomber ce salaud. Je prends quelques clichés à la volée au moment où nous entrons dans l'espace privé.

— J'ai oublié de te prévenir : pas de smartphones ici, indique Vénus. (Je range aussitôt mon portable.) Je

1. *Macbeth*, acte I, scène 7.

suis obligée d'utiliser un vieux Nokia pourri quand je bosse. Les autres créent des problèmes, ils rendent les clients nerveux.

Ed est attablé en compagnie d'une espèce de prince saoudien et de quatre pin-up. Elles ont toutes l'air d'avoir moins de vingt ans. Il pourrait être leur père – enfin, un père très sexy, j'en conviens.

— Eeeed ? appelle Vénus. Je me suis fait une nouvelle copine.

— Oh, formidable !

Il se décale sur le banc pour nous laisser une place. Je m'assois juste à côté de lui. L'instinct me dictant de me tenir sur mes gardes, je me raidis, muette, le cœur battant. Voici l'homme qui a truandé le père de Nino et l'a conduit au suicide. Il en impose, ce type. Mieux vaut éviter de le chercher. De toute façon, on ne bâtit pas une fortune comme la sienne sans avoir une personnalité redoutable. Je me mets à transpirer. Je l'examine, incapable d'en détacher les yeux. Il est plus beau en vrai. Je ne croyais pas que c'était possible. Je ne me suis jamais retrouvée aussi près d'un milliardaire, et je me retiens de toutes mes forces de le lécher.

— Ciao, moi c'est Amazone, dis-je en lui tendant la main.

— Ed, répond-il en me la serrant. Répète-moi ton nom ?

— Amazone.

Son étonnement me surprend. Parce que « Vénus », c'est crédible, peut-être ? Je me secoue les puces intérieurement : *Reste dans ton rôle !* Mon regard passe de son visage bronzé à la chaîne en platine autour de son cou.

Je fais mine de goûter une gorgée du champagne Cristal qu'il m'a servi. Il s'en dégage une senteur de fleur de sureau et de miel. Je devine qu'il est délicieux.

— Merci, Ed.

Ne te soûle pas. Ne fais pas tout foirer, Alvie. Contente-toi de faire semblant de boire.

— Amazone, comme le site marchand ? interroge-t-il. Ce n'est pas courant. Vous savez que Jeff Bezos est un ami ?

Et vas-y que je me vante de fréquenter des gens célèbres…

— Non, comme les guerrières. (Il ne paraît pas connaître.) Mais si, les filles d'Arès et d'Harmonie. Celles qui vivent à Themyscira. Tu n'as jamais vu *Wonder Woman* ? Avec Gal Gadot ?

Attention, Ed. Je suis cultivée, moi. Je ne me résume pas à un joli minois. Je n'ai pas qu'un physique, j'ai également un cerveau : un mariage explosif.

Il lève son verre, et nous trinquons.

— Ravi de te rencontrer, Amazone.

Je sonde ses iris bleu glacier. Ils sont aussi beaux que ceux de Daniel Craig. J'ai l'impression d'être dans un *James Bond. Ton ennemi juré est devant toi !* Sauf que dans ces films, les méchants sont toujours des hommes, ce qui est bizarre quand on y pense. Je gage pourtant que Bond s'est mis à dos des tas de filles. Il n'est pas fichu de garder son petit oiseau dans sa cage.

Je ne peux pas m'empêcher de continuer à fixer Ed, qui finit par s'en apercevoir. Nos regards s'aimantent longuement. Il est canon, mais je ne sais pas trop s'il me plaît. Peut-être que si je n'avais pas l'intention de le tuer, je serais intéressée. Il émane de lui quelque chose d'électrique. En plus, il sent très bon.

— Amazone m'a prêté ses chaussures, raconte Vénus. C'est gentil, non ?

— C'est vrai ? Oui, c'est gentil.

Il jette un œil à mes pieds. J'ôte un escarpin et remue les orteils. Ses yeux s'allument et s'attardent dessus. C'est un fétichiste des pieds ou je ne m'y connais pas. J'ai trouvé son talon d'Achille !

— Voici Cherry, Lola, Angel et Brandy, dit Vénus, nous interrompant pour présenter ses copines. Et voici le prince Abdul de Djeddah.

— Enchanté, dit le prince dont je me fiche complètement.

Je me coule sur le banc un peu plus près d'Ed.

2 h 55

— Et c'est pour ça que la couverture de change est essentielle pour préserver le rendement de mon portefeuille ajusté en fonction du risque, explique Ed. Mais ça coule de source, bien entendu.

Oh, misère… Quelle heure il est ? Comme j'ai vendu la montre Omega de Beth la dernière fois que j'étais un peu à court, je n'en ai aucune idée. Je m'empare de la main gauche d'Ed pour consulter sa Patek Philippe. Houlà, presque trois heures du mat ! Le temps passe si vite quand on s'amuse.

— Mr Forbes, encore un verre ? propose le serveur en montrant du doigt la bouteille de champagne.

— Non, merci. L'addition, s'il vous plaît.

Le prince se lève et annonce :

— Il est temps d'aller au lit.

Je suis le groupe hors du bar. J'ai un mal fou à marcher avec ces talons. Nous titubons dans le couloir et nous entassons dans un ascenseur. Je m'y glisse au moment où les portes se referment, et m'adosse au miroir. Je croise le regard d'Ed, qui maintient le contact une seconde de trop. Le sang afflue à mon visage. Qu'est-ce qui se passe ? J'ai soudain la tête qui tourne, et ce n'est pas à cause de l'alcool.

La cabine stoppe sa course avec un tintement au dernier étage. Nous nous déversons sur le palier. Ed et le prince saoudien ouvrent la marche. Je m'efforce de réfléchir. *Sois stratégique !* Qu'est-ce que je dois faire maintenant que je le tiens ? Mon cerveau ne fonctionne plus.

Je m'arrange pour rester en retrait. Je n'étais pas censée filmer ? Cette soirée avec toutes ces filles est compromettante. Ed est un homme marié. J'observe Vénus à la dérobée : elle ne fait pas attention à moi. J'attrape mon téléphone et déclenche la caméra, l'objectif dépassant de mon Birkin comme un périscope de fortune. J'ai l'impression d'être un paparazzi.

Les filles s'engouffrent dans la suite. Je fais un gros plan sur Ed. Alors que je m'apprête à zoomer sur son entrejambe, il se tourne vers moi.

— Allez, viens, eBay !

Je fourre précipitamment mon portable au fond de mon sac et franchis le seuil. Les yeux d'Ed sont braqués sur ma nuque. Ils sont brûlants.

À peine entrée, je tombe en arrêt devant la vue. Le panorama londonien s'encadre dans l'immense fenêtre qui occupe tout un mur. À cette heure tardive, la Tamise paraît noire, mais les lumières de la ville se réfléchissent telles des étoiles sur la surface de l'eau. La grande roue est éclairée en rose. Les phares scintillent sur le Waterloo Bridge. J'inspire profondément. C'est d'une splendeur invraisemblable. Je suis littéralement sans voix.

Londres est magnifique
Quand on est riche, ses lumières
Brillent comme des diamants.

Puis je m'intéresse à la suite en elle-même. Elle est carrément immense : deux chambres, deux salles de bains, un salon et une salle à manger. Des lampes répandent partout une lueur dorée. De somptueux rideaux, dorés eux aussi, ondulent. Le mobilier semble entièrement d'époque. Le papier peint chatoie comme s'il était saupoudré de poussière d'or.

— Ça va ? demande Ed, sa main chaude sur mon épaule.

— Ouais, ouais. (Je devais avoir les yeux qui me sortaient de la tête.) Jolie piaule. Elle claque.

— Ce sont vraiment de superbes escarpins, murmure-t-il.

Mon pouls s'emballe aussi sec. Oh, bon sang, si seulement j'avais un plan ! Un meilleur plan, je veux dire. Je devais coucher avec Ed après avoir tué Tiff. Il est ma victime, pas mon amant. Je ne sais plus où j'en suis avec ce flot d'adrénaline qui déferle dans mes veines, et voilà que maintenant Ed admire mes pieds comme s'ils étaient la réincarnation d'Hélène de Troie. De toute façon, je ne peux pas faire ça ici, avec tous ces gens autour. Argh ! Il faut que j'arrive à gagner du temps, histoire de me remettre les idées en place.

Les filles sont en train de se déshabiller et de s'empiler sur le lit à baldaquin. On se croirait au manoir Playboy. Ed, lui, se sert un verre.

— Tu veux boire quelque chose ?

Je décline.

Debout près du bar, il sirote le liquide d'or sombre. Aucun moyen de deviner s'il est bourré ou pas. Je m'installe dans une méridienne rouge. Une des filles – Angel ? – retire le pantalon du prince. Mon Birkin calé sur les genoux, je recommence à filmer discrètement.

Ed se tourne vers moi et je me force à lui sourire, planquant en vitesse mon portable. Est-ce que les images que j'ai prises suffiront ? Mes yeux se posent alors sur mon doigt : il est nu. Cette fois, mon cœur s'arrête de battre, ma respiration se bloque. Ma bague de fiançailles ! Celle que Nino m'avait offerte ! Qu'est-ce que j'en ai fait ? Ce n'est pas possible, elle n'a pas disparu comme ça ! Je me laisse tomber à quatre pattes et farfouille dans l'épaisse moquette.

— Non, non, non, non…

C'était tout ce qui me restait de Nino. Mon ventre se serre. Je frissonne. Mon monde s'écroule. J'hyperventile. Oh, non ! Il faut que je sorte d'ici, que je cherche cette bague. Je… je ne peux pas vivre sans elle. Ed Forbes attendra. C'est un cas de force majeure. Jetant un regard au méli-mélo de corps qui se tortillent sur le grand lit, je me relève lentement, en silence. Ed est parti – peut-être aux toilettes ?

Avançant sur la pointe des pieds, je me faufile hors de la suite. Je suis sûre que j'avais encore la bague ce matin, avant de me pointer au Savoy. En revenant sur mes pas, je devrais la retrouver. J'inspecterai chaque centimètre de mon parcours.

Quand j'arrive dans le couloir, je tremble de partout. Je sais que ce bijou ne vaut pas un clou, que c'est un simple anneau de grenade, mais sa valeur est sentimentale. Il est irremplaçable. Je revois le visage de Nino : « Alvie, veux-tu m'épouser ? » Non, je ne pleurerai pas.

Je longe le couloir à quatre pattes, ratissant le moindre millimètre de moquette. Rien. J'appelle l'ascenseur. La bague est là, en plein milieu de la cabine. Je la récupère et la passe à mon doigt. Les portes se referment.

Mon Dieu, quel soulagement !

Je m'adosse contre le mur, les mains posées sur la poitrine, là où je pense que se situe mon cœur. (Le mien est à droite, pas à gauche. J'ai une dextrocardie : une conformation en miroir de ma sœur jumelle. Elle est normale, je suis anormale.) Je prends une longue inspiration, puis je me redresse et appuie sur le bouton qui rouvre les portes de l'ascenseur.

Je repars en courant vers la suite et tente de tourner la poignée. Elle est verrouillée, évidemment. Je commence par frapper doucement, puis plus fort. Je crie : « Ed ? ED ! »

Pas de réponse.

Est-ce qu'ils se sont endormis ? Ou est-ce que, pris dans le feu de l'action, ils ne m'entendent pas ? Je colle l'oreille au battant : pas un son ne me parvient. Je frappe encore une fois, sans résultat. Me voilà seule. De nouveau.

Je redescends dans le hall et me dirige vers la réceptionniste.

— Bonsoir, madame, dit-elle en souriant.

— Je me suis enfermée dehors. Pouvez-vous contacter la suite d'Ed Forbes pour qu'ils me fassent entrer ?

— Bien sûr. Qui dois-je annoncer ? demande-t-elle en décrochant le téléphone.

— Amazone. (Je la vois tiquer.) Oui, je sais… mes parents étaient hippies.

— Je comprends très bien, assure-t-elle avec un clin d'œil en m'indiquant son badge.

« Sunshine. »

— J'aimerais bien m'appeler Sunshine. Ça s'accorderait parfaitement à mon caractère joyeux et positif.

— Désolée, ça sonne dans le vide.

— Réessayez ! Je fais quoi, moi ? Je dors ici ?

Elle me lance un regard glacial.

— D'accord, mais une seule fois. Mr Forbes est peut-être en train de dormir et je ne veux pas le déranger.

— Bon sang, débrouillez-vous pour lui parler, et c'est tout !

Je la fixe d'un œil noir alors qu'elle tape le numéro.

— Il a intérêt à répondre.

Elle plisse le nez. Après avoir patienté un petit moment, elle finit par raccrocher en haussant les épaules.

— Je suis vraiment désolée.

— Sans déconner. Merci infiniment, Sunshine.

Je tourne les talons et me réfugie dans un espace détente. Je me disais bien que c'était trop beau pour être vrai. Super ! Ramassant un exemplaire du *Financial Times*, je me cache derrière ses pages roses. Je vais me reposer un peu, tiens. Je m'enfonce dans le fauteuil.

Ils ont descendu quatre magnums de Cristal. Ed était pinté à mort. Il m'oubliera. À l'heure qu'il est, il doit être plongé jusqu'aux couilles dans Vénus ou une autre de ces filles. Et si cette soirée était ma seule chance de le liquider ? Et si j'avais loupé le coche ?

Le visage de Nino refait surface. Je serre fort les paupières.

— Pardon, mon prince des ténèbres…

J'entends une voix qui me parle :

— Excusez-moi, mademoiselle, mais vous ne pouvez pas dormir ici.

J'émerge en sursaut, et découvre le portier planté beaucoup trop près de moi.

— Je me suis enfermée dehors.

— Veuillez partir, s'il vous plaît.

Je me lève à grand-peine et passe la porte à tambour d'un pas mal assuré. Les rues sont mouillées et désertes. Je suis vannée, trop fatiguée pour aller où que ce soit avec ces saletés de chaussures aux pieds. Je marche lentement le long du Strand. J'attendrai ici que le matin arrive. Ed finira bien par sortir.

Je traverse la chaussée. Un bus klaxonne et fait une embardée pour m'éviter. Je fusille des yeux le chauffeur et lui adresse un doigt d'honneur.

— Apprends à conduire, connard !

J'atteins le trottoir d'en face. Il pleut comme vache qui pisse ; le genre d'averse tropicale qui tombe quand il fait très chaud. Je trouve refuge sur le seuil d'une bijouterie de luxe. À tous les coups, j'ai pris la place attitrée d'un clochard qui va vouloir se bagarrer pour la reconquérir. J'examine la vitrine, mais il n'y a rien à voir. Les bijoux et diamants ont été retirés, rangés dans un coffre pour la nuit. Il ne reste que les présentoirs en velours et les minuscules étiquettes des prix. L'air coûte trente mille livres hors taxes.

Je replie les genoux contre ma poitrine et noue les bras autour, frissonnante. Je bâille. Je suis toute seule. Seule avec mon leprechaun.

J'extirpe mon portable de mon sac et ouvre l'album photo. Je regarde mes vidéos à plusieurs reprises. Le visage d'Ed est parfaitement identifiable. J'ai la preuve irréfutable que le collectionneur d'art milliardaire Ed Forbes est allé dans une chambre d'hôtel avec pas moins de cinq prostituées. Je suis prête à parier que Tiffany jugerait l'information très intéressante. Oui, si madame voit ces images, il risque d'y avoir de l'eau dans le gaz.

Samedi 6 août, 8 h 50
The Strand, Londres

Le bruit d'une clé dans la serrure de la porte de la bijouterie me tire du sommeil. Une femme m'a enjambée sur la pointe des pieds pour ne pas me réveiller. Mince, pourquoi je me suis endormie ? Je voulais faire le guet ! Je suis Adam Carter dans *MI-5*, Ethan Hunt dans *Mission impossible*. Quelle heure il est ? Je consulte mon téléphone : 8 h 50. Avec un peu de chance, Ed pionce toujours. Oh non, et si je l'avais raté ? Je me lève et m'étire ; mes articulations craquent. J'ai mal partout. Ces pavés sont pires que mon lit superposé, on y dort extrêmement mal.

Je me dirige vers le Savoy – en guettant le portier, que je n'aperçois nulle part – et je pousse l'antique porte à tambour. Par la vitre du panneau en cuivre, j'avise Ed Forbes qui sort pile au moment où j'entre. Quelle coïncidence ! Je continue à tourner et vois Ed grimper dans un taxi.

C'est alors que le portier réapparaît : le teigneux d'hier.

— Encore vous ?

— Oui, encore moi. Il va falloir vous habituer, je bosse ici !

(Mon service débute dans trois heures.)

Ce disant, la porte m'expulse sur le trottoir et je me précipite vers un taxi qui semble emprunter le rond-point du Savoy dans le mauvais sens.

— Suivez cette voiture ! j'ordonne au chauffeur en sautant sur la banquette arrière. Suivez cette voiture, ne la perdez pas ! (J'ai toujours rêvé de dire ça.)

— Bien sûr, madame. Sans problème. Désirez-vous un bonbon à la menthe ?

Il me passe le paquet, que je finis d'une traite.

10 heures
Bishops Avenue, Hampstead, Londres

Le taxi d'Ed s'arrête enfin dans Bishops Avenue. Je regarde le milliardaire payer puis descendre du véhicule.

— Continuez tout droit. Prenez la prochaine à gauche.

Le chauffeur poursuit sa route avant de bifurquer au virage suivant.

— Stop, laissez-moi ici. C'est parfait.

— Ça fera dix-neuf livres et quatre-vingt-dix pence.

Combien ?

Je lui tends un billet de vingt. Mon dernier.

J'attends ma monnaie.

J'attends encore.

J'attends toujours.

— Eh, pignouf, où sont mes dix pence ?

Il me donne une pièce, et je m'extirpe du taxi en claquant la portière dans la foulée. Puis je regagne l'artère principale et contemple la maison d'Ed, bouche bée. Nom de Dieu ! Je rêve ou quoi ? Je sais maintenant ce qu'a ressenti Elizabeth Bennet en découvrant le château de Pemberley. La demeure se dresse, monumentale, derrière un portail noir et des buissons taillés au cordeau ; l'allée, assez grande pour accueillir vingt voitures, s'orne d'une fontaine en marbre. Cette baraque est gigantesque. Une douzaine de chambres, je dirais. Peut-être même plus. Sur la façade avant, de hautes colonnes soutiennent une toiture en tuiles gris clair. Le terrain lui-même est au moins aussi vaste qu'un centre commercial.

J'avise un chêne dans le jardin qui fait face à la baraque d'Ed. Je devrai escalader un mur d'enceinte pour y accéder, mais c'est un bon poste d'observation. Je scrute les alentours : personne en vue. Je tente de franchir le mur, mais ce n'est pas évident avec les talons de quinze centimètres de Vénus. Je les enlève, les range dans mon sac et parviens à mes fins avant de grimper dans l'arbre. À califourchon sur une branche, j'inspecte la rue avec la grâce d'une gymnaste médaillée d'or. J'étudie la bâtisse et ses remparts. C'est Fort Knox ! Des barbelés courent tout le long des clôtures et des caméras de sécurité sont fixées aux piliers du portail en fer forgé. Un grand écriteau indique : « Attention au chien », avec la photo d'un pitbull aux énormes crocs acérés. Je regrette soudain mon teckel. En tout cas, je ne vois pas comment entrer sans invitation. Ce serait peut-être un peu plus facile de nuit. Je pourrais lancer un assaut furtif… Sauf qu'à tous les coups, ce sont des caméras infrarouges. Mieux vaut ne pas courir le risque.

Une BMW s'engage dans l'allée, passant près de mon arbre. Je m'enfonce dans le feuillage pour me dissimuler. Une femme sort de la voiture. Je ne fais pas un geste, retenant mon souffle. J'aurais préféré porter une tenue de camouflage plutôt que ce pull fluo (la couleur orange est un brin trop voyante dans le cadre d'une planque). La femme traverse la pelouse dans ma direction, et je me pétrifie.

— Eh, vous ! Descendez de mon arbre !

Ce n'est peut-être pas à moi qu'elle s'adresse ? Tout mon corps se contracte, je ne bouge plus un muscle. J'explore du regard les fourrés. Possible qu'il y ait quelqu'un d'autre ici, et qu'elle ne m'ait pas vue.

— Vous m'avez entendue ? hurle-t-elle.

Avec un soupir, j'abandonne ma branche. Mon Birkin s'accroche à un rameau, et je me vautre sur l'herbe.

— J'avais cru apercevoir un chat, dis-je.

Elle n'a pas l'air convaincue.

— Faut-il que j'appelle la police ?

— Oh non, ne faites pas ça !

Je rechausse mes escarpins et quitte les lieux. Tant pis, je trouverai une autre cachette. Mais laquelle ? Oui, laquelle ? Je cherche du regard un arrêt de bus ou une cabine téléphonique, mais les gens de ce quartier ne prennent pas le bus et toutes les anciennes cabines rouges ont été retirées, reconverties en coffee shops, comme ce micro-café à Hampstead Village. Comment me rendre invisible ? Comment rester discrète ? Je dois absolument garder un œil sur cette maison. Je dois sympathiser avec Tiff ou avec Ed.

J'aperçois un vélo en libre-service abandonné contre un mur. Noir, avec une plaque publicitaire rouge « Santander » sur le cadre et la roue arrière. Je me précipite dessus. Ce truc m'a tout l'air d'un engin de mort, mais je suis une pro. Je l'enfourche et appuie sur les pédales. Ça fait des années que je ne suis pas montée sur une selle, mais vous savez ce qu'on dit : « c'est comme le vélo, ça ne s'oublie pas ». J'espère que cette formule est également valable pour le meurtre. Depuis le temps que je n'ai pas tué, je suis aussi rouillée que cette bicyclette. J'aurais besoin de lubrifiant.

J'effectue des va-et-vient dans l'avenue, comme si je ne faisais que passer. Après ce qui me semble une éternité, mais se limite en réalité à dix minutes, j'ai mal aux genoux, je ne sens plus mes fesses, et le portail du manoir s'ouvre en grand. Une superbe Bentley noire en émerge. Est-ce que c'est Ed ? Impossible à dire. Toutes les vitres sont teintées, je ne vois pas l'intérieur. Le véhicule bifurque à gauche, puis accélère en s'engageant dans la rue. Allez, je le suis !

Je m'écarte du trottoir et fonce sur la chaussée façon Jason Bourne. À l'approche du Spaniards Inn, la route se réduit à une voie et la Bentley est obligée d'attendre son tour, ce qui me laisse le temps de la rattraper. Je roule aussi vite que je peux.

Une fois derrière elle, je serre les freins. Je n'ai pas envie qu'Ed me remarque. Mes cheveux pendent devant mon visage, aussi masqué par mes lunettes miroir. Je commence à m'habituer à pédaler en talons, en dépit de leurs quinze centimètres. Ça m'étonnerait que Jason en soit capable, lui ; il porte toujours des chaussures adaptées. Quand je relève la tête, la voiture a disparu. J'enfile Hampstead Lane en redoublant d'efforts, et j'entrevois la Bentley un peu plus loin. Elle tourne à côté de Jack Straw's Castle. La vache, ça grimpe ! Je me mets en danseuse et écrase les pédales. *Allez, plus vite, plus vite !*

Nous traversons tout Hamsptead, puis Frognal, et arrivons dans le centre de Londres. Le sang pistonne dans mes veines à la façon d'un train à vapeur. Je transpire comme un pédophile dans une cour d'école. J'ai les doigts crispés sur le guidon. Malgré mes cuisses en feu, je garde les yeux vissés sur la plaque d'immatriculation de la Bentley. Pas question de la perdre à nouveau.

13 heures
Christie's, St James, Londres

La Bentley s'arrête devant Christie's, dans King Street. Je pile. Mes pneus crissent sur l'asphalte et une Prius klaxonne derrière moi. Je m'affale sur le guidon, essoufflée, dégoulinante de sueur. Je ne dois pas être jolie à voir, mais au moins, j'ai réussi ma filature. Si on m'avait dit qu'un jour, je serais contente que Londres soit saturée de bouchons !

J'observe l'illustre hôtel des ventes : un bâtiment imposant orné d'un drapeau rouge flottant au vent. Grilles en fer forgé le long de la façade, immenses fenêtres qui scintillent comme de l'argent. J'imagine les fortunes qui entrent et sortent par ses portes, les trésors enfermés dans ses coffres. Je me demande combien d'œuvres d'art inestimables sont conservées derrière ces murs. Y a-t-il des Caravage ? Je parie que oui. Des tripotées, même.

Le chauffeur s'extrait du véhicule et ouvre la portière passager. Si Ed me voit, comment est-ce que j'expliquerai ma présence ? Ça paraîtra bizarre, voire louche. Avec de la chance, il était tellement bourré hier soir qu'il ne se souvient pas d'Amazone…

En fait, ce n'est pas Ed qui surgit de la voiture : c'est Tiffany. J'étouffe une exclamation. Nom de Dieu, c'est elle ! Je suis littéralement éblouie. C'est elle, c'est vraiment elle ! Je me retiens de toutes mes forces de crier : « TIFF ! TIFF ! C'EST MOI, ALVIE ! » Je me mords la lèvre.

Magnifique déesse !
Créature céleste ! Tu brilles
Plus que mille soleils.

À la voir comme ça, en chair et en os, elle semble si vivante, si pleine de vitalité. Décidément, quel dommage de devoir la tuer… Mais c'est le destin. C'est écrit. J'attends un peu, au cas où Ed l'aurait accompagnée, mais le chauffeur claque la portière et repart. Il n'y a qu'elle et moi.

Elle est vêtue d'un pantalon noir moulant, en similicuir vraisemblablement. Jamais elle ne s'habillerait avec une peau d'animal. #FOURRURETORTURE. J'aperçois à son bras la sacoche que le chaman lui a offerte (on a le droit de porter du renard à condition qu'il ait été cousu par un sorcier). Son tee-shirt épouse sa silhouette parfaite. C'est un Dior. Je lis le slogan écrit dessus : « *We should all be feminists* ». Elle n'est pas que mystique, elle est aussi engagée. Elle a un bronzage de vacances aux Caraïbes, un teint couleur *Alerte à Malibu*. Je reconnais ses bottes, elle les a présentées sur son vlog. Elles sont faites en bouteilles de plastique recyclées. Je vendrais mon âme pour ces chaussures. Je la regarde traverser la rue, la tête haute, le pas vif. Elle double toute la file et le portier n'a visiblement rien à y redire. Si c'est là qu'est allée Tiffany, alors c'est là que j'irai.

Je cale le vélo contre une poubelle et je la suis en courant.

Des centaines de gens patientent dehors ; la queue est interminable. Christie's accueille sans doute un événement artistique majeur. Un tapis rouge s'étire à perte de vue, mais la vie est trop courte pour s'embêter à poireauter. Croyez-moi, je sais de quoi je parle. Je gonfle mes poumons, redresse le menton, ignore le nœud dans mon estomac et me dirige à grandes foulées vers la porte. Que le spectacle commence !

Le portier arbore un costume anthracite avec les revers rouges assortis à la cravate. Casquette bien droite, gants blancs, souliers noirs vernis. « CHRISTIE'S » est inscrit sur le paillasson.

— C'est la folie, ici ! je lance avec un large sourire en ôtant mes lunettes miroir.

— Bonjour, madame, dit-il tout en jetant un coup d'œil au type à l'avant de la file. Vous êtes... ?

— Siobhán Faelan. Une invitée de Tiffany Forbes.

Profitant de son hésitation, je m'empresse de monter les marches. *Bien joué !* Faire la queue, moi ? Jamais ! Une fois à l'intérieur, je détaille les lieux. Effluves de siècles d'art, saveur de fortunes familiales. La salle est lumineuse et spacieuse, avec de longues colonnes et des murs blancs. Un grand téléviseur montre des images de sculptures. On entend de la musique classique : Mozart, il me semble. Je miserais sur *Les Noces de Figaro*. Tout est très raffiné.

Une jeune femme est à l'accueil, devant l'écran de son ordinateur.

— Bienvenue chez Christie's, madame. Votre nom, s'il vous plaît ?

— Siobhán Faelan. Je suis là pour l'événement d'aujourd'hui. Savez-vous où est allée Tiffany ? Ah, la voilà !

— Participerez-vous à la vente ? demande l'hôtesse en lorgnant ma tenue d'un air réprobateur.

Je ne fais que réinventer le style homewear chic, à l'exemple de Woody Harrelson qui portait un pyjama pour la première d'un de ses films.

— Oui.

— J'ai besoin d'une pièce d'identité pour vous créer un compte.

— Mais certainement, je réponds en pêchant le passeport de Siobhán dans mon sac. En revanche, si vous pouviez faire vite, ce serait parfait. (Je n'ai pas envie qu'elle remarque que c'est un faux.)

— Nous devons également prendre une photo. Vous permettez ?

Je pose, le regard sombre, devant la caméra de son PC. Clic ! Pas d'inquiétude, mes papiers sont très bien imités. Je les récupère et quitte l'accueil. Où est Tiffany ? En la cherchant, je surprends mon reflet dans un miroir. *J'ai une de ces dégaines !* Je viens d'accomplir le Tour de France après avoir passé la nuit dehors… Je crois qu'un petit relooking devient urgent. Je mets le cap sur le vestiaire.

C'est un petit gars qui s'en occupe. On dirait qu'il a onze ans : acné, appareil dentaire, duvet au menton.

— Bonjour, dit-il.

— Bonjour, jeune homme. Excusez-moi, je vous ai laissé ma veste il y a deux minutes… Celle-ci, oui, la voilà ! (Je pointe du doigt un vêtement sur le portant derrière lui.) L'ennui, c'est que j'ai perdu mon ticket. Je n'ai vraiment pas de tête ! Quelle blonde je fais ! j'ajoute en riant.

Il reluque mes cheveux. Ah oui, j'avais oublié, je les ai teints en orange.

— C'est du blond vénitien. Vous vous souvenez de moi, bien sûr, hein ? (Je lui offre mon plus beau sourire.) Je viens tout juste de vous confier ma veste. Pourriez-vous me la rendre ? J'ai froid.

— Je n'ai pas le droit de…

— Il fait frisquet, avec cette clim. Je ne pensais pas qu'elle me serait utile, mais… Peu importe, vous pouvez me la donner ? (Je montre à nouveau la veste, et il suit la direction que je lui indique.)

Lentement, il tend la main vers elle, puis se ravise.

— Non. Pas sans ticket.

— Jeune homme… (Je me penche vers lui en le fixant droit dans les yeux.) Vous savez qui je suis, n'est-ce pas ?

— Euh…, fait-il en baissant le nez.

— C'est insensé ! j'explose, tapant du poing sur la table. J'exige de parler à votre responsable. Je n'en reviens pas que Christie's traite sa clientèle VIP de la sorte. Vraiment, c'est une honte !

Les personnes présentes dans la salle se taisent soudain et regardent de notre côté.

— D'accord, je suis désolé, dit-il. Désolé. Toutes mes excuses. Tenez, voilà votre vêtement. Pardon. Mais s'il vous plaît, parlez moins fort…

Satisfaite, je m'empare de la veste et je l'enfile. C'est une Chanel en tweed, doublée de soie, avec des boutons siglés. Elle a dû coûter dans les dix mille livres.

— Oh, elle est superbe ! je m'extasie en caressant les manches, tournoyant sur moi-même. De quoi j'ai l'air ? Vous aimez ? (J'attache les boutons dorés.) Vous croyez qu'ils sont en or massif ?

Je lui adresse un clin d'œil puis m'éloigne. Je suis éblouissante.

En repassant près de l'accueil, je repère un exemplaire du magazine *Harper's Bazaar* posé sur une table basse. J'ai une idée. Je le prends et le feuillette rapidement. Il y a sûrement un échantillon de parfum à l'intérieur. Je cherche, je cherche… Oui, il y en a un ! Je détache le sachet de Valentino, je l'ouvre et je m'en applique sur les poignets, derrière les oreilles, sur les joues et sous le menton. Un peu aussi au creux du décolleté. Il est à la bergamote et à la fleur d'oranger. À présent, je sens l'héritière italienne, et plus la tapineuse gavée de bonbons à la menthe.

Après avoir noué mes cheveux en chignon, je me dirige droit vers Tiffany que j'ai localisée à l'autre bout de la pièce. *C'est parti mon kiki !* J'ai la bouche sèche, le cou raide. *Attention à ne pas l'effrayer, Alvie.* La première impression est fondamentale. Le grand moment est arrivé.

Tiff est en train d'admirer une vitrine. Un panonceau indique : « Projet immobilier ». Faisant mine d'être intéressée, je m'approche. Il y a des brochures sur papier glacé avec des photos de maisons, modernes et minimalistes. L'une d'elles ressemble à une balle de golf géante, une autre est entièrement faite en verre. Tiff tourne les pages où s'étalent les villas de mes rêves. Je remarque que nous sommes de la même taille, et du même gabarit. Ses yeux, eux, sont plus bleus que verts, mais la différence est négligeable.

La gorge serrée, je me force à déglutir. Voilà, c'est maintenant. Je me sens comme si j'allais rencontrer la reine. Je vais tâcher de ne pas l'appeler « Votre Majesté ». En espérant que je parvienne à articuler de vrais mots.

— Ciao. J'aime bien votre visage.

C'est la seule chose qui m'est venue à l'esprit.

— Oh ! Merci, dit-elle en me faisant face.

— C'est le Dr Sebagh qui vous l'a fait ?

— Non, il est d'origine.

— Waouh ! Vraiment, waouh !

— Waouh vous-même ! rétorque-t-elle en riant.

Nous nous fixons un instant. Je suis la première à détourner les yeux.

Sa voix me surprend. Elle est douce et claire, pas du tout aiguë. C'est la même que dans son vlog, bien sûr, mais elle ne sonne pas exactement pareil dans la réalité. Je reste plantée devant elle avec un grand sourire idiot. *Allez, Alvie : « de vrais mots », on a dit ! Arrête de te conduire comme une abrutie. Ressaisis-toi !*

Le regard de Tiffany se pose sur mon Birkin.

— J'adore votre sac. J'ai eu le même.

— Alors on est sœurs de sac !

— J'en ai fait don pour la tombola du Great Ormond Street Hospital.

Elle m'examine des pieds à la tête, puis sourit et me tourne le dos. Bon, ça ne s'est pas trop mal passé, je crois. Je reviendrai à la charge tout à l'heure. Elle ne s'en tirera pas aussi facilement. Je suis têtue, comme fille. Obstinée. Inflexible. À côté de moi, Macbeth est un velléitaire et Lady Macbeth une crème.

Je lui file le train jusqu'en haut d'un escalier à la rampe incurvée, la main glissant sur l'acajou lisse et brillant. Tuer me ferait du bien, je pense. Je me suis encroûtée depuis un an. Les meurtres, ça me manque. Les incendies aussi. Heureusement que j'ai encore les larcins : ça, ça fait toujours plaisir. En tout cas, si ceci est mon baroud d'honneur, je veux partir dans un feu d'artifice. J'exécuterai Tiff et Ed en beauté. Ce sera grandiose. Ce sera mon *opus magnum*. Ou mon *magnum opus* ?

Il y a des bouquets de fleurs dans de jolis vases et des vitrines remplies d'horloges dorées. Je pousse un soupir. Je regrette la pendule à coucou que j'avais à Rome, elle était géniale. J'aimerais bien faucher une de celles-ci, mais je ne suis pas venue pour choisir ma déco. Non, j'ai un travail à accomplir. *Concentre-toi un peu, Alvie !*

À l'étage, des portraits de style abstrait tapissent les murs. Emboîtant le pas à Tiffany, j'entre dans une pièce peuplée de gens aux looks artistes : tenues soignées, chaussures hors de prix. Un serveur porte un plateau de flûtes de champagne rosé. J'en prends deux et suis Tiff dans un couloir à la lumière tamisée.

Le passage aboutit à une sorte d'alcôve. Un garde est posté près d'une corde qui longe toute la paroi, même s'il n'y a qu'un seul tableau exposé. Il est éclairé, dans un cadre noir et or. C'est un portrait de Jésus, ancien, saisissant. Le visage pâle, le regard serein, le Christ est vêtu d'une robe rouge foncé avec une écharpe bleue sur une épaule. Je lis la plaque : c'est une œuvre de Da Messina. Tiff et moi l'étudions un moment.

— J'adore la manière dont il a peint le nez. Je n'y arrive jamais, moi. C'est super dur, les nez.

Je lui tends une flûte, feignant d'entamer la mienne.

— Oh, merci, c'est gentil, dit-elle en s'emparant.

Je verse mon champagne dans une plante en pot. Les sacrifices que je m'impose ! Ça ne me ressemble pas de refuser de l'alcool gratuit. Nino a intérêt à apprécier le geste. La terre absorbe le liquide. Est-ce que les plantes boivent du champagne ? Ou est-ce que je viens de la tuer ? Oups !

Je reporte mon attention sur Tiff. À l'instant où je m'apprête à lui glisser que je suis fan de son vlog et que je suis moi-même très mystique, je suis distraite par deux hommes qui approchent en discutant bruyamment. Jeunes, en costards gris élégants. Un look de financiers. Peut-être des investisseurs professionnels spécialisés dans le marché de l'art.

— J'ai acheté pour douze millions de dollars un vase Ming vieux de six cents ans, fabriqué à l'intention de l'empereur. Dire qu'il avait servi de porte-parapluie !

Tiffany s'éloigne une nouvelle fois.

Je reste en arrière par souci de discrétion. Je ne veux pas lui faire peur. Elle pourrait se plaindre que je la harcèle et on me jetterait dehors.

Elle disparaît dans une autre salle. J'attends douze secondes avant d'y pénétrer à mon tour. Les mecs en costard continuent à se la péter.

La porte ouvre sur un long balcon. Tiff s'assoit tout au bout. Je promène mon regard sur l'auditorium. Il est bondé, vibrant d'énergie. Des centaines de personnes conversent, survoltées. Les hommes sont autant de clones en deux-pièces. Les femmes sont toutes habillées en noir, avec un ravissant collier de perles et le sac de la saison à la main. Je serre mon Birkin contre moi. Des gens sont au téléphone, un écouteur dans l'oreille, chargés d'enchérir pour leurs clients. Des photographes équipés de tout leur attirail se tiennent prêts à suivre l'action. Une effervescence monte en moi ; c'est ma première vente aux enchères.

Un septuagénaire vêtu d'un costume gris foncé et d'une cravate rose se tient sur l'estrade, debout derrière un pupitre. Dans son dos, un écran affiche la valeur de diverses devises : yens, dollars, euros. Il frappe quelques coups avec son marteau, et la rumeur de la foule s'éteint. Un autre écran s'allume, montrant le tableau que nous venons de voir dans l'alcôve.

— Mesdames et messieurs, le premier lot du jour est le magnifique Antonello da Messina, *Le Christ bénissant*. Alliance parfaite de la simplicité italienne et du réalisme flamand. Da Messina était un véritable précurseur de la peinture moderne. Nous débutons les enchères à cent mille livres.

Ben mon vieux !

Dans le fond, un type au téléphone lève la main pour se porter acquéreur. Il a des lunettes noires, un costard noir et une calvitie naissante. On dirait le méchant dans *Matrix*.

Juste après, Tiffany propose cent cinq mille. Aucun des deux ne voulant lâcher prise, ils font grimper les enchères tandis que le silence envahit peu à peu la salle. Certains filment avec leurs smartphones. Les appareils photo et les flashs crépitent. Leur duel dure un petit moment, jusqu'à ce que Tiff annonce :

— Deux cents !

— Deux cents, qui dit mieux ? demande le commissaire-priseur.

Tout le monde se tait. Personne ne bouge.

— Deux cent dix ! je crie.

Tiffany se tourne vers moi. Nos regards se happent. Je lui souris.

— Deux cent dix. Merci… Siobhán ! dit le commissaire-priseur, lisant mon nom sur son ordinateur portable.

— Deux cent cinquante, lance Tiffany.

— Trois cents !

Un murmure d'excitation parcourt le public. Le commissaire-priseur hausse un sourcil.

— J'ai trois cent mille ici, et nous n'en avons pas encore terminé.

Tiffany s'évente avec une brochure.

— Quatre cents, dit-elle.

— Cinq cents !

— Monterez-vous à six cents ? invite le commissaire-priseur. Six cent mille ?

Tiffany hésite. Je commence à paniquer. Je n'ai pas envie de l'acheter pour de vrai, ce tableau. Et même si je le voulais, je n'en aurais pas les moyens. Il ne me reste qu'un billet de cinq livres. Le vieux type sur l'estrade porte un verre d'eau glacée à ses lèvres. L'affolement me gagne.

— Dépêchons, s'il vous plaît, presse-t-il.

Tiffany lui fait oui de la tête.

Putain, j'ai eu chaud !

— C'est à nouveau chez vous, Tiffany. M'en donnera-t-on sept cents ?

— Sept cents ! je crie en levant le bras – j'ai toujours aimé repousser les limites.

— Merci, dit-il. Siobhán reprend la main.

Il règne un silence de mort. Merde. Suis-je allée trop loin ?

— Ce n'est plus chez vous, Tiffany. C'est chez Siobhán. Sept cents… Nous arrêterons-nous à sept cents ?

Tiff relance d'un geste. *Ouf !*

— Huit cents pour vous, Tiffany. Est-ce que c'est fini ? J'adjuge ?

Je m'éclaircis la gorge et annonce :

— Neuf cent mille.

Mes paumes sont moites. Mon cœur pulse à un rythme de techno.

— Neuf cent mille livres pour vous, Siobhán.

Tiffany se tourne à nouveau vers moi et me dévisage. Je hausse les épaules et articule : « Il est joli. »

Sans déconner ? Je débloque ou quoi ? Si c'est moi qui l'emporte, je suis foutue. Mais j'ai tellement envie qu'elle me remarque... Je ferais n'importe quoi pour attirer son attention.

— Un million, déclare Tiffany.

Oh, c'est trop cool !

La salle entre en ébullition. Un journaliste tombe dans les pommes.

— Un million de livres, répète le commissaire-priseur en bombant le torse, tout fier.

Il me regarde, et je secoue la tête. *C'est un chouia au-dessus de mon budget.*

— Un million, mesdames et messieurs, vous avez entendu. Merci, Tiffany. Il est à vous. Adjugé à Tiffany Forbes pour un million de livres !

Il abat son marteau sur le pupitre, et le public applaudit à tout rompre.

Légèrement nauséeuse, je caresse du doigt mon leprechaun. Je l'ai vraiment échappé belle ! Je m'évente avec une brochure.

Tiffany se lève et marche vers moi, qui suis placée entre elle et la sortie. Il ne faut pas qu'elle s'en aille, pas encore. Je lui tends la main, et elle me la serre.

— Félicitations pour votre achat, dis-je. Je suis désolée d'avoir plus que triplé le prix.

— Oh, je vous en prie, ce n'est pas grave. Nous sommes-nous déjà croisées ici ? demande-t-elle en m'examinant.

— Non, c'est ma première fois. J'enchérissais pour quelqu'un d'autre.

— Oh, et qui donc ?

— Un client. C'est confidentiel.

Elle acquiesce, puis essaie de passer devant moi, mais je lui bloque le chemin.

— Personnellement, je ne m'offre jamais d'œuvres d'art. Je dépense tout mon argent pour les chiens. (Ça y est, je sens que j'ai capté son attention.) Les chiens sont ma passion. Je n'en ai pas, mais je donne tout ce que je gagne au Dogs Trust.

— C'est vrai ?

J'opine du chef. Pas la peine d'être subtile alors que je n'ai que quelques secondes pour lui faire mordre à l'hameçon. Elle me décoche un large sourire. Super, ça a marché !

— Et je suis une de vos plus grandes fans, j'ajoute. J'adore *Breakfast with Tiffany*.

— Oh, merci ! Quel est votre nom, déjà ?

— C'est… c'est Siobhán.

— Ça se prononce « chou-vone », non ?

— Non, « si-o-bane ». Je le prononce à l'anglaise. Je ne suis qu'à moitié irlandaise.

— Ah, je vois.

Ce qui me rappelle que je suis originaire de Cork. J'enclenche donc mon accent irlandais.

— Que la route s'élève à votre rencontre.

— Pardon ?

— C'est une expression irlandaise. Et vous, pour qui achetez-vous ?

— Pour moi-même. Enfin, pour mon mari, en réalité. Il a un faible pour Da Messina.

Un picotement me remonte la colonne vertébrale. Je me rapproche, avenante.

— Et si nous allions boire une coupette. Il faut fêter ça, non ? Sans rancune, c'est la meilleure qui a gagné.

Je lui tiens la porte et nous nous rendons au bar. Je m'empare à nouveau de deux flûtes de champagne, et je lui en tends une.

— Pardon si je me répète, mais je suis une fan absolue de *Breakfast with Tiffany*.

— Vous êtes trop gentille, répond-elle en rougissant. C'est juste un hobby.

— Je suis très mystique, moi aussi.

— Ah oui ?

— Oui, TRÈS. Comme Russel Brand. Je sais même lire les auras.

— Vraiment ? Impressionnant ! Pouvez-vous lire la mienne ?

— Mmm… Elle dit : « Papillon ».

Tiffany fronce les sourcils.

— Je croyais que c'était des couleurs qu'on voyait…

— Oui, c'est ce que j'ai voulu dire. *(Merde !)* Votre aura a des couleurs de papillon… et une forme de papillon.

— Ah, d'accord, bredouille-t-elle, décontenancée.

Prise de panique, je continue :

— Là, autour de votre oreille, elle est plutôt violette avec des zones pailletées, et là, près de votre bras, elle est d'un turquoise lumineux. Par ici, il y a des carreaux rouges et blancs, comme sur les nappes, vous savez. Et là, un disque orange de la forme d'un œil de chouette.

Je pointe le doigt vers son sein.

— Incroyable ! s'exclame-t-elle en pouffant comme une gamine de six ans.

Oh, ce que j'aimerais avoir le droit de boire ! Mais pour le moment, je dois rester concentrée. Plus vite elle mourra, plus vite j'épouserai son mari riche et séduisant. Après, il y aura du Veuve Clicquot au petit déjeuner tous les jours.

— En fait, je suis si mystique que j'habite dans un tipi.

— Un wigwam ? Vous êtes sans domicile fixe, c'est ça ?

— Non, j'habite dans un vrai wigwam. À Archway. Avant, je vivais dans une yourte.

— Une yourte ?

— Mais elle a brûlé. Et avant ça encore, j'occupais une cabane dans un arbre.

— Oh ! Ce devait être sympa.

— Non, c'était l'horreur.

Je fais semblant de prendre une gorgée de champagne. Oh ! là, là ! qu'est-ce qu'il sent bon ! Je parviens par miracle à résister à la tentation. Je mérite une médaille.

— Je suis si mystique, même, que j'ai réussi à éliminer mon ego. Je l'ai fait disparaître à force de méditation, et maintenant je suis un hologramme.

Tiffany écarquille les yeux.

— Vous n'avez pas l'air d'un hologramme.

— Je sais. C'est bien fait, hein ? On ne peut pas me toucher. Essayez !

Elle tend la main et m'attrape le poignet.

— Et voilà ! lâche-t-elle, satisfaite.

— C'est que je suis un hologramme en 3D projeté par des feuilles de lumière en 2D aux frontières de l'univers. Malin, non ?

— Mais votre peau est chaude ! objecte-t-elle, amusée.

— Normal, c'est la lumière qui est chaude. J'ai peut-être l'aspect d'un être humain, mais en fait je suis un hologramme. Comme Elon Musk.

— J'aimerais bien être un hologramme, moi aussi. Mais j'ai un trop gros ego.

— Ces ego, quelle plaie ! je lance, l'incitant à poursuivre le jeu.

— J'ai bien cherché à le supprimer en méditant, mais ça ne veut pas marcher.

Je lui serre le bras et plonge mon regard dans le sien.

— Et si je le tuais pour vous ?

Nous éclatons de rire toutes les deux. Un peu de champagne lui sort par les narines.

Je pioche un canapé rose sur un plateau. Il a une odeur bizarre. J'appelle le serveur :

— Eh, vous ! C'est quoi, ça ?

Il s'approche et se racle la gorge avant de répondre :

— Il s'agit d'un blini sans gluten nappé de mousse de homard, de vapeur d'aneth et d'écume de Saint-Jacques.

Il conclut par un léger hochement de tête que j'interprète comme une courbette.

J'enfourne le petit-four et mâchonne.

— Ça a un goût de poisson. Vous en voulez un ?

Tiff décline. Elle rit toujours.

— Non. Moi, je suis si mystique que je ne mange même plus. Les aliments sont mauvais pour l'environnement. Je refuse de faire du mal aux plantes, alors j'entraîne mon corps à utiliser la photosynthèse. Je ne me suis jamais sentie aussi bien.

— Ah ouais ? Vous bouffez de la lumière ?

— Non, je plaisante !

Elle termine sa flûte de champagne pendant que je rafle encore quelques amuse-bouches au homard.

— Vous avez fait d'autres acquisitions, récemment ? je demande avant même d'avoir fini d'avaler.

Plus je l'amènerai à se confier, plus nous aurons de chances de devenir amies (quand ils apprennent à me connaître, les gens m'adorent : je suis une fille géniale). Ensuite, j'attendrai un peu, je ne la tuerai pas immédiatement. Je veux d'abord qu'elle s'ouvre à moi. Je dois savoir comment devenir Tiff pour gagner le cœur d'Ed. J'ai besoin de découvrir ses secrets les plus intimes. Dans les moindres détails.

— Oui, répond-elle en s'illuminant. La semaine dernière, à Vienne, j'ai acheté un meuble pour Ed.

— Le shopping, c'est super mystique !

— Ce n'est pas n'importe quel meuble. Je lui ai rapporté le cabinet Badminton.

— Pour ranger les raquettes de badminton ?

— Non. (Elle se penche vers moi, ménageant ses effets.) C'est un meuble qui a été fabriqué en 1726. Il est unique.

— Ah, d'accord. Il ne vient pas de chez IKEA.

Elle éclate encore de rire.

— C'est un investissement pour Ed. Comme le marché de l'art n'est pas corrélé avec le marché boursier, c'est un moyen pour lui de diversifier ses placements.

— Je vois. Et il est comment, ce meuble ?

— Il est incrusté de lapis-lazuli, d'or et de pierres précieuses comme des rubis.

Elle me montre une photo sur son téléphone.

— Waouh, mortel !

Je zoome. C'est un joli bout de bois ! Il est recouvert de centaines de joyaux étincelants. Il me fait penser à ma chatte quand j'avais mon bijou de pubis. Si je possédais une commode comme celle-ci, ma vie serait démentielle.

— Parlez-moi un peu d'Ed. J'ai entendu des choses sur lui, comme tout le monde, mais qui est-il en réalité ?

Elle sourit. Ses yeux bleus brillent autant que les saphirs de son cabinet.

— Oh, c'est un homme tout ce qu'il y a de plus normal, à part qu'il a une énorme…

— Oui ?

— Une énorme fortune. (Elle me fait un clin d'œil.)

— La vache, j'ai cru que vous alliez dire « bite ». Une énorme bite.

Elle éclate de rire, et j'éclate de rire aussi. Décidément, j'ai l'impression que nous sommes copines.

— L'argent, ça a du bon, mais dans le fond je m'en fiche. Les biens matériels n'ont aucun intérêt. Nous sommes des êtres spirituels.

— Votre mariage devait être bling-bling à mort !

— Je vous demande pardon ?

— Votre mariage devait être... sublime et... hors norme.

— Non, j'ai souhaité quelque chose de très simple.

— Où êtes-vous allés pour votre voyage de noces ?

— Ed a tenu à ce qu'on fasse un tour du monde.

— Putain de merde ! je m'exclame sans pouvoir me retenir. Pourquoi pas la lune, tant que vous y étiez ?

— D'après mon mari, nous sommes en tête de liste pour le premier vol de la compagnie de tourisme spatiale Virgin Galactic, mais je refuse d'y participer, à cause de l'empreinte carbone. (Elle repose sa flûte.) Je dois filer, je fais du bénévolat dans une soupe populaire.

— Est-ce que c'est celle d'Archway Road ? Leur minestrone est trop bon.

Elle se lève.

— Non, Tiff, ne partez pas !

— C'est un plaisir de vous avoir rencontrée, Siobhán, dit-elle en glissant sa main sur mon bras.

Elle se rappelle mon nom !

La voyant tourner les talons, je me lève à mon tour et lui agrippe le poignet.

— Qu'est-ce que vous faites demain ? Je travaille toute la fin de journée, mais je suis libre le matin. On pourrait... organiser un truc sympa ensemble ?

Après un instant d'hésitation, elle répond :

— J'ai une séance de CrossFit.

— Super, j'adore le CrossFit. (Mensonge.) Je peux me joindre à vous ?

Je la regarde se tâter. Je scrute son visage. Je crois qu'elle va m'envoyer promener.

— Pourquoi pas ? Ça pourrait être amusant !

Dimanche 7 août, 9 heures
CrossFit, Holloway, Londres

Après avoir casé mon smartphone dans mon Birkin entre ma bouteille de boisson énergétique, mes bracelets-éponges et ma serviette, je sors de l'auberge pour me diriger en trottinant vers Holloway Road. La salle de sport se trouve seulement à dix minutes au pas de course, mais le temps d'y arriver, je suis rétamée au dernier degré et asphyxiée par la pollution. Je m'écroule contre un mur, maudissant les pintes de Guinness que je me suis enfilées par le passé. J'ai un point de côté qui me fait comme des coups de poignard et des ampoules aux pieds à cause de mes baskets personnalisées. Alors que, pliée en deux, j'insulte copieusement le trottoir, j'entends soudain le ronronnement d'un moteur. Je me redresse… et écarquille les yeux.

Tiff émerge de la Bentley. Cette femme est un croisement entre une Pussycat Dolls et Camille Leblanc-Bazinet, championne de CrossFit.

— Waouh, vous êtes superbe ! dis-je en admirant son haut *tie and dye* et son cycliste mauve.

Mon tee-shirt est imbibé de sueur et mes baskets me labourent les orteils. Elles n'ont visiblement pas été conçues pour qu'on coure avec.

— Vous êtes très jolie aussi, assure-t-elle. Vous avez déjà fait du CrossFit ?

— Bien sûr, oui. C'est même ce que je préfère dans la vie, avec les chiens.

Je m'adosse à nouveau au mur, la respiration sifflante.

— On fait un selfie pour Insta ? propose Tiff, levant son téléphone et souriant à l'objectif.

Je baisse aussitôt la tête.

— Non.

— Oh, allons, ne soyez pas timide.

— Non, je ne peux pas. Je suis... trop mystique.

Elle fronce les sourcils. Instagram, c'est sa religion à elle : elle poste au moins dix fois par jour. Mais je ne veux pas qu'il y ait une trace de moi avec Tiffany sur les réseaux sociaux. Pas question. Ça pourrait signer ma perte. Entraîner ma chute.

— Chaque fois qu'on est pris en photo, on y laisse un peu de son âme, j'explique.

Elle remet le portable dans sa sacoche – celle que le chaman lui a donnée.

— Bon, d'accord. On y va ? Je suis trop connectée, de toute façon.

J'acquiesce, et elle me précède à l'intérieur. Elle est encore plus belle de dos. Son cul est digne d'une publicité pour la lingerie sculptante de Jennifer Lopez.

— Salut ! fait un type qui doit être le coach.

Oh, mais visez-moi ce morceau ! Il n'a qu'un short pour tout vêtement, et comparé au sien, le torse de Ryan Reynolds tient de la planche à pain.

— Salut ! répond Tiffany.

Il traverse la pièce pour lui faire la bise.

— Euh... Bonjour, je bafouille.

— Matt, je te présente Siobhán. Elle suivra le cours avec moi aujourd'hui.

Je réprime mon envie de le draguer, ou même carrément de lui sauter dessus.

Prenant exemple sur Tiff, je soulève des poids puis monte et descends d'un socle en bondissant à pieds joints. Je me froisse tous les muscles des cuisses en faisant une douzaine de flexions. Et je ne tarde pas à me retrouver au bord de l'évanouissement.

— Ça y est, c'est fini ?

— C'était seulement l'échauffement, s'amuse Tiffany.

Putain de bordel de merde !

La salle est pleine à craquer, et la séance démarre enfin.

— Bonjour tout le monde ! lance Matt, criant pour couvrir la sono qui passe « Hungry » de Rob Bailey au volume max. Allez, courage ! On va tout déchirer !

La chanson de Rob parle de tuer, de bosser, de fric. Je l'aime bien.

Tous les participants se mettent en place. Tiff et moi ouvrirons la danse : le travail se fait en binômes.

Je regarde Tiffany, qui déborde d'enthousiasme.

Le chronomètre bipe, et c'est parti. L'entraînement consiste en une série de mouvements barbares enchaînés dans un ordre sadique déterminé par je ne sais quel psychopathe. Il comporte des tractions, des *burpee* et – pire que tout – des soulevés.

— Un, deux, trois…

MALHEUR…

Je persévère malgré la douleur. Mon dos est en feu, mes jambes flageolent, mes paumes de main me brûlent. J'ai la tête qui tourne. Je sens la sueur et le sang. C'est pire que de la torture.

— Huit, dix, vingt ! je compte, avant de reposer les haltères.

— Ça ne fait pas vingt, remarque le coach.

Je le fusille des yeux.

— D'accord, vingt, concède-t-il.

— C'était peut-être vingt et un, même…

Je note mon score au feutre rouge sur le tableau blanc. Franchement, vu comme je donne de ma personne, j'espère que Nino est fier de moi.

Tiffany, elle, va jusqu'à trente. À la voir, ça a quasiment l'air facile.

Elle pousse des grognements à chaque effort, mais c'est plutôt sexy chez elle. On dirait une joueuse de volley-ball au moment du smash.

Lorsqu'elle lâche ses poids, nous nous tapons dans la main. Elle s'essuie le front alors qu'elle ne transpire même pas. Elle ne fait que luire joliment.

Elle me fixe avec un grand sourire, que je lui renvoie. Bon sang, ce que je rêverais de l'avoir comme jumelle ! (Et pourquoi pas comme petite amie, à vrai dire.) C'est la fille la plus cool que j'aie jamais rencontrée. Elle est presque aussi cool que moi.

Nous observons les autres qui tentent de rivaliser, mais personne n'égale notre score.

Le coach additionne les résultats et les chronos inscrits sur le tableau blanc.

— OH, MON DIEU, ON A GAGNÉ ! je m'écrie. Ça, c'est une super équipe !

Pas comme Beth et moi… Beth et moi, c'était l'union de la carpe et du lapin.

Je ne sais pas pourquoi je repense à ma sœur. En général, j'évite. Depuis que je l'ai tuée, j'essaie d'oublier qu'elle a existé. Mais le fait est qu'elle a existé. Elle passait son temps à m'humilier en se montrant excellente dans tous les domaines. Contrairement à elle, Tiff ferait une jumelle incroyable. Si seulement j'avais pu échanger ! Ça aurait été merveilleux d'avoir une jumelle qui soit aussi une amie, une personne qui tienne à moi, qui m'épaule dans les moments difficiles, qui… Le regard dans le vague, j'imagine la manière dont les choses auraient pu se dérouler.

— Félicitations ! dit le coach en venant lui-même nous taper dans la main (j'éprouve une drôle de chaleur au fond du cœur, un élan d'affection pour Tiffany et ce garçon). Tiff, tu as battu ton record. Tu es vraiment balèze aux soulevés de terre.

— Merci. Je me sens très en forme. Je suis prête pour le marathon.

— Putain ! Un marathon ?

— Oui. Vous aussi, Siobhán, vous préparez le marathon ?

— Et comment !

Non. Oh, non. Hors de question. Pas le choix maintenant, il faut que je la tue.

Tiff sort de la douche dans un nuage de vapeur, telle la déesse Aphrodite née des embruns de la mer.

Pendant que j'enfile ma culotte, elle m'examine de bas en haut.

— C'est quoi, ça ?

— Quoi donc ?

— Tous ces petits patchs ?

Je baisse les yeux sur mon corps.

— Ah oui, ça. Je viens d'arrêter de fumer. Ce sont des timbres de nicotine, vous savez, des Nicorette.

Elle continue à m'inspecter. J'ai une quinzaine de petits carrés collés partout sur le ventre, la taille et le dos. Je suis un patchwork ambulant.

— Je n'ai pas pris une seule cigarette depuis une semaine.

— Oh, bravo ! C'est formidable.

— Je ne vous le fais pas dire. J'en étais à trois paquets par jour.

Son téléphone se met à sonner dans son sac.

— Vous pouvez répondre pour moi, s'il vous plaît ? Je suis mouillée.

Je fouille dans son sac et déniche le portable. « Nounou » est inscrit à l'écran.

Comment ça, « Nounou » ? Je croyais qu'elle n'avait pas d'enfants ! C'est ce qu'affirme Wikipédia, en tout cas. Pitié, un gamin risquerait de ruiner tous mes plans... D'un coup, le visage d'Ernie surgit dans mon esprit. Pauvre môme, j'ai foutu sa vie en l'air. *Concentre-toi, Alvie !* Peut-être qu'elle vient à peine d'accoucher et qu'elle n'a pas encore mis à jour sa page web. Je jette un coup d'œil à son ventre. Pas de vergetures. Hummm... Elle les a peut-être fait effacer au laser.

— Allô ? C'est bien le numéro de Mrs Forbes, mais elle est toute nue et trempée... (J'entends sangloter à l'autre bout du fil.) Vous devriez prendre l'appel, je pense, Tiffany.

Elle s'essuie les mains sur une serviette, et je lui passe le téléphone. Quand même, si elle avait été enceinte, je l'aurais vu dans *Breakfast with Tiffany*...

— J'espère que ce n'est pas une urgence, dis-je en souriant – je ne veux pas qu'elle s'en aille.

— Allô ? fait Tiff. Comment ça, vous l'avez perdu ? Mon bébé ? Vous avez perdu mon bébé ? Où ça ? Comment ? (Elle a la voix qui tremble.)

Mince. Elle a donc vraiment un enfant. Elle aurait eu recours à une mère porteuse ?

L'échange terminé, elle se tourne vers moi, au bord des larmes.

— Je vais me sentir mal. C'est ma nounou. Elle... elle... elle...

Son portable sonne à nouveau. Elle me regarde avec une mine désespérée puis elle prend la communication.

— Vous l'avez retrouvé dans un buisson ?

Tout en me rhabillant, je tends l'oreille pour épier la conversation.

— Ramenez-le à la maison immédiatement ! Et ensuite, vous ne bougez plus de là. Mais je vous préviens, à mon retour, vous êtes virée. (Elle raccroche en murmurant :) Il faut que je m'asseye.

Je lui dégage une place sur le banc.

— Mon bébé, mon pauvre bébé, gémit-elle. Il vaut mieux que je rentre.

— Que s'est-il passé ? je demande avec une moue apitoyée, la main sur son épaule.

— Qu'est-ce que je vais faire maintenant que je n'ai plus de nounou ?

Je saisis la balle au bond.

— Je pourrais peut-être vous aider ?

— Ah bon ? renifle-t-elle. Comment ?

— Je suis assistante de direction, c'est pour ça que j'étais chez Christie's hier, et j'ai travaillé pour un grand nombre d'employeurs très fortunés. Je ne citerai pas de noms pour des raisons évidentes de confidentialité, mais je pourrais vous recommander quelqu'un.

— C'est vrai ?

— Oui, absolument.

Par « quelqu'un », je veux dire « moi », bien sûr.

Elle m'étudie en buvant à petites gorgées sa bouteille d'eau alcaline, ses beaux yeux toujours remplis de larmes.

— Merci, Siobhán. Merci !

13 heures
Bishops Avenue, Londres

Je descends de la Bentley. Les graviers blancs crissent sous mes semelles. Le chauffeur verrouille la portière derrière moi. Ce fut un trajet bien agréable.

Au milieu de l'allée, je croise un bassin rempli de poissons rouges. Je me penche au-dessus de l'eau verte translucide. Un de ses habitants remonte à la surface et reste là, à me lorgner d'un œil torve.

— Tu veux ma photo ?

Il ne répond pas. Je regrette de ne pas avoir mon couteau à sushi. Il joue avec le feu, ce poiscaille. Il ouvre sa bouche hideuse, puis la referme. On dirait qu'il essaie de parler. *Quoi ? C'est quoi ton problème, face de carpe ? Hein ? Vas-y, crache le morceau ! Non, c'est bien ce que je me disais.*

Au bord du bassin, une grande grenouille en céramique m'observe. Brillante, verte, avec de gros yeux globuleux. Elle a l'air chinoise, et hors de prix.

Tu comptes faire quoi, Kermit ?

Je la foudroie du regard. Puis j'inspire profondément et, tournant le dos à ces animaux hostiles, je talonne Tiff jusqu'à sa demeure en admirant les immenses colonnes de la façade. J'ai l'impression d'être le Prince de Bel-Air : je ne suis pas à ma place ici.

— Ed est sûrement encore au lit, dit-elle. Il vient de rentrer d'un voyage d'affaires. À Tokyo, je crois. À moins que ce ne soit la Silicon Valley. En général, il avale des cachets et dort jusqu'à ce que les effets du décalage soient passés. Il se réveillera juste à temps pour son verre du soir, que James, son majordome, lui apporte quotidiennement à vingt-deux heures tapantes. Ensuite, il se rendormira jusqu'au lendemain matin.

Tiens donc… Des somnifères ? Ça pourrait être utile pour ma mission Basecamp. J'en prends note.

Une bonne nous accueille à la porte. Double battant en chêne, ça rigole pas.

— Bonjour, Mrs Forbes, dit-elle avec une révérence.

— Bonjour, Fifi. Comment allez-vous ? Hier, j'ai acheté un nouveau tableau. Je suis sûre qu'il vous plaira.

— Oh, parfait. Un autre De Vinci ?

— Non, un Da Messina, pour Ed.

— Tant mieux, je n'aime pas les De Vinci, ils sont trop durs à épousseter.

Tiffany entre d'un pas léger, souriante. Plus je la côtoie et plus j'en suis sûre : elle pourrait devenir mon amie, ma première véritable amie. Je souris à mon tour. Eh, une minute… Je ne vais pas laisser un truc débile comme l'amitié se mettre en travers de mes projets !

Je recule pour embrasser les lieux du regard. La maison paraît encore plus grande vue de l'intérieur, aussi grande que le palais de Buckingham ou le Kremlin. Ma culotte est humide. Je fais ça pour Nino, naturellement, mais je rêve de posséder cette baraque. Et cette voiture, et les milliards d'Ed, et le mode de vie sélect de Tiffany. L'argent ne sera que le corollaire de la juste cause qui m'anime, mais franchement, je l'aurai mérité.

Quand je vois ce hall haut de trois étages. Cet escalier circulaire qui longe un gigantesque atrium baigné de lumière naturelle. Le sol en marbre rose. Et l'ascenseur…

— Waouh !

J'ai la bouche béante comme celle du poisson. Je ne sais plus où donner de la tête. Je déglutis péniblement.

— Ah oui, ça vous plaît ? lance Tiff. Nous l'avons fait construire l'année dernière. Ed et moi avons acheté le terrain et détruit la vieille demeure qui se trouvait dessus.

Je lui emboîte le pas alors qu'elle quitte le hall.

Nous croisons un palmier en pot, que je caresse au passage ; l'écorce est rugueuse sous ma paume.

— C'est une plante très rare, indique Tiffany. Ed l'a fait apporter par avion de Gizeh.

C'est juste un arbre à la con.

— Si vous voulez bien attendre dans le salon, je vais aller m'expliquer avec la nounou. J'en ai pour une minute. Après, je vous présenterai mon bébé.

Nous suivons un couloir dans lequel un immense aquarium a été installé. Dedans, flotte une espèce de requin.

— Oh, je sais, ne m'en parlez pas ! s'exclame Tiffany en voyant ma surprise. C'est un requin-marteau. Il est conservé dans de l'alcool, à moins que ce ne soit du formaldéhyde.

— Mais pourquoi ?

Je considère l'animal, dont les petites prunelles noires me scrutent en retour. Il a l'air féroce. Je frissonne. Pourtant, tout redoutable soit-il, il est mort.

— C'est une des installations artistiques d'Edwin, explique Tiffany, sans conviction. Je devrais m'estimer heureuse : au début, c'est un grand blanc qu'il voulait, et ceux-là mesurent plus de six mètres... (Elle sourit.) Je vous en prie, asseyez-vous.

Je m'enfonce dans un fauteuil en daim à dossier inclinable. Dès que Tiffany quitte la pièce, j'actionne le bouton pour m'allonger, puis me redresser. En bas, en haut, en bas, en haut. C'est trop marrant ! Je pourrais rester là toute ma vie. En plus, il a une fonction massage !

Ensuite, j'explore du regard cette pièce immense qui occupe toute la façade arrière de la maison. Je suis émerveillée par tant de style et d'élégance, par les belles finitions artisanales, les textures luxueuses : satin somptueux, soie veloutée, cuir italien. Le tout dans un camaïeu de marron et de beige, de crème avec des touches argentées. La moquette est d'une riche couleur champagne. Il y a également un bar art déco avec d'incroyables panneaux d'ivoire. Enfin, des portes-fenêtres mènent à un jardin soigné, offrant une vue exceptionnelle sur ce qui doit être le club de golf de Highgate.

Je patiente en me rongeant les ongles. J'entends les sanglots de la nounou, puis la porte d'entrée qui claque. *Pourquoi est-ce que je stresse autant ?* Je me sens aussi mal à l'aise dans cette baraque qu'une grenouille dans un restaurant français ou un poisson dans l'aquarium d'un requin blanc. Je me dis que ce n'est pas plus mal que je n'aie pas de cigarettes sur moi. Tiffany n'apprécierait sans doute pas que je fume dans sa maison. Il faut que je continue à la brosser dans le sens du poil, au moins jusqu'à ce que j'aie élaboré un plan. Nino, lui, il aurait allumé une clope, mais il n'est plus de ce monde. Et je suis plus stratégique.

Je regarde l'heure. Merde, j'ai raté le début de mon service au Savoy ! Je vais sûrement me faire virer. Surtout que j'étais déjà complètement à la bourre hier à cause de mon détour chez Christie's. Tant pis, ce n'est pas grave. Je n'ai plus besoin de ce boulot maintenant que j'ai trouvé les Forbes. Je regrette juste de ne plus avoir l'occasion de baver sur Jack, mais je dois choisir mes priorités.

Une femme déboule dans le salon et se précipite vers moi. *Houlà, c'est qui celle-là ? D'où elle sort ?* Je me ratatine dans mon fauteuil. Elle est vêtue d'un tailleur noir très classe et de talons aiguilles noirs de grande marque. Elle tient un iPad dans une main et un iPhone dans l'autre. Ses longs ongles, qui s'apparentent davantage à des serres, sont vernis d'un rouge profond et sombre. Elle appuie sur le bouton pour redresser mon dossier et me fixe droit dans les yeux. Son haleine chaude m'effleure le visage ; elle dégage une odeur de bain de bouche.

— Euh… salut, dis-je. Vous êtes qui ?

— Qui je suis ? C'est plutôt à moi de vous poser cette question ! Qu'est-ce que vous faites ici ?

— Je m'appelle… euh… (Oh zut, c'est quoi mon nom, déjà ? Elle me stresse à me toiser comme si j'étais une motte de terre que Tiff aurait rapportée sous les semelles de ses Louboutin.) Siobhán ! Je m'appelle Siobhán.

— Et qu'est-ce qui vous amène ?

Ah, d'accord, j'ai compris. C'est le chien de garde.

Me cherche pas, miss,
Ou ton cadavre rejoindra
Ceux de Tiff et d'Ed.

Heureusement, Tiffany réapparaît et nous rejoint d'une démarche chaloupée. Elle s'assoit à côté de moi et je lui adresse un grand sourire, qu'elle me retourne.

— Je vois que vous avez fait la connaissance de Jacinda, ma secrétaire.

— Assistante, corrige Jacinda, les lèvres pincées.

— Jacinda, je vous présente Siobhán. Nous nous sommes rencontrées chez Christie's hier.

— Bonjour, Jemima.

Jacinda me fusille du regard, comme si je venais de torturer à mort son chaton. *Oh, me serais-je trompée de prénom ?*

— Mrs Forbes, vous avez votre séance photo à seize heures, signale-t-elle.

— Décommandez.

— Mais c'est pour…

— Annulez tous mes rendez-vous d'aujourd'hui. (Jacinda pousse une sorte de gémissement.) J'ai un problème avec mon bébé. Siobhán est là pour m'aider.

Une fois de plus, la secrétaire me fusille du regard. Elle semble sur le point de dire quelque chose, puis se ravise, fait demi-tour et quitte la pièce en vacillant sur ses talons aiguilles.

— Elle a l'air adorable, dis-je. Et votre intérieur est magnifique. Ça me fait penser à l'émission *Ma maison de star*.

— En réalité, je ne l'aime pas trop, cette maison. Elle n'est pas assez cosy. (Elle jette un œil par la fenêtre et ajoute :) J'ai grandi dans un logement social, vous savez.

— Je croyais que vous étiez née à Chelsea…

— Oui, dans un logement social à Chelsea, répond-elle, amusée. Siobhán, auriez-vous fait des recherches sur moi ?

— Non, pas du tout !

Mon cœur se met à battre plus vite. Une expression de panique se répand sur mon visage. Je me force à faire bonne figure, mais c'est sans doute pire. Je dois ressembler à une cinglée.

— Je sais ! lâche-t-elle en riant. Je plaisante. Désolée. Mais vous comprenez, il m'arrive d'avoir des fans un peu dingues qui connaissent ma vie sur le bout des doigts.

— Il y a vraiment des malades ! C'est quoi, ce tableau ? (C'est une peinture de Seurat qui montre des gens au bord d'un lac. J'ai tout de suite reconnu l'artiste. C'est facile, toutes ses œuvres sont en pointillés.) C'est un Seurat, non ?

Elle confirme d'un hochement de tête.

— Ed est un mordu d'art. Mais voyez comme c'est amusant, s'exclame-t-elle en se levant et en se dirigeant vers le tableau : quand j'en ai marre du pointillisme, j'appuie sur ce bouton, et hop, ça devient un Dali !

En effet, on entend un léger bourdonnement et l'œuvre pivote à cent quatre-vingts degrés. Un paysage surréaliste prend sa place : un désert jonché de rochers et de silhouettes étranges.

— Ah, c'est mieux, dis-je. Le Seurat me faisait loucher.

Elle rigole.

— Vous avez assez admiré ce Lucian Freud ? (Elle enfonce un autre bouton et le bourdonnement s'élève de nouveau.) Eh bien, derrière, il y a un Lichtenstein.

— Je ne l'aime pas trop non plus, celui-là.

J'étudie un bronze sur la table basse. Une statuette de danseuse qui porte un tutu et se tient en quatrième position.

— Et ça, c'est de qui ?

— Degas.

— Et ça se transforme en quoi ?

— En rien.

Elle revient s'asseoir près de moi sur le canapé.

— Ça ne fait pas comme dans *Transformers* ? Ça ne se change pas en une espèce de robot tueur ?

— Ce serait cool ! Je vais suggérer l'idée à Ed.

La bonne toque puis entre dans la pièce. Elle est vêtue d'un uniforme noir classieux et porte un carlin dans ses bras.

— Je vous l'ai lavé, Mrs Forbes. Je lui ai donné un bain. Il était couvert de boue, et il avait des feuilles prises dans les poils. C'était vraiment une horreur.

— Merci, Fifi. Il a eu une grosse frayeur, mon pauvre bébé.

J'examine le clébard. Il a les crocs de travers et semble intégralement constitué de bourrelets de chair velus. Il me fixe de ses yeux protubérants. J'affronte son regard. Il émet un grondement sourd, et au moment où je m'apprête à grogner aussi, Tiffany déclare :

— Siobhán, je te présente Bébé.

Ah… Le bébé est donc un chien.

Fifi m'apporte la bestiole. Au moins, ce n'est pas le pitbull flippant de la pancarte accrochée à l'extérieur. Je tiens à mes doigts.

— Un carlin ! Oh, j'adore les carlins ! C'est même mon animal totem.

— C'est vrai ? Incroyable ! Comment l'avez-vous appris ? interroge Tiffany, ébahie.

— C'est l'archange Gabriel qui me l'a annoncé.

— N'importe quoi ! pouffe-t-elle.

— Si, je vous assure. C'était super mystique. Il avait une voix magnifique. Elle ressemblait à celle d'Idris Elba.

— Et qu'est-ce qu'il vous a dit ?

— Il m'a dit : « Siobhán, j'ai un message de la part de Dieu : le carlin est ton animal totem. »

— Quoi ? C'est tout ? Et il est reparti ?

— Et il est reparti.

— Siobhán, vous êtes impayable !

Elle me pousse gentiment en rigolant. J'éclate de rire, mais je ne suis pas sûre qu'elle me croie.

— C'est vrai, je vous jure ! (Reportant mon attention sur le chien, je me mets à bêtifier :) Oh, le joli bébé ! Si c'est pas le carlinou le plus trognon du monde, ça !

— Je suis d'accord, dit Tiff en le grattouillant.

Continuons à jouer le jeu. Après tout, qu'est-ce que j'ai à perdre ?

Fifi m'adresse un coup d'œil entendu et solidaire, puis s'incline avant de quitter la pièce.

— Merci, Fifi, dit Tiff.

Je tends la main pour caresser le chiot. Sa tête est toute douce. Il doit utiliser un après-shampoing haut de gamme, type Kérastase ou Moroccanoil, pour obtenir un poil aussi soyeux. Et… bon sang, je rêve ou il a un balayage ? Son pelage gris acier est parsemé de fins liserés argentés qui lui donnent un effet soleil. S'agit-il d'un glaçage ou d'un ombré ? En tout cas, c'est encore plus réussi que sur Jessica Alba. J'aimerais bien avoir des cheveux aussi beaux. Les miens sont toujours orange vif.

— Quel âge a-t-il ? je demande, prenant un air très intéressé.

Je veux ce poste de nounou.

— Quatre mois seulement, répond Tiff en lui offrant des papouilles sur le ventre. (Il lui lèche la main et lui mâchouille les doigts, mettant de la bave partout.) Siobhán, je sais que vous avez d'autres clients et que vous êtes sûrement très prise, mais est-ce qu'il vous serait possible de vous occuper de mon bébé quelques jours ? Jusqu'à ce qu'on trouve une nouvelle nounou. Vous pourriez vous installer dans la dépendance, si vous le souhaitez. Qu'en dites-vous ?

Je marque une petite pause théâtrale. Ça n'aurait pas pu mieux se dérouler. Je me mords la lèvre pour m'empêcher de sourire comme une psychopathe. Puis je me grignote les ongles, les yeux rivés sur le saule derrière la fenêtre…

— Le problème, c'est que j'ai des courses à faire chez Harvey Nichols…

— Vous pourriez emmener Bébé. Vous n'aurez qu'à prendre la Rolls.

— Je ne sais pas trop, c'est compliqué. Il faudrait que je passe deux ou trois coups de fil.

— Vous nous rendriez un énorme service, à Ed et à moi. J'ai du bénévolat à faire dans un refuge pour les sans-abri, et les chiens sont interdits...

— Excusez-moi un instant, dis-je en tirant mon téléphone de mon sac puis en faisant semblant de composer un numéro. *Ciao, ciao, Maurizio. Sì. Ciao.* (Je sors dans le couloir, m'inventant une conversation avec un aristocrate italien.) *Pizza, pasta, cappuccino...*

Je réintègre le salon deux minutes plus tard.

— Bon, c'est d'accord. J'accepte. J'ai démissionné, je suis tout à vous.

— Oh, merci, merci ! s'écrie-t-elle en se levant d'un bond et en venant me serrer dans ses bras.

Après quelques secondes, je pose la joue contre son épaule. Je m'emplis les narines de son odeur de miel. Qu'est-ce qu'elle sent bon ! Ce n'est même pas du parfum, c'est elle qui embaume. Je touche ses cheveux ; ils sont soyeux et doux, comme les poils de son clébard. Nous partageons un moment très mystique. Je me rends compte que, bien que je vienne à peine de faire sa connaissance, je la considère déjà comme la sœur que je n'ai jamais eue. Oui, je sais, j'ai eu une sœur, mais elle ne compte pas : Tiff est tellement plus sympa que Beth !

— J'ai vraiment de la chance de vous avoir rencontrée, chuchote-t-elle à mon oreille.

— C'était un heureux hasard, oui.

— Vous êtes un ange.

PREMIER STASIMON

Ma vie aurait peut-être été très différente si ma mère était parvenue à ses fins, en 1998. Ça aurait pu tout changer. Je n'aurais assassiné personne. Je n'aurais tué ni ma sœur, ni son mari, ni mon fiancé, ni la bonne sœur romaine, ni… Bref, vous avez saisi l'idée. Peut-être que j'aurais été quelqu'un de bien. Une personne normale, si une telle chose existe (ça doit être chiant à mourir). Je n'aurais jamais découvert ma passion pour le meurtre. Mon pouvoir surnaturel…

Il y a dix-huit ans

— Bon, ça suffit. J'en ai assez. Debout, on va faire un tour ! ordonne ma mère.

— Hein ? Pourquoi ? On va où ?

— Tu verras. Tais-toi.

Elle attrape son sac à main et ouvre la porte de la maison.

— Allez, dehors !

Levant les yeux au ciel, je m'extirpe du canapé défoncé.

— À plus tard ! lance Beth.

— J'espère que non, je grogne en la couvant d'un regard mauvais. Pourquoi elle n'est pas obligée de venir, elle ?

Ma mère ne répond pas.

Je sors juste après elle et nous nous installons dans la voiture. Elle démarre sur les chapeaux de roues et s'engage sur la route.

— Où est-ce qu'on va ? je répète.

— À l'église.

Sacré-Cœur de Notre Dame – je crois que c'est son nom – est une église catholique. Nous nous garons le long du trottoir dans un crissement de pneus. Ma mère se dirige vers l'entrée, et je la suis en traînant les pieds.

— Dépêche-toi, Alvina !

Je ralentis encore.

Quand nous pénétrons à l'intérieur, l'écho de nos pas résonne dans l'espace caverneux. Des petites bougies brûlent. Ça sent l'encens et la poussière. Nous remontons l'allée centrale jusqu'à l'autel, tout au fond. Je me mets à éternuer (à cause de la poussière).

— Attends-moi ici, dit ma mère.

Je m'affale sur un banc en bois.

— Mon père ? appelle maman en s'approchant des coulisses et du carré VIP derrière les rideaux de velours.

J'examine les lieux. Qu'est-ce qu'on fout là ? Il n'y a pas de fête religieuse aujourd'hui. Aucun mariage de prévu. Même pas un baptême. J'étudie les angelots en marbre : ailes minuscules et bourrelets de graisse. Question aérodynamique, ça laisse à désirer ; je ne vois pas comment ils pourraient voler.

Finalement, un prêtre apparaît par une porte qui grince sur ses gonds. Il s'essuie la bouche de la main puis balaie des miettes de gâteau sur sa poitrine.

— Oui, madame, que puis-je faire pour vous ?

— Voici ma fille, Alvina. J'ai besoin que vous l'exorcisiez de toute urgence.

Je bondis.

— Maman, tu n'es pas sérieuse ?

— Je suis on ne peut plus sérieuse.

Je cligne des yeux, pétrifiée.

— Elle est tourmentée, explique ma mère.

— Non, pas du tout ! je proteste.

— En tout cas, moi, je le suis. Tourmentée par toi ! (Elle se tourne à nouveau vers le prêtre.) Savez-vous ce qu'elle a fait ? Elle s'est fait renvoyer du lycée parce qu'elle a mis le feu à la voiture du proviseur.

J'ouvre la bouche pour parler, mais aucun mot ne sort. Maman fulmine.

— Et elle a tué le chat du voisin.

— Ce n'est pas vrai ! Il est mort parce qu'il était vieux, c'est tout.

À bout, je me ramasse en boule sur le banc et, incapable de me retenir, j'éclate en sanglots. Les larmes roulent librement, chaudes et humides. Mon nez coule. *C'est tellement injuste !*

— Je te déteste !

Comment avait-elle pu me faire ça ? Pourquoi est-ce qu'elle avait toujours été si méchante ? Elle ne l'était jamais avec Beth, mais avec moi, c'était une véritable sorcière. Aussi loin que remontaient mes souvenirs, j'avais toujours été considérée comme « la peste », alors que je ne désirais qu'une chose, être aimée. Comme tout le monde, non ?

— Madame, je vous en prie, nous interrompt le prêtre de son ton calme d'homme d'Église. Je vois bien que vous êtes tracassée…

— Tracassée ? Je suis au bord du gouffre, oui ! J'ai même téléphoné la semaine dernière pour la faire avorter…

— Avorter ?

— Non, pas avorter. Adopter, je veux dire. Mais de toute façon, on m'a dit non.

Je fixe ma mère, stupéfaite, la vision voilée par les larmes.

— Ne t'en fais pas, ils n'ont pas voulu de toi. Je n'ai pas d'autre choix que de te garder. Par contre, crois-moi, j'ai bien l'intention de te faire exorciser !

— S'il te plaît… (J'ai enfin retrouvé ma voix, mais elle est à peine audible.)

— Euh, à ce propos, dit le prêtre, je ne suis pas sûr que vous compreniez…

— Si, si. Je comprends parfaitement. J'ai vu *L'Exorciste*. Chassez le démon de son corps, mon père. Débarrassez-la de cette possession diabolique.

Lui et moi échangeons un regard inquiet. Mon cœur bat la chamade.

— Je ne peux pas, annonce-t-il.

— Au nom du ciel, pourquoi ? Qu'avez-vous de mieux à faire ? Son âme est en danger, mon père !

— Qu'est-ce qui nous prouve qu'elle a besoin d'un exorcisme ?

— Je vais bien ! je jure, secouant la tête.

— Elle ne va pas bien, mon père. Elle n'est jamais allée bien. Expulsez le diable et ses démons, je vous en supplie. Sauvez-la avant qu'il ne soit trop tard. Elle est doublement marquée par le péché originel.

J'implore discrètement le prêtre. Je n'ai aucune envie d'être exorcisée. Ça a l'air douloureux. Terrifiant.

— Il y a une procédure, tempère-t-il. D'abord, nous devons nous assurer que son comportement ne pourrait pas s'expliquer autrement que par la possession. L'Église catholique impose une visite médicale pour identifier d'éventuels troubles psychiques ou physiques. Et ce n'est qu'après avoir consulté un psychiatre habilité à la prise en charge des possédés présumés que nous pouvons établir la nécessité de pratiquer ce rite.

— Oui, d'accord. J'ai déjà fait tout ça. Elle a le diable en elle.

— Bon, je pourrais peut-être me contenter d'un exorcisme sommaire...

— Non ! je crie.

Ils se tournent vers moi, puis poursuivent.

— C'est-à-dire ? interroge ma mère.

— Une petite bénédiction pour délivrer le sujet de l'influence du mal. Ça ne prend qu'une minute.

Je me raidis. J'ai la nausée. Je crois que je vais vomir.

— Ça ne suffira pas, affirme ma mère. Je veux un Exorcisme avec un grand E : la tête qui tournicote, les convulsions, la voix démoniaque qui vous insulte pendant que vous vous battez pour son âme. La totale !

Je baisse les yeux au sol. Il fait froid tout à coup. Le silence m'environne. Je serre les bras autour de moi. Et si ma mère avait raison ? Peut-être que j'ai réellement besoin d'un exorcisme ? Je suis une fauteuse de troubles, elle l'a toujours dit. Elle dit aussi que je suis née mauvaise, contrairement à Beth qui est exemplaire.

— A-t-elle manifesté des signes de possession démoniaque ? demande le prêtre avec douceur. A-t-elle parlé ou saisi des langues qu'on ne lui a jamais enseignées ?

— Non, je réponds.

— Pas ça, non, confirme ma mère. Qu'est-ce qu'il y a d'autre ?

Il fronce les sourcils.

— Sait-elle des choses qu'elle n'a eu aucun moyen d'apprendre ?

— Non.

— Pas ça non plus.

— A-t-elle une force physique anormale pour sa constitution ?

— Non.

— Non, grommelle ma mère. Pas encore, en tout cas.

— Fait-elle montre d'une aversion violente envers Dieu ou la Vierge Marie ? Envers la Croix, ou autres symboles de la foi catholique ?

— Oh, oui ! jubile ma mère.

— C'est vrai ? me demande le prêtre.

— Ben… Dieu, tout ça, ce n'est pas trop mon truc.

Ma mère arbore un air de triomphe.

— Elle ne regarde jamais les émissions religieuses à la télé !

Il pousse un soupir.

— Même si, et c'est un très grand « si », elle avait besoin d'un exorcisme, il me serait impossible de l'accomplir tout de suite. Déloger le diable ne fait pas partie des tâches quotidiennes des hommes d'Église. Je ne l'ai même jamais fait. Et ce n'est pas une discipline que l'on étudie au séminaire.

— Vous ne pourriez pas essayer quand même ? Mon père, je suis à bout !

Il hausse les épaules.

— Je ne suis pas au fait du nouveau rituel que le Vatican a publié cette année. Le passage du *Rituale Romanum* a été révisé. L'ancien était obsolète, il datait de 1614.

— Vous n'avez qu'à suivre l'ancien rituel. Ça revient au même.

— Je n'en suis pas certain. De toute manière, je n'ai pas la tenue appropriée. Le prêtre doit porter son surplis et son étole pourpre. La mienne est au pressing. Je la récupère samedi.

— Pas la peine, vous êtes très bien comme ça ! assure ma mère.

Il est vêtu d'un jean et d'un vieux tee-shirt noir glissé dans sa ceinture, surmonté du col blanc de sa charge. Des miettes de gâteau sont encore accrochées au tissu.

— Écoutez, je n'ai même plus d'eau bénite. Je viens d'enchaîner six baptêmes. C'était vraiment la course ! (Devant l'incompréhension manifeste de ma mère, il précise :) Je dois asperger d'eau bénite tous les occupants de la pièce. Et il me faut aussi absolument une relique. C'est extrêmement important !

— Une relique ? Laissez tomber, la plupart sont des fausses.

— J'insiste, il me faut une authentique relique catholique, un objet en rapport avec un saint. Je devrais la faire apporter spécialement du Vatican.

Plus personne ne parle. Je veux rentrer à la maison. *Je ne veux pas être exorcisée.* Mais est-ce le diable qui s'exprime, ou est-ce moi ? Comment savoir ? Est-ce que des démons m'habitent ?

— Combien ? lâche finalement ma mère.

— Je vous demande pardon ?

— Combien il vous faut ?

— Madame, je ne suis pas une fille de joie, mes services ne s'achètent pas.

— Trois cents livres, propose-t-elle en sortant son porte-monnaie. Allons ! Vous n'avez pas besoin de changer la toiture, par exemple ? Vous acceptez les MasterCard ?

Tous les deux s'affrontent du regard. Je retiens mon souffle. L'ambiance est tendue.

— Cinq cents livres, répond le prêtre après une longue hésitation. Et l'évêque doit me donner son aval.

Pour finir, je ne me suis pas fait exorciser. L'évêque a mis son veto et maman a abandonné l'idée. N'empêche que je n'ai jamais oublié.

DEUXIÈME ÉPISODE

Dimanche 7 août, 20 heures
Bishops Avenue, Hampstead, Londres

— Venez, je vais vous montrer votre chambre. En réalité, c'est plus une maison d'amis qu'une chambre.

Je quitte la demeure à la suite de Tiffany et sors dans les superbes jardins. Nous traversons la pelouse en direction de la « maison d'amis » des Forbes. Elle ressemble à un chalet.

— Waouh, j'adore ! Elle est toute pour moi ?

— Oui. Elle a été construite sur le modèle du pavillon dans lequel Ed logeait quand il partait au ski petit, à Val-d'Isère.

Je contemple la bâtisse. J'ai l'impression d'avoir été téléportée dans les Alpes. Il ne manque plus que la neige sur le toit et la vue sur le Mont-Blanc. Elle est entièrement faite en bois (risque d'incendie). Les fenêtres ont des volets à claire-voie et, devant chacune, des jardinières de géraniums couleur de sang frais ont été installées. Nous entrons. Je découvre une cheminée et, accrochée au mur, une tête de cerf dotée d'immenses yeux en verre brillants, noir pétrole.

— Si vous avez besoin de quoi que ce soit, appuyez sur la touche étoile du téléphone pour joindre Fifi, indique Tiff.

— Oh, je ne m'en priverai pas. J'ai une folle envie de milk-shake au chocolat et au beurre de cacahuète ! Je compte bien en commander un.

Elle éclate de rire.

— Merci encore. Vous me sauvez la vie, vraiment, dit-elle avant de quitter les lieux.

— De rien ! je crie avec quelques secondes de retard à travers la porte.

Un grand sourire s'étale sur mon visage. Je lève les bras en signe de victoire. Nom de Dieu, visez-moi cette baraque ! J'ai du mal à croire à ma chance. Ça doit être grâce à mon leprechaun. Je n'ai jamais eu une veine pareille. *Tu as vu ça, Nino ?* C'est fantastique ! Je me mets à danser toute seule.

Ensuite, j'entreprends de visiter mon nouveau chez-moi, explorant chaque pièce. Il y en a une ribambelle. Un sauna, des bouteilles de Jägermeister *(Non, Alvina, pas touche !)*, une carte de la Suisse dans un cadre et une paire de skis roses. Deux chambres à coucher, une salle de bains, une cuisine Poggenpohl, un salon-salle à manger. Je repense à Roxy et à Bob de l'auberge : ils seraient dingues de ce chalet. Me voilà avec un boulot en or et une piaule super classe ! Je me rapproche de mon but. Je suis trop forte !

Lundi 8 août, 9 heures
Hot Yoga Fierce Grace, Crouch End, Londres

— Vous ne pouvez pas attacher votre chien ici, m'informe la fille de l'accueil.

— Qu'est-ce que j'en fais, alors ?

Elle hausse les épaules.

— Est-ce qu'il peut venir avec moi ?

— Dans la salle ?

— Ouais, pourquoi pas ? À Los Angeles, on fait bien du yoga avec des chèvres.

Elle secoue la tête.

— Non, non, pas question. On est à Londres ici, madame.

Je fronce les sourcils. Elle fronce les sourcils. Tirant d'un coup sec sur la laisse de Bébé, je l'entraîne dehors, sur le trottoir. Je repère une issue de secours dont le battant, ouvert, est calé par une brique. Je vais me faufiler par là et dénicher une cachette pour le chien. Il est minuscule, après tout.

J'attends cinq minutes, histoire d'être sûre que le cours de yoga nudiste a commencé, puis j'entre en douce avec le chiot, me glissant jusque dans les vestiaires. Je devrais l'enfermer dans un casier. Il y sera très bien, il ne manquera pas de place. Il n'aura qu'à faire une petite sieste. C'est l'affaire d'une heure, pas plus. Je le soulève et le dépose dans le placard, que je verrouille. *Un, deux, trois, quatre.* Il faut que je mémorise le code, sous peine de me retrouver dans une situation gênante.

Tiff et les autres sont déjà dans la salle. Je me déshabille et range mes fringues dans mon sac. Puis je m'enroule dans une serviette. C'est une bonne chose, cette séance de sport : j'ai besoin de récupérer du tonus. Pour que Siobhán ait un espoir de réussir sa mission, elle doit se bouger les miches et se mettre au HIIT, Pilates ou autre. Il est impératif qu'elle soit en excellente condition physique pour accomplir son double meurtre. Il y aura sûrement des murs à franchir et des gouttières à escalader, ce genre de trucs.

Quand je pousse les portes de la salle, la chaleur sèche m'arrive en pleine tronche. Je passe en revue la pièce surpeuplée. Personne n'est à poil.

Merde, je le savais. Je le savais ! Pourquoi j'ai pas gardé mes vêtements ? Ça n'a rien à voir avec un sauna, c'est plutôt comme un cours d'aérobic. Mais comment j'aurais pu m'en douter ? Tiff m'a dit que ça revenait à faire du yoga dans un sauna. Or les saunas sont suédois et les Suédois sont nus. Qu'est-ce qu'elle m'a raconté ?

Il n'est pas trop tard. Je n'ai pas encore été repérée. J'ai le temps de...

Aïe.

La prof de yoga enceinte jusqu'aux dents qui se tient face au groupe lève la tête et m'aperçoit. Tout le monde se tourne vers moi. J'avise un mec dans la rangée du fond avec des abdos à faire pleurer les anges et le visage d'un Michel-Ange. Tiffany écarquille les yeux, puis se met à rigoler. *Oh, non !* Tant pis, je m'en fous, j'entre quand même. Je refuse d'être une victime.

— La vache, vous êtes enceinte de chez enceinte ! je lance en allant chercher un tapis sur une étagère. Vous en êtes à combien de mois ?

— Euh..., fait la prof en tentant d'envelopper son ventre avec ses bras. J'en suis à huit mois. Mais les premiers arrivent souvent en retard.

— Vous avez l'air prête à exploser. C'est des jumeaux ?

Je slalome entre les élèves jusqu'à me dégotter une place sur le devant, près de Tiff.

— Non ! réfute-t-elle, l'œil noir.

Je tâche d'ignorer les regards qui me suivent comme si j'étais sur le plateau d'*X Factor*.

Ma serviette tient plus de l'essuie-main que du drap de plage. Elle me couvre à peine les fesses. Je déroule le tapis et me campe dessus, parée pour la posture du chien tête en bas. Et le temps suspend son vol lorsque soudain…

… ma serviette…

… tombe.

Un « haaaan ! » collectif s'élève. Tiffany laisse échapper un rire qu'elle camoufle en quinte de toux.

J'attends que la baleine continue son cours, mais elle reste plantée là, à me fixer.

— Quoi ?

— Vous devez vous habiller…

— Je suis très bien comme ça. J'ai une serviette, au cas où ! (Je l'agite en l'air.)

— Ce n'est pas une serviette, c'est un torchon.

— C'est quoi ce racisme vis-à-vis du linge ?

— Le linge n'a pas de race.

— Cette lingeophobie, alors ?

Personne ne dit rien.

Elle me foudroie des yeux. Je la foudroie des yeux. On entendrait une mouche voler. J'observe discrètement Tiffany : elle est pliée en deux tellement elle rigole, presque à en faire pipi dans sa culotte.

— BORDEL ! Je ne vais pas transpirer dans mon ensemble Lululemon. Il m'a coûté un bras !

Je suis en nage. Il fait une chaleur à crever ici. Je comprends maintenant pourquoi ça s'appelle « Hot Yoga ». Enfin, apparemment, c'est bon pour la santé. C'est vrai, à quoi ça sert d'être musclé si on n'a aucune souplesse ? Je croise mon reflet dans le miroir. Ma touffe est en friche et j'avais oublié qu'elle était teinte en orange. On dirait un hamster !

Tout le monde baisse le nez vers le sol.

— Tu es incroyable ! me glisse Tiffany.

— Rhabillez-vous ou sortez ! s'énerve la prof.

Nous nous défions un instant en silence. Elle résiste longtemps, et je finis par cligner des paupières (à cause de la sueur qui me goutte dans l'œil).

— Bon, d'accord, j'obtempère.

Elle a gagné, mais ça m'est égal : il s'agit d'une guerre, pas d'une bataille.

— À votre retour, vous vous mettrez au fond de la salle, ajoute-t-elle.

— À tout à l'heure, je chuchote à Tiff.

Je ramasse mon sac et mon tapis, puis zigzague entre les élèves en soufflant comme un bœuf jusqu'à ce que je retombe sur le mec qui ressemble à un Chris Hemsworth version hippie.

— Salut, moi, c'est Siobhán.

— Jason, répond-il, avenant.

Dans les vestiaires, j'arrache les étiquettes de mon legging tout neuf avant de l'enfiler. Ce n'est pas une mince affaire à cause du tissu qui colle à ma peau (maintenant moite). En dehors de ça, je suis contente de ma tenue de yoga couleur argent métallisé. Heureusement, parce que j'ai mis en gage un sac Prada en cuir *saffiano* pour pouvoir me l'acheter.

Quand je réintègre le cours, je me place derrière Jason et son cul. Il se retourne. Je lui fais coucou en souriant. Je crois qu'il me sourit aussi, mais c'est difficile à dire avec la barbe.

J'exécute la salutation au soleil, le chien tête en bas, l'arbre. Nous maintenons la chandelle pendant vingt bonnes minutes à vue de nez. Puis la planche. Des étirements. Putain, qu'est-ce que c'est dur ! Comment elle arrive à faire ça enceinte ? Nous enchaînons avec le pigeon. Le triangle. Jason est beau comme un dieu. Pfiou ! C'est moi ou il fait de plus en plus chaud ? Tatouages sexy, cheveux longs, piercings. J'essuie la sueur avec ma serviette. Il a une boucle à l'oreille gauche. Et une fleur imprimée sur la peau, une jolie fleur rose.

— Jason ! j'appelle. Jason ? JASON !

Il se retourne à nouveau.

— Oui ?

— J'aime bien ton tatouage.

— Merci.

— Moi aussi, j'en ai un.

— Ouais, j'ai vu. « À mort Nemo ». Très cool.

Rayonnante, je bois quelques gorgées d'eau.

La prof nous demande ensuite de faire la chaise. Elle est coton, cette position. Il faut croiser les bras et les jambes, tout en se dressant sur la pointe des pieds.

— Trouvez un *drishti*, conseille-t-elle. Un point sur lequel vous focaliser. Si vous dirigez le regard sur un point fixe, cela vous aidera à garder l'équilibre.

Je me sers des fesses de Jason comme *drishti*. Des fesses fermes comme des boules de bowling.

— Tu as un cul sublime, je murmure.

— Hein, pardon ? fait-il en se retournant encore.

Ah merde, je vacille. Mon point focal a disparu. Je m'effondre sur Jason comme une masse, et mon coude l'atteint en pleine figure.

10 heures
Bar à jus, Crouch End, Londres

— Siobhán, il est gay, m'indique Tiff.

— Tu es sûre ?

— Oui, je connais son copain.

Oh, quel gâchis ! Pourquoi ça tombe toujours sur moi ? Il était si bien gaulé. C'était déjà assez dur d'apprendre pour Tom Daley…

— Quand je pense que tu t'es pointée toute nue ! s'exclame Tiffany. Je t'adore, tu es tellement drôle ! Bébé va t'adorer aussi.

Tiffany, Bébé et moi poussons la porte du bar à jus. Le parfum puissant du gingembre cru me pique les yeux. Près de la caisse, un jeune type se gratte les couilles en faisant la tronche. Il porte un tablier couvert de taches de sang, ou peut-être de betterave.

— Bonjour, ça va ? fait-il.

— Oui, très bien, merci, répond Tiffany.

Je grimpe sur un tabouret et pose ma tête sur le comptoir.

— Moi, ça va moyen. On vient de se taper un cours de yoga.

— C'était bien ? questionne-t-il. J'ai jamais essayé.

— Je ne le préconiserais pas.

Je lis son nom sur son badge : « Nathan ». Les Nathan ne font donc pas de yoga.

D'après Tiff, le yoga, c'est bon pour évacuer le stress. Elle dit que ça aide à se relaxer. Alors pourquoi est-ce que j'ai envie d'étriper le premier qui franchira le seuil de cette charmante boutique ? J'ai les cheveux humides, en paquets, répugnants. J'ai chaud, je suis poisseuse. J'ai la tronche de quelqu'un qu'on vient de traîner de force à travers toute la forêt amazonienne. (Tiff, elle, a pris une douche pendant que Jason et moi appliquions des poches de glace sur nos bleus. Elle a l'air de sortir de chez le coiffeur. Jason a un œil au beurre noir. Et je ne vous raconte pas la panique quand je n'ai pas réussi à me rappeler le code pour libérer le chien du casier ! J'ai dû m'y reprendre à quinze fois.)

Le réfrigérateur bourdonne. J'étudie l'étalage multicolore de fruits et légumes, herbes et autres cochonneries.

Carottes et citrons,
Myrtilles et épinards, et,
Euh… c'est quoi ce truc ?

Il y a un fruit avec une peau rose vif, des feuilles vert clair et une chair très blanche parsemée de petits points noirs.

— C'est quoi, ça ?

Nathan suit la direction de mon doigt.

— Un fruit du dragon.

— Ou pitaya, son nom d'origine, précise Tiffany. C'est le fruit d'un cactus d'Amérique.

J'examine le « pitaya » en plissant les yeux.

— Ça pousse comme ça, ou vous l'avez peint ?

— Non, on ne l'a pas… peint.

— C'est toxique ?

— Non… ce n'est pas… toxique.

Je suis perplexe. Il a beau dire, je me méfie.

— Je ne veux rien ingurgiter qui contienne ce machin, c'est compris ?

— Compris, répond Nathan.

Tiff prend une photo du fruit et la publie sur Instagram : #Healthy #Vegan #Magnifique.

Nathan se tient prêt à noter nos commandes. Je me tourne vers le tableau noir où les noms des boissons sont écrits à la craie. Je parcours la liste, et fais la grimace. « Vert nature », « Vert légèreté » ou « Jeune et verte déesse » ? Aucun smoothie ne me tente. Je préférerais encore boire du lait au pis d'une chèvre. Dans ma vie d'avant, la seule chose verte que je tolérais, c'était le citron vert de mon gin tonic. Et encore, je le retirais généralement pour le jeter par terre. Je n'ai jamais adoré non plus la menthe dans les mojitos ni l'olive plantée dans mes extra-dirty Martini. J'aime la bidoche, moi.

— Qu'est-ce que tu choisiras, Siobhán ? demande Tiffany avec un grand sourire.

— Un de ceux-là, avec du kale et de la salade.

Tant qu'à faire, autant y aller à fond. Je ne vais pas chipoter. Nous sommes ce que nous mangeons, et je dois devenir une arme biologique. Il faut être taillée comme une athlète pour atteindre un objectif tel que le mien. Comme une Venus ou une Serena Williams, ou une Jessica Ennis.

Nathan me regarde comme s'il doutait de ma capacité à ingérer un truc aussi immonde.

— Si, si, j'y arriverai. J'ai déjà avalé pire. Je veux que ce soit le plus vert possible. Est-ce que vous avez des algues ?

— Non, on n'a pas d'algues.

— De la mangrove ?

— Non, on n'a pas de… mangrove.

— Et de l'herbe de blé ? (Tiff en boit sans arrêt ; je l'ai vue descendre un nombre incalculable de verres de jus d'herbe de blé sur son vlog.) C'est bon pour la santé, non ? Ne me dites pas que vous n'en avez pas !

— On n'en a plus.

— D'accord, je vais en chercher moi-même ! je grogne. Il y a un carré de pelouse de l'autre côté de la rue, vous n'aurez qu'à la mélanger au kale.

Il me fixe d'un air perplexe.

— Quoi ? fait Tiffany.

Je lui refile la laisse de Bébé et je sors. Je traverse la chaussée, où une camionnette m'évite en klaxonnant. Je cours jusqu'au square et m'agenouille près du monument aux morts. Il n'a pas plu depuis des mois, l'herbe est jaune et desséchée. J'en arrache autant que je peux et, quand mes poches sont pleines, j'en remplis mon sac.

Un type conduisant une tondeuse autoportée apparaît. Je me relève d'un bond et lui fais signe en agitant les bras.

— EH, VOUS ! STOP !

Le moteur est assourdissant. Les lames tournoient en vrombissant. Il appuie sur le frein et retire son casque antibruit.

— Oui ? Qu'est-ce qu'il y a ?

— J'ai besoin d'herbe.

Il fronce les sourcils.

— Vous avez besoin de quoi ?

— Est-ce que je peux avoir de l'herbe ?

— Je suis jardinier, je ne vends pas de drogue.

— Hein ? Mais je ne veux pas la fumer ! C'est pour la boire. (Je montre sa machine où l'herbe s'accumule.) Est-ce que je pourrais vous en prendre un peu ?

— Allez-y. J'en ferai rien, moi.

Je rafle une première poignée, que je fourre dans mon sac. Puis je me ressers, et me ressers encore. Une fois le sac chargé, je rejoins le bar à jus en quatrième vitesse. J'ai vraiment très soif, maintenant, et je crève de chaud. Je m'affale sur le comptoir, le souffle court.

— Vous avez mon kale ?

Nathan acquiesce.

Je me sens complètement déshydratée. Tiffany sirote un jus de betterave ; ses lèvres sont teintées de violet. Je décharge mon butin sur le bar : une montagne d'herbe. Je saisis mon Samsung et prends une photo pour Insta, en choisissant un filtre qui offre une jolie teinte verte à tout ça.

— Les humains ne sont pas capables de digérer…

— Mixez-moi ça avec des glaçons, je le coupe. Et du kale, n'oubliez pas le kale. J'espère qu'il est bio !

J'ai la tête qui tourne.

Nathan considère le tas d'un œil ahuri. Puis il me demande :

— Euh… vous êtes sûre de vous ?

— Est-ce que j'ai l'air sûre de moi ? je rétorque, haletante, en me penchant vers lui.

Je le regarde remplir d'herbe le mixeur industriel. Il ajoute une mesure de poudre vert fluo, des glaçons et une tonne de kale. L'appareil fait un boucan de tous les diables – le même que la tondeuse à gazon de tout à l'heure. Nathan verse la mixture dans un grand verre qu'il me tend en y plantant une paille (en carton, la paille : il n'a pas envie de tuer des bébés tortues). La surface est mousseuse et écumante. Ça a l'aspect d'une soupe primitive. Ou d'une espèce de résidu radioactif.

— Ça fera six livres quatre-vingt-quinze.

— Combien ? Mince alors !

Je manque de tomber dans les vapes, mais parviens à rester debout en m'appuyant sur Tiffany. Je lui donne un billet de dix.

— Santé ! lance Tiff.

— Santé !

Je prends une gorgée, et la recrache aussi sec.

18 heures
Hampstead Heath, Londres

— Donc, si je récapitule, tu veux que je te suive en ramassant les crottes du chien ?

— Exactement, approuve Tiff. Ça ne te dérange pas, n'est-ce pas ? Nourrir mon bébé, le baigner, gérer ses déjections... tout est dans le contrat que je t'ai fourni.

Je n'avais pas lu les mentions en bas de page.

Je fourre les gants en plastique dans ma poche. Au moins, j'aurai des gants.

— Non, pas de problème. Ça ne me dérange pas du tout.

Gérer les déjections a toujours été une vocation pour moi. Depuis toute gamine, je rêve de pelleter de la merde. C'est un grand pas en avant par rapport à mon boulot au Savoy.

— Super. Je ne peux pas le faire moi-même parce que je suis allergique.

— Tu es allergique à la crotte ?

— Oui. Aux crustacés aussi. Et puis je suis cœliaque.

— Quelle galère ! C'est vraiment pas de bol.

Les crustacés, hein ? Je m'en souviendrai.

Tiffany se met à courir et je me cale sur son rythme, tenant le chien en laisse.

Nous empruntons un sentier en lacets qui traverse le parc. Mes yeux sont rivés sur le carlin. Ses petites pattes dépassent de sa mini-veste Ralph Lauren. Il a du goût, ce clebs.

Ne chie pas, ne chie pas, je supplie en boucle intérieurement.

Nous montons la colline de Parliament Hill, d'où on a une superbe vue sur la capitale. Et si je poussais Tiff de là-haut ? Non, elle risquerait de ne pas mourir. Elle en ressortirait avec une cheville foulée et les vêtements pleins de boue, c'est tout. J'entends des pas lourds derrière nous, et un joggeur nous double. Puis j'aperçois une femme avec un petit garçon blond dans une poussette. Une nounou philippine, sûrement. Je hoche la tête à son adresse en signe de solidarité. Nous, les nounous, on doit se serrer les coudes. Elle fait une drôle de tronche, du genre : « Mais qu'est-ce qu'elle me veut, celle-là ? » Et merde, on ne m'y reprendra plus à être gentille.

Quand nous arrivons au sommet, Tiff se retourne pour m'annoncer :

— Je vais faire un peu de qi gong. Tu aimerais te joindre à moi ?

Même si je ne vois pas de quoi elle parle, je réponds :

— Bien sûr !

J'attache le chiot à un banc et j'observe Tiffany battre des bras plusieurs fois, comme un oiseau cloué à terre.

— Waouh, dis-je tandis qu'elle se tient très droite, une jambe repliée à quatre-vingt-dix degrés. Tu ressembles à un flamant rose, en plus sexy.

— Viens, je vais t'apprendre, lance-t-elle, les yeux pétillants.

Il y a trop de monde pour que je la tue ici : des joggeurs, des bébés, des nounous… Et puis on est en plein jour, surtout.

Je la rejoins sur un tertre herbeux et j'admire le panorama. On voit tout Londres d'ici : le Gherkin, le dôme de la cathédrale Saint-Paul. Je suis si près de Tiff que je sens presque son goût. Sa peau a un parfum de *cream soda*. Je la laisse positionner mes bras et mes jambes, puis nous restons côte à côte, tels deux flamants roses.

— Ça, c'est la grue qui déploie ses ailes, m'indique-t-elle. On dirait que tu as fait ça toute ta vie !

Mais de quoi elle cause ?

— Est-ce que tu te connectes ? interroge-t-elle.

— Pardon ?

— L'énergie, tu la reçois ?

— Oh, oui ! Tout à fait. Ça me picote de partout.

— Fais circuler le qi. Inspire, expire.

Je galère pour maintenir la posture. Je suis ridicule.

Elle pose ses mains sur les miennes pour me montrer le mouvement.

— Tiens, si je nous filmais pour mon vlog ? propose-t-elle, enthousiaste.

Ma gorge se serre. Les réseaux sociaux ? Faire une apparition sur Internet avec Tiffany, ce serait chercher les ennuis.

— J'adorerais ça, mais c'est impossible.

— Allez, pourquoi pas ? Tu serais géniale !

— Non, non, je suis désolée, je ne peux pas. Personne ne doit savoir que je suis ici.

— OK, je ne publierai pas la vidéo. Je la garderai pour moi. Ce sera juste pour le fun… Allez ! insiste-t-elle avec un large sourire.

— Bon, d'accord. Ça va, ma coiffure ?

20 heures
Bishops Avenue, Hampstead, Londres

Tiffany, Bébé et moi nous détendons devant un film. Le carlin mate *Lassie* sur son iPad en grognant après le colley. Tiff a choisi *Romy et Michelle, 10 ans après* : l'histoire de deux meilleures amies qui retournent dans leur ancien lycée dix ans après l'avoir quitté et s'inventent une vie de rêve. Une comédie pour nanas par excellence, avec Lisa Kudrow et Mira Sorvino. Justin Theroux y joue un jeune cowboy séduisant (onze sur dix). Nous le visionnons dans la salle de cinéma privée des Forbes : fauteuils massants, enceintes Dolby-Surround, masques de beauté à la papaye, thé détox et pop-corn au caramel sans sucre. Je me régale de la bande-son des années 1980, et Tiffany des looks années 1990. Nous rions, nous pleurons. Nous

nous faisons des tresses et nous vernissons mutuellement les orteils.

Une fois le film terminé, Tiff suggère que nous allions tous dans le jacuzzi installé au fond du jardin. Pendant qu'elle part nous chercher quelque chose à boire, je me déshabille et saute dans l'eau en compagnie du mini-chien. C'est l'heure où le soleil se couche. Je contemple le paysage. La chaleur et les bulles soulagent mes muscles en compote. Je suis encore tout ankylosée à cause du yoga, et le CrossFit m'a démolie. Sans parler de ce truc bizarre, là, dans le parc : cette espèce d'art martial chinois. Le chiot fait le tour du jacuzzi en nageant comme un hippopotame pygmée.

— Tiens, dit Tiff en ressortant du manoir. Je t'ai trouvé un maillot de bain.

Je m'aperçois alors qu'elle porte un bikini.

— Oh ! Je pensais que..., je bredouille, baissant les yeux sur mes nichons qui flottent à la surface.

Elle rigole.

— Siobhán, tu es encore toute nue ?

— C'est juste que... pour un bain de minuit, je croyais que...

Je me baignais toujours nue, la nuit, avec Nino. C'était très amusant.

Elle hausse les épaules.

— En fait, tu as raison ! (Elle retire son maillot et se glisse dans le jacuzzi.) Parle-moi un peu de toi, Siobhán.

Je déglutis avec difficulté. En quoi ça l'intéresse ?

— Euh... qu'est-ce que tu veux savoir, exactement ?

— Eh bien, les infos de base, répond-elle en m'éclaboussant.

Je m'essuie le visage en clignant des paupières avant de l'éclabousser à mon tour.

— Où tu as grandi, si tu as des frères et sœurs, ce genre de choses.

— J'ai grandi en Irlande, à Cork. J'avais une sœur jumelle, mais elle est morte.

— Oh, mon Dieu, je suis désolée !

— C'est pas grave, c'était une peau de vache.

— Ah oui ? Elle était méchante avec toi ?

— Non, elle était parfaite à tous les niveaux.

J'ai la voix qui tremble. Je me sens… toute chose. Ah, ça doit être les bulles. Ces jets d'air sont puissants, et je suis assise pile sur l'un d'eux.

— Elle te manque, n'est-ce pas ? dit Tiff, me passant la main dans les cheveux puis me caressant la joue.

Je la laisse faire. C'est un peu bizarre, mais bon.

— Oui. Elle me manque comme la pluie manque aux fleurs. (C'est faux, mais ça sonne bien.) Et toi ? je renvoie, histoire de changer de sujet.

— Je suis fille unique. Et tes parents ?

Je me raidis.

— Quoi, mes parents ?

— Tu les vois souvent ? Moi, ma mère est ma meilleure amie.

— C'est super. Ma mère à moi est une vraie mégère. Quand j'étais petite, elle m'enfermait dans le grenier.

— Oh, ma pauvre !

Elle passe un bras autour de mes épaules.

— Non, ça va. C'était il y a des lustres, j'ai tourné la page.

— C'est terrible, quand même. Et ton père ? Le mien est décédé lorsque j'avais sept ans, dans un accident. J'étais dans la voiture avec lui, mais j'ai eu la chance de survivre. Il me manque beaucoup.

— Moi aussi, il me manque. Enfin, je parle de mon père, pas du tien, bien sûr.

— Parce que ton papa n'est plus là non plus ? Lui aussi est devenu une étoile dans le ciel ?

— Hein ? (Elle se croit dans *Le Roi Lion* ?) En fait, ma mère l'a tué quand j'étais bébé. Elle l'a assassiné et a caché son corps dans la cabane au fond du jardin. J'ai appris ça il y a un an seulement. Le procès aura lieu très bientôt.

— Sérieusement ?

— Sérieusement.

— Oh ! là, là ! c'est affreux !

Elle me regarde, ses yeux bleus débordants de larmes.

— Non, c'est rien. Je le connaissais à peine.

— Mais malgré tout il te manque, n'est-ce pas ?

— Oui, sans doute. Je n'avais jamais raconté ça à personne…

Elle hoche la tête, m'encourageant à poursuivre.

— Pendant des années, j'ai essayé de le retrouver. Ma mère m'avait dit qu'il était parti. Je croyais qu'il nous avait abandonnées.

Je lève le visage vers le ciel. La nuit est tombée. Il y a plein d'étoiles. Est-ce que l'une d'elles est vraiment Alvin ?

— Ce qu'il te faut, c'est un câlin, décrète Tiffany.

Et voilà que j'atterris dans ses bras, la joue écrasée contre ses seins. *Qu'est-ce qui se passe ?*

— Làààà, fait-elle. Tu as vécu des épreuves si difficiles…

Et le câlin s'éternise. J'ai la chanson « I got you babe » qui me vient à l'esprit, je ne sais pas pourquoi.

Au bout d'un moment, les bulles s'arrêtent et je me dégage.

— Allez, il se fait tard, dit Tiff. Je te raccompagne au chalet. Bébé se couche beaucoup plus tôt normalement.

— Ah, d'accord.

Nous quittons le jacuzzi, et j'enveloppe le chiot dans une serviette moelleuse.

— Je n'avais jamais rencontré quelqu'un comme toi, me confie-t-elle pendant que nous traversons le jardin.

Je me mets à paniquer.

— C'est-à-dire ?

— Tu es… si forte.

— Ah, oui. Peut-être.

À cet instant, je me rends compte que nous nous tenons la main. *C'est quoi ce délire ?* J'observe nos doigts entrelacés. Impossible de savoir à laquelle de nous ils appartiennent.

Notre promenade se termine devant chez moi. Mes épaules se décrispent et je pousse un long soupir. Ce câlin m'a fait du bien. J'avais une grande tension dans la nuque, mais maintenant je suis toute détendue.

— Bonne nuit, dit-elle en m'étreignant.

— Bonne nuit, je réponds, le nez enfoui dans sa chevelure.

— Si tu as besoin de quoi que ce soit, n'hésite pas à me le signaler. (Elle marque une pause, puis me plante un bisou sur la joue.) Je t'adore !

Immobile, je la regarde partir en emmenant le chien. Je touche ma peau là où elle m'a embrassée. Ai-je bien entendu ? Elle a vraiment dit qu'elle m'adorait ? Pour la deuxième fois ? La première fois, dans le bar, j'ai pris ça pour des paroles en l'air, comme quand on lance « T'es la meilleure ! » alors qu'on n'en pense pas un mot. Je parie qu'elle sort ça à tout le monde : à l'éboueur, au laveur de carreaux, à la fille qui passe lui vernir les ongles… *N'y vois rien de personnel.* Je fouille ma mémoire, essayant de me rappeler la dernière occasion que j'ai eue de recevoir ce genre de déclaration de la part de quelqu'un…

Je reviens bredouille. Personne ne me l'a jamais dit. Jamais. Pas même Nino. Mince alors !

Oh, mon Dieu, elle m'aime !
J'ai enfin trouvé quelqu'un
Qui m'aime ! Oh, mon Dieu !

Je pourrais y prendre goût, vous savez : une meilleure amie pleine aux as, un boulot peinard, un jacuzzi dans mon jardin et une jolie baraque toute neuve. Je m'allonge sur le canapé et me pelotonne contre un coussin – il y a une tête de carlin brodée dessus. Je fais tomber mes chaussures par terre en fredonnant une petite chanson : « You belong with me » de Taylor Swift, une de mes préférées. Je me sens délivrée d'un grand poids depuis notre trempette. Ne dit-on pas : « Problème partagé, problème diminué de moitié » ? J'ai confié à Tiffany des trucs très intimes. Elle ne connaît pas mon nom, mais elle connaît mon âme. Suis-je vraiment obligée de la tuer ? Est-ce que je ne pourrais pas me contenter d'éliminer Ed ? C'était lui, la cible de Nino. Oui, mais le fric, alors ?

Hmm… Je ne sais pas quoi faire. En attendant, j'ai envie d'un sauna, alors je me désape et je monte le thermostat au max.

Je suis entièrement nue sur le banc en bois du haut. Une loque. Je feuillette un *Vogue* de Tiffany. Je commence réellement à l'apprécier, cette fille. Elle m'a embrassée sur la joue, elle m'a serrée dans ses bras. Bon, de toute façon, je ne suis pas encore prête à la buter ; mon plan se divise en plusieurs étapes. Et je ne suis pas non plus physiquement au point. Pas encore. Le CrossFit a failli avoir ma peau. Alors hors de question que je me lance là-dedans toute seule. Ce serait de la folie. Ce serait une entreprise insensée.

« Et notre plan, alors ? »

Nino ? Je lève les yeux. Tout à coup, le voici devant moi : il se matérialise à travers la porte en bois. Je me redresse, estomaquée. Je le contemple avec stupéfaction. D'où il sort ? Est-ce qu'il est mort ou vivant ? J'ai l'habitude de le voir régulièrement dans mon esprit, dans mes fantasmes, mes rêveries, mais là… *C'est quoi, ce bordel ?* Je fouille du regard le sauna, m'attendant à trouver une sorte de bouche vers les enfers.

« On avait passé un marché, dit-il. *Et tu n'es pas toute seule. Je suis toujours là. »*

— C'est vrai ?

« Oui. »

Il hoche la tête, debout près de l'entrée du sauna. Il ne parle pas, ne bouge pas ; il ne fait que flotter à une cinquantaine de centimètres du sol. Il n'a pas changé, à part le trou rond et noir au milieu de son front. J'étudie la plaie : c'était un tir parfaitement exécuté. On pourrait croire qu'en tant que fantôme, il serait très pâle, mais non, il a l'air en bonne santé. Plein de vigueur.

— J'ai changé d'avis, je ne veux plus les tuer, j'explique en m'asseyant sur la serviette.

Je verse de l'eau sur les braises, qui grésillent en dégageant un nuage de vapeur.

« Vraiment ? »

— Vraiment.

La voix du spectre de Nino est un croisement entre le bruit d'un marteau hydraulique (vous savez, ceux qu'on utilise pour défoncer le bitume !) et celui de quelqu'un qui fait un gargarisme.

— Ben… ils sont gentils. Je les apprécie. Tiff m'a offert un boulot, un toit…

« Je croyais que tu étais une professionnelle. »

— Oui. C'est juste que…

« Que quoi ? »

— Que les autres, je ne les aimais pas. Ceux que j'ai liquidés. C'est pour ça que c'était si facile.

Il flanque un coup de poing dans le mur.

— À part toi, évidemment !

Oups, pas cool. Je l'avais oublié.

« Merci. »

— Désolée.

Nino vient s'installer à côté de moi sur le banc en bois. Il pose la joue sur mon épaule, et je passe un bras autour de lui.

Il plonge ses yeux dans les miens ; son regard est aussi ardent que les braises du sauna.

« Pense au pognon. Il faut que tu l'élimines. Tu dois éliminer sa femme. »

— Elle s'appelle Tiffany, je soupire.

Nino secoue la tête.

« C'était notre dernier coup. C'est pour moi que tu fais ça. »

— Je sais.

Oh ! là, là ! qu'est-ce qu'il est bien foutu !

Il me prend la main.

« Je ne peux plus agir, moi. Il ne reste que toi. Tous ces milliards… Imagine tout ce qu'on pourrait s'acheter avec ! »

Je me penche vers lui, et nous parvenons, je ne sais comment, à nous embrasser. Je sens sa langue dans ma bouche. J'ai du mal à croire qu'il est là. Ses doigts sur mon corps me pressent contre lui, comme si nous allions nous fondre l'un dans l'autre. Sa paume caresse ma cuisse nue, remontant lentement…

— D'accord, dis-je en m'écartant. Admettons que je tue Tiff. Après, je fais quoi ?

« C'est simple. On en a déjà parlé. Tu séduis Ed, et tu l'épouses. »

Je bois une gorgée d'eau désormais tiède. Bon sang, on étouffe ici ! Dehors, il faisait déjà chaud avec la canicule, mais là-dedans, c'est une vraie fournaise.

— Nino, je suis flattée, sincèrement. Et je suis au courant que c'est ce qui était prévu, mais comment veux-tu que j'amène Ed à m'épouser ? C'est impossible !

Il me tire debout face à lui, son corps collé au mien.

« Alvie. Alvie, ma belle. Tu ne comprends donc pas ? Tu es la femme la plus belle que j'aie jamais vue. Tu es une véritable déesse. »

Et je craque. Oh, Seigneur ! Il est si romantique, surtout maintenant qu'il n'est plus de ce monde. J'avais grand besoin de ces paroles d'encouragement. Je traversais une crise de confiance.

Je sonde son regard. Il sait se montrer persuasif (il a sans doute appris ça en Sicile, quand il était dans la mafia). Il me repousse sur le banc. J'atterris les fesses sur le magazine, que je balance un peu plus loin. Les lattes en bois sont brûlantes. Nino plonge sa tête entre mes jambes. Je prends une brusque inspiration, et l'air me grille la gorge. Ses mains rugueuses se promènent sur mes cuisses, les écartent encore plus. Ses lèvres sont sur mes lèvres, sa langue sur mon clito.

— Oh putain, c'est trop bon !

J'enfonce les ongles dans le banc et renverse la tête en arrière. L'éclairage répand un halo orangé. Tout semble doré.

N'en pouvant plus, je tire son visage contre moi en l'empoignant par les cheveux. Son chapeau tombe par terre. À présent, ses doigts sont en moi. Je gémis. J'ai le tournis, le vertige. Il me lèche plus fort, plus vite. Ses doigts trouvent mon point G. Ma peau est chaude et glissante, la sueur coule sur ma figure. Je cambre le dos, et il y a comme un flash.

— Je vais jouir ! Je les tuerai pour toi, Nino. Ils sont morts. Raides morts. Morts, morts, morts, morts…

J'ai l'impression que je prends feu. La lumière est soudain aveuglante. Mon cerveau explose avec mon orgasme.

Je m'élève, plus haut, toujours plus haut… puis je m'écroule sur le banc.

Le monde entier tremble.

Eh, c'est quoi cette luminosité ? J'ouvre des yeux hébétés.

Tout est rouge. Étrange…

Nino s'essuie la bouche.

— Putain de merde ! je hurle.

Le plafond est dévoré par les flammes.

— Oh non, le *Vogue* !

Le magazine a atterri sur les braises et a incendié le sauna. Tout est en train de brûler.

— AU FEU !

J'observe le brasier qui consume le bois sec. Puis je m'arrache à ma contemplation pour chercher Nino : il n'est plus là. Même son chapeau a disparu. Je me redresse d'un bond et me précipite dehors, asphyxiée par la fumée, toussant à m'en retourner les tripes.

Le système d'extinction se met enfin en marche. L'alarme se déclenche, assourdissante. Je reste plantée là, nue, seule à nouveau…

Mardi 9 août, 9 heures
Bishops Avenue, Hampstead, Londres

— Oh, j'en ai une bonne ! lance Tiff.

— Vas-y, je t'écoute.

Elle s'assoit toute droite et se racle la gorge. Je me cale dans le fauteuil massant.

— Je suis si mystique, que quand je vais dans la tribu des Hopis en Amérique du Nord, ils me prennent pour leur messie.

— Ha !

— Ils croient que je suis le « vrai frère blanc » dont parlent leurs prophéties, celui qui doit revenir un jour.

— Tu les détrompes, j'espère.

— Oui ! Mais ça ne sert à rien. Leurs anciens disent que seul le vrai messie ne voudrait pas avouer qu'il est le messie.

— Ben moi, je suis si mystique que je couche avec le dalaï-lama et que je le fais cocu avec le fantôme de Gandhi.

— Joli triangle amoureux !

— Des fois, David Copperfield s'invite aussi.

— Et David Blaine ?

— Oui, j'ai couché avec lui l'année dernière. C'était magique !

Nous explosons de rire.

— Je suis si mystique, même, que tous les ans à Halloween j'ai des stigmates qui apparaissent sur mes mains et mes pieds.

— À Halloween ? Pourquoi Halloween ?

— Les voies du Seigneur sont impénétrables.

— Ce serait plus logique que ce soit à Pâques, non ?

— Ça se produit à Pâques également. Oh, j'en ai une autre ! Je suis si mystique que ce ne sont pas les morts que je vois, ce sont les vivants. Il y en a partout !

— Ah oui ?

— Ils se baladent dans les rues, dans les centres commerciaux. Ils sont dans les restaurants, les cafés…

— Ils peuvent te voir, eux aussi ?

— Bien sûr. Quelle question !

Tiff s'essuie les yeux. Elle pleure de rire. Bébé lui lèche la figure. Il doit aimer le sel de ses larmes : les animaux aiment bien le sel.

Je presse l'interrupteur du fauteuil massant et son vrombissement s'arrête. J'appuie sur le bouton pour redresser le dossier.

— Je suis désolée pour hier soir, Tiff.

— Ça ne fait rien.

— C'était un accident.

C'était un orgasme du feu de Dieu.

— Je le sais, ne t'en fais pas.

Mais pourquoi est-ce qu'elle se montre si gentille ?

Je me renfrogne. Déclencher des incendies est un de mes hobbies, mais ce n'était pas prémédité cette fois-ci. Je trouve ça un peu déconcertant. Cette absence de contrôle me donne l'étrange impression d'avoir régressé.

— L'essentiel, c'est que tu n'aies pas été blessée. Je ne me le pardonnerais jamais s'il t'arrivait malheur.

Elle pose sa main sur la mienne. Oh, c'est qu'elle m'a l'air sincère, en plus !

— Je crois que j'ai les poumons atteints, dis-je en toussant.

— À cause de la fumée que tu as respirée ?

— Ouais.

Je retire ma main. *Allons, Alvie, secoue-toi !* Je n'ai pas le droit de virer mièvre et sentimentale. Je dois la découper comme un poisson, comme un gros filet de saumon.

— Il y avait sûrement un problème dans le circuit électrique du sauna. Heureusement que les pompiers sont intervenus rapidement ; sans ça, le chalet aurait entièrement brûlé.

Cette nuit, aux alentours d'une heure, un camion de pompiers a débarqué au manoir de Bishops Avenue pour éteindre l'incendie. Accourant dans leurs uniformes avec leurs puissantes lances à eau, ils ont arrosé les flammes jusqu'à ce qu'il ne reste, à cet endroit, plus qu'une montagne de cendres détrempées. En temps normal, j'aurais été aussi excitée qu'un pédophile dans un camp scout. Mais après le passage de Nino, je n'étais plus d'humeur. Ils ne savent pas ce qu'ils ont raté.

Tiffany semble convaincue que je suis une personne digne de confiance. *Trop marrant !* Par contre, toujours aucun signe d'Ed. Je commence à m'impatienter, depuis le temps que je l'attends. Il ne peut quand même pas être encore en train de dormir ! Pour me distraire, je décide d'emmener Bébé se promener dans les magnifiques jardins. Le clebs et moi sortons par les portes-fenêtres. Le soleil brille à travers le feuillage, les oiseaux emplissent l'air de leur chant. Le chiot est attaché à une élégante laisse bleue et Tiff m'a demandé de faire attention à son collier. Il paraît qu'il s'appelle « Amour Amour » et qu'il coûte plusieurs milliers de dollars. (Elle était un peu gênée lorsqu'elle m'a expliqué ça. Elle a ajouté que c'était un cadeau d'Ed. J'avoue que j'aurais presque envie d'être leur chien, rien que pour pouvoir porter des accessoires de luxe.) Les bijoux de Bébé sont plus beaux que ceux de Beth. Je songe un instant à voler le collier, mais Tiffany le remarquera si je le mets.

Stop, Alvie. Tu es une vraie cleptomane ! Ne touche pas à ce collier. Tu ne gagneras jamais le cœur d'Ed en étant aussi matérialiste. Il faut que j'essaie de ressembler à Tiff. Et elle, elle est zen comme pas possible. Elle s'en fout d'être riche. Si elle n'était pas tombée amoureuse d'un milliardaire, elle aurait été capable de renoncer à tout ce qu'elle possédait et d'aller vivre dans une grotte avec des yaks dans l'Himalaya.

Bébé se met à aboyer, comme pour dire : « Je ne te fais pas confiance, nounou ! »

Peu importe. Je contemple les jardins, d'un vert éclatant. Une parcelle est occupée par des statues en marbre et en bronze. L'une d'elles, d'un vert pâle voluptueux, représente une mère tenant un bébé dans ses bras. Je lis la plaque : « Henry Moore, 1975 ». Je songe à Beth et son petit garçon. À Tiffany et son carlin. Je ressens un drôle de pincement au cœur. Serais-je en mal d'enfant ? Bizarre.

Je suis un sentier qui débouche sur un court de tennis. Au-delà se dresse un poolhouse à colonnade néoclassique. Je jette un œil par une fenêtre entrebâillée. Je compte trois piscines en tout, dont celle qui se trouve à l'extérieur. C'est un peu excessif, non ? Une pancarte sur le mur indique : « Solarium », et une autre : « Hammam ». Pas de doute, c'est la grande classe. Ça vaut bien les cinq étoiles du Burj-al-Arab.

Je longe le flanc du manoir et arrive sur le devant, près de l'allée. Le chien s'arrête et s'accroupit en plein milieu du passage.

— Non ! Non, tu ne peux pas faire ça ici !

Je tire sur sa laisse, mais il refuse de bouger.

— Merde. Merde !

Je n'ai pas mes gants. Ça craint. Je risque de me faire virer.

Quelques secondes plus tard, le cabot se relève, remuant sa petite queue avec fierté. Comment un carlin aussi minuscule peut-il produire un étron de cette taille ? J'examine la chose. Oh, non… Pourquoi moi ? On dirait une bouse d'éléphant.

— Je vais te transformer en toque de fourrure, je gronde en me penchant vers Bébé. Je suis Cruella d'Enfer !

J'entends la porte d'entrée s'ouvrir et la voix d'Ed retentit :

— Je vais très bien, Tiff, c'était juste le jet lag. On se voit ce soir pour fêter ton anniversaire !

Son anniversaire ? Mais bien sûr ! Je me rappelle maintenant, j'ai vu la date sur Wikipédia. Elle est née le 9 août 1985. Je sais, je vais lui acheter un cadeau ! Un cadeau très spécial. Mais quoi ? Je n'ai quasiment plus de fric ni de sac de luxe à mettre au clou.

Je reluque le Birkin à mon épaule. Hors de question de fourrer la crotte dedans. Je me baisse, la ramasse et la balance dans le bassin des poissons. Juste à temps : Ed approche. Je fixe le couple – je ne peux pas croire que je viens de faire ça ! – et ils me fixent en retour.

— Ed chéri, je t'ai dit que Bébé avait une nouvelle nounou ? Siobhán, voici mon mari, Ed. Ed, voici Siobhán.

Nos regards se croisent, et je détourne vite le mien.

— Ah, c'est donc vous, la nouvelle ?

Je contemple mes pieds en me tortillant de gêne.

Il me tend la main et je la serre, laissant une grimace m'échapper. Argh !

— Oh, vous avez la paume… moite.

— Possible, je réponds, redressant enfin la tête. J'admirais vos poissons.

Nous nous dévisageons un moment. Je gigote en me mordant l'intérieur de la joue.

— J'ai l'impression de vous connaître. Nous sommes-nous déjà rencontrés ?

Il examine sa main, contrarié, puis l'essuie sur son pantalon. Je m'absorbe dans l'examen de mes chaussures, frottant mes semelles sur le gravier. Il était bourré, l'autre nuit. Sa mémoire est certainement embrumée.

— Euh… non, je ne crois pas. Je m'en souviendrais. Joyeux anniversaire, au fait ! dis-je à Tiffany avec un sourire qu'elle me renvoie. Je travaillais à l'étranger avant, alors c'est peu probable que nous nous soyons déjà vus.

— D'accord. J'ai dû vous confondre avec quelqu'un d'autre.

— On me dit souvent que je ressemble à Angelina Jolie, c'est peut-être à elle que je vous fais penser. Je pourrais être sa doublure. (Je sens mes joues chauffer tandis qu'Ed étudie mes traits.) Une Angelina rousse, naturellement, j'ajoute en forçant sur l'accent irlandais.

Il se rappelle vaguement de moi, mais pas assez pour m'identifier comme la fille du bar du Savoy. Je le regarde dans les yeux en rougissant. Il est encore plus séduisant à la lumière du jour. *Enfin, Alvie, contrôle-toi !*

— En tout cas, excusez-moi d'avance si j'oublie votre nom, conclut-il. Nous avons tellement de personnel que j'ai du mal à tous les retenir.

— Bien sûr. Pas de souci, Mr Forbes.

Mais je gage que ça n'arrivera pas. Mon petit doigt me murmure qu'Ed Forbes ne m'oubliera jamais.

11 heures

Je viens de dépenser tout mon fric dans un bol chantant tibétain. Je n'ai pas lésiné sur le cadeau d'anniversaire de Tiffany. C'est un bol qui rend un son musical quand on passe un bâton sur le pourtour. Je l'ai acheté à Hampstead Village, dans une boutique formidable (et hors de prix) qui m'a paru très mystique. Si elle avait été là, Tiffany l'aurait dévalisée. Il y avait tout un tas de choses dedans, comme des attrape-rêves et des encens.

Ça lui fera plaisir, j'en suis persuadée. Il y a intérêt, d'ailleurs : il n'est pas remboursable.

Je monte l'escalier deux à deux avec le chiot qui caracole dans mes jambes. Je manque de trébucher sur lui et de me casser la figure.

— Tiff ? Tiff, t'es où ? j'appelle, essoufflée. J'ai un cadeau pour toi !

Bébé et moi grimpons jusqu'au sixième. J'aurais dû prendre l'ascenseur.

— Oh, salut, Siobhán ! Comment ça va ? (Elle me fait une bise.) J'étais occupée à choisir une tenue pour ma fête de ce soir. Tu m'aides ?

— Euh… oui, bien sûr.

Tiffany ouvre son armoire. Ah ! Ce ne sera pas long, visiblement. Je m'attendais à une garde-robe de la taille d'un étage de chez Harrods, mais elle ne possède pas tant de vêtements que ça. Elle en donne la plus grande partie aux bonnes œuvres. Elle pourrait être moine, cette fille.

— J'hésite entre ce kimono en soie qu'on m'a offert au Japon et ce jean déchiré en tissu recyclé.

— Hmm… (J'examine le jean : il a plus de trous que de tissu.) Et tu porterais quoi en haut ?

— J'ai cette jolie pièce que j'ai empruntée à Zoe Kravitz.

Elle brandit un soutien-gorge doré. Je crois que c'est de l'or véritable. Il brille, il est splendide. Je me fiche de savoir combien il coûte. Je le veux. Il me le faut absolument.

— Mets le kimono, pour voir ?

Elle l'enfile. Il est de toutes les couleurs de l'arc-en-ciel, éthique comme c'est pas permis.

— Le kimono, obligé. Tu es canon dedans !

Elle sourit.

— Merci. Je l'adore. C'est l'ambassadeur du Japon qui m'en a fait cadeau en remerciement de mes actions pour promouvoir la pêche durable.

— Puisqu'on parle de cadeau, je t'en ai acheté un, je retente.

— Oh, il ne fallait pas !

En levant les yeux, j'aperçois un bol tibétain sur l'étagère derrière elle. C'est exactement le même que celui que je tiens entre mes mains.

Tiff observe le paquet. Il est emballé dans du papier métallisé, avec un ruban frisotté et un beau nœud. Il y a une étiquette sur laquelle j'ai inscrit : « Pour Tiffany, joyeux anniversaire ! Bisous, Siobhán ».

— C'est ça ? demande-t-elle, impatiente.

— Euh, non. Non, pas du tout, je réponds en le planquant dans mon dos.

— Ah, c'est quoi alors ?

— Un truc que je dois jeter.

J'aurais dû opter pour l'attrape-rêves. Pourquoi j'ai pas acheté l'attrape-rêves, bordel ? Je ne peux même pas le rendre. Ni retour ni remboursement.

— Je te le donnerai plus tard. Ce soir. À quelle heure on part ?

— Oh, Siobhán, je suis désolée, dit-elle avec une petite moue. On va chez Sushi Samba, Ed a réservé le trente-neuvième étage de la Heron Tower. Je suis vraiment désolée, mais les chiens sont strictement interdits. Tu devras rester à la maison pour t'occuper de Bébé. Ça ne t'embête pas ?

— Non, ça ne fait rien, je marmonne en baissant la tête. Je n'aime pas les sushis, de toute façon.

J'AIME TROP LES SUSHIS.

— Je suis vraiment désolée, répète-t-elle.

— « Y a qu'une belle-mère qui t'en voudrait », je lâche dans mon meilleur irlandais avant de redescendre vers la cuisine, le pas lourd.

— Je te rapporterai des sushis ! lance-t-elle.

— Pas la peine ! je crie depuis le bas des marches – à tous les coups, ce sera des sushis vegans.

— Alors je rapporterai des sashimis pour Bébé dans un doggy bag.

— Ouais, ouais, comme tu veux.

Je flanque sa saleté de bol à la poubelle. Je pourrais essayer de le revendre, mais ça n'intéressera personne. C'est vrai, ça sert à quoi ce machin ? Je lui trouverai autre chose. Mais quoi ? Je suis fauchée ! Je pose le front contre le mur. La poisse. C'est alors qu'il me vient une idée…

15 heures
Holloway Road, Londres

Qu'offrir à une fille qui possède déjà tout ? Tiff peut se payer le moindre de ses désirs, satisfaire chacune de ses envies : cocaïne, diamants, Gucci, yachts… Mais ne dit-on pas que « c'est l'intention qui compte » ? Le cadeau, on s'en fiche. Peu importe ce que je lui choisirai, je suis sûre que ça lui plaira. N'empêche, j'ai quand même la pression.

En remontant Holloway Road avec Bébé au bout de sa laisse, j'ouvre mon porte-monnaie et pousse un soupir. Aucun billet, que des pièces jaunes et blanches. Cinquante pence au total. Pas un penny de plus. Je m'arrête devant Poundland, le royaume du « tout à une livre ». C'est un coup à tenter. Je parie que Tiffany n'a jamais reçu quoi que ce soit qui venait d'ici. Mon présent sera exceptionnel. Et, d'une certaine manière, terriblement mystique.

J'entre dans le magasin bondé et j'étudie les rayons. Ils sont bardés de bouteilles de liquide vaisselle Fairy de 1,015 litre. Je m'engage dans une autre allée, consacrée au maquillage et aux accessoires : recourbe-cils, pinceaux, limes et extensions d'ongles autocollantes. Il y a une immense section hygiène dentaire avec du bain de bouche à la menthe douce Listerine. J'attrape un paquet de brosses à dents Colgate. Ça lui sera utile quand elle voyagera. Tiff part très souvent à l'étranger assister à des ventes aux enchères. Je vais les lui prendre. Elles sont parfaites.

Je me rends à la caisse et montre l'article à la caissière, laquelle est en train de s'enfiler des billes soufflées à la tomate. Ses lèvres et son menton sont teintés de poudre rouge. Bébé se met à lui aboyer dessus.

— Combien ça coûte ?

Elle se lèche les doigts et regarde le paquet.

— Je dois scanner le code-barres, répond-elle.

Elle le vise avec sa douchette, qui émet un bip.

— Une livre.

Je lève les yeux au ciel et pivote sur mes talons. Les brosses à dents, c'était une idée idiote. Tiff en a certainement déjà une. Je vais devoir être plus imaginative, sinon elle se dira que je n'ai fait aucun effort.

J'avise des fournitures pour cigarettes électroniques. Je pioche un flacon marqué « 88Vape E-liquid menthol, 11 mg », mais je ne sais pas si Tiffany vapote. Non, sûrement que non. Elle pourrait peut-être s'y mettre ? Il n'est jamais trop tard. Mais ce ne serait pas très mystique. Bon, quoi d'autre ? Je poursuis mon exploration.

Un panonceau indique : « Maison et jardin ». Super ! J'y trouverai forcément mon bonheur. Je repère un assortiment de mini-tournevis et une charmante paire de pinces argentées. Mais ça m'étonnerait que Tiff bricole. Elle doit avoir un homme à tout faire qui lui change ses ampoules et se charge de ce genre de choses. J'aimerais tellement avoir un homme à tout faire, moi aussi.

Oh, le rayon confiserie ! Il déborde de bonbons d'autrefois : soucoupes volantes, Push Pop, Nerds… Ils ont l'air tout à fait mangeables. Oui, ça ressemble déjà plus à un cadeau d'anniversaire. Bébé renifle les sachets. Je retombe d'un coup en enfance et l'eau me vient à la bouche. Je me rappelle très bien leurs goûts : les cacahuètes des Snickers qui croquent sous la dent, la saveur acidulée des pailles remplies de poudre. Je choisis une jolie boîte de Maltesers rouge et une autre d'After Eight, puis je me fraye un chemin jusqu'à la caisse.

Je décoche un sourire à la caissière et pose la première boîte devant elle.

— Ça, c'est combien ?

Elle bipe l'article.

— Une livre.

— Et ça ?

Je lui tends la deuxième.

Bip !

— Une livre aussi.

Je grince des dents.

— Tant pis. C'est sans doute trop sucré de toute façon. Le corps de Tiffany est un temple. (Je plisse le front.) Est-ce que vous auriez un rayon promotions ? Des offres spéciales ?

— Non. Tout est à une livre.

— Tout ?

— Tout ! gronde-t-elle. C'est le principe du magasin : tout à une livre.

La pétasse.

Bon, ça commence à bien faire. Il est clair que je perds mon temps. Ha, il est beau le sens du commerce ! Je me casse d'ici.

Je rebrousse chemin, furieuse. Jamais je ne parviendrai à mener cette mission à bien. Je passe devant une bande de lycéens boutonneux qui regardent les capotes en gloussant.

— Prenez les nervurées !

J'attrape un paquet et le lance à un grand échalas, qui manque de défaillir.

— Faites-moi confiance.

17 heures
Bishops Avenue, Hampstead, Londres

Je tourne dans la rue des Forbes en tirant le chien, marchant lourdement et shootant dans les cailloux. Je ne peux tout de même pas revenir les mains vides, je lui ai promis un cadeau. C'est super gênant ! J'ouvre le portail.

Mes pas crissent sur le gravier. Hé, une minute…

Je jette un coup d'œil vers le manoir : personne ne me regarde. Les caméras sont pointées sur le trottoir. Je me penche et ramasse un caillou. Non, pas un caillou : un galet. Petit, rond et lisse. Oui, il fera parfaitement l'affaire. Je le glisse dans ma poche.

— Toi, pas un mot ! je souffle au chien.

Il incline la tête.

— Salut, Tiff ! je lance en entrant dans le salon. Joyeux anniversaire, ma grande !

Elle est assise sur le canapé, en tailleur, les yeux clos.

— Tiff ?

Elle ne m'entend pas. Qu'est-ce qu'elle fabrique ? Elle a des AirPods dans les oreilles. Je lui tapote l'épaule.

— Youhou !

— Oh ! Salut, Siobhán. Bonjour, Bébé. Je ne savais pas que vous étiez de retour. J'écoutais un truc, explique-t-elle en montrant son iPhone.

— Ah oui ? C'est quoi ?

Je saisis l'AirPod qu'elle me tend et me le coince près du tympan.

— Tu vas voir, dit-elle en appuyant sur l'écran, le sourire aux lèvres.

Je m'installe à côté d'elle et me concentre… *C'est quoi ça ?* Je n'en ai aucune idée.

On dirait le bruit d'un bâton qui frappe un autre bâton toutes les cinq secondes. Encore et encore. De petits coups réguliers, en continu. Peut-être pourrait-on qualifier ça de techno minimaliste et très, très ennuyeuse ?

— Qu'est-ce que c'est ? je finis par demander en ôtant l'AirPod.

— C'est génial, non ?

— Euh, oui. Mais c'est quoi ?

— Des percussions chamaniques.

— Ah, bien sûr.

J'aurais dû deviner.

— J'écoute ça avec Bébé, en général. Il adore. N'est-ce pas, mon bébé ? Viens ici, mon toutou.

Elle le prend dans ses bras pour le câliner et partager son morceau avec lui. Il gémit, bondit du canapé puis remonte près de moi. Pauvre bête. Lui et moi, on a de meilleurs goûts musicaux que Tiffany.

— Joyeux anniversaire, Tiff ! (Ça doit faire six fois que je lui souhaite aujourd'hui…) Au fait, quel âge tu as ?

— Je ne te le dirai pas ! réplique-t-elle en rigolant. C'est un secret bien gardé.

Pas du tout, c'est sur sa page Wikipédia. Elle a trente et un ans.

— Si tu me le disais, tu devrais me tuer ?

— Non. J'ai trente et un ans.

J'éclate de rire.

— Tu n'étais pas obligée de me le dire. Je n'avoue jamais mon âge, moi. Quand on me questionne sur ce sujet, je réponds : « Treize virgule huit milliards d'années, comme l'univers ».

— Tu t'identifies au créateur ?

— Plutôt à l'ensemble de la création.

— Parce que tu es faite de poussière d'étoiles, déduit-elle en hochant la tête, comme si elle comprenait.

— Tiens, je t'ai apporté ça.

— Oh, Siobhán, tu n'aurais pas dû !

J'extirpe le caillou de ma poche et je le lui donne.

— Joyeux anniversaire !

— Oh, merci ! (Elle fronce les sourcils.) Qu'est-ce que c'est ?

— Tu ne sais pas ?

— On dirait, euh… un caillou ? Est-ce que c'est un galet de gratitude ?

— Non. C'est un fragment ancien d'une météorite venant des anneaux de Saturne.

— Quoi ? Non !

— Si, absolument.

Elle l'approche de son visage et l'examine sous toutes les coutures, les yeux plissés.

Bébé aboie. Tiff reste muette.

— Tu ne l'aimes pas ?

Je me lève et me rue vers la porte.

— Non, attends, Siobhán ! s'écrie-t-elle en s'élançant derrière moi. Reviens, s'il te plaît. Je suis désolée. Je ne sais pas quoi dire. C'est trop !

Je m'arrête, contente de mon effet, et fais demi-tour.

— Je t'en prie. Promets-moi juste que tu le garderas en lieu sûr et que tu le chériras de tout ton cœur.

— Je le ferai monter en pendentif.

— Non, surtout pas ! Mets-le dans un coffre et ne l'en sors plus jamais. Ce n'est pas une bougie parfumée ! Tu n'imagines pas à quel point j'ai eu du mal à le trouver. Désormais, il t'appartient, ne le réoffre à personne.

— Je l'adore. C'est mon cadeau préféré.

Elle le range soigneusement dans son sac, et me prend la main.

— Je le conserverai précieusement. Il est mystique, comme toi.

Je souris.

— Simple curiosité : pourquoi est-ce que tu es si mystique ? Je veux dire… comment ça t'est venu ?

— Oh, Seigneur ! s'exclame-t-elle en ouvrant de grands yeux. Vraiment ? Je ne te l'ai pas raconté ?

Je fais non de la tête.

— Ça m'étonne que tu ne sois pas au courant, poursuit-elle. J'ai eu une EMI, une expérience de mort imminente, quand j'étais petite. Tu te souviens de l'accident de voiture dont je t'ai parlé ? Celui qui a tué mon père ?

— Oui.

— Eh bien, en fait, je suis morte pendant quelques instants. Ça n'a pas duré longtemps, mais je me rappelle que j'ai flotté au-dessus de mon corps. Je me suis vue dans le lit d'hôpital. C'était comme si ma conscience se déployait et remplissait tout le bâtiment. Je voyais tout ce qui se passait, même ma mère qui discutait avec un médecin dans le couloir. Je me suis envolée de plus en plus haut, jusqu'à avoir toute la planète dans mon champ de vision. Ensuite, j'ai traversé une espèce de tunnel et je suis arrivée dans une grande lumière. Ce que j'ai ressenti, c'est indescriptible. L'amour le plus extraordinaire, le plus inconditionnel qu'on puisse concevoir. J'ai entendu la voix de Dieu. Il m'a dit : « Ton heure n'est pas encore venue, mon enfant ! » Et je me suis réveillée.

— Putain, c'est cool !

(C'est vrai que c'est cool. Je suis sincère.)

— Et toi ? demande Tiffany. Pourquoi es-tu si mystique ?

J'ignore quoi répondre. Je vais inventer quelque chose.

— Moi aussi, je suis morte.

— Ah bon ?

— Ouais.

— Comment ?

— J'ai été frappée par la foudre. J'ai encore une cicatrice sur le crâne, tu veux la toucher ?

— Oh oui, s'il te plaît !

Je la laisse palper ce qui n'est en réalité que le souvenir d'un accident de trottinette quand j'étais gamine.

— Waouh ! (Elle a l'air impressionnée.) Je n'en reviens pas que tu aies survécu. Tu sais que recevoir la foudre est une épreuve d'initiation au chamanisme ? Est-ce que tu vois des fantômes ou des esprits, parfois ?

— Euh, oui, je crois.

— J'en étais sûre ! Je parie que tu es un vrai chaman.

— Sans doute.

— J'ai tout de suite compris qu'il y avait quelque chose de spécial chez toi, murmure-t-elle en me regardant comme si c'était la première fois qu'elle me voyait. Dès notre première rencontre… Je ne parvenais pas à mettre le doigt dessus. Que s'est-il passé quand tu es morte ?

— Euh… (Je me gratte la tête près de la cicatrice. Ça se complique.) Exactement pareil que toi. Dans les moindres détails.

— Non ?
— Si ! Je te jure.
— C'est incroyable tout ce qu'on a en commun.

21 heures

Je passe la soirée avec Bébé, à manger la glace sans lactose de Tiffany en l'espionnant via les photos qu'elle poste sur Instagram depuis le restaurant. Ils s'éclatent comme des petits fous, on dirait. Tiff s'amuse sans moi. Les plats sont magnifiques, décorés avec des fleurs comestibles, des feuilles d'or et tout le tralala.

Je termine la soi-disant « crème glacée ». Caramel au beurre salé, mon cul ! Je lis l'étiquette : sans sucre, sans crème. C'est fait avec quoi, alors ? De la poussière ? Je balance le pot à la poubelle, puis jette un coup d'œil dans le couloir. Tout est calme. C'est l'occasion rêvée d'explorer un peu les lieux. Il n'y a personne à part moi. Le chiot s'est endormi dans son panier à baldaquin ; je l'entends ronfler. À la réflexion, il est trop petit pour être transformé en chapeau. En cache-oreilles, peut-être ? Je crois avoir vu un truc dans ce goût-là au défilé Dior.

Je quitte les appartements de Bébé sur la pointe des pieds en direction de l'immense hall d'entrée. Je veux fouiller la maison de fond en comble, mais tout particulièrement la chambre des propriétaires. J'ai quelque chose à récupérer dedans : les somnifères d'Ed.

Au bout du couloir, je regarde de chaque côté. Mon portable sonne dans ma poche.

— Merde !

Ça risque de réveiller le chien ! Je me réfugie dans une pièce pour répondre, après avoir doucement fermé la porte.

— Allô ? fait la voix de ma mère.

Mavis. Qu'est-ce qui m'a pris de décrocher ?

— Salut, dis-je en serrant les dents. C'est gentil d'appeler.

Je me trouve dans une sorte de buanderie. Je m'assois sur le lave-linge. Il fait agréablement chaud, et ça sent bon, comme un parfum de printemps. C'est frais.

— Où es-tu ? interroge-t-elle.

— Nulle part. Tu connais pas.

Mon siège ballotte et vibre avec un ronronnement plaisant.

— Le procès a été repoussé, m'apprend-elle. Mais je ne m'inquiète pas, je suis quasi sûre d'être acquittée. L'accusation ne tient pas la route et j'ai le meilleur avocat qui existe. Ce ne sera qu'une formalité.

Soudain, je suis attirée par le sèche-linge. Il remue encore plus fort. Ni une ni deux, je vais l'essayer. Il cogne, cogne, cogne contre le mur. C'est plutôt distrayant.

— Je me doutais bien que tu ne me téléphonais pas simplement pour demander de mes nouvelles.

— Mon avocat est celui qui a fait innocenter Oscar Pistorius.

— Mais qu'est-ce que tu racontes ? Pistorius a été condamné pour meurtre.

— Vraiment ? Zut ! Il me faut un autre avocat.

Le sèche-linge bringuebale et tressaute.

— Il doit être un peu au-dessus de tes moyens, de toute façon, non ?

— Non, il travaille en partie bénévolement.

Les vibrations s'intensifient. Je commence à mouiller.

— Je vais bien, au fait. Je me porte à merveille. Merci de poser la…a…a question.

Bon Dieu, c'est encore mieux que le Power Plate, ce truc. Je me cramponne aux bords, le smartphone calé entre l'épaule et le menton.

— OH, OH, OH, OH…

— Alvina ? Que se passe-t-il ?

— R…r…rien. (Je reprends ma respiration.) Je fais juste une petite machine.

— C'est une première, dis-moi !

Je m'appuie au mur pour éviter de me vautrer.

BAM, BAM, BAM !

— AY, CARAMBA !

J'atteins l'orgasme au sommet du sèche-linge, tapant du poing sur la cloison.

— Au fait, j'ai un boulot ! j'annonce ensuite, haletante.

— Tiens donc ?

Waouh, le coup du sèche-linge, c'est une révélation ! Le fantôme de Nino peut aller pointer au chômage.

— Et de quoi s'agit-il ?

Elle ne me croit pas, je le sens bien. Je suis éminemment embauchable, pourtant.

— Je bosse pour Ed Forbes, figure-toi. Je suis chez lui en ce moment même. Sa maison est très jolie. J'ai mon propre chalet suisse et tout.

Hé, mais pourquoi je lui raconte ça ? Je n'ai plus toute ma tête après cet orgasme fabuleux. Je veux lui montrer qu'on m'accorde de la valeur. Non seulement j'ai un emploi, mais je suis carrément au service d'un milliardaire, un collectionneur d'art réputé, une grosse pointure, sexy comme pas deux.

Merde, j'en ai trop dit.

— Edwin ? s'exclame ma mère. Tu travailles pour lui ?

— Oui. Tu as entendu parler de lui ?

Elle éclate de rire.

— Si j'ai entendu parler de lui ?

— Qu'y a-t-il, Ed ? je demande, puis je couvre le micro pour suggérer une conversation privée. Il faut que j'y aille, Ed a besoin de mon aide sur un tableur ou je ne sais quoi.

— Souhaite-moi bonne chance pour le procès, dit ma mère. Il a déjà été reporté plusieurs fois, pour une raison que j'ignore. J'aimerais bien qu'ils se pressent un peu. J'ai perdu ma réputation, moi !

— Bon courage !

Alors que je m'apprête à raccrocher, elle se met à citer Othello :

— « Oh, j'ai perdu ma réputation, Iago… »

Quelle diva !

Je descends du sèche-linge. *Pfiou !* Ma culotte est trempée. Je me frictionne les joues des deux mains et me flanque une bonne gifle. Bon, où en étais-je ? Ah, oui. La maison. Ma mission assassinat. J'ouvre Basecamp sur mon téléphone et apporte quelques retouches à ma liste :

1. Devenir Siobhán.
2. Trouver Ed.
3. Droguer Ed.
4. Tuer Tiff.
5. Séduire Ed.
6. Épouser Ed.
7. Tuer Ed, dépenser tout son blé en fringues et me planquer pour échapper à la police.
8. Soudoyer un juge véreux pour qu'il boucle ma mère à perpétuité.

Je remets le portable dans mon sac et me concentre à nouveau sur mon exploration des lieux. J'ai la tête qui tourne encore. Ma mère a toujours cet effet-là sur moi, un peu comme quand je fume au bang. Je pousse une porte conduisant à un parking souterrain, où je découvre une sorte de musée de l'automobile : une Ferrari jaune poussin, une Veneno Roadster, une ravissante petite McLaren vintage et une Aston Martin Valkyrie. J'aperçois la voiture du film *Chitty Chitty Bang Bang*. Bizarre. Qu'est-ce que cette caisse fiche ici ? Mes doigts se promènent sur le capot de la Ferrari. Elle me rappelle ma vieille Lamborghini, celle que Nino et moi avions volée à Ambrogio, le mari de Beth. La peinture est parfaite et brillante. Je teste la poignée. *Yeah, baby ! Elle n'est pas verrouillée.* Je me glisse sur le siège du conducteur. J'agrippe le volant. J'adorerais faire un tour avec. Je me remémore mon périple à travers l'Italie avec Nino à mes côtés… Bientôt. Bientôt, cette bagnole sera à moi. Deux meurtres m'en séparent. Je dois simplement garder mon sang-froid et faire ce que je sais le mieux faire.

J'emprunte l'ascenseur pour monter dans les appartements des Forbes, au sixième étage. Il faut que je déniche ces somnifères. J'ai un plan génial. Le couloir dans lequel je débouche est flanqué de quatre portes closes. Derrière la première : le salon d'habillage de Tiffany. La deuxième mène à celui d'Ed. La troisième est celle d'un placard à linge. La quatrième doit être la bonne. Discrètement, je me dirige vers ce qui doit être la chambre du couple. Je tourne la poignée. La porte n'est pas verrouillée. J'entre. À l'intérieur : bouquets de roses, parquet ciré, lit super *king size* croulant sous les couvertures et les coussins (avec des carlins dessus, encore).

— OUI, OUI, OUI !

J'étends les bras et virevolte dans la pièce en faisant l'avion.

Puis je m'arrête dans mon élan, médusée. C'est quoi, ça ? Qu'est-ce que ça fout là ? Au-dessus du pieu, accroché au mur, un superbe sabre de samouraï.

« Est-ce un poignard que je vois là devant moi, la poignée vers ma main[1] *? »*

Peut-être que c'est un objet purement décoratif ? Un cadeau rapporté d'un voyage d'affaires ? Argenté, étincelant, il mesure près d'un mètre. La lame semble très affûtée. Il me plaît bien. Il me plaît énormément, même. Mon couteau à sushi me manque tellement !

Je traverse la chambre pour aller dans la salle de bains attenante, les lattes du plancher craquant sous mes pas. Je passe devant le fameux cabinet Badminton dont Tiffany m'a parlé. Il est joli, tout clinquant avec ses rubis, mais c'est un autre meuble qui m'intéresse. J'en suis à la troisième étape de ma liste : droguer Ed. Je dois m'y atteler. *Grouille-toi, Alvie. Bouge-toi les fesses !* Le temps presse. Et si un employé débarquait ? Comment justifier ma présence ici ? Je dirai que j'ai la migraine et que je cherchais de l'aspirine.

La salle de bains est équipée d'une baignoire sur pieds à la robinetterie rutilante, d'une douche à effet pluie, d'une double vasque et d'une armoire à pharmacie. J'ouvre cette dernière et, tirant ma manche par-dessus ma main pour éviter de disperser mes empreintes, je prends une petite boîte de gélules marquée au nom d'Edwin Forbes. L'étiquette indique : Témazépam. J'ai trouvé les somnifères ! J'expulse quatre gélules de leurs alvéoles et les glisse dans ma poche.

1. *Macbeth*, acte II, scène 1.

Mercredi 10 août, 11 heures
Oxfam, Highgate Village, Londres

— Tu ne gardes même pas le sac Chloé ? Il est splendide !

Je caresse l'objet en question. Il est rose avec un « C » doré. Son cuir est d'une douceur de peau de pêche. Le bronze du fermoir brille comme s'il était neuf. Je donnerais mon bras droit pour le posséder. Le gauche aussi, pour être franche. (Enfin, du coup, ça serait moins pratique pour le porter… Ça mérite plus ample réflexion.)

— Je n'en ai pas besoin. J'ai déjà un sac.

— Un seul ?

— C'est suffisant. Je ne peux pas me servir de deux sacs à la fois… Non, Bébé ! Stop !

Elle tire brutalement sur la laisse du chiot, qui faisait ses dents sur une botte.

— Je suis navrée, dit-elle au type de la caisse. Il n'est pas encore bien éduqué.

J'observe la sacoche de chaman à l'épaule de Tiff. D'accord, elle est cool et mystique, mais je préfère la fantaisie du sac Chloé.

La chanson humanitaire du groupe Band Aid, « Do they know it's Christmas ? », passe dans les enceintes. Étonnant, comme choix, au beau milieu de l'été. Peut-être qu'ils sont très religieux ici… Je parcours du regard le magasin caritatif. C'est la première fois que j'y viens. Je m'attendais à ce que ça pue la naphtaline et le renfermé, mais je me trompais. Au contraire, ça sent plutôt bon. Un parfum de lessive : escapade océane, un truc du genre. Quant aux vêtements sur les cintres, ils m'ont l'air jolis. On est loin de ce que j'imaginais, à savoir des pyjamas et des chemises de nuit portés par des vieux au moment de leur mort. Pas du tout, ce sont des fripes de qualité. Sur les murs, des posters d'enfants africains sont affichés. Je comprends le principe, honnêtement, mais n'empêche… et moi dans tout ça ? Moi aussi, je suis pauvre.

Tiff sort d'autres trésors du carton.

— On m'a offert toutes ces choses, mais je n'en ai pas besoin. Ça, par exemple, c'est du Louis Vuitton, de la part de Nicolas.

— Nicolas Ghesquière ?

Elle confirme d'un hochement de tête.

— Il était à ta soirée d'hier ?

— Bien sûr, répond-elle, les sourcils froncés. C'est un ami, et il est très généreux.

Elle vide tout sur le comptoir : du parfum, des chocolats, une barrette en velours et un superbe foulard en soie.

Le type du magasin s'empare du foulard et le renifle.

— A-t-il été lavé ? interroge-t-il.

— Il n'a jamais été porté.

— Il doit être nettoyé à sec ?

— Oui.

Il fait la tronche.

— Est-ce un problème ?

— Peut-être.

Je tends le bras pour palper le tissu, onctueux comme de la crème fraîche.

— Lâche-le, Siobhán ! ordonne Tiff.

Je ne le lâche pas. Je n'y arrive pas.

Le type finit par me l'arracher des mains.

— Ce cadeau vient de Stella, continue Tiff en exhibant une autre pochette.

— McCartney ? La fille de Sir Paul ?

— Elle-même.

La mâchoire m'en tombe. Je la veux. Il me la faut.

Elle contient un collier en cristal, un portefeuille et une adorable ceinture. Ainsi qu'un bonnet écru.

— Oh, il est trop joli !

— C'est un Balenciaga.

Je saisis le couvre-chef en cachemire ; il est aussi doux que les ailes d'un ange. J'enfouis le nez dans la laine.

Le type me fusille des yeux.

— Arrêtez, je vous prie !

Il empoigne le bonnet, auquel je m'accroche, déformant le tissu.

— Attention ! Est-ce que vous savez combien de chèvres sont mortes pour sa fabrication ? Ou combien de vers à soie ?

— Zéro ! grogne-t-il.

Je l'observe plier l'objet de ma convoitise et le déposer sur la pile de vêtements. Quel gâchis ! C'est honteux.

— Je crois que c'est tout, annonce Tiff en fourrageant dans son carton. Ah non, j'avais oublié les Bulgari.

Elle tire une dernière pochette cadeau, qui renferme une paire de lunettes de soleil aux verres fumés marron foncé. Elles sont noires avec, sur les branches, des fleurs dorées qui chatoient et scintillent sous la lumière des néons qui clignotent au plafond.

Je pousse un gémissement.

Tiff les remet au type.

— Cette fois, c'est tout ! fait-elle. Encore merci. À dans une semaine, même heure !

— Ouais, salut, répond-il en me lorgnant sévèrement.

Bébé aboie.

Il y a là pour cinq mille livres de marchandises, au bas mot.

— Viens, Siobhán, dit Tiff en prenant le chien dans ses bras. On s'en va.

Je m'efforce de détacher le regard des lunettes, sans y parvenir.

Le chiot aboie encore.

— Siobhán ? lance Tiffany en se dirigeant vers la sortie. Oh, oh, Siobhán ?

— Juste une minute !

Je me penche vers le type et lui chuchote à l'oreille :

— Mettez tout ça de côté pour moi. Absolument tout, vous m'entendez ? Je reviendrai dès que j'aurai touché ma paye. Si vous vendez un seul de ces articles, vous êtes mort.

Je fais les gros yeux pour qu'il comprenne que je ne plaisante pas, puis je sors de la boutique sans cesser de le fixer, jusqu'à ce que je sois dehors avec le carlin.

Tiff monte dans la Bentley qui nous attendait. Je ramasse Bébé et je la rejoins.

— Tu fais ça chaque semaine ?

— Oui, soupire-t-elle. Parce que je suis une « influenceuse », on n'arrête pas de m'offrir des affaires pour que je m'affiche avec sur les réseaux sociaux. Et à mon anniversaire, c'est encore pire. Hier soir, j'ai été vraiment trop gâtée. Je n'ai pas besoin de tout ça.

— Je pourrais venir à ta place, la prochaine fois. Histoire de promener le chien et de me rendre utile.

— Non, dit-elle en riant. Ça ne me dérange pas. Je trouve ça plutôt agréable, même. J'adore donner, pas toi ?

— Oui, moi aussi… parce que je suis super mystique.

Nous nous perdons un moment dans la contemplation du paysage qui défile par les vitres de la voiture. Je repense au sublime collier en cristal.

— Oh, j'en ai une !

— Vas-y, je t'écoute, dit Tiff.

— Je suis si mystique que j'ai un cristal qui permet de communiquer avec les chats quand on l'a dans sa poche.

— Avec les chats ? rigole-t-elle. Et qu'est-ce qu'ils racontent ?

— Rien de passionnant. Ils parlent surtout de bouffe. « Est-ce que tu as un truc à manger ? File-moi des croquettes ! », ce genre de choses. C'est très répétitif. Par contre, j'ai un autre cristal plus intéressant.

— Qu'est-ce qu'il fait, celui-là ?

— Si on le pose sur le rebord de sa fenêtre les nuits de pleine lune, on est un peu moins chiante quand on a ses règles.

— Oh, moi aussi j'en ai une ! s'exclame Tiff, se piquant au jeu. J'ai un cristal, quand on le porte en boucle d'oreille, on entend des chants religieux.

— Des chants religieux ?

— Des cantiques version yodel.

Nous éclatons de rire.

— J'adore les cristaux, poursuit-elle, soudain sérieuse. J'aime le fait que leur beauté vient de leurs imperfections. S'ils étaient parfaits, ils seraient incolores. Ils sont un peu comme les gens.

J'acquiesce, la mine grave.

— C'est très profond.

Jeudi 11 août, 9 heures
Supermarché Waitrose, Hampstead

Tiffany m'a donné un peu d'argent pour que j'aille faire une course : je dois acheter du filet de bœuf pour Bébé, qui ne consomme pas de nourriture pour clebs. La truffe levée, il tire sur sa laisse et aboie après les saucisses.

— Cache-oreilles, NON !

Il me grogne dessus quand je le prends dans mes bras. Je hume l'air, et un effluve de sang frais vient m'emplir les narines. Bon Dieu, ce que j'aime l'odeur des boucheries ! Je demande deux steaks de premier choix à un vendeur doté d'un œil de verre, et je le regarde détailler la viande en admirant son couperet en inox. Puis je me dirige vers le rayon alimentation animale, et tombe sur des sachets de Pedigree : « Bouchées de bœuf en sauce ». Ça n'a pas l'air mauvais. Il y a une image de morceaux de viande juteuse mélangés avec quelques petits pois et bouts de carottes. Ça fera l'affaire. Je filerai ça à Bébé, et je garderai les steaks pour moi. Un chien qui ne mange pas de bouffe pour chiens ! Je n'ai jamais rien entendu d'aussi débile.

Je passe ensuite chez Snappy Snaps, le magasin de services photo, et insère la carte mémoire de mon portable dans l'une des machines. Zut, j'aurais pu me servir du Bluetooth. Tant pis, j'imprime les clichés montrant Ed en compagnie des prostituées du Savoy en format treize centimètres par dix-huit. Ça devrait être assez grand. C'est mal barré pour toi, Ed ! Ces photos sont sacrément compromettantes.

11 heures
Bishops Avenue, Hampstead, Londres

Je me glisse dans la cuisine ultramoderne des Forbes. Il n'y a personne. Le cuisinier est parti animer son atelier hebdomadaire dans l'épicerie de luxe Fortnum and Mason. Je dépose le sac en plastique sur le plan de travail et détache la laisse de Bébé. Il aboie comme un fou en lorgnant le sac. Il doit avoir faim, comme moi.

Je fouille la pièce à la recherche d'un accompagnement pour mon steak. Je découvre, dans le frigo, un bocal de truffes blanches italiennes, des melons de Yubari et une boîte de caviar Almas. Rien de tout ça ne s'accordera avec ma viande. Je dois trouver le cellier.

J'aperçois une porte dans un angle. Elle s'ouvre sur le haut d'un escalier et, quand j'avance un peu, se referme en claquant derrière moi. Me voilà maintenant dans le noir total ; je pourrais aussi bien être aveugle. J'essaie de pousser le battant, mais il est bloqué. Oh non ! La galère ! Il ne faut jamais s'aventurer à la cave dans une maison inconnue, sous peine de le regretter. Une sensation affreuse me serre le ventre. Je m'imagine des cadavres, un monstre, des prisonniers. Je me remémore ce film, *Room*. *Bordel, Alvie, ta curiosité te perdra !*

Localisant un interrupteur sur le mur, je le presse. Les lampes s'allument en m'explosant la rétine. *Reprends-toi, Alvina !* En bas des marches s'alignent des rangées et des rangées de bouteilles de vin. Il y en a des centaines. Du rouge essentiellement, mais aussi du blanc et du champagne. Peut-être que je suis morte et que j'ai atterri au paradis ? Le paradis est une cave à vins.

Sur une console, je remarque une carafe à décanter, deux verres en cristal scintillant sous la lumière et un jéroboam de Château Mouton Rothschild 1945. Je tuerais pour un peu de vin – même pour une gorgée. J'ai terriblement envie de le goûter. Oui, je sais, j'ai arrêté l'alcool. Mais là, c'est trop beau. Je ne me pardonnerais jamais de laisser passer une occasion pareille. En plus, comme il y a des milliers de bouteilles ici, les Forbes n'en sauront jamais rien si j'en prends une.

Mes doigts se tendent vers le jéroboam et glissent sur le verre lisse et froid. Je ne choisirai pas celle-ci, ce serait trop visible. Mieux vaut en faucher une parmi celles du fond. J'aime bien la nouvelle Alvie, plus stratège. Je coince le fruit de mon larcin sous mon bras avant de remonter en courant. Finalement, la porte n'est pas bloquée : il y a une poignée, que je tourne. *Du calme, Alvie. Tu assures !*

12 h 30

Bébé lèche sa gamelle en argent. Il a apprécié sa pâtée. Et moi, mon steak. Il était délicieux. Je l'ai mangé saignant. Les Français disent « bleu », mais il n'était pas bleu, il était rouge. Je fourre le dernier morceau dans ma bouche et le savoure en étudiant l'étiquette de la bouteille que j'ai chipée dans la cave à vins : « Château Lafitte, 1787 ». Euh… il doit y avoir une erreur sur la date. Je goûte le liquide bordeaux et recrache aussitôt. Pouah, c'est infect ! Serait-il bouchonné ? Il a un goût aigre, amer. Je le renifle : il sent le sous-sol humide, le chien mouillé. Une chose est sûre, je ne peux pas avaler ça. C'est dégoûtant. Quelle déception ! C'est un signe que m'envoie l'univers : il ne faut plus que je boive.

Le carlin se dandine jusqu'à son panier et se couche pesamment sur le flanc. Son gros ventre ressort, on dirait qu'il a gobé un ballon de foot. Juste après, j'entends comme un lointain roulement de tonnerre : son estomac qui gargouille.

— Siobhán ?

Oh merde, c'est Tiffany. Vite, cachons le Pedigree ! Je jette le sachet de pâtée vide à la poubelle.

— Ah, Siobhán, tu es là ! lance-t-elle en entrant dans la cuisine.

Elle me plante une bise sur la joue.

— Ciao, quoi de neuf ? je demande.

— Je passais juste voir mon petit amour…

Ed n'est pas ici. Elle parle du chien, je suppose. Ou de moi ? Non, non, du chien, bien sûr.

Elle se penche pour caresser la bestiole, et avise la bouteille de rouge sur le plan de travail. Elle pousse un hurlement de perroquet effarouché.

— Mon Dieu, qu'est-ce qu'il y a ? je m'affole.

— Ce vin… ce vin… ce vin… il appartenait à Jefferson !

— Jefferson ? C'est qui ?

— Le président, Thomas Jefferson.

— Ça ne le dérangera pas, il est mort.

Je comprends mieux, maintenant, la date sur l'étiquette.

— Il était à Ed. C'était un cadeau de Noël. Il a coûté cent cinquante mille dollars. Je l'ai acheté aux enchères à New York.

— Ah, je n'en avais pas la moindre idée.

Elle prend la bouteille avec précaution.

— Regarde, ses initiales sont gravées dans le verre.

— Oui, enfin, « TF », ça aurait pu être n'importe qui, je rétorque en haussant les épaules. Mais rassure-toi, il n'est pas très bon, de toute façon.

— Évidemment qu'il n'est pas bon ! C'est un bordeaux de cent cinquante ans d'âge. Les bordeaux ne se conservent qu'une cinquantaine d'années. Il n'était pas question de le boire !

Je lève les yeux au ciel. *Sois gentille, Alvina. Rappelle-toi pourquoi tu es ici.* Je ne dois surtout pas perdre la confiance de Tiff. Il faut que je lui présente des excuses.

— Pardonne-moi, Tiffany, dis-je le plus sérieusement du monde. Je te promets de ne plus jamais boire de vin ayant appartenu à un président. (Un éclat de rire m'échappe, et je plaque ma main sur ma bouche.) Je suis désolée, sincèrement. Si tu veux, on peut remettre le vin à l'intérieur et tout refermer. La bouteille sera comme neuve, ça ne se verra pas.

— Si, Siobhán, ça se verra, lâche-t-elle, toujours un peu contrariée.

Pourtant, elle se met à rire à son tour en m'observant forcer sur le bouchon pour l'enfoncer dans le goulot. Il refuse de rentrer, et un peu de vin gicle sur le plan de travail, formant une petite flaque.

— Ce n'est pas grave, dit-elle. Tu ne savais pas, et j'ai mal réagi. Je te pardonne.

Mais pourquoi est-ce qu'elle est toujours aussi gentille ?

— Tu es la meilleure, Tiff.

Je le pense réellement. Personne ne m'a jamais traitée avec autant de bonté. Personne ne m'a jamais donné ma chance autant de fois. L'espace d'un instant, je reste sans voix. Les yeux fixés sur la flaque grenat, je me sens soudain envahie par l'émotion. *Ressaisis-toi, Alvie, bon sang !* J'attrape le rouleau d'essuie-tout pour éponger le liquide.

— Je suis désolée. Ça ne se reproduira pas.

— Siobhán, détends-toi. C'est oublié.

Bébé émet de petites plaintes dans son panier, et son ventre gargouille à nouveau. Tiff prend le chiot contre elle. Il gémit plus fort.

— Que se passe-t-il, mon chéri ? demande-t-elle en le berçant comme un nourrisson.

Merde. Qu'est-ce que j'ai encore fait ? Aurais-je empoisonné le cabot ? Il n'a pas l'air très en forme.

Il s'affale dans les bras de sa maîtresse en mode théâtral, la langue pendante et tout.

— Qu'est-ce que tu lui as servi, au déjeuner ? C'est la première fois qu'il se comporte de cette manière.

— Du filet de bœuf, comme tu me l'as indiqué, je réponds en jetant un coup d'œil vers la poubelle.

Tiffany suit la direction de mon regard. Un coin du sachet de Pedigree dépasse du couvercle. Elle se tourne vers moi.

Je me pétrifie. *Et merde !* Je ne dis rien, je ne bouge pas.

Elle s'approche de l'objet du délit.

— Non ! je crie, mais trop tard.

Elle le récupère, le lève à son visage pour le renifler, comme s'il y avait encore un doute. Son nez se plisse de dégoût et elle est prise d'un haut-le-cœur.

— Tu es virée ! gronde-t-elle.

— Je t'en prie, ce n'est pas ce que tu crois...

— Et qu'est-ce que je crois ?

Je me creuse la cervelle pour trouver une excuse, mais rien ne me vient.

— Je l'emmène chez le vétérinaire. Rassemble tes affaires et va-t'en.

— Tiffany, non ! Souviens-toi, on est amies.

— D'abord le sauna, ensuite le vin, et maintenant mon bébé...

— Ton chien, je corrige. C'est un chien.

Elle a un hoquet d'indignation.

Putain, elle est exactement comme Beth... Pourrie gâtée, manipulatrice. Je grince des dents, la mâchoire crispée. Je ne veux pas être son amie, même pour tout l'or du monde, mystique ou pas.

— OK, très bien, je m'en fous. Mais tu ne peux pas me virer, parce que tu ne m'as jamais embauchée. Je ne faisais que te rendre service. Et puis tu ne peux pas me virer parce que je démissionne. Je n'ai aucune envie de bosser pour toi, de toute façon.

Mes joues sont en train de chauffer, et j'ai la voix qui chevrote. Comment ose-t-elle me renvoyer ? Ce culot !

Elle fiche tous mes projets en l'air. Comment je vais pouvoir remplir ma mission, moi, si je ne travaille plus ici ?

Jolene apparaît à la porte avec un iPad à la main.

— Ah, vous voilà, Mrs Forbes. Est-ce que tout va bien ?

Tiff ne répond pas. Elle serre le carlin contre elle.

Janice enchaîne :

— Je voulais vérifier avec vous votre emploi du temps pour la vente aux enchères de demain à Venise.

Venise ? Quoi ? Les minuscules rouages de mon cerveau se mettent en branle. Je n'avais pas prévu de la liquider dès ce soir, mais ce sera peut-être mon unique chance. (Ça ne me dérange plus trop de la tuer : elle m'a brisé le cœur.)

Sa secrétaire me couve d'un sale œil. Je lui adresse un large sourire.

— J'arrive tout de suite, Jacinda, dit Tiff. Attendez-moi dans le salon.

— Bien sûr, Mrs Forbes, acquiesce Johanna en me lançant un dernier regard haineux avant de sortir.

Dans un soupir, Tiffany se place alors face à moi.

— Je suis terriblement déçue, mais je te souhaite une bonne continuation. Tu rendras les clés du chalet à Fifi en partant.

Non ! Elle ne peut pas me laisser comme ça. Elle ne peut pas m'abandonner ! Il faut que je fasse quelque chose. Mais quoi ? Je me rappelle soudain que j'ai encore une carte à jouer. Et heureusement pour moi, c'est un as.

— Tiff ! Avant que tu t'en ailles, il faut que tu voies ça. Je ne voulais pas te les montrer, mais…

— De quoi tu parles ?

Je plonge la main dans mon sac Birkin. Je savais bien qu'elles me serviraient un jour.

— Elles ont été envoyées anonymement. J'ignore qui les a prises, mais comme tu peux le constater… ce n'est pas joli-joli. Je suis vraiment, vraiment navrée.

Je lui donne les photos de son mari avec les putes du Savoy. Elle les étudie, et son visage devient blême.

— C'est comme Hugh Grant quand il s'est fait choper sur Sunset Boulevard. Ce que je ne comprends pas, c'est pourquoi certains hommes préfèrent aller bouffer au fast-food alors qu'ils ont un bon steak chez eux…

21 h 30

Je fais les cent pas dans l'allée, en regrettant de ne pas avoir de Marlboro. Les Forbes se disputent dans leur chambre. Tiffany a pété les plombs en voyant les photos. Elle crie de plus en plus fort. Une fenêtre est entrebâillée à leur étage, et quelques mots me parviennent. Ed dit : « Ce ne sont pas mes fesses ! » Et Tiffany rétorque : « C'est ça, oui ! » Je consulte l'heure : il est vingt et une heures trente. Ça fait presque une heure qu'ils se bouffent le nez. Quelque chose vole en éclats. Un verre ? Un vase ? Leurs voix sont de plus en plus aiguës. Un hurlement perçant s'élève. Un oiseau pousse un cri sonore, comme s'il leur répondait. Est-ce un corbeau ? En tout cas, ils font un foin de tous les diables, on doit les entendre dans toute la rue. On doit les entendre jusqu'à Archway, même. À vrai dire, ça m'arrange bien. Plus ils feront de bruit, mieux ce sera. J'espère juste que personne ne téléphonera aux flics ; ce serait problématique. Mon plan se déroule comme prévu. Enfin, le grand moment est arrivé ! J'en suis tout excitée. Tout le monde saura que le couple s'est violemment disputé, et quand Tiffany « disparaîtra » mystérieusement, les soupçons se porteront sur son époux.

Je suis Hela, la
Déesse des Morts. Je suis Diane,
La grande Chasseresse.

Alors, comment est-ce que je vais m'y prendre ? Que ferait Jason Bourne à ma place ? J'aurai besoin d'une arme, ça va de soi. Un objet d'apparence inoffensive. Je jette un œil au bassin. Six carpes koï flottent à la surface. Tiens, qu'est-ce qui leur est arrivé ? Elles sont inertes, le ventre en l'air. L'eau paraît drôlement trouble. C'est étrange. Elles semblaient pourtant aller bien la dernière fois. J'en touche une du bout du doigt, et elle dérive un peu plus loin.

Mon regard s'arrête sur la grenouille décorative, celle avec les yeux globuleux. Elle est de la taille d'un melon. Elle est hideuse, grotesque, mais je parie qu'elle coûte une fortune. Tiffany l'a sans doute dénichée dans une de ses ventes aux enchères pour riches.

— Kermit, ma grosse mocheté, viens donc par ici.

Je m'empare de la statuette en céramique et la soupèse. Elle est lourde. Oui, ça conviendra parfaitement. Dans l'idéal, je préférerais un flingue, mais à défaut, je me contenterai de la grenouille.

Une sorte de transe s'empare de moi tandis que je m'avance vers le manoir.

J'appelle l'ascenseur menant à la chambre des Forbes. Le temps presse. Je dois précipiter le cours de mon plan. Vu que Tiffany m'a flanquée à la porte en exigeant que je sois partie avant ce soir, je ne peux plus rester chez elle en attendant le bon moment pour frapper. J'ai déjà fait du rab. Désormais, il faut que je passe à l'action.

Les portes s'ouvrent avec un petit « ding ! » J'entre dans la cabine, puis ressors la tête pour lorgner à droite et à gauche, des fois que quelqu'un m'aurait vue : la bonne, le cuisinier ou le majordome. Il n'y a personne. J'enfonce le bouton du dernier étage. Les portes se referment, et le silence se fait. Un frisson me court le long du dos.

Je m'examine dans le miroir. Waouh, l'éclairage est incroyablement flatteur ! Nantie des pommettes hautes de ma mère, je me trouve magnifique ce soir. Le roux me va super bien, il met en valeur le vert de mes iris. Je commence à m'attacher à mon personnage de Siobhán.

L'ascenseur s'arrête. J'entends à nouveau les éclats de voix.

— Comment as-tu pu me faire ça ? crache Tiffany.

— Mais je n'ai rien fait ! proteste Ed.

Je longe le couloir sur la pointe des pieds jusqu'au placard à linge, à quelques mètres de leur chambre. Je me glisse à l'intérieur et rabats derrière moi la porte faite d'étroites lamelles en bois. Qu'est-ce que je suis serrée là-dedans ! J'espère qu'il n'y en aura pas pour longtemps. Je palpe les somnifères dans ma poche. Je les compte : un, deux, trois, quatre. Maintenant, il ne reste plus qu'à patienter jusqu'à ce que James, le majordome, monte servir à Ed son verre du soir.

En fouillant dans ma veste, je tombe sur les gants destinés aux crottes du chien. Ils sont en latex extensible, et claquent sur ma peau quand je les enfile. Mieux vaut éviter de laisser des empreintes sanglantes partout dans la chambre des Forbes. C'est le genre de négligence stupide qui vous conduit tout droit en prison, et je tiens à ma liberté. J'ai un poncho transparent dans l'autre poche, comme ceux qu'on achète dans les festivals en cas de pluie. Je l'ai déniché dans les appartements du carlin, près de sa laisse et de ses jouets. Je m'en équipe, par mesure de précaution. Je dois être parée à tout.

Après ça, je ferme les yeux dans un soupir. Mon Dieu, comme j'aimerais que Nino soit là !

« Chevillez seulement votre courage au point résistant[1]. »

J'attends. Et j'attends. Et j'attends.

Je consulte l'heure sur mon Samsung : il est 21 h 49. Plus que onze minutes avant la venue de James.

Dépêche, dépêche, dépêche…

Tout est calme à présent. Les voix se sont tues. Je tends l'oreille. Une poignée cliquette, une porte grince et des pas feutrés se font entendre. Quelqu'un marche dans le couloir. Qui c'est ? Tiffany ou Ed ? À moins que ce ne soit le majordome ? Mince, je ne vois rien. L'espace entre les lamelles s'obscurcit quand la silhouette passe devant moi. J'entrebâille le battant du placard, juste un peu, et j'aperçois l'arrière de la tête de Tiff. Merde, elle s'en va ! C'est maintenant ou jamais. Mais mon plan, alors ? Ed est encore éveillé ! Tant pis, je dois me jeter à l'eau. J'observe Tiffany. Ses cheveux blonds se balancent en fouettant l'air comme la queue d'un poney. Sous cet angle, elle ressemble à Beth. Je ferme les paupières. *Tu peux y arriver, Alvie. Nino est avec toi.*

Sauf que je n'arrête pas de penser à Tiff. C'est mon amie. Elle m'a serrée dans ses bras. Elle a dit qu'elle m'adorait, bordel !

Allez, vas-y !

Je m'expulse de ma cachette, brandissant la grenouille au-dessus de ma tête. Tiffany se retourne et nos regards se croisent. Mon estomac fait une embardée.

— Siobhán ?

1. *Macbeth*, acte I, scène 7.

Je me fige. J'ouvre la bouche, mais aucun mot n'en sort. *Je suis désolée*, j'ai envie de lui dire. *Je ne suis pas parfaite. Je suis un cristal.* Des paroles profondes de ce genre. Au lieu de quoi j'abats la grenouille sur elle de toutes mes forces. J'agis sans réfléchir. Mes muscles ont gardé le souvenir de toutes les fois où j'ai accompli ce geste.

CRAC !

Kermit s'écrase sur son crâne, le sang m'éclabousse. Tiff bascule en arrière et je la rattrape, lâchant la statuette qui atterrit sur mon gros orteil.

Aïe, AÏE ! Ça fait super mal ! Je me mords la lèvre pour m'empêcher de crier. Est-ce que je me suis cassé le pied ? *Saloperie de grenouille !*

Tiffany est toute molle entre mes bras. Heureusement que j'ai mis le poncho.

Qu'est-ce que j'ai fait ?

— Tiff ? Tu vas bien ?

Son corps pèse lourdement contre ma poitrine. Elle ne répond pas. Je recule en chancelant sous son poids.

Ma meilleure amie ! Mon âme sœur !

Un filet de sang serpente dans sa chevelure blonde, si rouge qu'on dirait du Ketchup. Ses yeux sont révulsés dans leurs orbites.

— Tiff ! je chuchote d'une voix sifflante en la secouant.

Je crois que je suis en train de faire une crise d'asthme, alors que je ne suis même pas asthmatique.

— Non… NON ! Je ne voulais pas… Tiffany ? Parle-moi !

Je lui flanque une gifle, et sa tête tombe sur le côté.

Oh ! là, là ! Merde ! Quelle heure est-il ? Est-ce que je devrais l'emmener à l'hôpital ? Il n'est sans doute pas trop tard, si ? Je suis sûre qu'Ed possède un hélicoptère.

On pourrait la transporter aux urgences en un rien de temps. On la rafistolerait, on lui donnerait une aspirine et on ferait comme si rien ne s'était passé.

Je soulève sa paupière pour examiner la pupille. Elle est large comme une soucoupe. *C'est trop tard, Alvie. Tiff est morte. T'as plus qu'à terminer le boulot.*

Je la traîne jusqu'au placard à linge et je tente de la tasser tant bien que mal à l'intérieur. J'étais en pétard parce qu'elle m'avait virée. Elle n'avait pas à me virer. Putain, on serait encore amies sans ça ! Ça m'a mise hors de moi. Et ma colère me dépasse parfois. D'un coup, le cadavre de Tiff échappe à mon contrôle et s'étale dans le couloir.

Magne-toi, Alvie ! Du nerf !

Le sang chaud dégouline sur le sol. Il faudra que je nettoie ça.

J'entends le tintement de l'ascenseur dans les étages inférieurs, et le mécanisme qui se met à vrombir. Il me reste moins d'une minute. Ça devient tendu.

Je m'agenouille par terre et fais rouler le corps. Il s'écroule enfin contre les étagères. Je lance la grenouille à la suite. Elle atterrit avec un son mat.

— Ne bouge pas de là et ferme-la, Kermit !

Accroupie, j'éponge le sang avec une serviette de bain épaisse. Je frotte jusqu'à ce qu'il ne subsiste plus une trace. Mon cœur fait boum-boum, boum-boum.

Le vrombissement s'amplifie. Quelqu'un monte.

Je retire le poncho en plastique, le fourre dans le placard et vérifie que je n'ai pas de tache incriminante sur moi. Les portes de la cabine s'ouvrent. Je m'essuie la bouche du revers de la main. Mince, j'ai oublié d'enlever les gants ! Je les arrache en vitesse et les case dans ma poche, puis je redresse la tête. James est là. Tiff avait dit vrai : il apporte toujours un verre d'alcool à

Ed à vingt-deux heures tapantes. Admirez ça, il est pile à l'heure ! Je lui décoche un grand sourire. Il est vêtu d'un élégant costume blanc, avec cravate blanche et gilet blanc. La vache, ça fait beaucoup de blanc ! Il ne faudrait pas qu'il se colle du sang dessus. Il sort de l'ascenseur, chargé de ce qui ressemble à un verre de whisky sur un plateau d'argent. Génial ! Exactement ce dont j'ai besoin pour mon nouveau plan revu et corrigé.

En baissant les yeux, j'avise les doigts de Tiff qui dépassent de sa cachette improvisée. Je me paralyse. Quatre doigts pointent sous le battant. Je mets un petit moment à réagir. Puis je sursaute, comme sous l'effet d'un électrochoc, et je fais un pas en arrière pour camoufler ça en m'interposant. Ne regarde pas vers le sol ! Surtout, ne regarde pas vers le sol ! S'il les remarque, je suis foutue. Je ne vois pas comment je pourrais expliquer la présence de ce cadavre ici.

— Salut, dis-je pendant qu'il approche.

J'ai toujours le cœur qui cogne dans ma gorge. Je transpire comme dans une rave avec cinq grammes de coke dans le corps.

— Nous n'avons pas été présentés. Je suis, euh... Siobhán.

— Tu vas bien ?

Pourquoi ? Qu'est-ce qu'il y a ? Est-ce que j'ai l'air bizarre ? Je me force à acquiescer.

— James, dit-il, et nous nous serrons la main.

Il fronce les sourcils en sentant ma paume moite. Je la frotte sur ma cuisse.

— Jacinda m'a parlé de toi, ajoute-t-il.

Respire, Alvina. Respire, respire. Je détaille son visage avec les yeux aussi exorbités que ceux de la grenouille. Il est mignon ! Un huit sur dix. Cheveux noirs, prunelles bleu clair. Il me fait penser à Harry Styles. Je décèle un parfum séduisant : Sauvage de Christian Dior ? Son costume resplendit comme s'il avait trempé des heures dans une cuve de détergent.

— Je sais aussi qui tu es, dis-je sur le ton le moins flippant possible. Tiff et Ed m'ont raconté beaucoup de choses sur toi.

— Ah bon ?

— Que du bien ! Je crois que tu es leur chouchou.

Il éclate de rire.

— Bien sûr, oui. Alors comme ça, c'est toi, la nouvelle !

— Hein ?

— La nouvelle « nounou » du chien ? (Il me fait un clin d'œil.)

— Oui, je confirme en me penchant pour chuchoter : Ce n'est pas un chien, c'est un bébé.

— Bien entendu. Comment ai-je pu l'oublier ?

Je me concentre enfin sur le plateau, et en particulier sur le verre de whisky. Mieux vaut tard que jamais, j'imagine. *« Les plans les mieux conçus des souris et des hommes avortent bien souvent*[1]. »

— Je peux l'apporter à ta place, je propose avec un sourire engageant. J'allais dans la chambre, justement.

Il ne bronche pas.

— C'est toujours moi qui le donne à Ed.

J'élargis mon sourire, les mâchoires serrées.

— Ce n'est pas la peine qu'on soit deux à déranger. D'après le bruit qu'ils font, ils sont très occupés là-dedans.

Allez ! Je retiens mon souffle et ferme les poings. Je parie qu'il va refuser.

1. Vers du poème de Robert Burns « To a mouse » (trad. G. Guibillon), 1785.

— Ils se volent dans les plumes depuis tout à l'heure, et j'ai l'impression que ça dégénère, j'ajoute. Ça ne me dérange pas de me charger de ça.

James contemple ses chaussures. Merde. *Ne regarde pas vers le sol, putain !* Il risque de voir les doigts ! Je me déplace légèrement, écrasant avec mon pied la main de Tiff.

Il change de sujet :

— Hé, tu as vu ce qui est arrivé aux poissons du bassin ?

— Non, quoi ?

— C'est très étrange, ils sont tous morts.

Je commence à paniquer. Comment faire pour le convaincre ? Je m'en fous, moi, des poiscailles ! Nous restons sans rien dire quelques secondes, puis une idée me traverse l'esprit.

— Jacinda ne m'aime pas, hein ? je demande, la mine blessée.

Il plisse le front.

— C'est juste que… ben… tu comprends, elle était la préférée de Tiffany, avant ta venue. Elle est jalouse, c'est tout.

Je me mords la lèvre et laisse mes yeux s'emplir de larmes. (Je m'imagine couper un oignon avec des émanations genre gaz moutarde.)

— Je ne vois pas ce que j'ai fait de mal. J'aimerais vraiment qu'elle m'apprécie.

— Ne t'inquiète pas, elle s'y fera. Le truc, c'est qu'elle a énormément d'affection pour Tiffany.

Je soupire en considérant ostensiblement le verre de whisky. La tension monte, et monte encore…

— Bon, d'accord. Tiens, Siobhán, dit James en me tendant le plateau. Allez, à plus tard !

La vache, ça a marché ! Je peux respirer à nouveau.

— À plus tard, James.

Je le fixe alors qu'il repart vers l'ascenseur. Il me lorgne d'un drôle d'air puis, quand la cabine se referme, m'adresse un signe de la main que je lui renvoie joyeusement. Le mécanisme fait entendre son vrombissement, amorçant la descente. Mon cœur bat comme un fou furieux. C'était chaud ! Mais ce n'est pas le moment de faire une crise cardiaque.

J'examine les doigts de Tiff qui dépassent du placard tels les pieds de la méchante sorcière qu'on distingue sous la maison dans *Le Magicien d'Oz*. Sauf que Tiff n'était pas une méchante sorcière, elle était une très gentille sorcière. Elle était Glinda, et moi je suis l'homme en fer-blanc qui n'a pas de cœur. Je pousse les phalanges du bout de ma chaussure pour mieux les dissimuler et je claque la porte. Pfiou ! Fouillant dans la poche de ma veste, je récupère les somnifères. Pour la phase suivante, j'ai besoin qu'Ed dorme du sommeil du juste. Ce serait embêtant qu'il se réveille et me chope avec un cadavre sur les bras. J'ouvre les gélules et verse la poudre dans le whisky. Pas trop, juste assez. Je n'ai pas envie de l'empoisonner. Enfin, pas encore ! Ça, ce sera l'étape numéro sept.

« Tournons en rond autour du chaudron, et jetons-y les entrailles empoisonnées[1]. »

Je mélange la mixture avec mon index. Il ne me manque plus que le balai et le chapeau pointu.

22 h 02

Je frappe à la porte.

— Entrez, dit Ed.

1. *Macbeth*, acte IV, scène 1.

J'entre donc, avec une grimace de douleur. Mon pied me fait un mal de chien. Je m'efforce de ne pas boiter comme une imbécile. Aïe ! Putain, qu'est-ce que je douille ! J'aurais intérêt à passer une radio, je pense. Même s'il n'y a pas grand-chose à faire en cas d'orteil cassé. Le bander et prendre du paracétamol, c'est tout.

Ed est assis sur le lit, en caleçon. Il se lève d'un bond en me voyant débouler.

— Siobhán ? Je suis désolé ! (Il attrape un coussin pour se couvrir.) Je croyais que c'était James.

— Oh non, c'est moi qui suis désolée, je réponds, satisfaite qu'il n'ait pas oublié mon prénom. Je cherchais Tiff, mais je vois qu'elle n'est pas ici.

J'essaie de détacher mon attention de son torse nu, mais ses abdos sont bien trop beaux, et ses épaules ne me laissent pas indifférente non plus. Mon esprit se peuple de fantasmes sur le thème « le maître et la servante ». J'aimerais bien me dégotter une jolie tenue de soubrette noir et blanc. En temps normal, je lui sauterais dessus direct, ça va sans dire. Je chevaucherais cet étalon toute la nuit, jusqu'au petit jour. Mais les circonstances n'ont rien d'ordinaire. Je suis en mission. Il est des choses plus importantes que le sexe. (Vous avez vu comme je suis concentrée ?) En plus, vous vous en souvenez certainement, nous n'en sommes qu'à l'étape numéro quatre de mon plan. Le passage « séduire et épouser Ed » viendra plus tard.

— James m'a chargée de vous apporter ça. Je voulais demander à Tiff si elle était d'accord pour que je prenne rendez-vous pour la manucure du chien.

— Merci, dit-il en prenant le verre.

Je l'observe boire. Mes yeux se braquent vers le sol, je me mets à rougir et – sans savoir pourquoi – je fais une révérence.

— Encore une fois, je suis vraiment désolée, Mr Forbes.

Nos regards se croisent, et je me mords la lèvre.

— Je vous en prie, appelez-moi Ed.

Après une autre révérence, je ressors en traînant la patte.

Sitôt la porte refermée, je m'autorise un geste de victoire silencieux. *Yes !* Il l'a bu ! Il n'a absolument rien remarqué de bizarre dans son whisky. Je me dirige clopin-clopant vers le placard à linge. Il est sûrement pété, cet orteil. Il doit être tout violet, maintenant. Beurk !

Quand j'ouvre, le corps de Tiffany s'effondre par terre comme une masse ; je le redresse et le tasse de nouveau à l'intérieur. En plus de Kermit et du linge, il n'y a pas beaucoup de place pour nous deux là-dedans. Sa tête retombe sur mon épaule, et son sang coule sur mon bras. Merde, elle en met plein les serviettes ! Il faudra que je les emporte pour les brûler.

Je caresse ses cheveux en chantonnant tout bas un couplet de la berceuse irlandaise « Too Ra Loo Ra Loo Ral ».

— Pardonne-moi, Tiff, je chuchote. J'aurais aimé que ça se passe autrement entre nous, mais tu comprends… Nino, le fric… Et puis tu m'as virée, aussi, c'était pas très sympa.

Je consulte l'heure sur mon téléphone. J'attendrai une bonne demi-heure, le temps qu'Ed soit profondément endormi. Après quoi j'enclencherai la suite des opérations.

23 heures

Je renfile le poncho et les gants avant de quitter ma cachette sur la pointe des pieds. Il fait mille fois trop chaud pour porter ce machin en plastique, mais je préfère ne prendre aucun risque. Je toque doucement à la chambre des Forbes, puis j'approche l'oreille du battant. Théoriquement, Ed devrait roupiller, mais qu'est-ce que je ferai s'il se manifeste ? Comment j'expliquerai ma tenue ? Je n'y avais pas pensé. Je serais obligée de lui déclarer mon désir ; je lui dirais que ça m'empêchait de trouver le sommeil. Oui, ça devrait marcher. « Vous êtes irrésistible ! » La flatterie, ça fonctionne à tous les coups. Je ferai passer le poncho et les gants pour des accessoires fétichistes quelque peu insolites.

Je poireaute un long moment, la bouche sèche. Je suis tentée de retourner me planquer en courant, mais je m'astreins à la patience. Pas un bruit ne me parvient. Je toque une dernière fois, par acquit de conscience, puis je jette un œil à l'intérieur. Il fait noir, mais j'entrevois la silhouette d'Ed sous les couvertures. De légers ronflements s'élèvent du lit super *king size*. Il est dans les vapes.

Je repars en vitesse vers le placard, agrippe Tiffany sous les aisselles et la sors de là. Je lui confectionne un turban de fortune avec une serviette ensanglantée pour éviter qu'elle continue à tout salir, puis je la traîne le long du couloir. Je recule en boitillant jusqu'à la porte de la chambre que j'ouvre d'un coup de fesses. Bon sang, ce que c'est dur ! Les morts pèsent étonnamment lourd, et j'ai le pied bousillé. Tiffany doit faire un petit trente-huit, mais j'ai l'impression qu'elle est obèse, comme ces gens qui ne passent plus les portes et qu'on doit extraire de leur maison à l'aide d'une grue. Mes muscles sont tendus à se rompre, je respire comme un bœuf. Si seulement j'avais une grue ! Malgré tout, je ne m'arrête pas. Je persévère. Tous ces soulevés de poids à la con ont fini par payer.

Le verre posé sur la table de chevet est vide. Il a tout bu ! Génial, ça devrait m'accorder deux bonnes heures. Je ne tiens pas à avoir de surprise. Je remorque le cadavre à travers toute la pièce, en passant devant le cabinet Badminton. Arrivée dans la salle de bains, je tourne le verrou pour plus de tranquillité.

Je m'adosse au battant, à bout de souffle. J'allume la lumière, et ma vision s'accoutume peu à peu. Je regarde Tiff en plissant les paupières. Je suis totalement en nage. Porter ce poncho, c'est comme trimballer une serre sur le dos. La nuit est chaude et humide, étouffante. Saisissant le macchabée par les chevilles, je tire ses jambes dans la baignoire, puis je me penche pour l'attraper par les poignets, et je le hisse à l'intérieur. Il atterrit dans le fond avec un bruit sourd. Les mains sur les hanches, j'admire le travail. Je suis partagée : je m'en veux d'avoir tué Tiff, mais je suis fière d'y être arrivée. Et puis il y a quelque chose de très satisfaisant à rayer les éléments d'une liste de choses à faire.

Pour la petite histoire, Ed et sa femme se sont disputés, après quoi il s'est soûlé et lui a fait la peau. Il a pété une durite. Les Français parlent de « crime passionnel », je crois. Il n'en aura gardé aucun souvenir. Il ne se rappellera pas lui avoir fracassé sa jolie tête.

Reste le problème de l'arme du crime. Il n'aurait sûrement pas utilisé la grenouille. Je fouille la pièce. De quoi aurait-il pu se servir ? Il y a une brosse à chiottes à côté de la cuvette, un verre sur la tablette du lavabo, un porte-savon en forme de coquillage sur le rebord de la baignoire. Oui, ce sera parfait. Va pour le porte-savon. Je le prends et le dépose sur le sol au milieu d'une traînée de sang afin de faire illusion. Puis j'ôte du crâne du cadavre la serviette tout imbibée.

J'entends un bruit. Serait-ce Tiffany ? Non, impossible. Elle est morte.

À cet instant, Tiff se met à bouger ; elle essaie de se redresser.

Je pousse un cri.

— Mais que... ?

Je recule en chancelant. Mon pied dérape sur le sang.

— Au secours ! gémit-elle.

— Je te croyais morte !

Oh non, oh non, oh non...

Mes mains sont plaquées sur mon cœur. Putain, elle a failli me flanquer une attaque ! Comment ça se fait qu'elle soit encore vivante ? C'est pas ce qui était prévu ! Est-ce qu'elle a eu une nouvelle EMI ? Mais qu'est-ce qui déconne chez elle ?

Elle sanglote en silence, la bouche ouverte, les yeux écarquillés.

Se cramponnant au rebord de la baignoire, elle tente d'en sortir, ses doigts barbouillant l'émail de traces rouges. Elle est en train de tout saloper.

— Attends ici, dis-je. *(C'est la merde... c'est vraiment la merde !)* Je vais chercher de l'aide.

Et zut, il faut que je l'achève. Je ne l'ai pas tuée correctement.

Alors que je m'apprête à quitter les lieux, Nino se matérialise près de moi.

« Le sabre de samouraï », dit-il dans ma tête (nous communiquons par télépathie).

— Ah oui, je l'avais oublié ! Super idée !

J'allais récupérer la grenouille mais, à la réflexion, le sabre de samouraï sera plus efficace.

Passant devant Nino, j'entrebâille la porte et me glisse furtivement dans la chambre. La lumière de la salle de bains baigne le sol d'une lueur orangée. Tout à coup,

Ed remue dans son lit, puis se tourne de l'autre côté. Tout ce bazar a sans doute troublé son sommeil, mais il continue à ronfler. Ouf ! Je dois maintenant redoubler de discrétion.

Je traverse la pièce à pas de loup, approchant du sabre fixé au mur. Nino est un génie. Je grimpe sur la table de chevet et tends le bras pour le décrocher. Il est lisse et froid. J'éprouve sa lame : elle est très affilée, presque autant que mon couteau à sushi. C'est alors que je perçois une agitation dans la salle de bains. Tiff ! Elle s'échappe !

Je saute de la table de chevet, faisant craquer le plancher, mais en arrivant, je la retrouve toujours assise dans la baignoire. Elle hurle en me voyant débarquer avec cette arme imposante. Pas le temps de réfléchir ni de me poser des questions sur ce qu'il convient de faire. Je fonctionne en pilotage automatique, habitée d'une force démentielle. Serrant le manche des deux mains, je fais voler la lame et l'abats en travers de sa gorge. Le sang déferle comme les chutes du Niagara ; la cascade écarlate éclabousse les murs, asperge la baignoire et le sol, brillante comme de la peinture fraîche.

Je ferme les yeux et inspire profondément.

J'entends la voix de Tiff...

— *Moi, je suis si mystique que j'ai une EMI dès que je ferme les paupières, et même dès qu'elles clignent.*

— *Tu n'as pas besoin de mourir pour vivre une expérience de mort imminente ?*

— *Si, je meurs à chaque fois.*

— *C'est ultra mystique !*

— *C'est pour ça qu'il vaut mieux que j'évite les clins d'œil, c'est trop perturbant. Un peu comme le chat de Schrödinger, tu vois ?*

— *Qu'est-ce qu'il a, ce chat ?*

— *Il est mort et vivant en même temps.*
— *Ah oui, en effet, c'est perturbant.*

Minuit

J'examine la double vasque. Quel lavabo est à qui ? Hmm… Celui avec le rasoir doit appartenir à Ed. Je vais me servir de celui-ci. Ouvrant le robinet d'eau froide, j'entreprends de laver mes gants. Puis je me nettoie les bras, la figure et le cou, avant de rincer mon poncho. J'élimine scrupuleusement toute trace de sang. C'est hyper compromettant, le sang.

Je range le poncho dans ma poche. Il est bien compact, une fois plié ; la matière est très fine. Il serait drôlement pratique pour le festival de Glastonbury. Je ramasse la serviette souillée, remets les gants et récupère le sabre sur le sol. J'aimerais pouvoir le garder. Je promène le regard sur la pièce : on dirait un abattoir. Mon cœur se serre un peu. *Non.* Pas de temps à perdre avec ça. Pas de remords. Pas de sentimentalisme à la noix. Je m'interdis de réfléchir à ce que je viens de faire. Je dois aller de l'avant.

Allez, on se dépêche, Alvie ! Il faut que je file d'ici. Que je me planque. Que je me débarrasse de la grenouille. Et que je brûle le linge sale du placard, aussi.

Le sang pulse dans mes veines à vitesse grand V. Je me sens merveilleusement vivante.

Je regagne la chambre en silence, m'arrangeant pour que le sabre de samouraï laisse une traînée rouge sur le parquet, histoire de fabriquer un indice bien visible. Parfait ! Le sol est dégueulasse, à présent. Je me campe près du lit. Ed est au pays des rêves. J'essuie la lame sur ses paumes et sur ses bras. Un peu sur son visage aussi ?

Je lève le sabre afin que le sang coule sur sa joue. Oh, c'est comme un Jackson Pollock : il ne manque plus que du bleu et du noir, et j'obtiendrai un chef-d'œuvre.

Je place l'arme sur la couette près de lui et replie ses doigts sur la garde, lentement, avec précaution.

Ne te réveille pas, ne te réveille pas…

Pas tout de suite, du moins (je veux tout de même qu'il finisse par se réveiller, qu'il puisse m'inviter à dîner).

Qu'est-ce que je fais, maintenant ? L'idéal, ce serait qu'il se pense coupable. Oui, géniale, l'idée ! Je réintègre la salle de bains pour prendre des cheveux de Tiff. Ils sont si beaux, comme des fils d'or, c'est dommage de les abîmer. Tant pis. Je lui arrache six ou sept petites mèches. Ça devrait suffire. Une fois de retour dans la chambre, je les dispose sur les mains d'Ed, les enroulant autour de ses phalanges. Je recule pour contempler la scène. Waouh, on se croirait à Hollywood ! Si je me réveillais comme ça, je serais persuadée d'avoir commis un meurtre. Mais il faut dire que je suis une tueuse en série ; je ne serais pas difficile à convaincre.

Je souris. Quand il découvrira ça, Ed n'ameutera certainement pas les flics. Même s'il a des doutes sur sa culpabilité, il saura que toutes les apparences sont contre lui. Il sera suspect jusqu'au trognon.

Après avoir récupéré la grenouille et le linge, j'appelle l'ascenseur. La cabine s'ouvre, j'entre, puis je presse le bouton du rez-de-chaussée. Je m'appuie contre le miroir, la respiration courte. Je prends bien soin de plier les serviettes de manière à ce que le sang ne se voie pas. Je suis vraiment trop douée.

Je ressors dans le hall. Personne dans les parages. Je me précipite vers la porte et fonce dans l'allée de gravier.

Il fait noir. Il est près de minuit. J'entends quelqu'un marcher sur le trottoir devant le manoir. Je me fige. Qui c'est ? Un cliquetis de talons hauts : une femme. Oh, pitié ! Serait-ce Jemima ? Ou Vénus ? Les éclairages automatiques s'allument. Je suis tout éblouie. Je me souviens soudain de la présence des caméras de sécurité. Heureusement, elles sont orientées vers la rue, pas vers moi. Je reste immobile jusqu'à ce que les pas se soient éloignés et les lampes éteintes. Je l'ai échappé belle. J'ai eu de la chance.

Je baigne la grenouille dans l'eau trouble du bassin avant de la remettre à sa place, sur le rebord. Sûr qu'aucun employé n'aura prêté attention à sa disparition. Les yeux vitreux de la bestiole en céramique me fixent sans ciller. Ils me suivent où que j'aille, comme ceux de la Joconde.

— Tu me cherches, Kermit ?

J'affronte son regard, la défiant de bouger ou de cligner de l'œil, mais elle se tient à carreau. *Du calme, Alvina, ce n'est qu'un batracien. Les batraciens ne parlent pas.*

DEUXIÈME STASIMON

C'était peut-être mon destin de devenir criminelle. Chez nous, c'est de famille, le meurtre. C'est génétique, comme la drépanocytose. Ma mère a du sang sur les mains ; ma grand-mère aussi. Je me rappelle une histoire qu'elle m'a confiée un jour et qui m'a fortement marquée. Une histoire hallucinante qu'elle a gardée pour elle jusqu'à ce qu'elle soit clouée sur son lit de mort. J'ai de merveilleux souvenirs d'elle. Elle n'était pas qu'une petite vieille dame gentille et attachante, avec les cheveux gris et un penchant pour le sherry ; c'était une vraie *bad girl*.

Il y a seize ans

— Beth ! (Elle voulait dire « Alvina ».) Viens, je veux te raconter quelque chose.

Ça m'énervait qu'elle m'appelle Beth. Elle se trompait tout le temps. Parfois, elle m'appelait même Mavis ou Philip (le prénom de mon oncle).

— Oui, mamie ? j'ai répondu en m'asseyant près d'elle dans un fauteuil à bascule.

— Pendant la guerre… (presque tous ses récits commençaient comme ça) … un événement horrible s'est produit.

— Sans blague ! C'est le jeu, non ? La guerre est censée être horrible, je te signale. Sinon, quel intérêt ?

Je l'ai observée pendant qu'elle dégustait lentement sa crème anglaise accompagnée de thé au lait.

— C'était quelle guerre, au fait ? La première, la seconde ou celle de Crimée ?

— Celle de Crimée ? Mais quel âge crois-tu que j'aie ?

— Je sais pas… Cent un ans ?

— J'en ai soixante-quatorze. La guerre de Crimée s'est achevée en février 1856. Je te cause de la Seconde Guerre mondiale, là.

— Et donc, qu'est-ce qui s'est passé ? j'ai demandé en étouffant un bâillement.

— Comme tu le sais, j'ai grandi à Jersey, une île qui était occupée par les nazis pendant cette période.

— Ah bon ? J'étais pas au courant. Rassure-moi, vous les avez fichus dehors, n'est-ce pas ?

— Mais on ne t'apprend donc rien à l'école ?

— Ben non, je me suis fait virer.

— Bref. Tu peux imaginer à quel point la vie était alors difficile. Je n'étais qu'une enfant à l'époque, mais je m'en souviens très bien.

— Quel âge tu avais quand ils ont débarqué ?

— Je venais d'avoir dix ans. Les Allemands ont bombardé le port de Saint-Hélier, et j'ai perdu ma meilleure amie. On se promenait dans la rue en riant et en plaisantant. Elle me parlait d'un garçon qui lui plaisait ; ils s'étaient même embrassés ! Elle s'est arrêtée pour refaire son lacet, et j'ai pris un peu d'avance. J'ai entendu l'obus avant de sentir son impact. Ce matin-là, neuf personnes sont mortes. Mais ce n'est pas ça qui est horrible.

— Ah non ?

— Disons que ce n'est pas tout.

J'ai regardé ma montre. Il était quatorze heures cinquante-cinq. Les récits de ma grand-mère pouvaient être interminables et je ne voulais pas rater mon émission à la télé.

— Elle est encore longue, ton histoire ?

— Mon père s'était engagé dans l'armée, alors je vivais avec ma mère et mon frère, mais comme nous avions une grande maison, nous avons été obligés d'héberger des nazis.

— Quoi, vous les avez laissés habiter avec vous ?

— Nous n'avons pas vraiment eu le choix. Six jeunes hommes en tenue de combat ont frappé à la porte un jour. Ma mère préparait le déjeuner, je traînais dans le verger avec Fred. Ils se sont installés dans les chambres à l'étage et nous, nous devions dormir en bas, dans la cuisine. Ma mère se retrouvait subitement avec six bouches de plus à nourrir. Six grands gaillards, ça dévore, tu peux pas savoir. Elle faisait des pâtisseries fabuleuses, des tartes et de vrais plum-puddings. Mon frère et moi allions lui cueillir les fruits dont elle avait besoin.

— J'y crois pas ! Vous leur faisiez des gâteaux alors qu'ils venaient de tuer ton amie ?

— Ma mère nous disait toujours : « Quand vous mangez des abricots, surtout, jetez les noyaux ! » L'amande des noyaux d'abricot contient une substance appelée « amygdaline ». Quand on l'ingère, le corps transforme cette amygdaline en cyanure.

— En cyanure ? C'est génial !

Mamie a hoché la tête en souriant. De fines pattes-d'oie se sont creusées au coin de ses yeux.

— Une seule de ces amandes peut être mortelle pour un enfant. Et moi, j'avais mangé des abricots sous notre vieil arbre noueux pendant dix ans, peu ou prou. Au pied de son tronc, sur l'herbe, il y avait donc une montagne de noyaux. Ça fait beaucoup d'amygdaline. Une nuit, pendant que tout le monde était couché, je suis sortie en catimini les ramasser. J'ai passé des heures dehors, à ouvrir les noyaux avec un marteau rouillé qui appartenait à mon père. Je retirais les amandes et je les mettais dans un pot à confiture. J'en ai ouvert des centaines. J'avais la peau des doigts à vif. Le lendemain, j'ai insisté pour que ma mère confectionne sa fameuse tarte aux abricots. Je me souviens comme si c'était hier de l'odeur qui s'échappait du four. Le parfum de la pâte brisée flottait jusque dans le jardin où je jouais avec mon petit frère. On jouait aux cow-boys et aux Indiens. Une fois la pâte bien cuite, il a été temps d'ajouter la garniture. On ne met jamais la garniture avant d'avoir cuit la pâte, tu entends, Elizabeth ? Il n'y a rien de pire qu'un fond de pâte détrempé.

— Rien de pire, j'ai approuvé.

— J'ai attendu que ma mère ait le dos tourné pour verser le contenu de mon pot dans sa garniture, et j'ai bien touillé pour tout mélanger au sucre et aux abricots.

— Je crois que je devine la suite.

Mamie a fermé ses paupières avec un soupir. Raconter cette histoire lui demandait un gros effort.

Allez, viens-en à la chute !

— La tarte a été prête juste avant le retour des soldats. J'ai dit à ma mère et à mon frère : « Interdiction d'y toucher ! »

« Pourquoi ? » s'est étonnée ma mère. « J'ai passé l'après-midi à la préparer, je mérite bien une petite part. »

« Je ne peux pas vous dire pourquoi, mais cette tarte aux abricots est réservée aux soldats. Je vous en prie, c'est très important. » Et elle a fini par accepter.

J'ai tiré mon fauteuil un peu plus près du lit. La voix de ma grand-mère faiblissait et je tenais à entendre la fin.

— Le soir, pour le dessert, après un plat de poulet aux pommes de terre, les nazis ont attaqué la tarte agrémentée d'une grosse cuillerée de crème fraîche. Ils l'ont engloutie, et se sont même resservis. Ma mère, mon frère et moi, nous les regardions manger. J'avais le ventre noué par l'angoisse. Quand ils ont eu fini, il ne restait qu'une seule part. Nous n'avions pas de réfrigérateur en ce temps-là, alors ma mère l'a recouverte d'un torchon propre et l'a laissée sur le buffet.

— Mamie, t'es la meilleure ! S'il te plaît, dis-moi qu'ils sont morts.

Elle a gloussé en lissant de sa main son édredon.

— Quelques minutes plus tard, la respiration des six gaillards s'est accélérée. Leur teint est devenu cireux, leurs yeux vitreux. Certains ont perdu connaissance ; ceux-là ont eu de la chance.

— Oh, mamie, c'est énorme !

Elle s'est tue un moment, a bu une gorgée de thé. La tasse a cliqueté sur la soucoupe quand elle l'a reposée.

— J'ai jeté un coup d'œil vers le buffet, là où se trouvait la dernière part, et je me suis aperçue qu'elle avait disparu. Fred, lui, me fixait comme un petit fantôme.

— Oh, non. Il l'avait mangée ?

— J'étais glacée d'horreur. Incapable de bouger, l'estomac retourné. Fred avait terminé la tarte. C'était la pire chose qui puisse arriver. Ma mère est partie en courant, mais il lui a fallu plus d'une heure pour ramener le docteur. Pendant ce temps, je suis restée assise par terre, en pleurs, à regarder les hommes mourir un par un. Je serrais le bras de mon frère ; je me souviens que sa peau était moite. Quand ma mère est revenue avec le docteur, j'étais au milieu de la cuisine, entourée par sept cadavres.

— Merde alors ! Qu'est-ce qui s'est passé après ? Qu'est-ce qu'il a dit, le docteur ?

— Il a tout de suite vu que c'était un empoisonnement, mais sans comprendre ce qui l'avait provoqué. Il ne m'a jamais soupçonnée, parce que mon frère était décédé lui aussi. Encore aujourd'hui, tout le monde pense que c'était le fait d'un soldat britannique. Un inconnu qu'on a considéré comme un héros.

— Tu as tué sept personnes en une nuit sans en récolter les lauriers ? Tu devais être dégoûtée… Enfin, c'est triste pour Fred, bien sûr.

Mamie a secoué la tête.

— Je n'ai jamais raconté cette histoire à personne. J'avais trop honte. Je ne me suis jamais pardonné la mort de Fred. Ma mère a emporté ce secret dans la tombe. Si je te le confie aujourd'hui, c'est parce que j'estime que tu as le droit de savoir qui je suis réellement avant qu'il ne soit trop tard.

Je lui ai donné une tape dans le dos.

— Tu es une héroïne de guerre, mamie ! Tu déchires !

Cette nuit-là, ma grand-mère s'est éteinte dans son sommeil. J'étais à ses côtés (ma mère et Beth étaient en croisière à Majorque, un truc du genre). Je lui ai tenu la main toute la nuit, mais je ne l'ai pas assassinée.

TROISIÈME ÉPISODE

Vendredi 12 août, 1 heure du matin
Bishops Avenue, Hampstead, Londres

J'ouvre la porte de mon chalet et allume la lumière. Puis, le dos collé au battant que j'ai refermé derrière moi, je dresse l'oreille : tout est calme.

— Nino ? je murmure.

Pas de réponse.

Il n'est pas là. Il n'y a personne.

Je vais à la cheminée et jette les serviettes dans l'âtre. J'y mets aussi les gants en plastique et le poncho. Je tire les rideaux au cas où un employé des Forbes viendrait fourrer son nez par ici.

Après ça, je fouille dans mon sac Birkin pour en extraire mon Zippo, je m'accroupis, j'enflamme le coin d'une serviette. C'est étrange d'allumer un feu en plein mois d'août caniculaire, je m'en rends compte, mais je n'ai pas vraiment le choix. De toute façon, à cette heure-ci, personne ne remarquera rien. Tout le monde dort. Et si jamais on me pose la question, je dirai que j'avais froid, que j'ai attrapé un rhume d'été. Oui, ça devrait le faire.

Le feu prend rapidement. Je m'assois par terre pour le contempler. Les genoux repliés contre la poitrine, je me perds dans les flammes. J'adore les crépitements qu'elles produisent. Je suis du regard leurs couleurs dansantes.

Jaune, orange et rouge,
Comme les brasiers allumés
Quand j'étais petite.

Je songe à l'incendie de forêt que j'ai déclenché l'année dernière à Rome. À la villa que j'ai cramée à Taormine. Je pousse un soupir. Cette flambée est magnifique. J'aurais envie de me trouver à l'intérieur, telle Jeanne d'Arc ou les chevaliers du Temple.

Les flammes se déchaînent, et s'élèvent encore en atteignant l'imperméable en plastique. Une odeur âcre issue de la combustion des produits chimiques emplit l'air. Je me mets à tousser tandis que les vapeurs envahissent le salon. L'épaisse fumée noire a un goût de pétrole. Les pièces à conviction sont consumées en quelques minutes. Je m'attarde jusqu'à ce que le feu soit éteint et qu'il ne subsiste plus que des cendres.

C'était drôlement amusant. Je m'étire en bâillant. Il est temps d'aller au lit. Une grosse journée m'attend demain.

5 heures

— *Moi, je suis si mystique que, la nuit, je place un paquet de tarot sous mon oreiller.*

— *C'est une bonne idée !*

— *Tous les matins, je me tire les cartes, et je m'interdis de me lever si je pioche le dix d'épée. Je passe la journée au lit. Je réessaie le lendemain, puis le jour suivant, et ainsi de suite. Une fois, je suis restée au lit une semaine comme ça. C'était génial. Je me faisais livrer mes repas par Deliveroo et je matais Netflix à volonté.*

— Le dix d'épée ? C'est quoi, sa signification ?

— J'en sais rien, mais la carte montre un homme avec dix épées plantées dans le dos.

— Houla, c'est flippant. Mieux vaut rester couchée, tu as raison.

— C'est pour ça que je suis toujours en vie.

Je n'arrête pas d'avoir des conversations avec Tiff dans ma tête. C'est bizarre. Je me remémore certaines de nos discussions, j'en invente de nouvelles. Les yeux rivés au plafond, j'entends sa voix. Je ne parviens pas à dormir. Je me tourne dans tous les sens. J'ai peur que Tiffany ait dit à Ed, Jasmine ou quelqu'un d'autre qu'elle m'avait virée. J'ai besoin que les gens soient unanimes. Qu'ils pensent que nous étions en bons termes. Je dois conserver mon emploi de nounou. Le seul moyen pour moi de travailler sur le dossier « Ed », c'est de rester chez lui.

Je me ronge les ongles. Je suis quasi sûre qu'elle n'a pas eu le temps d'informer son mari de notre altercation. À mon avis, elle était tellement contrariée en découvrant les photos que notre dispute était le cadet de ses soucis cet après-midi. Juliette n'est donc certainement pas au courant non plus. Je crois que je peux être tranquille. Je dis bien *je crois*. Et maintenant que Tiff est morte (pour de bon, cette fois), je peux passer à l'étape numéro cinq de mon plan : séduire Ed.

Je finis par sombrer, mais je le regrette vite, car c'est pour faire le fameux cauchemar, celui qui vient régulièrement me hanter depuis que je suis petite.

— Monte dans le grenier !

— Non, je ne veux pas !

Ma mère me pousse sur l'échelle qui mène sous le toit de notre maison.

— Maman, non, pas encore !

— Et ne redescends pas avant d'avoir terminé le Rubik's Cube !

— Je n'y arriverai pas, maman. Il fait noir là-haut.

J'émerge en chancelant dans le grenier obscur et elle referme la trappe sur moi. Je ne distingue que le mince filet de lumière qui trace son contour au sol. Je bute contre une poutre et m'étale comme une masse.

— Maman ? Maman ? Maman ? Maman ?

Elle ne répond pas.

Je frappe, frappe, frappe contre l'abattant. J'essaie de tirer la poignée. Je tire jusqu'à me bousiller les mains et me casser les ongles. Mais il est verrouillé de l'extérieur et il n'existe pas d'autre issue. Je sens la panique enfler dans ma poitrine.

Je vais mourir ici. Emprisonnée.

Je m'assois dans le noir, recroquevillée en position fœtale, le Rubik's Cube dans ma paume. Mon seul tort, c'est d'avoir dit que je ne trouvais pas juste que Beth reçoive de l'argent de poche. Moi, on ne me donne jamais rien : ni argent, ni vêtements, ni bonbons. De grosses larmes coulent sur mes joues. Je les essuie.

Il fait froid là-haut. Un courant d'air glacial souffle par un trou dans la toiture. J'entends le hurlement du vent et la pluie qui martèle les tuiles. J'ai dans la bouche un goût de poussière et de bois pourri. Ça sent l'humidité à plein nez. Il y a une fuite qui goutte, goutte, goutte quelque part dans le fond.

Un cri d'effroi m'échappe. Un truc vient de passer à toute vitesse sur mon pied. Qu'est-ce que c'était ? Une araignée ? Un rat ? Je lance le Rubik's Cube dessus. *Je l'ai eu ? Je l'ai manqué ?*

Je tâtonne autour de moi sans réussir à tomber sur le cube. Impossible de le finir, maintenant. Si tant est, bien sûr, que j'en aie été capable… Parce que même en décollant les gommettes, comment j'aurais pu les replacer sans rien y voir ? Je resterai coincée ici pour toujours.

Les larmes montent à nouveau.

Non, Alvina, arrête ! Ce qui ne tue pas rend plus fort. Ressaisis-toi !

Il faut que je m'endurcisse. Un peu de trempe, ma fille ! J'ignore combien de temps s'écoule ainsi. Je suis trop effrayée pour dormir. La maison émet des gémissements inquiétants, comme si elle souffrait. La tuyauterie gronde, les parquets craquent… Je me fais encore plus petite.

Maman est une vraie peau de vache. Je la déteste. C'est tellement injuste !

Je pourrais être séquestrée dans ces combles une semaine, un mois, personne ne s'en soucierait.

Je renifle en grelottant. Un jour, je fuguerai. Maman et Beth ne me reverront jamais. Je serai heureuse. Libre.

Au bout d'un long moment, alors que je m'assoupis enfin, vaincue par l'épuisement, je perçois des pas en dessous.

Je me relève d'un bond et tape du poing sur la trappe.

— LAISSEZ-MOI SORTIR ! LAISSEZ-MOI SORTIR ! LAISSEZ-MOI SORTIR !

— Alvie, c'est toi ?

C'est Beth. Je reconnais la voix de ma sœur, enjouée et insouciante.

— BETH ! AIDE-MOI !

Le verrou coulisse dans la serrure, et la trappe s'ouvre dans un jaillissement de clarté aveuglante.

— Qu'est-ce que tu fais là, grosse nouille ? Viens ! T'as vu ma nouvelle robe, elle te plaît ? Je l'ai achetée chez Topshop.

Elle tournoie, tout en volants fuchsia froufroutants. Je ne réponds pas. Je ne veux pas, ou je ne peux pas. Protégeant mes yeux de la lumière, je balaie le grenier du regard. Je cligne des paupières. Oh, mon Dieu, c'est quoi ? Une souris gît près du Rubik's Cube. Elle est morte, la colonne vertébrale brisée. Je la soulève par sa petite queue rose et scrute ses prunelles sans vie. Elle était vivante, mais je l'ai tuée. C'est ma faute si elle est morte…

Je redescends l'échelle avec la souris.

Je la montre à ma jumelle, qui pousse un hurlement.

Je me sens puissante tout à coup, comme une grande méchante de cinéma.

À cinq heures du matin, l'alarme de mon téléphone se déclenche. La mélodie est forte et stridente, aussi désagréable que des ongles crissant sur un tableau. Je m'assois et je l'éteins. Dieu que je déteste ce bruit. De toute façon, je n'ai quasiment pas fermé l'œil. Qui pourrait dormir par une nuit pareille ? Seul un monstre, un cinglé, un sociopathe, une personne dépourvue d'empathie : le tueur en série Ted Bundy, peut-être ? Je m'en veux pour Tiff, sincèrement. C'est vraiment bête qu'elle ait dû mourir. Je l'aimais bien (jusqu'à ce qu'elle me vire). Je bâille en me frottant les yeux. L'odeur des serviettes brûlées imprègne encore le chalet.

Tiff m'a offert un jeu de tarot, que j'ai rangé sous mon oreiller. Ça fait une bosse, mais on s'habitue. Je tire une carte au hasard : le fou. C'est bon signe ou pas ? Peu importe. Je vais continuer à suivre mon plan. Je n'y crois pas vraiment de toute manière. Je veux à tout prix être là quand Ed trouvera le corps. Il est primordial que ce soit moi qui le réveille. Je dois être un témoin.

Je m'extirpe du lit et entreprends de m'habiller, mais j'ai deux mains gauches ce matin ; je mets mon haut sens devant derrière et inverse mes chaussures. Puis je quitte le chalet et traverse la pelouse en direction du manoir. Des gouttes de rosée étincellent sur les minces brins d'herbe. Le soleil commence à poindre au-dessus du club de golf de Highgate. Étonnamment, il ferait presque frisquet ; je frissonne. La prochaine étape est cruciale. Je dois m'arranger pour qu'Ed se croie coupable du meurtre. Il sera probablement sous le choc, désorienté comme pas possible et un peu vaseux à cause de tous les somnifères qu'il a avalés hier. De mon côté, je devrai invoquer la Charlize Theron qui sommeille en moi et déployer tous mes talents d'actrice.

J'ouvre la porte coulissante et pénètre dans le salon. Marchant sur la pointe des pieds – aucune bonne en vue, pas plus que James ni Johanna –, je rejoins les appartements privés du chien. Bébé est toujours dans les bras de Morphée, mais ses oreilles se dressent quand il m'entend entrer. Oh, il rêvait de lapins, le petit cœur !

— Bonjour, comment vas-tu aujourd'hui ? Ton bidon va mieux ?

L'attrapant par la peau du cou, je l'emmène dans la cuisine. Je regarde si le cuisinier est là, mais non. Il est trop tôt. Les gros yeux globuleux du chiot lui sortent de la tête comme si sa cervelle allait exploser.

— Écoute-moi bien, cache-oreilles, j'explique en m'approchant du battant qui mène à la cave à vins. Tu vas rester bien sagement là-dedans. Je reviendrai te chercher dans une heure ou deux, et à ce moment-là, tu feras ce que tu voudras.

L'animal gémit.

— Chut, ça va aller ! Tu n'as qu'à te rendormir. Ça fait partie du plan.

Je le balance à l'intérieur et claque la porte. Il se met à aboyer, mais le bruit est amorti, comme quand il était dans le casier, au yoga. Tout va bien. Il n'y a pas un chat dans les parages. Personne ne fera attention à lui.

Je regagne le hall et monte dans l'ascenseur. Là, je m'étire en bâillant, et mon reflet bâille en retour. Je suis aussi pâle qu'un fantôme – le manque de sommeil et de soleil – et j'ai des poches sous les yeux. Tu as vu ça, Nino, ce professionnalisme ? Cette implication dans le travail ? J'aurais pu faire la grasse matinée, mais regarde-moi : j'assure un maximum. L'avenir appartient à ceux qui se lèvent tôt.

En fermant les paupières, je revois le corps de Tiff qui se vide de son sang dans la baignoire. Quand la cabine arrive à destination, je m'attends à être engloutie par un raz de marée écarlate. Mais tout est calme.

Je gonfle les poumons, redresse le dos et m'engage dans le couloir. Je toque à la chambre. J'espère qu'Ed dort toujours. Pas de réponse. Je frappe encore, un peu plus fort.

— Youhou ? Il y a quelqu'un ?

Mon cœur bat à grands coups. Et s'il était déjà debout ? S'il avait paniqué et quitté la maison ? Je colle l'oreille au battant, et j'entends le grincement des ressorts du matelas. Il doit être en train de se réveiller.

Un cri retentit soudain.

Je parie qu'il a découvert le sabre de samouraï !

— Ohé ! Est-ce que tout va bien ?

Ouvrant la porte à la volée, je m'engouffre dans la pièce.

— Mr Forbes, je suis vraiment désolée de vous déranger…

Ed est assis sur le lit, fixant le sabre avec sidération. Il examine ses mains ensanglantées. J'en profite pour reluquer ses abdos et ses pecs en béton. Sa chaîne en platine brille à son cou. Je le dévore d'un regard de prédateur en me mordillant la lèvre. Il y a quelque chose de très sexy chez un homme couvert de sang avec un sabre entre les jambes.

— Oh, mon Dieu ! Que s'est-il passé ? je m'exclame. Je venais vous prévenir que je ne parviens pas à trouver le chien, mais... Est-ce que... ? À qui est tout ce sang ?

J'allume le plafonnier. La pièce est soudain inondée d'une lumière éblouissante. Ed lève la tête vers moi, hébété, puis la baisse à nouveau vers ses mains. L'air ahuri, il considère le sabre qui repose contre lui.

— Il est sans doute tombé.

Il observe l'endroit où l'arme aurait dû être accrochée, sur le mur. Puis il saute du lit et se précipite vers moi, comme s'il comptait fuir. Les yeux rivés sur le sabre, il s'appuie contre le chambranle.

— Et ça, c'est quoi ? dis-je en montrant la traînée écarlate qui mène à la salle de bains.

Ed se tourne vers moi, blanc comme un linge.

Lentement, très lentement, il suit la piste, s'arrêtant sur le seuil de la salle de bains. Je lui emboîte le pas – l'excitation monte en moi et des papillons dansent dans mon ventre – avant de passer le bras à l'intérieur pour presser l'interrupteur.

Ed émet une espèce de cri de bête.

Tiff est toujours là, dans la baignoire ; ce qui, j'avoue, est pour moi un grand soulagement. J'avais peur qu'elle se soit fait la malle. Il aurait pu arriver n'importe quoi entre le moment où je l'ai quittée cette nuit et maintenant. J'étudie son visage, ses longs cheveux blonds... D'un côté, j'aurais adoré qu'elle survive au coup de grenouille et à la découpe au sabre. De l'autre, je suis contente qu'elle soit morte. Je ne sais plus trop où j'en suis. Je suis déchirée.

— Oh, Seigneur, vous l'avez tuée ! je gémis. Vous avez tué Tiff. Espèce de monstre !

Tremblante, je m'écarte de lui et me plaque contre le mur. Je m'inspire du jeu des actrices de telenovelas. Respiration hachée, poings crispés. J'envisage un instant de hurler, mais je n'ai pas envie de réveiller toute la maisonnée. Nous avons encore du pain sur la planche, et j'aimerais autant que le majordome ne vienne par fouiner par ici.

Ed ne dit rien. Il ne fait pas un geste, pas un bruit. Il reste planté là, paralysé, comme si Elsa l'avait changé en statue de glace. Mais c'est quoi son problème, sérieux ? C'est la première fois qu'il voit un macchabée ou quoi ? Et le père de Nino, alors ? Lui aussi, il est mort ! Au ralenti, Ed s'avance en traînant les pieds et en vacillant, dans un état second. Il est encore assommé par les somnifères. Si ça se trouve, il croit être en train de rêver. Désolé, mon chou. C'est bien réel. Ce n'est pas un cauchemar.

Il s'approche du chantier et s'agenouille près de la baignoire. Il saisit les doigts de Tiffany avant de les presser contre ses lèvres.

— Qui a fait ça ? souffle-t-il. Qui a bien pu faire une chose pareille ?

Il s'affale contre le mur, se cache le visage dans les mains comme s'il était en proie à une gigantesque hallucination.

— Ça me paraît évident, je réponds, adossée à l'encadrement de la porte.

Il secoue la tête.

— Ce n'est pas moi, je le jure. (Ses yeux sont deux boules de billard.) Je le jure, ce n'est pas moi !

Il essaie de se redresser, mais glisse par terre, affaibli par le choc. Il tend vers moi ses paumes maculées d'un rouge coupable.

— Je... je... je dormais.

— Mouais. Vous avez un alibi ? Un témoin encore en vie ?

— Je n'aurais pas pu faire ça dans mon sommeil, tout de même !

Je le fixe d'un regard dur.

Il réfléchit à la question. Son expression se modifie peu à peu tandis qu'il repense à leur dispute, au whisky, à son sabre, au sang... tout ce sang. Il en a plein sur les mains, et sur la figure aussi, même s'il ne l'a pas encore remarqué.

Il se lève, les jambes flageolantes, et s'assoit sur la cuvette des toilettes (le couvercle fermé), faisant tourner son alliance autour de son annulaire. C'est presque trop facile.

Je l'observe. J'ai l'impression d'être une lionne traquant une gazelle, mais une gazelle minable avec les pattes cassées et un diabète de type deux.

— Toute la rue a entendu votre engueulade hier soir. Vous êtes clairement dérangé. Donnez-moi une bonne raison de ne pas appeler les flics.

D'un coup, j'ai toute son attention. *Ben tiens !*

— Quoi ? Non, ne faites pas ça ! Je vous en prie...

Je tourne les talons et m'éloigne, comme si j'allais chercher un téléphone pour mettre ma menace à exécution.

— Siobhán, non ! Par pitié, non ! (Il s'élance derrière moi.) Stop ! Où allez-vous ? Aidez-moi. Je ferai tout ce que vous voulez.

BINGO !

Je fais volte-face. *Coupable.*

— C'est… c'est une machination, gémit-il en m'agrippant l'avant-bras.

— Hé !

Je baisse les yeux vers ses doigts enfoncés dans ma chair, et il me relâche aussitôt.

— Désolé.

— Bon, écoutez. Calmez-vous.

Le prenant par le coude, je le conduis jusqu'au lit. Il examine le sabre et ses épaules s'affaissent. *Oh, Eddie, cher petit Ed…* Je m'installe à côté de lui, si près que nos cuisses se touchent. Je peux même sentir son haleine : le whisky d'hier soir a une odeur fumée et tourbeuse.

— Mr Forbes, pouvez-vous me raconter ce qui s'est passé ? je demande en baissant la voix.

— Je… Non. Je ne me souviens pas.

Je pose ma paume sur sa jambe.

— Il est courant de souffrir d'une amnésie temporaire dans ces cas-là.

— Non ! Ce n'est pas ça du tout.

— On appelle ça des « crimes passionnels », j'explique, de plus en plus à l'aise. L'amnésie est un syndrome dissociatif. Croyez-moi, je m'y connais. J'ai lu des tonnes de polars et maté plein de documentaires Netflix. Vous pourriez plaider la folie, mais ça a peu de chances de passer. Et quand bien même, vous prendriez perpète dans *Vol au-dessus d'un nid de coucou* avec vous dans le rôle de Jack Nicholson.

Il secoue la tête. On dirait qu'il est proche du malaise. Je suis en train de le faire flipper. Je l'ai amené exactement là où je voulais. Maintenant, il fera n'importe quoi pour sauver sa peau. Il se pliera à mes moindres désirs.

Il carre un peu les épaules, se racle la gorge et questionne :

— Combien, Siobhán ? Donnez-moi un chiffre. Combien pour que vous gardiez le secret ?

Je lui lance un regard apitoyé. *Oh, Ed, je veux tout ce que tu as…*

Je lui prends la main et la presse dans la mienne, l'air faussement indignée.

— Mr Forbes, vous m'offensez. Je ne suis pas ce type de fille.

— Excusez-moi. Je suis désolé.

Il s'écarte de moi, honteux, et j'esquisse un sourire rassurant.

— Je vais vous aider, mais uniquement parce que je vous aime bien.

Il se met à pleurer sans bruit.

— Mr Forbes, ce n'est pas la fin du monde, je vous le promets. D'accord ? Je vais tout arranger. Faites-moi confiance : ce genre de choses, c'est mon domaine. Je suis une experte en gestion de crise.

— Je croyais que vous étiez la nounou du chien ? bredouille-t-il, dérouté.

— Oui, mais je suis polyvalente. Je suis une femme.

Il acquiesce.

Se débarrasser d'un cadavre est un jeu d'enfant. Je n'en suis pas à mon premier coup d'essai. Je ferai ça les doigts dans le nez, Ed, tu verras. Ce sera amusant. Je fixe intensément ses yeux bleu azur et, avec douceur, je lui susurre :

— Je vais avoir besoin d'une tronçonneuse.

7 heures

— *Moi, je suis si mystique que j'ai fait don de tous mes organes.*

— *Tu as une carte de donneur ?*

— *Je les ai déjà fait prélever pour qu'on les greffe à des enfants gravement malades. Il ne me reste plus que mon appendice et, bien sûr, mon cœur.*

— *Non ! Ce n'est pas possible. Comment ça se fait que tu sois encore en vie ?*

— *La cocaïne. Et les haricots. Mon Dieu, je serais morte sans les haricots !*

— *Des haricots blancs ?*

— *Non, des haricots magiques qu'on a substitués à mes organes. La technologie des légumineuses, c'est l'avenir ! À la place du foie, j'ai des haricots. À la place des intestins, des haricots. Et à la place de la rate, pareil. Je carbure aux haricots.*

— *Et tu as des haricots rouges à la place du sang ?*

— *Évidemment que non. N'importe quoi !*

Ed émet un bruit étrange lorsque j'entame la découpe du corps de Tiffany avec la tronçonneuse.

— Mais qui êtes-vous ? s'exclame-t-il.

— Ben, je suis Siobhán, la nouvelle nounou du chien.

Je me suis déjà présentée, pourtant. La mémoire lui joue visiblement des tours à l'approche de ses vieux jours. Une poussée d'Alzheimer, peut-être ? Ce n'est pas le moment d'oublier des informations aussi élémentaires que mon identité. J'ai besoin de pouvoir compter sur lui.

— Non, je veux dire, d'où sortez-vous ? Où avez-vous appris à faire ça ?

— J'ai fait un stage chez un bûcheron quand j'étais plus jeune.

Ce n'est pas vrai, mais à mon avis, il vaut mieux que je m'abstienne de lui parler de la mafia. Ce mot a tendance à effrayer les gens, je ne sais pas pourquoi.

Nous avons mis de l'opéra à fond sur la chaîne hi-fi pour étouffer le vacarme de mon super outil. Ed a choisi Classic FM ; la station passe *Madame Butterfly*. Ce boulot me donne tellement chaud que j'ai été obligée de me déshabiller (bon, à part ma culotte et mon soutien-gorge, quand même). Ça m'évitera de salir mes fringues, déjà que j'ai dû brûler mon poncho hier soir.

Je tranche le bout des doigts de Tiff pour détruire ses empreintes digitales. Puis je lui retire ses bagues. *De sacrés cailloux !* J'en bave d'envie. Elle a un diamant de fiançailles de la taille d'une orange, et son alliance porte le symbole de l'infini serti de pierres étincelantes. Je les rince à l'eau froide avant de les ranger dans ma poche. Elles sont magnifiques, et valent des millions de dollars.

Ed, assis au bout du lit, ne fait que se tordre les mains. Putain, le boulet ! Il ne m'est d'aucune aide. Il descend méthodiquement une bouteille de Johnnie Walker Blue Label. Les vapeurs à elles seules suffisent à me rendre pompette. C'est bizarre de dire ça, mais je sens le goût d'ici.

— Vous pouvez aller me chercher des valises ? Il m'en faudrait deux.

Il se met debout à grand-peine et sort de la chambre en titubant.

Il revient peu après avec deux valises Louis Vuitton prises dans le dressing de Tiffany. J'adore leur fermoir brillant et leur motif à monogrammes rétros.

S'affalant de nouveau sur le lit, Ed s'empare de la bouteille de whisky. Je lève les yeux au ciel. Quel bon à rien ! Pourquoi faut-il que ce soit moi qui fasse tout ? Si seulement Nino était vraiment là ! Physiquement, j'entends.

C'est dans des coups comme celui-ci qu'il me manque. Qu'est-ce qu'on a pu s'éclater en Sicile ! À buter des mafiosi, à assassiner des prêtres. À Rome aussi, c'était cool, quand on a fait sauter tous ces flics grâce à la grenade. Mais avec Ed, je dois tout gérer seule. *Tu me revaudras ça, mec.* Après tout, c'est le but ! Il aura une très grosse dette envers moi, une fois que je lui aurai sauvé la mise.

Je noue un des sacs poubelles que j'ai dénichés dans la salle de bains. Je suis très forte en nœuds. J'ai appris ça chez les Girl Guides. Faire des nœuds… et allumer des feux. Toujours prête !

— Qu'est-ce que Tiff avait de prévu aujourd'hui ? Quel était son programme ?

Je sais qu'elle était censée aller à Venise, mais je ne veux pas qu'il sache que je sais. Vous me suivez ?

— Aucune idée, répond Ed. Mon cerveau est totalement vide.

Il se frotte les paupières. Il est fatigué. Et stressé. Mais j'ai besoin qu'il se concentre. Pas question de roupiller ou de faire une crise de nerfs maintenant.

— Mr Forbes, reprenez-vous ! (Je le saisis par les épaules et lui flanque une grande baffe.) Un petit effort, nom d'un chien !

Il caresse sa joue encore cuisante.

— Regardez dans son agenda. Nous devons faire comme si de rien n'était. C'est d'une importance capitale.

— « Comme si de rien n'était » ? Mais c'est impossible ! s'étrangle Ed.

— Du calme, j'ai un plan. Franchement, il est génial.

Il acquiesce. On dirait que la gifle l'a réveillé. Je masse ma main douloureuse.

Il se munit de son téléphone et navigue sur l'écran.

— Elle avait un vol pour Venise. Elle devait assister à une vente aux enchères.

— Venise, d'accord. Bien… Alors j'irai à sa place. Je me ferai passer pour elle. Personne ne doit savoir qu'elle est morte ici. Il faudra que j'emporte son corps pour faire croire qu'elle a disparu en Italie. Comme ça, vous serez mis hors de cause ! (Je lui décoche un grand sourire.) Pas de quoi ! Vous, vous vous arrangerez pour avoir un alibi en béton à Londres, très loin du lieu de sa « disparition ».

— Oui. Entendu. Bien sûr.

— Mais il y a un hic : ils voudront voir le visage de Tiff au contrôle des passeports, non ?

— Non, ne vous inquiétez pas pour ça. Nous prenons toujours Percy pour aller à Venise. Ils nous connaissent, à Marco Polo. Ils nous font passer directement.

— Hein ? C'est qui, Percy ?

— Mon jet privé.

J'éclate de rire.

— Évidemment. Et Marco Polo, c'est quoi ?

— L'aéroport de Venise.

— Bon, vous voulez bien arrêter de parler en langage codé ? On n'a pas de temps à perdre, là.

— Pardon.

Je roule des yeux.

— Et quand vous dites qu'ils vous font passer directement… ?

— Ils ne vérifient jamais nos papiers. Ils nous connaissent. Ou plutôt, ils connaissent l'avion.

— Super !

Ce coup de bol ! C'est bien vrai ce qu'on raconte sur les Irlandais. C'est comme si les étoiles s'alignaient pour que je réussisse ma mission. Je ne sais plus qui a dit que « la chance sourit aux audacieux ». Audacieuse, c'est mon deuxième prénom.

— À quelle heure elle devait partir ?

Ed consulte sa Patek.

— Dans une heure environ. Mais ça, qu'est-ce qu'on en fait ? demande-t-il en montrant les valises posées sur le sol.

— Je les embarque. Vous, vous restez là. Vous attendez que je revienne. Vous ne quittez surtout pas la maison !

9 heures

Sortant de la douche dans un nuage de vapeur, je saute sur le tapis de bain. J'ai rincé la baignoire, lavé mes cheveux et même rasé ma touffe. Debout devant le miroir, je me fais un brushing avec la brosse de Tiffany. J'en profite pour m'asperger d'une bonne dose de son parfum (un peu trop, même : ça me fait éternuer). Ed tourne dans la chambre comme un lion en cage tout en continuant à boire. À un moment, je surprends son regard sur moi. Quand j'ai fini de me coiffer et que ma chevelure, splendide, forme des ondulations légères de chaque côté de ma figure, je fouille dans le cabinet Badminton et trouve une culotte en dentelle. Le soutien-gorge assorti n'est pas à ma taille : Tiffany se tapait un bonnet D (la pétasse), et moi juste un B. Merde, ça pourrait tout faire foirer. Et si mes seins attiraient l'œil dans l'avion ? Le pilote remarquera sûrement la soudaine réduction mammaire de Tiffany. Je m'empare de deux grosses chaussettes, les roule et les fourre dans le soutif. Voilà qui est mieux : des implants instantanés. Ils font assez naturels, en plus !

Je pioche dans les produits de Tiff pour me maquiller : gloss Benefit rose pâle, trait d'eye-liner turquoise, touche de blush pêche rosé, mascara brun. Je souris à la fille dans le miroir et me rapproche pour opérer un gros plan. Waouh. On dirait Julianne Moore. Démentiellement sublime ! La rousseur en moins, je pourrais être Tiffany. Ah, et le visage en moins, aussi. Je ne lui ressemble pas du tout.

J'enchaîne par un raid dans le dressing de Tiffany. Il ne contient vraiment pas grand-chose ; c'est assez décevant. Elle donnait décidément beaucoup trop de vêtements aux associations caritatives : Dogs Trust, Water Aid, Barnardo's… *Mais qu'est-ce que je vais mettre ?* Je dégotte finalement un fabuleux chapeau à bord plat, qui me servira à camoufler mes cheveux. Il est très clair, couleur ivoire, et à l'intérieur une étiquette indique : « Pour Tiff, de la part de Philip Treacy, bisous ». Je déniche aussi un foulard en soie Hermès que j'enroule autour de ma tête, avant de couvrir le tout avec le chapeau. Je m'assure qu'aucune boucle ne dépasse. Pas une seule mèche carotte ! Ça me trahirait direct. Puis j'enfile des Manolo Blahnik aux talons vertigineux. Aïe. AÏE ! Ils sont deux fois trop petits, et mon orteil me lance toujours à cause de cette foutue grenouille. J'essaie de marcher. Je grimace de douleur. Oh, misère. Mais il faut souffrir pour être belle. *Un peu de cran, Alvie ! On n'a rien sans rien. Pour Nino, ce serait du gâteau.*

Je choisis une robe Gucci toute simple, à rayures écrues et noires. Rien qu'en la voyant, je sais qu'elle ne m'ira pas, mais je refuse de renoncer aussi facilement. Le XS n'a qu'à bien se tenir ! Je me tortille pour me faufiler à l'intérieur. Bordel… Ho hisse !

— Ed ? Un petit coup de main pour le zip, ce serait gentil.

Il siffle le fond de sa bouteille de whisky avant de se lever du lit. Eh ben, il l'a descendue vite, celle-ci ! Il se place derrière moi, face au miroir, et s'escrime sur la fermeture éclair. Je souffle au maximum pour aplatir mes poumons. Je n'ai pas envie que le tissu se déchire.

— Ça ne veut pas…, dit-il. C'est coincé.

Je halète, cherchant ma respiration.

— Mais non. J'ai une forte ossature. Il faut juste insister un peu. Croyez-moi, je fais la même taille que Tiff. Je suis peut-être même plus mince.

Le zip se laisse enfin remonter.

Je me retourne avec un :

— Ta-da !

La tête d'Ed ! On dirait qu'il a vu un fantôme. Oui, je suis magnifique, je sais. J'enlève ma bague de fiançailles (l'anneau de grenade), et la pose dans sa paume.

— Gardez-moi ça, au péril de votre vie.

Je sors les bagues de Tiffany de ma veste et les glisse à mes doigts. L'alliance a du mal à entrer. Je suçote mon annulaire pour que la salive lubrifie la peau comme de la vaseline, et elle finit par y aller. Quand Ed aperçoit les bijoux, il se décompose. Il ne va quand même pas se mettre à chialer ! Il m'exaspère.

— Qu'est-ce que vous en dites ? je demande en tournoyant.

L'illusion est parfaite. Je suis plutôt fière de moi. Je fais mon possible pour ne pas trop montrer ma joie.

— Je n'avais pas remarqué, mais vous ressemblez un peu à ma femme, effectivement.

— Attendez, ce sera encore mieux avec ça…

Je plante sur mon nez une paire de lunettes de soleil Chanel en écaille. Elles complètent la tenue à merveille. J'ai l'air d'une vraie jet-setteuse.

— C'est juste que…

— Quoi ?

— Je veux dire... Eh bien, euh... Qu'est-ce qu'on peut faire au niveau de votre visage ?

Mes épaules retombent. Je m'examine dans le miroir. Bon sang, il a raison.

— Vous avez raison. Si je veux me faire passer pour Tiff, il me faut un meilleur déguisement. Est-ce que vous auriez des bandages ?

Il opine du chef et quitte la pièce.

Pendant ce temps, je ramasse la sacoche de Tiffany, tire de ma veste une paire de gants en latex neuve et les transfère à l'intérieur. La sacoche de chaman... Enfin, elle est à moi ! Oh là là, quelle splendeur ! Je caresse la fourrure de renard crevé. Elle est aussi douce que le poil du carlin. Je regarde ce qu'elle contient : le portefeuille de Tiff, son portable et son passeport. J'y ajoute celui de Siobhán ; il me sera utile plus tard. Je jette un œil dans le portefeuille : il y a au moins mille livres en billets de cinquante, et la même somme en euros.

Ed revient avec un gros rouleau de gaze. Je m'en enveloppe la tête à la façon d'une momie égyptienne. On ne voit plus que dix pour cent de mon visage. Sympa, ce look, en fait. Je comprends mieux pourquoi les musulmanes portent la burka. Ça a un petit côté coquin.

Je ménage une ouverture pour parler à Ed.

— On dira que Tiff vient de subir un lifting, et qu'elle a une extinction de voix.

Il acquiesce, mais il paraît tendu.

— J'espère que ça marchera.

— Bien sûr que oui. Faites-moi confiance.

Il saisit le combiné du téléphone fixe.

— James, nous avons besoin de la Rolls, indique-t-il d'un ton mal assuré. Tiff va prendre Percy. Montez chercher ses valises... (Il hésite, bafouille. *Merde ! Qu'est-ce qu'il va dire ?*) ... vous serez gentil.

Puis il raccroche.

J'ai bien cru qu'il allait craquer !

Je passe les bras autour de son cou.

— Maintenant, souvenez-vous : je suis Tiffany. On se reverra vite. Je bazarde le cadavre et je rentre. Vous n'avez pas à vous inquiéter.

Je pince son petit nez et lui plaque un bisou sur les lèvres à travers les bandages. Il cligne des yeux, surpris.

— On appelle ça jouer son rôle, Ed. Vous devez vous comporter comme si j'étais votre femme.

— Euh, oui, d'ailleurs, à ce propos...

— Mais quand je reviendrai, je serai moi-même.

— Vous-même ? Vous voulez dire que vous serez de nouveau Siobhán ?

— Évidemment que je serai Siobhán.

C'était moins une. J'ai failli dire « Alvie ».

11 h 30
Aérodrome d'Elstree, Londres

Je regarde par le hublot en sirotant mon verre d'eau gazeuse. Il y a un nuage dans le ciel qui a la forme d'un carlin, et un autre la forme d'une bite. Merde, le chien ! Je l'ai complètement oublié. Il est toujours enfermé dans la cave à vins. Le problème, c'est que je ne peux pas contacter Ed pour qu'il le libère, sinon il saura que je ne l'avais pas réellement perdu. C'était mon prétexte pour venir dans la chambre à l'origine. Je pourrais m'adresser à James, mais je ne lui fais pas confiance, il risque de vendre la mèche.

Me voilà coincée. Tant pis. Ce n'est que l'affaire de deux jours, il s'en sortira. Je décide de ne pas me faire du mauvais sang. On peut survivre soixante-douze heures sans eau, j'ai appris ça à la télé dans *Seul face à la nature*. Je grignote mes cacahuètes grillées en feuilletant le *Tatler* de Tiffany.

Enfoncée dans un siège en cuir beige, j'étudie la cabine. Je ne suis jamais montée dans ce genre d'avion. Il est mieux que ceux de Ryanair. C'est un appareil qui contient huit places, un écran géant et un coin salon. Les fauteuils peuvent tous s'incliner pour se transformer en couchettes. La moquette est gris perle. Il y a une orchidée mauve sur chaque table et une couverture épaisse et soyeuse sur chaque dossier.

Je pars en quête de mon téléphone dans la sacoche de chaman, mais je ne l'ai pas emporté ; c'est celui de Tiff que j'ai. Je me glace. *Pas de portable ?* C'est pas vrai ! Je n'ai pas mon portable ? Au secours ! Je souffre de nomophobie, cette peur irrationnelle d'être séparé de son téléphone. Irrationnelle, mon œil ! Je me rabats donc sur celui de Tiff, parce que ça vaut mieux que rien. Mais il est verrouillé, et me réclame le code. Oh, non. Encore un code ? Ras le bol ! Mais qu'est-ce que ça peut bien être ? Je me triture les méninges. Quel numéro choisirait Tiff ? J'ai soudain une illumination. Je me souviens d'un épisode de *Breakfast with Tiffany* où elle parle de la science ancienne des nombres des anges. Serait-ce le 1111 ? Je tape les chiffres d'un doigt tremblant. Je ne dispose que de trois tentatives. Le 1111, si ma mémoire est bonne, est un message des anges signifiant que vos vœux seront exaucés.

Ding !

Ça a marché ! Bien sûr que ça a marché. Je la connais. Je lis dans ses pensées. Notre lien est si puissant qu'il perdure par-delà la mort.

J'ouvre son album et parcours les photos les plus récentes. Il y en a une soixantaine, quasiment identiques, de son petit chien. Mon regard se fixe sur la vidéo de Tiff et moi à Hampstead Heath. J'appuie sur « lecture », curieuse de la découvrir. Je veux voir son visage. Dessus, nous faisons notre séance de qi gong. Ah, qu'est-ce qu'on a l'air heureuses ! Mes cheveux sont sublimes. Je me trouve très sexy. Tiff a les yeux qui pétillent. Ça aurait fait un excellent post pour son vlog. Mince, elle avait raison. Elle avait très souvent raison, d'ailleurs. Elle était dotée d'une grande sagesse.

Mon doigt s'avance vers le logo « corbeille ». Je la garde ou pas ? Non, il faut que je la supprime. Question de bon sens. Il est préférable qu'il n'y ait aucune preuve de ma relation privilégiée avec Tiff. C'est une chose d'être la nouvelle nounou du chien, c'en est une autre d'être la meilleure copine de sa maîtresse. Si les flics avaient vent de notre amitié, ils risqueraient de me considérer comme suspecte. Le meurtrier est généralement un proche de la victime.

Puis j'arrête mon geste, réexaminant le problème. Il y a quelque chose d'autre que je pourrais faire. Quelque chose d'osé, de dangereux, de téméraire. Oui, c'est encore mieux. Il y a du wi-fi dans cet avion, et je joue le rôle de Tiffany, laquelle est officiellement en vie. Et que fait-elle en permanence, Tiffany ? Elle publie sans cesse du contenu sur Instagram. Si je poste ce film maintenant, ça prouvera qu'elle était vivante au moment de son vol pour Venise. Super idée ! La police vérifiera à coup sûr ses dernières activités sur les réseaux. En plus, ça me permettra de réaliser mon plus grand rêve (bon, d'accord, peut-être pas le plus grand) : figurer dans *Breakfast with Tiffany*.

Je déplace mon index au-dessus du bouton « partager ». Allez, je me lance. Si l'un de ses dix millions de followers demande : « Qui est la bombe à côté de toi ? », je répondrai qu'il s'agit d'une simple employée. Une simple employée qui n'a absolument rien à voir avec le meurtre violent de Tiffany Forbes. En plus, ça colle avec ma couverture de nounou du chien : nous promenions Bébé à Hampstead Heath et Tiff m'a invitée à me joindre à elle.

J'envoie la vidéo sur le vlog, et je retiens ma respiration pendant toute la durée du chargement. Ça y est, c'est chargé.

Je suis rivée à l'écran. Très vite, huit likes apparaissent. Quelqu'un écrit : « Super post, Tiff ! I <3 qi gong ».

Personne ne semble me porter attention. Du moins, pas encore. Pourtant, je suis clairement la star de l'émission ; je vole la vedette à Tiffany.

Je continue à farfouiller dans son smartphone. Il contient une appli appelée Momento. Tiens, c'est quoi ? Un genre de Basecamp ? Je l'ouvre. En fait, c'est une sorte de journal intime. Mortel ! Je lis la dernière entrée. Elle est datée du 9 août.

« J'ai 31 ans aujourd'hui. Joyeux anniversaire à moi ! Siobhán m'a donné un caillou en cadeau… »

Je me redresse sur mon siège et serre le téléphone un peu plus fort. J'ai le droit de lire la suite si ça me concerne, non ?

« Elle est trop drôle ! Elle m'a raconté que c'était une météorite, alors que c'est juste un caillou de l'allée. Elle est adorable. Elle tenait à m'offrir quelque chose, mais je crois qu'elle n'a pas beaucoup d'argent. Il faudra qu'on l'augmente sous peu. Siobhán a un cœur d'or. »

Quoi ?

Ça s'arrête là. Je relis, pour être sûre : « *Siobhán a un cœur d'or* ».

Un cœur. Un cœur !

Tiffany pense que j'ai un cœur d'or ? Vraiment ? Mais mon cœur n'est même pas au bon endroit. Il ne l'a jamais été. Bizarrement, il est à droite, pas à gauche (par la faute de ma sœur). Ma mère racontait toujours que j'avais le cœur sec. Parfois même que je n'en avais pas, ce en quoi elle se contredisait. Je fixe l'écran en clignant des paupières. Je n'en reviens pas. Voilà ce qu'elle a marqué le jour de son anniversaire ? Elle n'a pas mentionné l'énorme yacht qu'Ed lui a acheté (cent cinquante mètres de long et amarré à Saint-Tropez, s'il vous plaît), ni le gueuleton au Sushi Samba. Non, c'est de moi qu'elle a parlé ; moi, la petite Siobhán. C'est la première fois que quelqu'un me complimente sur mon cœur. Même Nino ne s'y est pas aventuré. Pas étonnant ! Ce qu'il préférait chez moi, c'est mon vagin. Une idée s'insinue peu à peu dans mon esprit. Tiffany m'a enlacée, alors que Nino ne le faisait qu'à l'occasion des préliminaires. Tiffany m'a dit qu'elle m'adorait – deux fois. Je plisse le front. Est-ce qu'elle était sincère ? Nino ne m'a jamais dit qu'il m'aimait, lui. Il m'a demandée en mariage, soit, mais bon…

Oh, je ne sais plus où j'en suis.

Eileen, l'hôtesse de l'air, vient remplir mon verre et regarnir mon bol de cacahuètes.

— Tout va bien, Mrs Forbes ? Nous atterrissons dans dix minutes.

J'incline mon chapeau, cachée derrière mes lunettes de soleil. Eileen scrute attentivement ma main. *Quoi ? Qu'est-ce que tu regardes ?* J'ai pourtant utilisé la droite, comme Tiff, mais j'aurais peut-être dû mettre des gants. Des gants en cuir, pas en latex. L'hôtesse fronce les sourcils, et je me pétrifie. J'ai beau porter les diamants de

Tiff, je n'ai carrément pas les mêmes mains. À croire que nous appartenons à deux espèces différentes. Elle, elle a des mains de pianiste, des doigts longs et fins. Elle aurait pu être mannequin mains, comme David Duchovny dans *Zoolander*. Moi, au contraire, j'ai des petits doigts boudinés, des mains de hobbit. En plus, je ne me suis pas verni les ongles ; ils sont courts, rongés jusqu'au sang sur les bords. Je l'épie. A-t-elle des soupçons ? J'inspire profondément, et m'étouffe avec une cacahuète. Je me mets à tousser. Elle a pris la mauvaise route.

Eileen me tapote dans le dos.

— Mrs Forbes, ça va ?

Je tousse, tousse, tousse.

La cacahuète finit par jaillir de ma bouche pour aller percuter le dossier d'en face. Derrière mes bandages, je suis bleue. J'ai failli mourir. Je hoche la tête – *tout va bien* – et bois une gorgée d'eau. Je suis en nage. J'aimerais pouvoir enlever mon chapeau, mais ce ne serait pas prudent. Pas encore. Je dois le garder jusqu'à l'atterrissage. Si je suis démasquée, ce sera à cause des cacahuètes, ce sont elles qui m'auront trahie. Je suis sûre que Tiffany n'y touchait jamais. Elle était bien trop mystique.

Mon cœur bat à cent à l'heure. La chance n'est pas une ressource illimitée, elle s'épuise au bout d'un moment. Et je n'ai plus mon leprechaun ! Comment vais-je mener ma mission à bien sans mon porte-bonheur ? Ed m'a assuré qu'on me laisserait passer la sécurité sans problème, mais s'il se trompait ? Pourquoi fallait-il que je tente le diable ? Pourquoi ? Je m'en sortais très bien. J'étais parvenue à me faire oublier pendant douze mois. Personne ne m'avait trouvée. Le policier de l'autre jour, c'est après un malheureux écureuil qu'il en avait. Pourquoi est-ce que je ne suis pas restée à l'auberge ?

Je colle mon front contre la tablette. Qu'est-ce qui m'a pris de tuer Tiffany ? Son sourire. Ses yeux pétillants. Je me repasse la vidéo dans ma tête. Elle a dit que j'avais un cœur d'or. Elle m'a serrée dans ses bras. Ça fait mal... mal... mal.

— Mrs Forbes, veuillez attacher votre ceinture. Nous nous apprêtons à atterrir.

Les freins crissent et les réacteurs grondent tandis que l'appareil se pose en tressautant sur la piste. J'observe la vue par le hublot ovale. Le ciel est beaucoup trop bleu. Je plisse les paupières malgré mes lunettes aux verres fumés, aveuglée par le soleil.

14 heures
Aéroport Marco Polo, Venise, Italie

En descendant l'escalier de l'avion, j'aperçois trois flics en bas. Ma main se crispe sur la rampe et je manque de rater une marche. Ils sont là pour moi, c'est sûr et certain. Il est trop tôt pour qu'ils soient à la recherche de Tiffany ; en revanche, la dernière fois que je suis venue en Italie, j'ai tué pas mal de gens. Les forces de l'ordre ont sans doute réussi à remonter ma piste. Ils sont forcément là pour m'arrêter...

Je parviens difficilement à achever ma descente, mais, je pose finalement un pied sur la terre ferme. Je jette un nouveau coup d'œil vers les trois agents : ils fument une cigarette près des portes du bâtiment.

Un bagagiste empoigne mes valises et charge Tiff sur un chariot.

J'aimerais lui crier : « Traitez-la mieux que ça ! », mais je ne peux pas. Je suis impuissante.

Le directeur de l'aéroport en personne vient m'accueillir sur le tarmac.

— *Benvenuta*, signora Forbes, dit-il avec un grand sourire.

Il fronce les sourcils en remarquant mes bandages, mais les ignore avec tact et m'enferme dans une grosse accolade. Il a une carrure imposante à la Pavarotti.

— Pas de signor Forbes aujourd'hui ?

Je secoue la tête.

— Quel dommage !

Je regarde les flics éteindre leurs clopes puis regagner l'intérieur.

— Mrs Forbes a une extinction de voix, explique Eileen en désignant sa gorge. Signora Forbes *non parla*.

— Ah, fait-il. *La povera.* Par ici, je vous prie.

Je n'aurais pas pu articuler un seul mot, même si j'avais voulu. L'adrénaline gicle dans mes veines. Où sont passés les types en uniforme ? Est-ce qu'ils ont été appeler l'armée en renfort ?

Le directeur me prend le bras. Où on va ? Il m'emmène au contrôle des passeports, c'est ça ?

— J'espère que vous apprécierez votre séjour dans la Sérénissime.

Je me sens tout sauf sereine. J'ai envie de prendre mes jambes à mon cou. J'ai envie de hurler.

— Votre bateau-taxi vous attend, signora, ajoute-t-il.

Je le suis en traînant les pieds sur la piste grouillant d'activité.

Un bateau-taxi ? Qu'est-ce qu'il raconte ? Et ils sont où, les policiers ? J'ai les genoux en coton et je fais de mon mieux pour ne pas céder au malaise. Je suis surprise de voir qu'au lieu de nous diriger vers le bâtiment, nous marchons vers la lagune, où plusieurs embarcations sont alignées hors de l'enceinte de l'aéroport.

Pas une seule fois je n'entends prononcer le mot « passeport ». Ed avait raison. L'argent ouvre bien des portes, semble-t-il ; et même des frontières internationales.

J'ai du mal à croire ce qui m'arrive. J'en pleurerais de joie. Comme les chats, je me vois encore offrir une vie de plus.

Eileen me salue avant de rejoindre l'avion pour le vol de retour.

Tout se passe comme sur des roulettes.

Le bagagiste charge mes valises à bord d'un bateau en bois rutilant, où je m'installe à mon tour.

— Hôtel Danieli, indique le directeur.

Le capitaine acquiesce.

— *Andiamo.*

Je fais au revoir de la main au directeur, qui me répond du même geste. Jézabel a beau être insupportable, je dois avouer qu'elle a organisé pour Tiffany un voyage aux petits oignons.

Je contemple la vue tandis que Venise émerge peu à peu tel un fantôme enchanteur au-dessus des flots. Je repense à Tiff. Ça aurait été chouette de venir ici avec elle pour un week-end entre filles : elle, le chien et moi. Je sais qu'elle m'accompagne, bien sûr, mais ce n'est pas pareil. On se serait éclatées. On aurait fait une balade en gondole en buvant des *latte* décaféinés au lait de soja et en dégustant des *biscotti* sans gluten. Les somptueuses églises renaissance, l'architecture gothique… On aurait admiré toutes les jolies choses à voir et écouté tous les opéras.

J'admire le paysage, bouche bée. Le Grand Canal est d'un bleu-vert profond sous le soleil de l'après-midi. Les *palazzi* se reflètent sur la surface de l'eau, scintillant d'éclats rouges et jaunes. C'est comme un musée en plein air. Comme une peinture de Canaletto grandeur nature. Une église en marbre apparaît, spectrale ; elle semble faite de dentelle. Comment peut-on façonner des motifs aussi sophistiqués à partir d'une simple roche ? Je lève le regard lorsque nous passons sous un pont enjambant le canal. Est-ce que c'est le Rialto, ou le pont des Soupirs ? Cet endroit est extraordinaire !

Si Tiff était là avec moi (et le chien), elle m'aurait entraînée à travers la basilique Saint-Marc en disant des trucs comme : « Waouh, Siobhán, est-ce que tu sens toute cette énergie ? » Et j'aurais fait mine d'apprécier alors que je me serais ennuyée comme un rat mort tout en étant secrètement sous le charme. J'observe la basilique. Elle est éblouissante. Tout est en or. Les toits étincellent au soleil. Je comprends pourquoi Siobhán est catholique. Les catholiques sont doués pour le bling-bling.

L'eau clapote contre la coque. Le capitaine arrime le bateau près d'un groupe de gondoles. Un groom surgit et m'offre sa main pour m'aider à débarquer. Il a un petit quelque chose de Robert De Niro dans *Les Affranchis*. Il porte des gants en lin blancs, amidonnés, impeccables. Je les lorgne avec envie. J'adorerais avoir les mêmes.

— *Buongiorno*, dit-il avec un grand sourire.

Je vais pour lui répondre, mais me contente d'un hochement de tête. Ah oui, l'extinction de voix. Le lifting. Les bandages.

Le capitaine lui adresse quelques rapides paroles en italien : « bla-bla-bla ». Je ne capte que la fin : « signora Forbes ».

Le groom s'empare de mes valises. Je frémis en le voyant lutter pour les soulever.

— *Piacere*. Suivez-moi, je vous prie, lance-t-il en reprenant contenance.

Me rappelant soudain que je suis censée être Tiff, j'extrais de mon portefeuille quelques billets de cinquante, que je donne au capitaine.

— *Grazie, signora*, dit-il en acceptant d'un air réjoui mon pourboire de deux cents euros.

Au cas où on l'interrogerait, je veux qu'il se souvienne de m'avoir transportée sur son bateau. Moi, la célèbre Tiffany Forbes, bien sûr.

J'emboîte le pas au groom sur les pavés fourmillant de touristes. Nous traversons la Riva degli Schiavoni pour accéder à l'hôtel Danieli. Je longe des yeux le bâtiment. Il se compose de trois palais de styles architecturaux différents réunis en un ensemble luxueux. Il est fièrement campé au bord de l'eau miroitant sous le soleil estival : trois étages dans les tons terracotta, pêche et blanc pur. *Alvie, reste cool. Tu es Tiffany. Tu es déjà venue ici plein de fois.* N'empêche que j'ai l'impression d'être Annie l'orpheline : ce n'est pas un endroit pour les gens de mon espèce.

Le groom m'ouvre une belle porte art déco qui débouche sur une cour intérieure immense, puis il me conduit jusqu'au bureau lambrissé de la réception. Haletant sous le poids de mes bagages, il s'essuie le front et échange quelques mots avec la réceptionniste :

— Signora Forbes, bla-bla-bla…

Je lui tends un billet de cinquante euros.

— *Grazie, signora*, dit-il avec une courbette avant de le prendre et de le plier pour le mettre dans sa poche. Je monte vos effets personnels *presto*.

Je le regarde s'avancer vers un vieil ascenseur. Je grince des dents. Je n'aime pas que Tiff sorte de mon champ de vision. Je me découvre protectrice envers elle. C'est mignon, non ? J'aurais préféré la porter moi-même jusqu'à ma chambre, mais ça aurait pu attirer l'attention.

Ça paraîtrait louche que j'insiste pour me charger de mes valises. Tiff ne ferait jamais ça.

— Bonjour, signora Forbes, dit la réceptionniste, une jolie fille avec de longs cheveux attachés en queue-de-cheval. Comment allez-vous ?

— Très bien.

Oh, merde ! Ma voix ! Est-ce que cette fille connaît bien Tiffany ? Est-ce que je peux me permettre de lui parler ? Déjà, je vais oublier l'accent irlandais. Tiff ne vient pas de Cork, elle.

— Votre chambre habituelle est prête : la suite « Vue lagune ». Cela vous conviendra-t-il ?

— Mmm, voyons voir. Est-ce que c'est la meilleure de l'établissement ?

Elle sourit, hésitante, et consulte l'écran de son ordinateur.

— Ce serait plutôt la « Doge », située dans le Palazzo Dandolo. Elle possède un lit *king size*, deux salles de bains, un salon, une salle à manger, un dressing, un balcon et, comme l'autre, une vue sur la lagune.

— Mettez-moi dans celle-là, s'il vous plaît.

Le balcon pourrait me servir, et je mérite bien un petit surclassement. Maintenant que je suis la « signora Forbes » et que j'ai fait tout ce chemin, autant en profiter.

16 heures

J'enfile les gants en latex. Je ne dois toucher à rien. Si on trouvait mes empreintes dans cette suite, ça pourrait causer ma perte. La police les a peut-être relevées lors de mon dernier passage en Italie. Et Siobhán/Alvie/Trucmuche n'a rien à foutre ici.

Je fais les cent pas dans la chambre. Ça fait un quart d'heure que je poireaute, et toujours aucun signe de Robert De Niro ni de mes bagages. Combien de temps ça prend de monter par l'ascenseur ? J'ai des envies de meurtre.

J'ouvre les portes-fenêtres et m'aère sur le balcon. Il faut que je respire. Je ne tiens plus en place. Trop de stress.

Waouh, le panorama est dément !

Je me penche sur la rambarde en métal. Je n'ai jamais joui d'une aussi belle vue, mais je suis trop contrariée pour la savourer. Je n'ai même pas le cœur à prendre une photo pour Insta. Je m'en fiche, du paysage. J'ai des choses bien plus urgentes à gérer. Les pensées se bousculent dans mon cerveau. Ces valises sont des pièces vintages ; elles paraissaient vraiment vieilles. Peut-être qu'une fermeture a lâché ? Qu'une couture s'est déchirée ? Merde, merde, merde !

Réintégrant la chambre, je me jette sur le téléphone. J'ai les mains qui tremblent, les doigts gourds.

Je parviens finalement à presser le 0, et la sonnerie se fait entendre.

— *Buongiorno*, fait une voix féminine.

— C'est Tiffany Forbes, dis-je en tâchant de rester calme et de ne pas laisser la nervosité envahir ma voix. Je suis dans la suite Doge, mais j'attends toujours mes effets personnels.

— Mille excuses, signora Forbes. Je vais demander à Luigi où il les a déposés. Nous vous les faisons parvenir immédiatement.

Je raccroche et appuie ma tête contre le mur. La pièce tourne autour de moi. Je me sens soudain très seule. Je ressors sur le balcon.

— Nino ? je chuchote.

J'aimerais tant qu'il soit avec moi. Bon sang, ce qu'il me manque.

Un courant d'air me caresse tout à coup la nuque. Je fais volte-face et vois Nino devant moi, complètement à poil, lévitant à une cinquantaine de centimètres du sol. Je pousse un grand soupir de soulagement.

— Ciao, mon chéri.

Il se montre toujours quand j'ai le plus besoin de lui. Je le contemple dans toute sa splendeur. Une balafre rose lui barre la joue. Il a une blessure par balle sur le front. Son sexe pendouille entre ses jambes. Oui, c'est bien Nino.

« Je t'ai missionnée pour la tuer, pas pour la perdre. »

— Mais je l'ai tuée !

« Oui, mais tu l'as aussi perdue. »

On frappe un coup sec à la porte.

— Ne bouge pas, dis-je à Nino.

« Où tu veux que j'aille ? Y a intérêt à ce que ce soit le macchabée. »

Je l'espère également.

Je tire les rideaux pour masquer le balcon. Je ne veux pas qu'on aperçoive Nino, planté là, le cul à l'air.

J'enlève mes gants et les planque dans ma poche, puis j'ouvre, fébrile. Luigi est sur le seuil avec mes valises. Il transpire encore plus que tout à l'heure. Je le foudroie du regard entre mes bandages.

— *Mi dispiace*. Je suis vraiment désolé. Je les avais montées dans la mauvaise chambre.

J'inspecte les deux côtés du couloir.

— Vite, dépêchez-vous de les mettre à l'intérieur.

Il les traîne sur le sol et les abandonne dans le salon, sur un antique tapis persan de la couleur du Prosecco.

Du coin de l'œil, je distingue un truc qui suinte à la base de l'une d'elles. Il les a apportées juste à temps, elles commencent à fuir. Je le savais… Je savais que j'aurais dû tripler les sacs-poubelle. Mais bon, ce n'est qu'un peu de sang, ça partira avec un coup d'éponge (croisons les doigts !).

Luigi s'essuie le front d'un geste très, très théâtral, en me dévisageant l'air de dire : « Ce que j'ai fait pour vous mérite un gros pourboire ».

Je lui tends un deuxième billet de cinquante euros. Puis un troisième, pour plus de sûreté. Elles sont lourdes, ces valises.

— Non, signora, c'est trop. Je ne peux pas. Vous m'avez déjà donné.

— Mais si, prenez ça, gros bêta. Prenez ça et filez.

J'agite le fric sous son nez. Il hausse les épaules et s'en empare. Puis, inclinant le buste, il sort de la chambre à reculons.

Nino, dos à moi, admire le paysage. Ses fesses paraissent sculptées dans le marbre, identiques à celles de Zeus ou d'Apollon ou du dieu grec le plus sexy, quel qu'il soit.

— Qu'est-ce que tu fous à poil sur mon balcon ?

Il se retourne. Je lorgne ses abdos bien ciselés et son pénis de trente-trois centimètres.

« À ton avis ? » réplique-t-il en passant ses bras autour de ma taille. *« Tu me manquais. »*

— Toi aussi, tu me manquais, dis-je en souriant.

Dis donc, il est chaud pour un fantôme. Et étonnamment tangible. Je dépose un baiser dans son cou (par l'intervalle entre les bandages). Je respire son odeur – sueur salée et phéromones –, et le bien-être m'envahit. Ma main glisse jusqu'à son entrejambe. J'adore la douceur de sa peau sous mes doigts, et ses tablettes de chocolat sont vraiment bluffantes. Il a fait du sport depuis la dernière fois, on dirait (il y a forcément des cours de CrossFit en enfer). J'empoigne son sexe, et retiens mon souffle. Son érection palpite dans ma paume. Elle est encore plus imposante que dans mes souvenirs. J'ai l'impression d'être un bébé avec une orange dans la main.

Il passe les doigts dans mes cheveux en me fixant.

« Alvie, ma belle. Ensemble, toi et moi, on aurait fait des étincelles. »

Je fonds. C'est exactement ce que j'avais envie d'entendre – exactement. À croire qu'il lit dans mes pensées. Peut-être que c'est un truc de fantôme ? Je me colle à lui et l'embrasse. Fougueusement. Nos langues se rencontrent, s'entremêlent. Je le tire contre moi et mon baiser se fait plus profond. Oh, bon sang, ce que j'aime ça !

Je gémis, les yeux révulsés. Je lui mords la lèvre inférieure et l'aspire dans ma bouche comme si je voulais le dévorer tout entier. Il s'écarte de moi et nous restons là un instant, pantelants, à nous contempler. Ma chatte me fait mal. Nino promène ses mains sur mes courbes par-dessus la robe de Tiffany. Là où il me caresse, ma peau est électrisée. Mes tétons sont durs.

Soudain, il me fait faire demi-tour et baisse la fermeture éclair dans mon dos. La robe s'affale en tas à mes pieds. J'ôte mes chaussures.

Il me touche à travers la dentelle de ma culotte.

Putain, c'est incroyable !

Je me perche sur la balustrade en fer forgé. Le métal est frais contre mes cuisses. Accrochée à la rambarde, je regarde en direction de la rue. Merde, mauvaise idée, je n'aurais pas dû. Elle est très loin en dessous. Je me cramponne plus fort, mais mes paumes ripent et je manque de tomber.

Imperturbable, Nino me retire ma culotte et s'agenouille entre mes jambes. Je m'incline en arrière, face au ciel. Sa bouche se plaque sur moi et je me presse contre elle en cambrant le dos. C'est trop bon. Je me sens sur le point d'exploser. Qu'il vienne à moi ou je meurs.

Il me lèche plus rudement, plus vite, de haut en bas, puis en rond et en rond jusqu'à ce que je n'en puisse plus. Je descends de la rambarde, atterrissant dans ses bras. Et à peine il me pénètre que je jouis, le corps frissonnant, secoué de spasmes.

« *Alvie.* »

J'ai l'impression de planer...

au-dessus de la lagune pâle...

près d'une église antique...

éclairée de lumières dorées.

Les cloches sonnent à la volée.

Tout est magique...

Et mon esprit est serein.

Waouh. C'est à ça que ressemble le paradis ?

Je reprends pied sur le balcon.

Les rideaux s'échappent par les portes-fenêtres, flottant au vent.

J'entrevois mon reflet dans le miroir à l'intérieur de la chambre. Je suis toujours habillée. Ma main est fourrée dans ma culotte. Je cherche Nino des yeux, mais il a disparu. Il n'y a personne ici. Je suis seule.

Je réintègre la suite. J'ai encore cette sensation de légèreté. Il me faut un petit moment pour revenir sur terre. Je m'installe en tailleur sur le tapis près de Tiff, enlace et caresse tendrement sa valise, contente de la retrouver.

20 heures
Venise

Je paye mon paquet de chewing-gums et écarte les bandages pour en glisser un entre mes lèvres. N'ayant pas dégotté de Hubba Bubba, j'ai pris une marque italienne au nom imprononçable. Ils sont à la fraise. C'est mon goût préféré, ex aequo avec la cerise (la saveur bubblegum arrive en second).

En quittant la boutique, je jette un œil sur la presse quotidienne. Je m'arrête devant le présentoir et pioche un journal pour le feuilleter. Je m'intéresse ensuite au *Corriere della Sera* et à *La Repubblica*, mais je ne vois aucune photo de moi ou de Tiff. Il est trop tôt pour ça. Je suis simplement parano.

Une fois mon chewing-gum bien ramolli, je m'amuse à faire une bulle, la plus grosse possible. Eh, pas mal du tout ! Puis je la fais éclater. *Mais qu'est-ce que je fous à traîner dans la rue en faisant des bulles ?* Je suis censée être Tiff, non ? Tiffany Forbes ne fait pas de bulles de chewing-gum. C'est plutôt le style d'Alvina, ça. *Allons, Alvie, réfléchis un peu !* C'est à cause de conneries comme ça qu'on finit derrière les barreaux. Les hordes de touristes m'horripilent.

Je tourne au coin de la rue menant à l'hôtel Danieli : la Riva degli Schiavoni. Il y a là plein de petits kiosques qui vendent des souvenirs. J'aimerais bien me lancer dans un marathon de shopping, mais pas tout de suite ; plus tard, peut-être. Je repère de ravissantes toiles dans le style de Canaletto, des tee-shirts de gondoliers et des cendriers multicolores en verre de Murano. Mais ce n'est pas ça que je cherche. J'examine attentivement les murs… Là ! Je le savais. Une caméra de télésurveillance. L'objectif est orienté vers l'hôtel. Il pointe droit sur ma suite. Bizarre… En tout cas, plus la peine d'espérer un angle mort. Il faudra que je neutralise ce truc. Mais comment ? Pas maintenant, en plein jour, devant tous ces témoins munis de leurs iPhone indiscrets et de leurs fichues perches à selfies. Je m'en occuperai au calme, quand il fera nuit.

Une minute… Si cette caméra est braquée sur mon balcon, ça signifie qu'elle a intégralement filmé la scène, tout à l'heure, avec le fantôme de Nino ? LOL.

Je rentre à l'hôtel d'un pas léger. Les employés me saluent avec le sourire. Je foule le tapis rouge, me prenant pour une célébrité. Dans l'ascenseur, je fredonne une chanson de Taylor Swift en étudiant mes bandages dans le miroir : n'importe qui pourrait se cacher là-dessous. Je remets mes gants en latex sitôt dans le couloir. J'ouvre la porte de ma chambre. Ça sent le globe oculaire en décomposition. Beurk ! La clim est déjà au max, je ne peux rien faire de plus. Les valises sont deux boules puantes. J'ai un haut-le-cœur. Tiff n'était apparemment pas assez mystique pour que son corps ne se décompose pas ; pour qu'il soit imputrescible, vous savez, comme celui des saints. Paramahansa Yogananda est resté intact pendant trois semaines après sa mort. Ça, c'est impressionnant.

Je sors le portable de Tiff et le fixe, éberluée : douze appels en absence et six messages, tous de cette secrétaire hargneuse, Jolinda ou je ne sais quoi. Je clique sur « répondre ». Comment dire ça gentiment, à la manière de Tiffany ? Je dois me débarrasser d'elle en douceur.

« VOUS ÊTES VIRÉE PARCE QUE TROP ÉNERVANTE. » Envoyé.

Bye bye, Jackie !

Je compose le numéro d'Ed. Il décroche à la première sonnerie. Oh, c'est trop chou, il devait attendre mon coup de fil ! Je suis sûre que je lui manque terriblement. Il doit se morfondre, tout seul. Oui, il y a vraiment un lien particulier entre nous. Ce sera facile de le séduire une fois de retour.

— Allô ?

Je m'éclaircis la gorge.

— C'est moi. Tiffany.

— Enfin ! Je commençais à m'inquiéter.

Son soulagement est perceptible même à des centaines de kilomètres.

— Je suis bien arrivée à Venise. Je suis à l'hôtel Danieli.

— C'est une merveilleuse nouvelle. Le vol s'est bien déroulé ?

— Sans problème, oui. (Mon regard se pose sur les valises.) Merde !

De là où je suis, j'aperçois une flaque de sang. Il y a une tache écarlate sur le tapis, de la taille d'un carlin.

— Quoi, qu'y a-t-il ? Qu'est-ce qui se passe ?

— Euh, rien, je prétends d'une voix anormalement aiguë. Je maîtrise la situation.

— Qu'est-ce qui ne va pas, ma chérie ?

— Ce n'est rien. Rien du tout. Oh là là…

Je me laisse tomber à quatre pattes pour inspecter la fuite. Même en récurant à fond, il restera une marque. Je balaie la pièce des yeux, en panique. De quoi est-ce que je pourrais me servir pour la cacher ? La table, peut-être ? Le canapé ? Tiens, cette commode ! *Non, Alvie, ça ne marchera jamais.* Le personnel remettra les meubles à leur place lorsqu'il nettoiera la chambre. En plus, je ne peux même pas la planquer sous un tapis parce que la tache est précisément *sur* un tapis. Cette maudite tache est si grosse et si rouge qu'un flacon entier de Vanish ne suffirait pas.

— Oh non, on est foutus ! C'est la merde. Ed ? Je te rappelle !

Je raccroche, coupant court à ses protestations. Je ne suis pas d'humeur à papoter. Mais qu'est-ce qui m'a pris de faire des frasques sur le balcon pendant qu'un cadavre était en train de couler juste à côté de moi ? C'est une erreur de débutante. Je vais devoir me concentrer mieux que ça pour mener à bien mon plan délicat. Plus de parties de jambes en l'air avec des spectres, d'accord ? Nino n'est pas Patrick Swayze. On n'est pas dans *Ghost*, bordel !

Le téléphone de Tiff se met à sonner : « I gotta feeling » des Black Eyed Peas. L'écran indique : « Ed ». Je le bascule en mode silencieux. Brr, ce qu'elle m'agace, cette chanson ! Le smartphone vibre dans ma main : il retente sa chance. J'appuie sur « rejeter ».

La ferme, Ed, il faut que je réfléchisse.

Mon doigt s'approche de l'icône « réglages ». Changer cette sonnerie débile ne prendrait qu'une seconde. Je pourrais la remplacer par « Bad blood » de Taylor Swift, par exemple. Ça serait moins pénible pour moi, c'est sûr, mais est-ce que ça risquerait de me trahir ? Je vais me contenter du vibreur. Le jeu n'en vaut pas la chandelle.

Je reporte mon attention sur la flaque. Elle s'élargit de seconde en seconde. J'aurais intérêt à enlever les valises de là et à les transbahuter dans la baignoire. Au moment de saisir une poignée, j'interromps mon geste. Et si… ? Mais oui, c'est parfait ! C'est un leurre idéal. En voyant tout ce sang, les flics croiront que Tiff a été assassinée ici même. Ed sera à l'abri de tout soupçon (et moi aussi). Nous serons blanchis d'office. Surtout si nous sommes à Londres quand ils découvrent le carnage, ce qui sera naturellement le cas – Ed et Siobhán se trouvent, actuellement, dans le manoir de Bishops Avenue. Je suis un génie. Maintenant, tout ce qu'il me reste à faire, c'est me débarrasser du corps. Je songe aussitôt aux canaux. Ils doivent regorger de cadavres. Après quoi, comme par magie, je disparaîtrai à mon tour.

Mais comment rentrer en Angleterre ? Si j'embarque sur un vol commercial en tant que Siobhán Faelan, il y aura une trace du passage de celle-ci en Italie. Ça semblera ultra louche. La police se renseignera sans doute sur l'emploi du temps des amis et de la famille de la victime, de tous ses proches… et là, je me ferai repérer. Il faudra que je prenne le train, le car, ou que je fasse du stop pour traverser la frontière française ou suisse. Je déciderai le moment venu. Quand on veut, on peut. Je dégainerai les solutions au fur et à mesure. J'improviserai.

Je regarde l'heure : il est 20 h 50. Encore un peu de patience. J'agirai au milieu de la nuit, vers trois ou quatre heures du matin. Mais qu'est-ce que je vais faire en attendant ?

J'étouffe un bâillement. J'aurai besoin de caféine pour rester éveillée jusque-là. Pour tout dire, je préférerais même de la coke, mais je ne saurais pas où chercher (quoique, je pourrais demander au concierge, il doit y avoir des numéros de dealers en mémoire dans le téléphone de l'hôtel). Tu me manques tellement, ma coco, ma faiseuse de miracles, ma jolie poudre immaculée… J'ai vraiment fait de gros sacrifices pour cette mission : j'ai tué ma meilleure amie, pour commencer. Et ce n'était pas drôle. Mais renoncer à la C, à la neige, à la défonce ? Ça arrive juste après.

Oh, ma cocaïne !
La plus belle de toutes les drogues,
Je t'aime follement.

J'espère que Nino apprécie les efforts que je fournis.
Je décroche le combiné et appuie sur la touche 1.

— *Pronto ?* fait une voix masculine.

— *Ciao.* C'est bien le room-service ?

— *Sì*, madame. Que puis-je faire pour vous ?

— Je voudrais commander six espressos. Pour la suite Doge. Et montez du désodorisant aussi. Ça sent très mauvais dans cette chambre.

21 heures

On frappe. Un serveur se tient dans le couloir avec un chariot à l'ancienne, mes tasses de café dessus. Je n'ai pas envie qu'il entre, ma suite empeste les abats. Je prends donc le plateau moi-même. Comme j'ai la tremblote, je renverse quelques gouttes sur le tapis. Je dégueulasse vraiment tout aujourd'hui. Ce serait plus pratique si les tapis des hôtels étaient toujours rouges ou noirs ou marron. Mais beige ? Franchement, quelle idée ! Je pose ce qui reste des espressos sur une table basse, puis je retourne à la porte. Le serveur est encore là. Il me donne un flacon de désodorisant. J'examine l'étiquette : elle est écrite en italien, mais l'image montre des draps séchant sur un fil.

— Pouvez-vous signer la note, s'il vous plaît ? réclame le jeune homme en me tendant un stylo à l'emblème de l'hôtel et une feuille.

Je contemple la facture marquée à l'en-tête du Danieli. Mon cœur s'arrête.

— Je paye en liquide, je n'ai pas besoin de signer ça.

— Tout sera porté sur le compte de la chambre.

La panique me gagne. Je n'avais pas pensé à ce détail. Je ne connais pas la signature de Tiffany.

— Vous ne savez donc pas qui je suis ? Je n'ai pas de temps à perdre avec ça !

— *Mi dispiace.* Je suis désolé. Mon patron exige que tout le monde signe.

J'inspire à fond, histoire de calmer mes nerfs. *Allez, Alvie, tu vas y arriver.*

— C'est pour le moins ennuyeux, je grogne avec un regard mauvais. *(Reste cool. Décontractée. Rappelle-toi : tu es Tiffany.)* Un instant, je vous prie.

Je m'empresse d'aller fouiller dans la sacoche de chaman. Je sors le passeport de Tiffany, que j'ouvre à la dernière page, celle sur laquelle se trouve sa signature : un grand « T » sinueux suivi d'un « Forbes » un peu brouillon. Elle n'a pas l'air très compliquée. Je ne devrais pas avoir trop de mal à la copier.

— J'avais cru entendre sonner mon portable, j'explique en revenant sur mes pas. Donnez-moi la note, que je la signe.

— *Grazie, signora.*

Il me confie la feuille et le stylo, que je veille à saisir de la main droite. Je galère pour assurer ma prise dessus avec mes doigts qui tremblent et ma paume moite. Le type me fixe alors que je vise les pointillés. Gardant l'image du passeport à l'esprit, je reproduis de mon mieux l'écriture de Tiffany, même si le stylo est presque à court d'encre, rendant les lettres pâlottes. J'étudie ma fausse signature. Elle est plutôt étrange, et quasiment illisible. Si ténue qu'elle paraît fantomatique. Mais dans le cas où on chercherait à vérifier la présence de Tiffany à l'hôtel, ça donnera parfaitement le change. Décidément, la chance me sourit.

Samedi 13 août, 3 h 50
Hôtel Danieli, Venise, Italie

— *Moi, je suis si mystique que quand je me réveille le matin, mon oreiller ressemble au suaire de Turin.*

— *Ça part au lavage ?*

— *Non. Le dessin de ma tête et de mon visage est comme décalqué sur le coton. On distingue même mes cils.*

— *Waouh. C'est dû à quoi ?*

— *À mon avis, c'est parce que je suis si mystique que, dans mon sommeil, j'atteins un état de perfection comparable à celui du Christ.*

— *Est-ce que tu montes au ciel ?*

— *Je pense. En gros, je me transforme en déesse et ma chair devient lumière. Une lumière si puissante qu'un négatif photo s'imprime sur la taie d'oreiller.*

— *Joli ! J'adorerais voir ça.*

— *Impossible, tu perdrais la vue.*

— *Mais tu reviens toujours le matin ?*

— *Oui, j'en suis à la moitié de* Game of Thrones *et je ne veux pas rater la suite.*

Adossée aux coussins du lit *king size*, je bavarde intérieurement avec Tiffany tout en buvant les six espressos. Le café noir a un goût amer et sucré. J'y ai ajouté douze sucres afin de faire le plein d'énergie. Je viens de passer cinq heures à ronger mon frein en matant la télé italienne sans comprendre un seul mot de leur charabia. Après, j'ai mis les infos, mais je n'ai rien pigé non plus à ce qui s'y racontait. En tout cas, il n'y a eu aucun flash spécial avec la photo de Tiff.

Je regarde l'heure…

Et je regarde l'heure…

Je veux sortir d'ici.

Je suis parée. Je suis fin prête. Le moment que nous attendions tant est enfin arrivé.

À quatre heures tapantes, je saute du lit, les yeux grands ouverts, la mâchoire serrée, le corps dopé par la caféine et le sucre.

J'examine les valises. Elles doivent maintenant disparaître.

Je dénoue mon foulard, et mes boucles carotte tombent en cascade sur mes épaules. Je retire mes bandages, dévoilant mon visage. Je me souris dans le miroir en pied et m'envoie un baiser du bout des doigts. Belle et redoutable à la fois. Je me sens comme Black Widow – rousse elle aussi. Je jette la bande de gaze par terre ; je n'en ai plus besoin. Je suis Siobhán. Euh, une minute… Je ferais peut-être mieux de garder mon masque, non ? Il serait préférable que je reste anonyme, des fois qu'un témoin m'apercevrait en train de bazarder le cadavre. D'un autre côté, les employés de l'hôtel et tous les gens de l'aéroport ont vu Tiff avec ces bandages. Elle est très identifiable avec ce look si particulier. Et si on remarquait « Tiffany Forbes » dans les rues de Venise à quatre heures du matin, heure à laquelle elle est déjà censée être morte… Non, plus de bandages. Ils commençaient à me rendre claustro, de toute façon.

Je traverse le couloir et descends par l'ascenseur. Je salue d'un signe de tête le réceptionniste.

— Bonsoir, dit-il.

— Bonsoir à vous ! je lance avec mon accent de Cork impeccable.

Son expression est austère. Il ne reconnaît pas Tiff, bien sûr. D'ailleurs, il n'a pas dit : « Bonsoir, signora Forbes », ce qui est génial.

Je sors par la porte de derrière. Dehors, tout est calme. Tout en mâchant un chewing-gum, je contourne le bâtiment par une allée étroite et sombre. Il n'y a personne aux alentours. Je m'engage sur la promenade. Les bars et les cafés sont tous fermés. Oui, j'ai choisi la bonne heure. Mais la ville ne tardera pas à se réveiller : les livreurs, les pêcheurs, ou encore les touristes allemands qui ont laissé leur serviette au bord des piscines de leurs palaces. Je n'ai donc plus beaucoup de temps pour agir. *Alvie, tu n'as pas intérêt à déconner.*

La place Saint-Marc est à ma droite. À ma gauche se dresse un pont ravissant. J'avance en perçant des yeux les ténèbres. Quelques lampadaires brillent, mais sinon tout est noir. Je me dirige vers les caméras de télésurveillance, très lentement, le dos collé au mur, en veillant à ne pas être dans leur champ. Prenant appui sur une poubelle, je m'y perche d'un bond, agile comme un renard. Voilà pourquoi je me suis défoncée au CrossFit. Mais cette saloperie de poubelle bascule et s'écroule par terre dans un grand fracas de sacs en plastique et de bouteilles en verre. Des ordures se répandent sur le trottoir, roulant un peu plus loin.

— Chut ! je souffle. Silence !

Ma voix résonne dans la nuit.

Je suis aux aguets, mais il n'y a pas âme qui vive, à part un chat apeuré qui jaillit des ombres et s'enfuit de l'autre côté de la Riva degli Schiavoni. Personne n'a rien vu, mais a-t-on entendu le bruit ? Je lève les yeux vers les fenêtres : aucun rideau ne bouge, aucun visage ne se montre. Je remets la poubelle debout et retente ma chance. Cette fois, elle reste en place. Je crache mon chewing-gum, tends les bras vers la caméra et le colle sur l'objectif. Voilà, ça devrait aller. L'image est coupée ! Je redescends de mon perchoir, dont j'essuie le couvercle avec l'ourlet de ma robe pour effacer mes empreintes. Vous avez vu comme je suis douée ?

Je regagne l'hôtel. Le type de la réception se redresse d'un air interloqué, genre : « Quoi ? Déjà de retour ? » Je fais le geste de porter une cigarette à mes lèvres. Il acquiesce et s'absorbe à nouveau dans son sudoku ou son film porno.

Je reprends l'ascenseur pour monter à ma chambre. Jusque-là, tout s'est déroulé sans accroc. En entrant, je parcours la suite du regard. Je dois donner l'impression que Tiff a été assassinée ici. Je vais organiser un joyeux bazar, créer des traces de lutte. Je quitte ses chaussures, les abandonnant sur le plancher. Ouf, ça va mieux ! Mon orteil me lançait méchamment, mais vous noterez je ne me suis même pas plainte. Je ne suis pas une chochotte. Ne me remerciez pas. Je renverse tables et chaises, jette des bibelots sur le tapis… Quand j'en ai terminé, l'endroit semble avoir été mis à sac. Tiffany a visiblement résisté avant que le meurtrier arrive à ses fins. Oui, elle s'est défendue bec et ongles, et a fracassé quelques babioles en porcelaine au passage.

La sacoche de chaman est posée sur le lit, les lunettes de soleil de Tiff à côté. J'explore son contenu. Je ne touche pas au passeport ni au téléphone, mais je rafle la poignée de billets que renferme encore son portefeuille. Je retire les grosses chaussettes de mon soutien-gorge – je les avais oubliées, celles-là –, les range et fourre les biftons à la place. Quant à la jolie sacoche en renard… Je pousse un soupir. Je n'ai aucune envie de la laisser, mais je n'ai pas le choix. Je suppose que c'est une pièce à conviction essentielle. Tant pis, je m'en trouverai une pareille quand tout sera fini. *Concentre-toi sur ton but, Alvina. Les sacoches de chaman, il y en aura d'autres.*

Je récupère le passeport de Siobhán, que je glisse aussi dans mon soutif. J'observe la flaque de sang par terre : elle a désormais la taille d'un saint-bernard. Combien de litres de sang y avait-il dans le corps de cette fille ? Plus que la normale, en tout cas. Je vais jusqu'à la porte et, comme la poubelle tout à l'heure, frotte la poignée avec un pan de ma robe. C'est tout, non ? Je n'ai rien manipulé d'autre sans mes gants en latex. Ah si, les tasses à café !

Je me précipite sur le plateau pour les essuyer. Pfiou, j'ai eu chaud ! À part ça, je n'ai pas pu faire autrement que de saisir à mains nues les anses des valises pendant le voyage ; je n'allais pas me trimballer partout avec mes gants à crottes de chien, ça aurait paru drôlement bizarre – pas très « Tiff ». D'ailleurs, à partir de maintenant, je ne peux plus me servir de ces gants : n'importe qui, en les voyant, comprendrait qu'il y a anguille sous roche. Bref, je nettoie les lunettes de soleil, les sangles de la sacoche, les Manolo Blahnik, le portable de Tiffany. Quoi d'autre ? Rien, je crois.

J'arrache les draps du lit et confectionne une corde en les nouant ensemble. Elle mesure dans les cinq mètres à vue de nez. Ça devrait suffire ; du moins, j'espère. J'ouvre les portes-fenêtres et traîne les bagages jusqu'au balcon. Je cherche Nino, mais il est reparti dans les Enfers. Quand mes orteils se posent sur les carreaux froids, un frisson parcourt ma colonne vertébrale. Je passe la tête par-dessus la balustrade en fer forgé pour regarder en bas, puis je fouille des yeux la rue bordant le canal. Le chat de tout à l'heure est toujours là, mais c'est le seul signe de vie. La voie est libre. J'accroche la corde à la première valise, que je hisse par-dessus la rambarde. Oh, putain, elle pèse une tonne ! Et dire que ce n'est que la moitié de Tiff...

Penchée en arrière, un pied contre les barreaux, je fais descendre mon fardeau en tenant la corde à bout de bras. J'essaie d'y aller lentement, mais elle est tellement lourde que les draps glissent puis m'échappent carrément.

— Merde !

Un bruit sourd me parvient. Oh non ! Est-ce que la valise est cassée ? Je m'accroupis et jette un coup d'œil en bas. Ouf, elle est couchée sur le côté, intacte. Cette opération est plus stressante que ce que j'imaginais. Mes pauvres nerfs sont en vrac (il faudra que je prenne rendez-vous pour un massage dans le spa où Tiff emmène le chien). J'attends un peu en surveillant la rue, au cas où quelqu'un sortirait voir ce qui se passe. Mais non, personne ne vient. Allez, on reprend ! J'enjambe la balustrade et m'agrippe à la gouttière. Elle grince sous mon poids. Mauvais signe. Va-t-elle céder ? Houla, qu'est-ce que c'est haut ! Je déteste l'altitude. Un arbre, je gère encore, mais pas un bâtiment de quatre étages ! Je descends aussi vite que je peux, mes pieds dérapant sur le tuyau, mes ongles griffant le métal pour affermir ma prise. Ha ! Je suis comme le type dans *Free Solo*, qui fait de l'escalade sans aucun matos. Je finis par atteindre le sol où je me laisse tomber, tout étourdie.

Je détache de la poignée ma corde improvisée, puis je tire la valise contre le mur, la dissimulant dans l'ombre. Elle ne risque rien pour le moment. Si on la voit, on pensera qu'elle a été oubliée par un touriste. Ou alors que c'est une bombe.

Les draps enroulés autour du cou, je remonte par la gouttière. C'est dix fois plus dur dans ce sens-là, même avec mes nouveaux biceps. La sueur dégouline dans mon dos. Chaque seconde me paraît durer une heure. Ça a pourtant l'air si facile quand ils font ça dans les films ! Les pieds en appui sur la façade, je grimpe le long du tuyau en regrettant de ne pas avoir des ventouses dans les mains comme cette espèce de lézard géant que j'ai vue l'autre jour à la télé. Enfin revenue au niveau du balcon, je saute par-dessus la rambarde.

Je fais passer le second colis par le même chemin. Sans le lâcher, cette fois. Puis je balance la corde avant de redescendre par ce tuyau à la con qui n'arrête pas de bringuebaler. Tout en le maudissant, je prends soin de ne pas regarder vers le bas.

Tout à coup, j'entends des voix. Des gens approchent ! Je tourne la tête en sursaut. C'est un homme et une femme ; ils discutent en italien. Je m'immobilise, cramponnée à ma gouttière telle la petite araignée de la comptine, serrant les fesses. *Pas maintenant, par pitié. Pas maintenant. Allez-vous-en !* Le couple se dirige vers l'entrée de l'hôtel Danieli. Dépêchez-vous, bon Dieu, je ne tiendrai plus très longtemps ! Mes doigts glissent, je perds l'équilibre, mon pied ripe. *Courage, ma fille ! Tu assures !* Je m'accroche comme si ma vie en dépendait.

La femme glousse. On dirait qu'ils sont bourrés. À cette heure, c'est plus que probable. Ils s'arrêtent devant la porte principale. Mes valises sont posées contre le mur à moins de cinq mètres d'eux. J'espère qu'ils seront trop torchés pour les remarquer. Ou que, s'ils les remarquent, ils s'en foutront. Les voilà qui s'embrassent, à présent. Bon sang, prenez une chambre ! Ne me laissez pas coincée là ! Je ferme les yeux et repense à mon baiser avec Nino...

Soudain, je lâche prise et dégringole les deux derniers mètres, me tordant la cheville à l'atterrissage.

— AÏE ! *Buongiorno*, dis-je d'une voix un peu trop sonore, avec un discret coucou de la main.

Les deux amoureux me considèrent d'un air ahuri. Je ramasse les draps et les valises, puis je déguerpis le plus rapidement possible (pas rapidement du tout, donc, vu que ces bagages pèsent une tonne). Après avoir bifurqué dans une ruelle, je me déleste de mon chargement. Ouille ! Je suis en nage, hors d'haleine. J'ai mal partout. Ma cheville est démolie, je sens mon orteil gonfler. Et je n'ai même pas d'antidouleurs.

Je compte jusqu'à dix avant de passer la tête à l'angle du bâtiment, retenant mon souffle. Est-ce qu'ils sont toujours là ? Est-ce qu'ils m'ont suivie ? Mais non, je ne les intéresse pas. Ils continuent à se rouler des pelles avec entrain. Prenez tout votre temps, je vous en prie. Ne vous tracassez pas pour moi.

Le type remonte sa paume sous la jupe de la fille. MAIS PAYEZ-VOUS UNE CHAMBRE, BORDEL ! Ils sont bien devant un hôtel, non ? Il y en a plein, des chambres. Au bout d'un moment, ils finissent par s'écarter l'un de l'autre. Le type repart et la fille disparaît à l'intérieur. Quoi ? C'est tout ? Il va la quitter comme ça ? C'est d'un manque de galanterie ! Il aurait au moins pu terminer ce qu'il avait commencé. Je le regarde s'éloigner d'un pas tranquille.

5 heures
Venise, Italie

Je dépose les draps dans une poubelle. C'est loin d'être idéal, je sais, mais je n'ai pas vraiment d'autres options. C'était soit ça, soit je les laissais dans la ruelle. Je n'ai plus qu'à prier pour que, si les flics les trouvent, ils n'aient aucun moyen de faire le lien avec moi.

Une trentaine de gondoles sont parquées près de la rive, recouvertes par des bâches et attachées à des poteaux rouge et blanc. J'empoigne une des valises et, vérifiant les alentours, j'avance en la traînant derrière moi. Je choisis une embarcation au hasard. J'entends une porte claquer au loin, puis un bruit de pas. Un chien aboie. Je dois agir vite, sans confondre vitesse et précipitation. J'essaie de soulever la bâche, mais elle est bien accrochée. Je saute à bord et la dégrafe proprement, avant de la jeter dans le canal. L'eau clapote contre la coque qui roule sous mes pieds. Il flotte une odeur de moisi, des effluves de bois pourri. Au prix d'un effort surhumain, je transfère la valise dans la gondole, qui se met à tanguer violemment. Des vagues se forment autour d'elle et j'ai peur qu'elle chavire.

Holà, tout doux ! Du calme !

Une fenêtre de l'hôtel s'éclaire soudain. Je me fige, m'attendant presque à voir une tête en sortir et une voix crier : « Stop ! » Mais c'est sans doute la fille qui vient de rentrer dans sa chambre et qui cherche son gode.

Je retourne en boitillant récupérer mon second boulet, que je ramène avec tout autant de peine. Tant pis pour le sang qui se répand partout sur les pavés. Tant mieux, plutôt. Encore une preuve que Tiff a été liquidée ici. Ça renforce la vraisemblance de mon scénario. Je perçois le moteur d'un vaporetto qui cahote dans les environs. Je sonde du regard l'obscurité. L'eau est noire comme du pétrole, luisante. Il n'y a aucun bateau en vue. Ce qui n'empêche pas mon pouls de s'emballer, comme s'il tentait de battre des records, de rivaliser avec Usain Bolt.

Je soulève la valise et la lance dans la gondole, mais sans que je comprenne ce qui se passe, elle manque son but et tombe dans le canal. Oh, non. Pas ici ! Pas maintenant ! Elle plonge avec un grand plouf entre la paroi du quai et la coque, puis coule vers le fond, loin, loin, loin.

— Tiff ! je crie, incapable de me retenir. Non ! Reviens ! REVIENS !

J'ai l'impression d'être Rose dans *Titanic*, agrippée à son radeau, impuissante alors que Jack se noie.

Je suis tentée de sauter à sa suite, mais il est trop tard. Elle a disparu. Pauvre Tiff. Je voulais larguer son corps plus loin dans la lagune, à distance des hôtels. Et mes empreintes sur la poignée ? Je comptais les effacer. Je n'en ai pas eu le temps ! L'eau ne suffira pas à les détruire. Ce n'est pas bon du tout. C'est même catastrophique. Il ne faudra pas longtemps pour que la valise remonte à la surface. Méthane, sulfure d'hydrogène et dioxyde de carbone la rempliront peu à peu à la façon d'une montgolfière. Elle se gonflera comme un Zeppelin.

Je respire profondément. *Relax, Alvie. Tout n'est pas perdu. Reste cool.* Il n'y avait pas que mes empreintes sur cette anse : Ed, James, Eileen, le groom l'ont touchée, eux aussi… même si les miennes sont les plus récentes. Donc les plus visibles.

J'essaie de libérer la gondole de son poteau d'amarrage, mais mes doigts sont en gélatine et mes gestes maladroits. Heureusement qu'il n'y a pas de cadenas. Je m'écorche la peau sur la corde rêche et me casse un ongle. J'en viens finalement à bout, et la jette sans scrupules à la baille. J'empoigne la rame, pousse dessus pour m'écarter de la petite jetée. Le bateau ballotte lorsque je me mets debout. Je dois prendre le large illico presto.

J'ai beau godiller de toutes mes forces, ce stupide rafiot dépasse à peine le kilomètre-heure. Il est d'une lenteur désespérante. Ça rime à quoi, franchement ? Je m'étonne qu'au bout de quelques siècles à ce régime, les gondoliers ne se soient pas encore équipés de moteurs. Le soleil se lèvera bientôt et moi, je suis là, vêtue des fringues de Tiffany, seule sur une embarcation volée, ou plutôt en compagnie d'un cadavre (bon, la moitié d'un cadavre, mais c'est peut-être même pire). Je scrute la rue et la promenade ; on croirait une ville fantôme. Je bataille avec la rame. C'est difficile de naviguer en ligne droite. Je la plonge et la replonge dans l'eau, fouaillant la surface comme si je maniais un sabre de samouraï.

À la longue, j'ai l'impression que mes bras vont se décrocher de mes épaules. Dire que les gondoliers font ça toute la journée ! Ils doivent avoir des biceps d'enfer. Un corps bien musclé. Des images de gondoliers torse nu en canotier et pantalon noir moulant me viennent à l'esprit.

La rame se bloque soudain. Je perds l'équilibre et atterris sur ma cheville enflée. Je tente de déloger la rame, mais elle est coincée dans un trou, une fissure ou la vase du fond. Je tire dessus aussi fort que je peux. Elle finit par céder d'un coup et je bascule en arrière en poussant un cri de surprise, me cognant la tête contre le bord du bateau.

J'ai une entaille au visage. J'y porte les mains et mes doigts découvrent un sang chaud, un sang qui apparaît noir sous le clair de lune. Ma rame flotte un peu plus loin. Trop loin pour que je l'atteigne. Je la vois s'éloigner. Je contemple à nouveau mes paumes. La douleur pulse dans mon crâne.

Cette ville cherche à me
Tabasser. Je me sens comme
Une blessée de guerre.

La gondole glisse sur l'eau. Je promène mon regard autour de moi en frissonnant. Qu'est-ce que je vais faire maintenant ? Je ne peux plus avancer ni me guider. Je suis à deux cents mètres de la rive. J'aimerais tellement que Nino soit ici. À deux, la route est moins longue, comme dit le dicton irlandais.

— Nino ?

La nuit est froide. Mon front me lance ; c'est pire qu'une migraine. Je suis seule. Avec un soupir, je m'allonge sur le banc.

Je dérive…

et dérive…

et dérive.

Mes yeux se tournent vers la valise. Je la rejoins cahin-caha. Rassemblant mes dernières forces, je frotte sa poignée avec le bas de la robe de Tiff – plus d'empreintes, cette fois –, puis je la hisse par-dessus le rebord et la laisse tomber. La gondole tangue. Des gouttelettes glacées m'éclaboussent la figure. J'observe la valise qui coule. Des bulles remontent à la surface. L'eau est opaque, plane. C'est un instant très mystique. Je voudrais dire quelques mots comme : « Au revoir, Tiff », mais ils se bloquent dans ma gorge. Je ravale mes larmes. Je ne sais pas pourquoi l'émotion me submerge de cette manière. D'habitude, je suis très professionnelle quand je me débarrasse d'un cadavre. D'un calme olympien, froide et impassible.

Il me reste un truc à faire (je n'en ai vraiment aucune envie, mais je ne dois rien conserver sur moi qui appartienne à Tiffany, c'est trop dangereux). Je retire ses bagues en diamant, et je les admire un moment. Ça fait mal. Une blessure à vif dans la poitrine, comme un sentiment amoureux. Puis je les jette à la flotte. Quel gâchis ! Envolées, les bagues. J'aurais tellement aimé les garder. Ou, pourquoi pas, les revendre sur eBay. Elles auraient fait un carton. J'enlève également la robe Gucci et la balance par-dessus bord. Elle flotte, elle. Je me penche pour l'enfoncer dans l'eau. Ça m'embête beaucoup de devoir me promener à poil dans Venise, mais je n'ai pas le choix.

Après ça, je m'écroule dans la gondole en soutif-culotte et pose la tête contre le bois. L'effet de la caféine s'est dissipé. J'ai froid, si froid que je grelotte. Je me recroqueville, m'enveloppe de mes bras et mes paupières se ferment toutes seules. Je fais un rêve où Tiff et moi apprenons le sanskrit dans un ashram.

7 *heures*
Le Lido, Venise, Italie

Je me réveille, éblouie par les premiers rayons du soleil. Je m'assois en me frottant les paupières, cillant dans la lumière matinale. Où suis-je ? J'étudie les environs. Je suis toujours dans ce fichu rafiot, mais loin de la ville désormais. Combien de temps est-ce que j'ai dormi ? Le soleil est bas, il est donc encore tôt. Je ne sens plus mes mains. Je suis frigorifiée. Ce n'est pas la lingerie fine de Tiff qui va me tenir chaud.

J'aperçois ce qui ressemble à une plage. Tiens, il y a des plages à Venise ? Je croyais qu'il n'y avait que des canaux. Je me redresse brusquement, faisant tanguer la gondole. Il faut que je sorte d'ici. Que j'abandonne ce navire. Pas une minute à perdre. Je m'en veux de m'être assoupie. Mais j'étais épuisée par mon voyage. Et par le meurtre de la nuit d'avant. Sans oublier le sexe avec Nino... Je balaie du regard les eaux. Aucun doute, ce n'est pas un canal. C'est probablement la mer Adriatique. Heureusement que je me suis réveillée, j'aurais pu dériver trop loin et finir en Croatie.

Protégeant mes yeux du soleil aveuglant, je scrute le rivage. Le sable doré est désert. Personne en vue. Si j'y allais à la nage ? Il n'y a pas une grande distance à parcourir, une centaine de mètres environ. Deux cents, à la limite. Au pire, trois cents. Bon, j'ai toujours les billets et mon faux passeport dans mon soutif. Ils se mouilleront, mais qu'est-ce que j'y peux ? Au moins, c'est un push-up : ils seront bien calés, en sécurité. De toute façon, je ne vais pas rester sur ce bateau à me geler les fesses. Je suis visible comme le nez au milieu de la figure. Je balance les jambes par-dessus le rebord et, prenant une profonde inspiration pour rassembler mon courage, je saute à l'eau.

Plouf !

Elle est plus froide que j'imaginais. Quand elle touche ma peau, un hoquet de stupeur m'échappe et je bois la tasse. Puis une vague me submerge. Je coule, battant des bras et gesticulant. Il vaut mieux se laisser porter dans une eau aussi glaciale, rester immobile et flotter, sous peine de se noyer. J'avale une goulée d'air et essaie de me raccrocher au bateau, mais la coque glisse. Toute ma vie défile devant mes yeux. Me revoilà sous la surface. Mais qu'est-ce que je fous, bordel ? Pourquoi faut-il toujours que je fasse tout de travers ? Je vais mourir noyée. Je tremble comme une feuille. Je tente à nouveau d'atteindre la gondole, et cette fois mes doigts s'y agrippent. J'ai le souffle court. Je regarde vers le bas : je ne distingue pas le fond. La mer est sombre, opaque. Je préfère ne pas penser aux créatures qui rôdent là-dessous. Les méduses, les raies venimeuses. Les anguilles. Les orques. Le rivage paraît plus éloigné que tout à l'heure : au moins cinq cents mètres. Peut-être même un kilomètre. Je ne sais pas si j'y arriverai. Je n'ai jamais fait de natation. Ma mère a payé des cours à Beth, mais pas à moi. Je ne valais pas l'investissement. Elle s'en fichait que je me fasse dévorer par des piranhas ou déchiqueter par des crabes géants.

C'est quoi ce truc, là-bas à l'horizon ? Ce point noir de la taille d'un petit pois ? Un bateau de pêche, j'en mettrais ma main à couper. Bon, ça suffit. C'est maintenant ou jamais. Après tout le mal que je me suis donné, pas question que je me fasse coincer par je ne sais quel abruti venu à la pêche aux sardines.

Je m'étends sur le dos, sentant la force du courant sous mon crâne, ma nuque et mes épaules nues, et je commence à nager. Mes bras fendent l'eau comme des scalpels. Je crawle le plus vite possible en fredonnant dans ma tête des chansons de Taylor Swift. Je chevauche les vagues comme autant de chevaux sauvages, mes bras sont aussi efficaces qu'une hélice, mes jambes brandillent. Et, enfin, mon pied touche le sable.

Ouf, sauvée !

Je m'effondre à plat ventre sur la plage. Mes muscles me vrillent et me brûlent. Mon cœur cogne dans ma poitrine comme s'il cherchait à se faire la belle. C'était vraiment plus loin que je pensais. Je suis passée à un cheveu de la noyade. J'ai toujours mal au crâne à cause de ma chute de cette nuit. Je palpe ma blessure et sens une croûte.

Ma respiration revient peu à peu à la normale. Des cristaux de sel se forment sur ma peau. Oh, putain ! J'ai réussi. J'ai réussi ! J'y suis arrivée. Mon soulagement est immense. Je me suis débarrassée du corps, et du bateau. J'ai survécu à une immersion dans une mer infestée de requins. C'est fini. Je ne suis plus Tiff. Je peux redevenir moi-même (enfin, Siobhán, mais vous voyez ce que je veux dire). Tout ce qui me reste à faire, c'est rentrer à Londres et terminer mon projet Basecamp. J'en suis à l'étape numéro cinq.

Je me lève et époussette le sable sur mes fesses, genoux, mollets et cuisses. J'apprécie le frottement des grains contre ma peau nue. Je me balade le long de la plage, là où les vagues viennent lécher le rivage, avec le vent dans mes cheveux et un sourire sur mon visage. Je chante encore du Taylor Swift. Je m'étire avec délice. Je trouve un joli coquillage, que je lance dans l'eau.

Je scrute les alentours. Un jeune homme exécute des saltos arrière, une cigarette entre les lèvres. Il porte une chemise hawaïenne et un short en jean. Ses cheveux châtain clair lui tombent devant les yeux ; ils ont l'air humides. Peut-être qu'il vient de s'offrir une petite baignade matinale, comme moi ? Je remarque une légère coupure sur sa joue. Il ressemble à un ange. Mais d'où il sort, comme ça, d'un coup ? Dois-je en conclure que Dieu existe ? Waouh, les saltos ! Il est super doué. Debout sur le sable, je l'observe.

Il s'assoit sur un rocher pour se rouler une autre cigarette.

— Salut ! je lance en approchant à grandes enjambées.

Il redresse la tête, m'aperçoit, et ses yeux bleus s'écarquillent. Je lui souris. Il me sourit. Cheveux clairs et yeux bleus : pas commun pour un Italien. Il me rappelle Leonardo DiCaprio dans *Roméo + Juliette*.

— *Buongiorno*, dit-il, allumant sa clope.

De près, il paraît très jeune, plus que je ne croyais. Vingt, vingt et un ans peut-être. Mince. Affûté. Mmm, j'en croquerais bien un morceau. Et si je ne m'abuse, c'est justement l'heure du petit déjeuner.

J'examine la plage : elle est déserte. Je veux dire, en dehors de moi, et maintenant de lui. Je le surprends en train de lorgner ma poitrine. Je ne lui en veux pas. Je suis sexy dans ces sous-vêtements, bien qu'un peu débraillée. Grâce à ma séance de natation, mes blessures sont maintenant propres. Plus de sang en vue (même si ma cheville est encore violette et enflée).

— Moi, c'est Juliet, dis-je en tendant la main.

— Silvio. *Piacere*, répond-il, enjôleur.

Il me serre la main.

— Est-ce que… ça t'ennuie si je me joins à toi ?

— Pas du tout.

Il se décale sur le rocher et me fait signe de m'installer. Je m'exécute. Nos regards se croisent. *Enchantée, Silvio.* Je me demande s'il a deviné ce que j'ai à l'esprit. Nous venons à peine de nous rencontrer, quand même, et il n'est que huit heures du matin… Sera-t-il partant ?

— Tu es très beau, Silvio, dis-je en passant les doigts dans ses cheveux en bataille.

— Tu es… *bella*.

Je papillote des cils, zieutant sa braguette.

— Écoute, Silvio, ce n'est pas dans mes habitudes, mais je viens d'avoir une bonne nouvelle et je me sens, tu sais… (Je me mords la lèvre.)

Ses yeux s'allument.

— C'est quoi, cette bonne nouvelle ?

— Je me sens sur un petit nuage. *(Après le meurtre de Tiff et le talent avec lequel je me suis débarrassée de son corps.)*

J'attrape sa main et me lève d'un bond.

— On y va ? On va faire un tour là-bas ?

Il se laisse tirer et je l'entraîne derrière moi. Nous crapahutons sur les rochers jusqu'à une zone plus intime entre plage et mer. Les vagues se brisent contre le roc, projetant des gerbes d'embruns. Algues, bernard-l'hermite, coquillages et compagnie.

— On va où ? questionne Silvio.

— T'inquiète. Suis-moi. (Je me retourne en lui lançant un clin d'œil.) Allez, viens, ce sera cool.

Nous arrivons sur le sable. Ça sent la saumure. Un crabe me grimpe sur les orteils et saute dans une flaque d'eau. Nous laissons des empreintes de pas dans notre sillage. Il souffle une brise agréable. L'air est frais et poisseux d'humidité. Je m'assois sur la plage et invite Silvio à en faire autant. Je me penche pour l'embrasser. Il s'écarte, choqué, et je lui susurre : « J'ai envie de toi... » avec l'accent russe. Je ne sais pas pourquoi, ça m'est venu comme ça.

— Je n'ai pas d'argent, dit-il en secouant la tête.

— Pas grave, c'est cadeau.

— Vous, les Anglaises, vous êtes folles.

— En effet.

J'enlève mon soutien-gorge et le replie avec le passeport et les billets à l'intérieur, avant de le ranger sous un rocher. Silvio me dévore des yeux.

— *Merda*, dit-il.

Son regard se pose sur mes seins. Je me caresse les tétons. Cette fois, c'est lui qui m'embrasse. Il a le goût du tabac et d'un truc salé genre câpres ou olives. Mmm, délicieux. J'explore sa bouche avec ma langue tout en glissant la main vers les boutons de sa chemise, les libérant un par un.

— Juliet...

— Chut, ne dis rien.

J'aime bien son accent italien, mais je ne veux aucune distraction. Je veux me délecter du sel de sa peau, sentir ses doigts sur mon corps, relâcher la vapeur par une étreinte animale, débridée et gratuite. J'empoigne son sexe à travers le tissu de son short. Silvio pousse un grognement. Sa main se faufile entre mes jambes, sur la culotte de Tiffany, et je me presse contre lui. Oh oui, c'est bon. J'ai trop envie de lui. Ouvrant sa braguette, je lui baisse son short. Il n'a pas de caleçon ; je ne m'y attendais pas. J'avise des poils pubiens et, oh ! la vue de sa queue me provoque un frisson dans toute la chatte. Elle est magnifique. Silvio m'arrache ma culotte et la jette dans le sable. Je le plaque sur le dos. Nous sommes tous les deux nus à présent – c'est comme ça que je préfère. Je me mets à califourchon sur lui. Il fouille dans la poche de son short, attrape son portefeuille et en sort une capote. Il déchire l'emballage avec les dents et l'enfile. Le latex rose pâle s'étire sur sa bite parfaite. Oh, bon sang, je la veux ! C'est quasi vital. Je l'ai bel et bien méritée. D'un coup, je me laisse descendre sur lui.

Son érection est chaude et palpitante. Je me penche en arrière, m'enfonçant un peu plus. Il ne se lasse pas de me mater pendant que je le chevauche. En haut, en bas. J'adore baiser à l'air libre ; d'autant plus sur une plage comme celle-ci. Les mouettes lancent des cris dans le ciel. Silvio gémit. Je halète, le souffle court, la peau brûlante. La brise coule sur moi. J'effleure son torse. Mes doigts se promènent jusqu'à son cou et entreprennent de l'étrangler. Je ferme les paupières ; les vagues de plaisir enflent en moi. Je serre les mains sur sa gorge. La chaleur monte peu à peu de mon sexe jusqu'à mon cerveau.

Je tremble. Je frissonne. Soudain, le visage de Tiffany surgit à mon esprit.

— Oh, mon Dieu ! OH, MON DIEU !

Je jouis en lames déferlantes, encore et encore et encore et encore.

— OH OUI !

Silvio se débat et se tortille sous moi. Je resserre ma prise, plantant les ongles dans sa chair. Je baisse les yeux. Il est devenu tout rouge. Il me repousse violemment et je tombe en m'éclatant l'épaule contre une pierre.

D'un bond, il saute sur ses pieds, cherchant sa respiration.

— *EHI, MA SEI MATTA ? MI HAI QUASI UCCISO !*

— Hein ? Je ne parle pas italien.

Il se masse la gorge en me foudroyant du regard.

— Quoi ? Qu'est-ce que j'ai fait ?

Puis il ramasse ses fringues et détale en escaladant les rochers.

— Silvio, où tu vas ? (Je l'observe alors qu'il se sauve.) J'ai été ravie de faire ta connaissance !

Je ne le reverrai jamais.

Ah, ça va mieux. J'en avais besoin ; ça faisait trop longtemps. Ces petits tête-à-tête avec le fantôme de Nino, c'est bien gentil, mais ça n'a rien à voir avec la chose réelle. Bon, où est ma culotte ? Je la récupère, l'enfile, agrafe mon soutif en fourrant le passeport dans un bonnet et les billets dans l'autre. Que Silvio s'en aille ! Je m'en fous. Ce n'est pas comme si je voulais qu'il devienne mon correspondant.

Je me relève et, tournant le dos à la mer, je me dirige en boitillant vers la route. Les gens du coin me reluquent bizarrement. Il faudrait que je m'habille pour mieux passer inaperçue. Je dois me faire la plus discrète possible. Mais où trouver des vêtements ? Les magasins ne sont pas encore ouverts, apparemment. Gucci, où es-tu quand on compte sur toi ? Je soupire. Il n'y a même pas un Primark.

Je sautille sur le sable, évitant de m'appuyer sur ma cheville. Je frotte mon épaule éraflée. Je repère un café à quelques mètres. Il est minuscule : une table, quelques chaises. C'est plus une paillote qu'un café. Plus une cahute qu'une paillote. Une vieille femme avec une cigarette au bec et des bigoudis roses sur la tête est en train de tout installer. Deux pêcheurs aux cheveux gris boivent un verre devant. Tous les trois s'immobilisent en me voyant arriver. Que voulez-vous que je vous dise ?

Je suis vraiment canon. Et cette parure de lingerie est microscopique. Plus encore que les bikinis de ma sœur que j'ai portés l'an dernier. C'est un ensemble La Perla en dentelle transparente et bretelles festonnées. Je ressemble à une James Bond Girl légèrement amochée : Halle Berry sortant de la mer dans *Meurs un autre jour*. J'avance en traînant la patte, telle une Sophia Loren britannique.

La vieille femme est affublée d'une horrible blouse en nylon par-dessus ses habits. Trop ample, sale et informe, avec un motif à fleurs datant des années 1960. J'extrais de mon soutien-gorge un billet de cent euros imbibé d'eau.

— C'est pour votre blouse. Je vous l'achète.

Je lui fourre le billet dans la main. Elle me jauge, et fronce les sourcils.

— *No*, *no*, dit-elle.

Je grelotte. J'ai froid, si froid que je claque des dents. Je me frictionne les bras pour les réchauffer.

— S'il vous plaît, j'insiste en tirant sur sa manche, lui tendant de nouveau l'argent.

— *No, guarda, questo è sporco.*

Elle me montre une tache qui pourrait être du chocolat, ou plus probablement du café.

— Je m'en fiche. Je me les gèle.

Ma peau est couverte de chair de poule. Tous mes poils sont hérissés. Je me mets à tousser. J'ai encore un peu de sang sous les ongles.

Elle me fixe dans les yeux d'un air apitoyé.

— *Va bene*, *aspetta*, dit-elle avant de faire demi-tour et de rentrer dans la cabane.

— Non, où allez-vous ? D'accord, deux cents. Deux cents euros ?

Je farfouille dans mon soutif et tire un autre billet.

Les pêcheurs suivent mes gestes avec attention. Qu'est-ce qui les intéresse, mes nichons ou mon fric ? Je m'apprête à m'élancer derrière la vieille au moment où elle réapparaît avec un paquet, d'où elle extirpe une blouse à fleurs identique à la sienne.

— *È nuovo. È meglio.*

— OK, comme vous voulez.

J'essaie de lui filer l'argent, mais elle refuse de le prendre. Elle m'aide à enfiler la blouse, qu'elle boutonne elle-même et lisse avec la paume. Ça ne tient pas très chaud, mais ça fera l'affaire. Ce n'est pas comme si j'avais le choix.

— *Siediti*, ordonne-t-elle d'un ton sévère en m'indiquant une chaise.

Une chaise antédiluvienne, toute fendillée, les pieds en plastique blanc enfoncés dans le sable. À la table des vieux pêcheurs. Je me laisse tomber dessus pendant qu'elle va me chercher un verre.

Elle y verse une bonne dose de grappa.

— *Bevi questo*, dit-elle en souriant.

Ça fait deux semaines que je n'ai pas bu une goutte d'alcool… La dernière fois, c'était la bouteille de Malibu avant la réunion des AA. Tout de même, c'est tentant. Et puis j'ai une victoire à fêter. À quoi bon remporter une victoire si on ne la fête pas ? Allez, banco !

— *Sláinte !* je lance avant de tout siffler en une gorgée.

Les pêcheurs prennent exemple sur ma descente, puis m'observent d'un œil suspicieux. Ils ont tous les deux une barbe poivre et sel, plus grise que noire, un teint bruni par des années en mer et une peau qui ressemble à un scrotum.

— *Vai. Vai. Un altro*, dit la femme.

Elle me ressert, et je bois de nouveau cul sec.

La liqueur me réchauffe. Je sens son feu liquide se répandre dans mes boyaux. Bon Dieu, que ça fait du bien ! J'en avais besoin. J'adresse un regard reconnaissant à la maîtresse des lieux tandis que l'alcool me monte au cerveau, me faisant tourner la tête.

— Vous avez des toilettes ? je demande.

Elle ne comprend pas.

— Des toilettes ? je répète en me levant, montrant du doigt l'entrée de la cahute, croisant les jambes et me tortillant pour imiter une envie pressante.

— *Ah ! Sì. Un gabinetto.*

Elle m'accompagne à l'intérieur.

Après avoir fait pipi, je me contemple dans le miroir. Mes cheveux sont sacrément en pétard. Ils font moins James Bond Girl que victime d'une attaque à la bombe. On dirait qu'un camion m'est passé dessus. J'ai un gros bleu sur la tempe à cause de ma cascade dans la gondole. Je l'examine attentivement. Contrairement à ce que je croyais, j'ai du sang sur la joue et la lèvre. J'étudie mes mains. Mes ongles sont bousillés. Quant à ma cheville gauche, elle fait facilement deux fois la taille de la droite. Elle est bleuâtre et boursoufflée. *Je suis vraiment dans un sale état.* J'éclate de rire sans pouvoir m'en empêcher. C'est si moche que c'en est drôle. Mais je suis libre ! Enfin débarrassée du corps ! Et au moins, la grappa a endormi mes douleurs. Pas étonnant que cette femme ait eu pitié de moi. Elle a sans doute cru que je fuyais un connard de mari violent. C'est pour ça qu'elle n'a pas voulu de mon fric. C'est pour ça qu'elle m'a fait boire. Je pouffe, complètement pompette. Et je me nettoie un peu.

Poussant la porte, je me dirige vers la table, un brin plus présentable maintenant. Tiens, et si je tentais d'obtenir d'autres choses...

La vieille redresse la tête, avenante.

— Aïe ! je crie en boitillant vers elle. Est-ce que vous auriez des chaussures ? (Je désigne mes orteils.) Des tongs, à la rigueur. N'importe quoi.

— *Vuoi delle scarpe ?* Chaussures ?

— Oui. Chaussures. Chaussures.

— *Sì, un momento.*

Prise d'un hoquet, je me verse une lampée de cette délicieuse grappa. Puis une autre, et encore une autre. Les pêcheurs me dévisagent, bouche bée.

La femme a disparu derrière une porte de la cabane. Je l'attends en lorgnant les deux hommes, qui me fixent en retour. *Quoi ?* Eux aussi, ils sont en train de picoler à huit heures du matin ! Ils ont des yeux dévastés, sans âme, et ils empestent le maquereau au poivre. Ils me rappellent un peu Nino, l'odeur en moins.

Mon hôte revient avec une paire de claquettes en plastique rose vif. Je les essaie. Ce n'est pas ma pointure, mais ça fera l'affaire. C'est mieux que rien, j'imagine. Je regrette d'avoir abandonné les talons de Tiff – des Manolo Blahnik, quand même. Mais j'ai eu raison. Ils étaient deux fois trop petits et plutôt compromettants.

— Bon, je me sauve.

Trois regards sont posés sur moi quand je pars le long de la route, ondulant des hanches comme Gigi Hadid. L'alcool me donne la sensation de flotter. Cette blouse à fleurs est tordante. Je ressemble à Mrs Brown dans *Mrs Brown's Boys*, mais au moins je n'ai pas à me balader à poil ni à porter les vêtements de ma dernière victime.

Je me remets à boiter en tournant dans une rue nommée Lungomare Gabriele d'Annunzio. Je sors les billets de mon soutif, m'apprêtant à chercher un taxi, quand quelqu'un m'attrape par-derrière et me tire dans une ruelle.

10 heures
Arrêt du vaporetto, Lido, Venise, Italie

— Au secours ! À l'aide ! Au voleur ! je crie en débouchant de la ruelle, chancelante. *(Salauds de pêcheurs !)* Au secours ! On m'a dépouillée !

Je regarde de chaque côté de la grande rue. Un couple promène son bébé dans un landau. Je cours vers eux.

Totalement affolés, ils virent de bord et changent de trottoir pour m'éviter. Qu'est-ce que je vais faire ? Les pêcheurs m'ont volé tout mon fric. J'étais trop épuisée pour leur résister. Comment je vais rentrer chez moi ? Je glisse la main dans l'autre bonnet pour voir si le passeport de Siobhán s'y trouve toujours. Oui, il est là, Dieu merci ! Voilà tout ce que je possède à présent : un passeport et une blouse à fleurs. Ce n'est vraiment plus drôle.

J'arpente la rive de la lagune en maugréant dans ma barbe, furax. Je ne capitulerai pas. Non, hors de question. Je me battrai jusqu'au bout. Après tout ce que j'ai enduré, je refuse de baisser les bras et de craquer ici. Mais où c'est, d'abord, ici ? Je me rends compte que sans faire attention, j'ai marché jusqu'au port. J'observe le toit du terminal de ferry ; on dirait les ailes d'un oiseau soutenues par de fines colonnes blanches, prêtes à l'envol. J'entends le teuf-teuf-teuf d'un moteur qui approche, l'eau qui clapote et gicle, la corne du bateau qui accoste, heurtant le quai. Je n'ai même pas de quoi me payer un billet. Je suis condamnée à passer le restant de mes jours sur cette île paumée. Je contemple, par-delà la lagune, la magnifique vue de Venise, ses palais rouge brique, ses élégantes flèches d'églises. Je distingue des bâtiments roses et le toit en tuiles vert pâle du campanile. Putain, ce que c'est beau ! Il y a pire, comme endroit, pour mener une vie de clocharde anglaise sexy.

Il fait assez chaud pour dormir dehors. La bouffe que les gens jettent à la poubelle est meilleure que ce que je cuisinais à l'auberge. Enfin, cuisiner, c'est un grand mot (est-ce que ça compte, verser de la flotte bouillante dans un pot de nouilles chinoises instantanées ?). Sans parler que, dans le coin, il y a plein de touristes à dévaliser ; ceux qui se trimballent avec leurs bananes bourrées de gros biftons, leurs Rolex, leurs boucles d'oreilles en or, leurs sacs Prada bien renflés. Ils grouillent dans tous les coins. C'est vrai, je me ferais des couilles en or en un temps record. Mais ça n'a rien d'un projet à long terme. Ce sera donc le plan B. Je ne veux pas courir le risque de me faire arrêter pour vol à la tire, pas maintenant.

Si je pouvais simplement rejoindre Ed, tout un éventail de possibles s'ouvrirait. Il a une dette envers moi. Il faut à tout prix que j'atteigne Londres. Mais comment y arriver, sans un radis ? Je ne vais pas faire tout le chemin en stop ! Ça me prendrait des semaines, voire plus. Je dois trouver une autre solution. Je suis sûre qu'Ed pourrait me transférer des fonds, mais mieux vaut éviter de disséminer des indices. Siobhán Faelan n'est jamais allée en Italie. Je ne suis pas censée être là. Et rien ne doit rattacher Ed à Venise non plus. Il y a certainement un autre moyen…

À force de déambuler sans regarder devant moi, je me prends un arbre de plein fouet. Je le considère en me frottant le crâne. D'où il sort, celui-là ? Il fallait que je tombe sur le seul arbre de la région (on ne peut pas dire que Venise soit très verdoyante).

— L'imbécile !

Je me tourne. Un gamin est en train de se foutre de ma tronche. Un touriste visiblement, d'environ quatorze ans, vêtu d'un short et d'un tee-shirt Man United.

— Qu'est-ce que tu mates ? Tu te crois au spectacle ? (Il prend ses jambes à son cou.) C'est ça, file ! Va pleurer dans les jupes de ta maman !

Hé, ce n'est pas une mauvaise idée. Je pourrais offrir un spectacle. D'autant que je suis déjà le centre de l'attention : ma blouse à fleurs fluo n'est pas des plus discrètes. Si je jouais les artistes de rue pour obtenir quelques pièces ? Mais en faisant quoi ? En dansant ? Non, il n'y a pas de musique. Je sais : en chantant ! Je connais par cœur toutes les chansons de Taylor Swift. Pas besoin de micro, je n'aurai qu'à pousser ma voix. Oui, voilà la solution ! Je suis un génie. Je vais travailler pour gagner ma croûte. Mais qu'est-ce que je pourrais utiliser pour collecter mes gains ? Je dois dénicher un récipient…

Je me dirige vers une poubelle débordant d'ordures et en extirpe un gobelet à café usagé. Après quoi je me poste sous un olivier (celui que je viens de m'emplafonner), près de l'arrêt du vaporetto qui se remplit peu à peu. Je pose le gobelet à mes pieds et m'éclaircis la gorge. Quel morceau choisir en premier ? « Love story », « Blank space » ou « Shake it off » ? Ils sont tous géniaux, c'est un vrai dilemme. J'opte finalement pour un de mes préférés : « Bad blood ». Un classique. J'inspire profondément et commence à chanter à pleins poumons.

Je m'en donne à cœur joie. Je suis bonne. Plus que bonne, même : excellente. Un groupe de reprises à moi toute seule. Je serais digne de participer à *The Voice*. Je fais même les passages un peu rap interprétés par Kendrick Lamar (je dois être encore bourrée). Les gens s'interrompent dans ce qu'ils font pour m'admirer. Ils s'approchent, le sourire aux lèvres, et se rassemblent autour de moi en battant la mesure de la tête. Je me mets à me dandiner. Je ne peux pas m'en empêcher, mon corps bouge de son propre chef. Je suis habitée par le rythme, les paroles, l'adrénaline. Et me voilà bientôt en train d'exécuter une chorégraphie complète avec levers de jambes et numéro de twerk, secouant mon boule comme si c'était une photo Polaroid. Ah, si Tiff était là ! Elle aurait adoré voir ça. Je suis sûre qu'elle aimait Taylor, elle aussi. Tout le monde aime Taylor.

Un flot de touristes descend du bateau dans une cacophonie de langues différentes : les intonations gutturales de l'allemand, les syllabes hachées du japonais, l'accent nasal de New York. Un vaste groupe de Chinois s'attroupe devant moi. Je parie qu'ils me prennent pour la véritable Taylor Swift. Je n'ai pas l'intention de les détromper. Ils auront une chouette histoire à raconter en rentrant à Pékin ; ils diront à tous leurs amis qu'ils ont vu l'artiste se produire gratuitement à Venise (sans compter qu'ils cracheront peut-être plus de pognon dans mon gobelet).

Sans une seconde de répit, je poursuis avec « Shake it off ». Celle-là, elle déménage ! Je fais quelques pas de gigue irlandaise, puis je me laisse porter par la chanson. Je me sens grisée par la foule, par sa ferveur. Je fais le show comme si ma vie en dépendait, ce qui dans un sens est le cas. Un Chinois lâche un billet vert dans mon gobelet à café. Cinq euros. Super ! Un Américain s'aligne. Ça fait dix ! Et ça continue de tomber. Je passe à « Blank space ». Elle a du succès, celle-là. Trente ou quarante personnes se pressent autour de moi, frappant dans les mains et m'acclamant.

Je jette un œil au gobelet : il déborde de billets et de pièces rutilantes. Mais il m'en faut plus encore, de quoi payer une traversée en bateau, un trajet en car et plusieurs autres en train. Je remarque un type qui porte un polo Ralph Lauren, une chaîne en or et une montre dorée. Un petit gros tout chauve. Je ramasse mon récipient de fortune et m'avance vers lui. Je fais comme si je ne chantais que pour lui. Je danse le voguing comme Madonna, puis je m'essaie au Harlem shake. Il sourit, cherche son portefeuille et m'offre cinquante euros. Je secoue bruyamment le gobelet. Il éclate de rire et ajoute un deuxième billet. Je m'éloigne sans cesser de me trémousser.

Le type sort son portable et commence à filmer. *Oh, merde !*

— INTERDICTION DE FILMER ! je crie en me ruant sur lui.

Je lui arrache son téléphone et supprime la vidéo. Je ne veux pas que ces images deviennent virales. Tout le monde saurait que je me trouvais ici. Non, non, non, ce serait une catastrophe. Il faut éviter ça à tout prix.

J'arrive enfin au bout du morceau et je m'écroule par terre en un tas dégoulinant de sueur.

— Le spectacle est terminé. Vous avez été formidables !

— Bis ! hurle le type, mais sa femme se pointe, banane à la taille et paire de Crocs aux pieds, avant de l'entraîner à l'autre bout de la rue.

La foule se disperse. Je vais m'asseoir sous l'arbre pour calculer ma recette. Il y a plusieurs centaines d'euros au total. J'ai fait un de ces cartons ! Bon, ça ne suffira pas pour parcourir la moitié de l'Europe en train, mais ça me permettra de déguerpir de cette ville. Après, je pourrai toujours faire du stop.

Lundi 15 août, 15 heures
Bishops Avenue, Hampstead, Londres

Je sonne, et le majordome vient m'accueillir.

— Où étais-tu passée ?

— Je suis allée suivre une formation… à Basingstoke.

Il a le regard absent ; ma réponse ne l'intéresse pas vraiment.

— Une formation de toilettage pour chien, je précise. Comment brosser son chien, lui faire une permanente, lui tresser les poils de la queue…

— Ouais, ouais, d'accord. Entre, dit-il en s'écartant pour me laisser la voie libre.

Je suis là !

— Alors, est-ce que j'ai raté quelque chose ?

— Non. C'est un peu mort ici. Tiff est à Venise pour une vente aux enchères, et Ed est malade. Il n'a pas quitté son lit depuis plusieurs jours.

— Génial ! Euh, je veux dire, oooh… (James m'observe en fronçant les sourcils.) Oui, le pauvre Ed… Qu'est-ce qu'il a, d'après toi ?

— Il dit que c'est la grippe.

Je hoche la tête et me dirige vers l'ascenseur. James me fixe, les yeux plissés.

— À Basingstoke ?

J'acquiesce.

— Ah. Et où ça se trouve, ça ?

— Euh, je ne sais pas trop. (La cabine s'ouvre et je m'engouffre à l'intérieur.) À une heure de route environ, je crois. J'ai demandé à mon Uber de m'y conduire, et il l'a fait.

— Incroyable.

Les portes se referment au nez de James, à qui j'adresse un doigt d'honneur.

Je m'examine dans le miroir.

Bon, maintenant, Alvie, cette étape est décisive. Ce qui est arrivé avec Tiff te chagrine, je comprends, c'est une véritable tragédie, mais Ed doit sentir que tu maîtrises la situation, entendu ? Il doit sentir qu'il peut te faire confiance. Il ne sait pas que vous étiez meilleures amies. Pour lui, tu n'es que la nounou du chien. Alors reste cool. Détendue. À lui les larmes, à toi la désinvolture.

La cabine s'ouvre et je trottine vers la chambre des Forbes.

— Salut, quoi de neuf ? je lance en forçant bien sur l'accent irlandais.

Le battant claque derrière moi, bam ! La pièce est plongée dans la pénombre. Les rideaux sont tirés et Ed pionce. Je consulte l'heure sur la grande horloge : quinze heures passées de quelques minutes.

— Ed ? je murmure en m'asseyant sur le lit. Tout va bien, ne te lève surtout pas. Ce n'est que moi, qui ai risqué ma peau pour sauver tes fesses. Ohé ? Ohé ? Ed ? ED ! Je viens de faire des milliers de kilomètres pour toi !

— Tiffany ?

Il se retourne sous sa couverture en cachemire douce comme un carlin, me jette un coup d'œil en se frottant les paupières puis se redresse contre les oreillers en poussant un cri. On dirait qu'il a vu un fantôme.

— Siobhán ? dit-il enfin.

— Exact. Tu te souviens de moi ?

— Bien sûr, oui.

— Tant mieux. (Il me doit une fière chandelle.) Contente que tu te rappelles mon nom.

Cette repartie aurait eu plus d'impact si je n'avais pas commencé à perdre ma voix. Je coasse comme une grenouille. En plus de ça, j'ai mal à la gorge. C'est d'avoir trop chanté, et d'être restée si longtemps dans la mer. J'ai probablement des polypes sur les cordes vocales (comme Adele). Il va sans doute falloir m'opérer.

J'allume une lampe. Ed est aveuglé par la lumière.

— Dis donc, qu'est-ce qui t'est arrivé, à toi ? je demande, même si la réponse paraît évidente.

Une bouteille de Johnnie Walker gît sur la table de chevet. Vide. Ed ne s'est visiblement pas rasé depuis mon départ, et un chaume grignote ses joues à la façon d'une mauvaise maladie de peau. Il a des valises rouges sous les yeux. Pour la première fois, il fait son âge.

Il me foudroie du regard.

— Quoi ?

— Ça fait des jours que tu ne donnes aucune nouvelle, grommelle-t-il. J'étais mort d'inquiétude. Je ne savais pas ce qui se passait.

Il affiche une mine vexée.

— Oui, eh bien, j'étais pas mal occupée. J'avais ce boulot à faire, là, ça te parle ? Et je ne pouvais pas rentrer en avion. Il a fallu que je prenne le car.

— Moins fort ! siffle-t-il en vérifiant que la porte est bien fermée.

En fait, ce n'est pas tout à fait la vérité. Enfin, c'est vrai que j'ai pris le car. C'était horrible, d'ailleurs, maintenant que je suis habituée aux jets privés. Mais j'ai aussi décidé de m'offrir du bon temps. Des petites vacances.

Après m'être débarrassée de Tiff et avoir découvert un moyen de gagner du fric, j'ai fait un peu de tourisme et je me suis gavée de glaces italiennes. Par « tourisme », bien sûr, je veux dire que j'ai visité quelques Italiens. Silvio (dix sur dix) a été le premier. Ensuite, il y a eu Giancarlo (dans un parc, sept sur dix), Gianfranco (dans une Fiat, huit sur dix) et Gianni Bello (sous un pont, neuf sur dix). J'avais bien droit à un jour de congé, non ?

On a tous besoin de repos de temps en temps. J'avais bossé très dur. C'était une opération difficile. Sans compter le deuil que je vivais, auquel j'ai fait face en me réfugiant dans la nourriture. Et puis les décès boostent toujours ma libido. C'est dans la nature humaine.

J'attrape la télécommande et la pointe vers la chaîne hi-fi. Je veux mettre un bruit de fond pour pouvoir discuter plus librement. Je n'ai pas envie que des employés entendent ce que je m'apprête à raconter ; aussi bien Fifi que cet emmerdeur de majordome. J'appuie sur quelques boutons et « Dancing Queen » d'ABBA nous explose aux tympans.

— Mais c'est quoi, cette musique ?

Ed hausse les épaules.

— Un best of d'ABBA.

Je passe au titre suivant, et « Gimme ! Gimme ! Gimme ! » retentit à fond la caisse.

— J'essayais de me remonter le moral, se justifie-t-il.

Je lève les yeux au ciel. Morceau suivant. « The winner takes it all ». C'est ABBA, ça ? Intéressant.

C'est alors que me revient en mémoire le point numéro cinq de mon projet Basecamp : séduire Ed. *Allez, Alvie, réfléchis !* Je dois me transformer en Tiffany 2.0 pour avoir une chance de le conquérir. Il faut que je sois ultra sexy. Et mystique, aussi.

Mais d'abord, je dois absolument boire un truc.

— Ed, est-ce que tu pourrais appeler en bas pour qu'on me prépare une tisane ? *Please*, mon chou.

Il pousse un soupir et décroche le téléphone.

— Fifi ? Une tisane dans ma chambre, s'il vous plaît. (Il repose le combiné, puis me demande en se rongeant les ongles :) Donc, est-ce que… est-ce que c'est fait ?

Je me redresse et gonfle le buste.

— Je préférerais un : « Bonjour, Siobhán, tu es resplendissante. Merci infiniment de t'être cassé le cul à trimballer le cadavre de ma femme jusqu'à Venise. »

Il ouvre la bouche, choqué.

— Je suis désolé, dit-il. Ça va de soi que tu es resplendissante.

— Je sais. J'ai pris le soleil en Italie. Ça a fait ressortir mes taches de rousseur.

— Ton haut… il est neuf ?

— Oui ! Mignon, non ? Il te plaît ? Je l'ai acheté à Venise.

Je le contemple en caressant le tissu. C'est un tee-shirt en coton ITALIA, bleu avec le drapeau italien dessus.

— J'ai le même pour toi.

Je farfouille dans un sac en plastique et en extirpe mon cadeau.

— Je te l'ai pris en M.

Ed se borne à le fixer du regard, sans dire « merci » ni même « il est beau » ou « j'aurais été plus à l'aise dans un L ».

Je le balance sur la table de chevet. *Quelle ingratitude !* On ne m'y reprendra plus. Moi qui trouvais ça sympa de lui rapporter un souvenir…

— Et ce n'est pas tout ! j'annonce.

Je lui présente deux masques vénitiens décorés de fabuleuses plumes roses et recouverts de minuscules strass. J'en essaie un, nouant le ruban derrière ma tête. Ed ne manifeste toujours aucune réaction. Comment peut-il ne pas les adorer ?

Je lui attache le sien moi-même.

— Voilà ! Tu es superbe, chéri ! Un petit sourire ?

Je le prends en photo avec son téléphone. Clic ! Je lui montre le résultat. Il ressemble à un croisement entre un oiseau de paradis et David Bowie.

— Alors… c'est fait ? demande-t-il à nouveau tandis que résonnent les premières notes de « Waterloo ».

Il enlève son masque et me le rend. Il paraît au bord des larmes. Il se mord la lèvre, l'air angoissé.

J'éprouve une sorte de pincement au cœur. *Ne te laisse pas attendrir, Alvie. Ne laisse pas les émotions t'envahir. Tu es forte. Forte comme un bœuf.*

— Oui, c'est fait. T'inquiète pas, Ed. Tout s'est passé comme sur des roulettes. Tiff est au fond d'un canal. Nous devons tourner la page. (Je lui presse la main.) C'est difficile pour moi aussi.

Bon sang, l'ambiance devient morbide.

Je plonge les doigts dans mon sac et j'en sors une petite figurine. C'est une gondole en modèle réduit, avec son gondolier en marinière rouge et blanc.

— J'imagine que tu ne veux pas de ça non plus ? J'ai hésité avec une boule à neige.

Ed ne répond rien.

J'étudie le bonhomme miniature. Il a des airs de Giancarlo… ou était-ce Gianfranco ? Peu importe. Je l'envoie rejoindre le tee-shirt sur la table de chevet, retire mon masque et lui fais suivre le même chemin.

J'observe Ed. Les yeux rivés sur ses mains, il joue avec son alliance. J'ai le moral dans les chaussettes tout d'un coup. C'était censé être mon heure de gloire. Mon retour en fanfare. Un moment de joie. Mais Ed n'est pas aussi heureux de me voir que je l'espérais. Je me sens vide, et pas très emballée par la suite de mon plan.

— Ed, où est ma bague ?

Il n'a pas intérêt à l'avoir perdue.

Il ouvre le tiroir de sa table de chevet et me la rend.

Pfiou ! Je la remets aussitôt. *Ça va mieux.* J'avais l'impression d'être nue sans elle. Je remue l'annulaire. J'avoue que je préférais quand même les diamants de Tiffany.

Je me penche vers Ed et le renifle. Est-ce qu'il s'est douché au moins ?

— Je ne suis presque pas sorti du lit, dit-il comme s'il lisait dans mes pensées. Je me faisais un sang d'encre. Jacinda n'a pas arrêté de me harceler, de me poser des questions sur Tiffany. Et mes investisseurs qui appellent à tout bout de champ. Je ne suis pas en état de leur parler. Je n'ai quasiment pas fermé l'œil.

Tu n'avais qu'à pas assassiner ta femme.

— Tu dormais, pourtant, quand je suis arrivée.

En tout cas, il a dormi plus que moi qui courais partout en Italie, escaladais des gouttières et manquais de crever noyée dans la mer.

— Comment tu as occupé ton temps ?

— J'ai regardé des films, j'ai bu…

Il pue la sueur de plusieurs personnes combinées. C'est immonde.

Je descends du lit et traverse la pièce droit sur mon objectif : les rideaux. Il faut vraiment qu'il se ressaisisse. Il va finir par me faire déprimer. Maintenant que la lumière pénètre dans la pièce, deuxième mission : j'aère.

J'inspire profondément. *Voilà qui est mieux.*

Ed se met enfin debout. Il est totalement nu.

— Waouh !

J'avoue que je ne m'attendais pas à ça. Il me prend par surprise. Je lorgne ses impressionnants bijoux de famille. Son pénis est un peu plus long que la moyenne, presque imperceptiblement incliné vers la droite. L'un de ses testicules est un centimètre plus bas que l'autre. J'estime qu'en pleine érection, on doit atteindre les dix-neuf centimètres et demi.

— Quels films tu as regardés ? *Jason Bourne* ?

— *Brokeback Mountain*, *Philadephia*…

— J'en ai vu aucun des deux. Ils t'ont un peu reboosté ?

— Non.
— Tu comptes rester planté là, à poil ?
— J'allais me doucher.
— Non, non, pas tout de suite. Viens ici.
Je lui attrape les mains et le force à se rasseoir. Il se laisse faire. Sa peau est douce comme si, de toute sa vie, il n'avait jamais rien fait de ses dix doigts.
Il a l'air très inquiet, mais je n'ai pas prévu de l'agresser.
— D'abord, tu vas appeler le Danieli et demander à parler à Tiffany. Quand on te répondra qu'elle n'est pas là, tu contacteras la police. Tu seras dans tous tes états, tu diras que ton épouse a disparu. La dernière fois que tu l'as vue, c'est le jour de son départ pour Venise.
On frappe à la porte.
— Les flics ? s'alarme Ed, le visage blême.
— Ma tisane, plutôt.
— Ah oui.
Je vais ouvrir.
— Bonjour, Siobhán, dit Fifi en souriant, portant une tasse sur un plateau d'argent.
— Salut, Fifi. Ça va ?
— J'ai trouvé le chien dans la cave, me chuchote-t-elle à l'oreille.
Merde ! Je l'avais oublié, celui-là. Il a de la chance d'être encore en vie.
— Je l'ai entendu aboyer et gratter contre le battant. Alors je l'ai libéré.
— Quoi ? Il ne fallait pas ! Où est-ce qu'il est maintenant ?
— Dans ses appartements. Je suis vraiment désolée. J'ai pensé qu'il avait peut-être faim, ou soif, ou... ou... ou... ou...
Je secoue la tête. Vite, inventons une explication. Je suis sa nounou, après tout.

— C'était très important pour son éducation qu'il reste dans la cave. Je vais être obligée de tout reprendre à zéro.

— Oh, je suis navrée.

— Bon, j'irai le chercher tout à l'heure. J'espère pouvoir rattraper le coup. C'est très difficile d'inculquer de nouvelles habitudes à un vieux chien.

— Je croyais que c'était un chiot ?

Je lui décoche un regard glacial et aspire une gorgée de tisane sans la lâcher des yeux.

L'eau chaude me crame la bouche. Je lis l'étiquette : curcuma. Le genre de saloperie que buvait Tiff. C'est infect. Pouah ! Je la recrache et repose violemment la tasse sur sa soucoupe, manquant de briser la porcelaine fine. Je remets le tout sur le plateau, ferme la porte et réintègre la chambre.

— Vas-y, appelle, j'ordonne à Ed en me rasseyant sur le lit.

— Tu ne pourrais pas t'en charger, s'il te plaît ? Je suis en mille morceaux. Je dirai sûrement une bêtise.

Oh, putain ! Il est sérieux, là ? Pourquoi faut-il que ce soit moi qui fasse tout ? Je suis la seule à bosser ici. Ed est un gros fainéant, voilà son problème. C'est un esprit faible. Le simple fait d'avoir tué son épouse (à ce qu'il croit) suffit à l'anéantir.

Je prends son téléphone et dégotte dans Google le numéro de l'hôtel. Après quelques sonneries, une femme décroche.

— Hôtel Danieli, *pronto* ?

— À toi de jouer ! je chuchote à Ed en lui refilant le portable.

— A… A… Allô ? Puis-je parler à Tiffany Forbes ? C'est de la part de son mari, Ed.

De mon côté, il vaudrait mieux que j'aille m'occuper du chien. Officiellement, je suis toujours sa nounou. Et puisque Tiff n'est plus là, c'est désormais à moi de veiller sur lui.

Je m'introduis dans ses appartements. Il est en train de roupiller dans son panier. Trop mignon ! Il se réveille en m'entendant débarquer. Il bondit sur ses pattes et se met à aboyer. Je me penche pour le caresser. Il me lèche le visage et les mains. J'éclate de rire.

— Holà, du calme. Au pied !

Qu'est-ce qui lui arrive ? Lui aurais-je manqué ?

Le chiot tourne sur lui-même, courant après sa queue. Il aboie encore plusieurs fois, puis revient vers moi à toute allure et me donne des coups de langue partout. Il est visiblement très content de me voir.

— Salut, Bébé.

Je caresse sa petite tête. J'essuie mes mains pleines de bave et grattouille son ventre poilu.

Jamais personne, humain ou autre, ne m'a accueillie avec autant de joie.

Je le prends dans mes bras. Il sent le chien.

— On va se promener ?

Mardi 16 août, 8 heures

— Ed, les flics sont là.

Je fourre un chewing-gum dans ma bouche et mâche comme si ma vie en dépendait.

— Merde ! lâche Ed, arpentant la chambre de long en large.

Je regarde par la vitre la voiture de police qui vient de freiner devant le portail.

Le carlin saute du lit et tourne en rond en aboyant. Il n'aime pas la flicaille, j'ai l'impression. Je ne suis donc pas la seule.

Je me planque derrière les stores pour ne rien louper. Je déteste les poulets, et ils me le rendent bien. La rencontre s'annonce pénible.

Ed les a appelés pour les avertir de la disparition de Tiff (je l'ai obligé). Nous n'avions pas le choix, il fallait le faire. C'était la ligne de conduite la plus logique. Du coup, ils viennent lui poser quelques questions. Mais même si nous les attendions, je ne peux pas m'empêcher de paniquer. Je suis tendue comme un arc. Il est crucial que je garde le contrôle de la situation.

— Tout va bien, reste cool, dis-je, soufflant une énorme bulle et la faisant éclater. Je gère. Cale-toi sur moi, tu t'en sortiras à merveille.

Planté devant le bar à l'autre bout de la pièce, Ed s'enfile ce qui semble être une triple dose de Johnnie Walker Blue Label. Il s'essuie les lèvres d'un revers de main et me rejoint à mon poste d'observation. Nous espionnons tous les deux à la fenêtre de la chambre. James active le portail à distance et le véhicule s'engage au pas sur l'allée de gravier, puis s'arrête près de la fontaine en marbre. Deux agents en descendent. Minute… Waouh, matez-moi ça ! Même depuis le sixième et dernier étage du manoir, je vois clairement que l'un d'eux est gaulé comme un dieu. Dans le top cinq de mes uniformes masculins préférés, il y a : policier, pompier, militaire, pilote et matador (pas très courant, j'en conviens).

Je contemple, bouche bée, le flic canon approcher du bassin. D'où je suis, je distingue Kermit, mais lui, repérera-t-il l'arme du crime ? Aucune idée. J'aurais dû la détruire, l'enterrer ou la jeter à la mer. Quoique… Après tout, ce n'est qu'une grenouille en céramique.

Personne n'ira imaginer son implication dans l'assassinat le plus sanglant que cette ville ait jamais connu. Si elle s'était volatilisée, là, ça aurait éveillé les soupçons ; mais installée comme elle est, à sa place habituelle, on dirait juste une décoration ridicule, ce qu'elle est d'ailleurs.

Je suis pas sourde, gronde Kermit dans ma tête. *Ridicule toi-même !*

Ta gueule !

J'entends des pas dans le couloir. Puis quelqu'un frappe à la porte, et Ed se tourne vers moi.

Je passe les doigts dans mes cheveux avant d'aller ouvrir.

Les policiers entrent dans la chambre. Flic Canon arbore un bronzage à tomber, des lunettes aviateur à verres miroir, un pantalon scandaleusement moulant et le sourire du mec qui s'apprête à ruiner ma journée.

— Bonjour, monsieur l'agent, dis-je en secouant ma crinière comme dans une pub L'Oréal.

Je reluque dans ses lunettes miroir et aperçois mon reflet. Brrr, j'ai une mine effrayante. On dirait Regan dans *L'Exorciste*. J'ai vraiment besoin de sommeil. J'aurais même besoin de me payer un soin rajeunissant pour le visage ou autre masque de boue hors de prix dans un spa.

Il relève ses lunettes sur son crâne, révélant des yeux noirs, le genre d'yeux capables de faire fondre un glacier plus vite que le réchauffement climatique. Je pousse un soupir et le visualise sans ses vêtements... *Joli !* Dieu qu'il est sexy ! Puis je reviens à la raison : merde, j'ai commis un meurtre et le cadavre de ma victime flotte actuellement dans la lagune de Venise, ou peut-être dans le Grand Canal, suivant le sens des courants.

— Bonjour, Mr Forbes, dit Flic Canon en tendant la main. Je suis l'agent Marks.

Je les regarde se serrer la main.

— Hum hum !

Et moi, alors ? Je veux être présentée ! Pour être franche, je veux même davantage. Et que ça nécessite l'emploi de lubrifiant, de préférence.

— Et je suis l'agent Turner, déclare le flic au physique quelconque avant de serrer à son tour la main d'Ed.

Je contemple rêveusement l'agent Marks.

Ed s'éclaircit la gorge.

— Bonjour. Euh… Voici Siobhán, la nounou de notre chien. C'est une amie de Tiff.

— Ciao, dis-je en soufflant une bulle de mon chewing-gum à la fraise en fixant Flic Canon.

Quand la bulle atteint la dimension de ma tête, elle éclate et je la remets sensuellement dans ma bouche. *Mais enfin, Alvie, arrête de l'allumer ! Concentre-toi. Sois professionnelle. C'est un moment extrêmement critique. Maîtrise un peu ta chatte.*

Je leur serre la main à tous les deux, mais je presse très, très fort celle de l'agent Marks et je vois ses yeux s'agrandir.

— Mr Forbes, asseyez-vous, s'il vous plaît.

— Pourquoi ? Il y a un problème ? Il est arrivé quelque chose à ma femme ?

Flic Canon se concerte en silence avec Flic Quelconque.

Je lève le pouce vers Ed.

— Asseyez-vous, je vous prie, Mr Forbes.

Ed pose ses fesses sur le lit.

— Je suis désolé, mais nous vous apportons de mauvaises nouvelles.

— Non, gémit Ed. Non, non…

Il se débrouille très bien.

— Nous avons le regret de vous informer que… la moitié d'un corps que nous pensons être celui de votre épouse a été retrouvée à Venise, annonce Flic Canon, l'air attristé et pourtant sexy.

— Seigneur ! Vous voulez dire que… Tiffany est morte ?

— Sous réserve des résultats de l'identification, nous le croyons, oui. Je suis navré, monsieur. Toutes mes condoléances.

Ed plonge le visage dans ses paumes.

Je mâchonne mon chewing-gum, la mine chagrine.

Le chiot saute de mes bras alors que je venais de le prendre, s'assoit par terre et entreprend de se lécher les burnes.

Mon regard tombe sur la gondole miniature échouée sur la table de chevet. Laissant échapper un couinement, je fonce dessus et la planque en vitesse dans un tiroir. *Putain !* J'ai eu chaud ! Dans le genre compromettant ! Heureusement que je suis futée. Et rapide…

— Une enquête pour homicide a été ouverte.

— Oh, mon Dieu, se lamente Ed. Pauvre Tiff.

— Il y avait des traces de lutte dans sa chambre d'hôtel. Dans un premier temps, nous espérons être en mesure d'établir une correspondance entre le cadavre et le dossier dentaire de votre femme. Son dentiste a été contacté et les médecins légistes procèdent en ce moment même à des analyses.

— Merde ! je lâche. Euh, je veux dire, quel malheur… Tiffany avait des dents sublimes.

— Mr Forbes, poursuit Flic Canon, pourriez-vous, s'il vous plaît, avoir la gentillesse d'identifier une valise ? Il faudrait que vous confirmiez qu'il s'agit bien de celle de votre épouse ?

— Oui, bien sûr, répond Ed, hébété.

Flic Canon sort une photo et la lui montre : une valise Louis Vuitton en cuir marron clair. Détrempée, elle trône sur une table en métal dans ce que je suppose être le commissariat de Venise.

— Oui, c'est la sienne. Elle utilisait toujours ces valises pour voyager, ce sont – enfin, c'étaient – ses préférées. (Il parle lentement, d'une voix chevrotante.) Du moins, elle ressemble à la sienne.

Flic Canon hoche la tête.

— Nous avons pu prélever des empreintes sur la poignée.

Je m'étrangle avec mon chewing-gum et me mets à tousser. Il jaillit de ma bouche avant d'atterrir sur le tapis. Oups. Pourvu que personne n'ait remarqué !

— Comment ça, des empreintes ? je demande à l'agent Marks.

Forcément, il fallait que ce soit celle-là qu'ils retrouvent. La poisse ! Tout ça parce que j'ai oublié d'emporter mon leprechaun.

Flic Canon consulte l'agent Turner avant de se tourner vers moi.

— Vous savez ce que sont les empreintes digitales ?

Il prend soin de bien détacher les mots comme s'il essayait d'expliquer la physique quantique à un môme. En temps ordinaire, je hurlerais au mansplaining, mais là je joue l'innocente :

— Je ne connais pas grand-chose aux... techniques des forces de l'ordre.

Je danse d'un pied sur l'autre, le nez baissé. J'examine mon chewing-gum. On dirait un peu des intestins miniatures. Le chien s'en approche, le renifle et le gobe.

— La police italienne a relevé plusieurs empreintes. Nous pensons qu'elles appartiennent soit à Mrs Forbes, soit au meurtrier.

Je jette un regard à Ed.

— Ah, d'accord, je vois. Ce genre d'empreintes là...

J'aurais dû essuyer la valise. Je n'arrive pas à croire que je l'ai balancée à la flotte sans détruire les indices avant. Certes, c'était un accident, mais c'est surtout une erreur de débutante.

— Si vous le voulez bien, Mr Forbes, nous aimerions avoir accès à un ou deux objets personnels de votre épouse pour effectuer une comparaison. Habituellement, nous nous serions servis de son corps, mais hélas… la peau de ses doigts a subi d'importants dommages.

Je sais, monsieur le génie, c'était moi. Toujours deux longueurs d'avance. Je déballe un autre chewing-gum et l'enfourne.

Comme Ed ne répond pas, je lui flanque un coup de pied dans le tibia.

— Ed ? Monsieur l'agent t'a posé une question.

— Naturellement, allez-y, dit-il.

Flic Quelconque enfile une paire de gants puis se dirige vers la coiffeuse de Tiffany. Il s'empare de sa brosse à cheveux.

— Est-ce que ceci lui appartenait ?

— Oui, confirme Ed.

— Et ceci ? demande-t-il en ramassant un flacon de parfum : Decadence de Marc Jacobs.

— Bon sang, vous imaginez que c'est le mien, peut-être ? s'emporte Ed, se levant d'un bond et tapant du poing sur la table de chevet.

Tout le monde le fixe.

— Excusez-moi, dit-il. C'est juste… le choc.

Je lui souris depuis l'autre bout de la pièce. « Très bien », j'articule en silence. « Continue comme ça. » J'ai l'impression d'être une réalisatrice de cinéma, style Sofia Coppola.

— Nous aurons aussi besoin de l'emploi du temps détaillé de Mrs Forbes : les endroits où elle s'est rendue et les personnes qu'elle a rencontrées ces deux dernières semaines.

Ed avale sa salive.

— Très bien, je solliciterai son assistante pour qu'elle vous transmette ça par e-mail.

— Euh... Ed, il me semble que Tiff l'a renvoyée, je glisse.

— Quoi ? Qui ça ? Jacinda ?

— Jemima.

— Jacinda ?

— Elle s'appelait comme ça ? La fille qui traînait tout le temps ici ?

— L'assistante de Tiffany.

— Oui, elle. Je suis quasi sûre qu'elle s'est fait virer... parce qu'elle était trop énervante.

— Je vous transmettrai ça moi-même, se corrige Ed, tripotant son iPhone.

Je focalise mon attention sur l'agent Marks pendant que son collègue collecte les empreintes digitales, saupoudrant la brosse et le flacon de parfum d'une fine poudre noire.

— Voilà, voilà..., fais-je en entortillant une mèche de cheveux autour de mon doigt telle une pom-pom girl en chaleur un soir de bal de promo.

Flic Canon, lui, détaille mon visage. Je m'attends à ce qu'il me sorte un truc du genre : « Vous êtes très belle. » Au lieu de quoi il s'exclame :

— Mais je vous reconnais, vous ! Turner, venez un instant, s'il vous plaît.

Je déglutis péniblement. J'ai peur de l'entendre dire : « On vous a vue sur une vidéo en train de faire une imitation sensationnelle de Taylor Swift à Venise. » Mais non :

— Nous avons visionné le dernier film publié par Mrs Forbes sur son vlog afin de découvrir d'éventuels indices sur les circonstances de sa disparition.

— Ah, vraiment ?

— Oui. Et si je ne m'abuse, la femme qui l'accompagne sur ce film, c'est vous.

Je suis tentée de le nier, mais ça ne servirait à rien. Il se souvient clairement de moi ; il a eu un coup de foudre. Ce doit être grâce à mes fabuleuses pommettes.

— Oui, oui, c'est moi. Elle tenait à ce que je sois présente. Je suis très douée en qi gong, vous comprenez.

Flic Canon et Turner échangent un regard.

— Quel est votre nom, déjà ?

La poisse. Ne me dites pas qu'il va le noter…

— Siobhán Faelan, je réponds avec mon meilleur accent irlandais.

Flic Canon prend note.

— S-I-O-B-H-Á-N ?

— Oui, c'est ça. (Enfin je crois.)

— Et comment s'écrit « Faelan » ?

Ah, merde ! Aucune idée. Il faudrait que je consulte mon passeport. Je vais devoir épeler au pif. Si besoin, je l'accuserai de s'être trompé. On verra.

— F-E-E-L-A-E-A-N.

Il fronce les sourcils.

— Merci, Mr Forbes, conclut l'agent Turner. Nous avons tout ce qu'il nous faut. Ce n'est pas la peine de nous raccompagner.

— Bien, dit Ed. Je vous remercie… pour tout.

Flic Canon fouille dans son portefeuille et en tire une carte de visite, qu'il me donne. Je lis son nom complet : Anthony Marks.

— Appelez-moi.

Je fixe le petit rectangle. Pour un rencard, il veut dire ?

Il en remet également une à Ed.

— Au cas où vous auriez une information qui pourrait faire avancer l'enquête.

— Oui, bien sûr. Comptez sur nous.

Les deux policiers repartent. En sortant, Flic Canon accroche mon regard. Je secoue la tête et baisse les yeux, ne les relevant que pour admirer son cul en acier alors qu'il s'éloigne. Oh, ces sacrifices que je fais !

Je pivote vers Ed, les dents serrées.

— Tu t'es comporté en coupable !

— Et toi, alors ? Tu lui faisais du gringue !

— Ed, mon chéri, ça faisait partie de mon plan. (Bien rattrapé. *Joli prétexte, Alvie.*) C'était pour détourner son attention, pour brouiller les pistes. Il fallait que je fasse quelque chose, tu étais muet comme une carpe. Je te dis ça en toute amitié, mais c'était extrêmement suspect.

Ed se remet à aller et venir dans la chambre.

— Je vais devoir engager un avocat. Il faudra que je soigne ma communication pour tâcher de noyer le poisson. Oh, misère ! Au fait, les empreintes sur la valise, ce sont les tiennes ?

Mon sang se glace dans mes veines. Je me pétrifie, les yeux dans le vague.

— Siobhán ? Ça va ? Tu es un peu pâle.

— Ça va, oui. J'ai mes règles, j'ai perdu beaucoup de sang.

Oh non, ces maudites empreintes ! J'avais espéré qu'on ne les découvrirait pas. C'est la merde. Ça pourrait causer ma perte.

— Ed, Ed !

— Mr Forbes ?

Des voix s'élèvent dehors. Je cours à la fenêtre. Dans la rue, il y a des tas de voitures garées le long du trottoir et cinq ou six journalistes munis de caméras qui s'égosillent derrière le portail.

La sonnerie du portable d'Ed retentit. Le chien gronde après le téléphone.

— Allô ?

Son visage se crispe, il couvre le micro avec sa main et me chuchote :

— C'est le *Sun*.

— Dis : « Pas de commentaires » et raccroche !

Il soupire.

— Oui, je viens de l'apprendre. Les mauvaises nouvelles vont vite. Évidemment que je suis bouleversé. Je rédigerai un communiqué de presse dès que possible.

Un mois plus tard
Samedi 10 septembre, 13 heures
Chelsea Old Church, Chelsea, Londres

Après avoir collé ma paire de faux cils, je sors en courant de la maison. Nous partons à l'enterrement de Tiffany. Ça a pris une éternité de l'organiser, avec l'enquête qui ralentissait tout. La seconde valise n'a pas encore été retrouvée. Nous ne disposons que de la moitié de son cadavre, mais c'est la moitié qui comprend la tête et il paraît que c'est suffisant pour la déclarer morte au regard de la loi. Il nous aura fallu plusieurs semaines pour récupérer son corps. L'autopsie et l'enquête judiciaire ont eu lieu à Venise. Ed a dû faire le déplacement, ça va de soi. Je suis restée au manoir avec le chien. On lui a demandé la permission d'examiner tous les organes de Tiff, et il a accepté. Je lui avais conseillé de refuser en invoquant de quelconques motifs spirituels, mais il a dit que c'était une mauvaise idée. Qu'il aurait l'air coupable s'il ne coopérait pas, que ça éveillerait les soupçons.

Le rapport rendu par le médecin légiste nous a réservé de grosses surprises. D'après lui, le décès aurait été provoqué par un coup au crâne, ce en quoi il se trompe. C'est le sectionnement de la jugulaire qui l'a achevée. Mais j'imagine qu'après le passage de la tronçonneuse, c'était difficile à voir. Heureusement, les experts ont eu un peu de mal à estimer l'instant exact du meurtre (heureusement pour Ed, j'entends). La marge d'erreur est en général de deux ou trois heures ; ils ne peuvent pas être plus précis. Ils prennent en considération un certain nombre de facteurs : rigidité cadavérique, lividités cadavériques, degré de putréfaction, contenu de l'estomac, étude des insectes, aspect de la cornée… Mais cette fois, ils sont loin du compte. Les amateurs ! Selon eux, le crime remonte au 12 août, en début de soirée : c'est le moment où j'arrivais à l'hôtel, et elle n'était plus de ce monde depuis un paquet d'heures déjà.

— Tu ne vas pas porter ça ! s'exclame Ed quand Bébé et moi le rejoignons à l'arrière de la Rolls.

— Pourquoi ? Qu'est-ce qui ne va pas ?

Je contemple ma tenue.

J'ai acheté cette superbe robe Versace vintage avec mon salaire, versé par les Forbes. Une robe dos-nu de toutes les couleurs de l'arc-en-ciel, agrémentée de découpes stratégiques. Ed est vêtu d'un costume noir avec un nœud papillon noir et une pochette blanche.

— Tout le monde sera en noir.

— Ouais, et Tiff détesterait ça.

Il secoue la tête.

— Chelsea Old Church, indique-t-il au chauffeur.

— On devrait célébrer sa vie, pas pleurer sa mort.

— Je sais, mais ça paraît irrespectueux.

— Pff ! C'est très respectueux au contraire. Tiffany était une fashionista, et cette robe me va à ravir.

Il me lance un regard que je ne décrypte pas bien.

— Quoi ? Ose me dire que je ne suis pas sublime !

— Bon, c'est vrai, tu es sublime. Et ça va très bien avec ces chaussures.

J'ai accordé la robe Versace avec une paire de baskets en daim décorées de motifs en cristaux scintillants. Ed a raison, elles en jettent.

Je me prélasse sur la banquette, enfoncée dans le revêtement en cuir. J'adore rouler dans la Rolls. Ça me donne l'impression d'avoir réussi. Ce qui est le cas. Quasiment, du moins. Il reste quelques détails à peaufiner. Les dernières touches à apporter. Ça ne prendra pas longtemps. L'étape suivante de mon projet Basecamp est de séduire Ed. Sitôt que nous aurons enterré Tiff, je m'attellerai à le rendre fou de moi. Je le ferrerai comme un poisson au bout de ma ligne. Nous serons mariés en deux temps trois mouvements. J'ai fait ça des millions de fois.

Je lui souris. Il m'observe sans toutefois me rendre la pareille. Oh oui, sa fortune m'appartient presque. J'en sens pratiquement la saveur. Je n'ai plus qu'à décider de quelle façon je la dépenserai. Déjà un meurtre accompli sur deux. Cette opération représente la chance de ma vie, et je n'ai pas l'intention de la laisser passer.

Ed s'est tourné vers sa vitre. J'ai soudain comme un doute. Et s'il ne voulait pas de moi ? Et si c'était moi qui ne voulais pas de lui ? Il est riche et séduisant, d'accord, mais je ne suis pas sûre qu'il me plaise. *Allons, Alvie, reprends-toi !* Ça fait simplement bizarre de coucher avec le mari de sa meilleure amie, mais c'est surmontable.

Je pourrais partir m'installer à Val-d'Isère. Dégotter une petite maison dans les montagnes. J'ai développé une passion pour mon chalet suisse, et j'ai toujours rêvé d'apprendre à skier. Beth a eu droit à des leçons, elle, forcément. Elle allait tous les ans en Suisse prendre des cours particuliers, mais pas moi ; non, pas Alvie. Il n'y avait pas de pentes enneigées dans la campagne du Gloucestershire. Il y avait une pente nue, et en cas de chute, bonjour les écorchures !

Nous traversons le quartier de Hampstead en direction du cœur de Londres. Ed ne décroche toujours pas de la vitre. Alors que nous sommes presque arrivés à Chelsea, mon estomac se met à gargouiller. Oh non, pas maintenant ! Et pourtant, il faut que je mange. Je glisse un regard en coin à Ed. Ça ne le dérangera pas, si ? Ce sera l'affaire d'une seconde.

— Ed, on peut s'arrêter ? Je meurs de faim. Je vais acheter un truc à grignoter dans la supérette, là.

Le chauffeur écrase le frein, et Bébé et moi sautons de la Rolls.

Ed plisse le front.

— Vraiment ? Tout de suite ? On va être en retard à l'enterrement !

— Oui, mais quand j'ai les crocs, je suis de mauvais poil.

Je claque la portière après lui avoir soufflé un baiser. Qu'est-ce que je vais choisir ? Il faut vraiment que j'avale quelque chose, je me sens faiblarde.

Je pénètre dans la supérette et étudie les rayonnages. Billes soufflées au fromage ? Pringles ? Chips ? J'opte pour du pop-corn au caramel. Après avoir payé, je réintègre la voiture et ouvre l'énorme sachet.

— Tu en veux ?

Ed secoue la tête, fixant des yeux l'emballage format familial. Il a l'air morose, et nous parcourons le reste du trajet en silence.

Il va faire la gueule toute la journée comme ça ? Après tout, il n'avait qu'à y réfléchir à deux fois avant de tuer Tiffany...

Mes pop-corn terminés, j'époussette les miettes sur ma robe et retire les bouts coincés entre mes dents. Je regrette de ne pas avoir de cure-dents. Le chauffeur se range devant l'entrée principale de l'église. Le corbillard est déjà là, avec le directeur des pompes funèbres coiffé de son chapeau haut de forme. Le moindre centimètre carré de trottoir est recouvert de cartes et de fleurs : lys, roses, chrysanthèmes, glaïeuls, œillets. Il y a des affiches « ON T'AIME, TIFF » et « RIP TIFFANY », des ballons en forme de cœur, d'ange ou de licorne. Une foule de fans éplorés est attroupée le long de la rue. Ils ont dû lire la nouvelle sur Twitter. C'est là que je m'informe, moi aussi. Si ce n'est pas dans les tendances, ça n'existe pas. Actuellement, #TIFFESTMORTE se place en cinquième position, et #MORTDETIFF en neuvième. Elton John a même écrit une chanson. Quand nous sortons de la Rolls, des dizaines de paparazzi se bousculent pour mieux voir. Les flashs fusent. Les appareils photo crépitent à tout-va.

— Ed ? Ed ? appellent les journalistes. Avez-vous tué votre femme ?

— Bien sûr que non ! je rétorque en riant.

Ed devient blême.

— C'est toujours le mari le coupable, non ? crie une fille munie d'une pancarte.

— Pas du tout. Vous n'y connaissez rien. Vous en faites quoi, de *Gone Girl*, par exemple ?

Un article un brin provocateur est paru à la une du *Sun*. C'était quoi, déjà, le titre ? « LE MILLIARDAIRE ED FORBES SOUPÇONNÉ DU MEURTRE DE SON ÉPOUSE

TIFFANY », un truc du genre. J'ai oublié les mots exacts, mais c'est l'idée.

Bébé montre les dents aux gratte-papier et aux fans.

— Allez, viens, Ed, dis-je en l'entourant du bras, nous frayant un passage vers l'église. Tout va bien, je suis là.

Je lui presse la main. C'est un moment très tendre entre lui et moi.

Un type de la BBC fourre un micro sous son nez et se penche vers lui, suivi de son cameraman.

— CASSEZ-VOUS ! je rugis. FOUTEZ-LUI LA PAIX, VOUS M'ENTENDEZ !

— Pas de grossièretés, s'il vous plaît. Nous sommes en direct.

J'adresse un doigt d'honneur à la caméra.

Je pousse Ed dans l'église et referme les portes derrière moi. Les médias ne sont pas admis à l'intérieur et aucun policier n'est présent. Tant mieux, ça m'autorise à être moi-même. À me détendre. Je consulte l'heure : 14 h 10. Aïe, nous sommes en retard. Des centaines d'invités se massent sous les voûtes, le visage blafard. Ed avait raison : tout le monde est en noir. Pff, quelle tristesse !

Je ne sais pas vraiment à quoi m'attendre. C'est la première fois que j'assiste à un enterrement. (Je ne compte pas le fossé dans lequel on a enseveli ma sœur jumelle. Et quand ma mère a tué mon père, elle a planqué son corps dans l'abri de jardin. Personne ne se doutait qu'il était mort. Nous pensions tous qu'il avait pris le large. Il n'y a jamais eu de funérailles ni de veillée d'aucune sorte. Quant aux obsèques de ma grand-mère, je n'y ai malheureusement pas été conviée. La cause de son décès n'était pas claire et j'ai bizarrement été soupçonnée.)

On a disposé sur le sol des vases contenant des milliers de superbes lys blancs. L'air embaume ; ça me rappelle le parfum de Tiffany. L'organiste entame la partition de « Gone too soon » de Michael Jackson. La musique me fait un drôle d'effet au creux du ventre. À moins que ce soient mes règles qui se manifestent ?

Je talonne Ed dans l'allée centrale et nous nous asseyons au premier rang sur un banc en bois. Bébé saute à côté de moi et pose la tête sur ses pattes. James est déjà là. Il donne une accolade à Ed qui prend place près de lui, et il enlève du plat de la main une poussière imaginaire sur son épaule. Je fais pareil sur son autre épaule.

— Salut, Siobhán, ça va ? demande-t-il.

— J'ai le cœur brisé.

Tiffany disait que j'avais un cœur d'or. Je sens soudain un gros poids dans ma poitrine, comme si ce cœur était fait de plomb.

— Mais comment tu es habillée ? s'épouvante James, comme s'il me voyait seulement maintenant. On dirait une drag-queen !

— Je t'emmerde. C'est du Versace vintage. Alors que toi, on dirait que tu as acheté ton costume sur catalogue, deux tailles trop petit.

— Moi aussi, je t'emmerde, chuchote-t-il avant de se retourner vers l'entrée de l'église.

Bon sang, quel connard ! C'est quoi, son problème ?

Suivant son regard, j'aperçois six soldats vêtus d'élégants pardessus rouges et de pantalons noirs à rayures rouges qui remontent l'allée, portant un cercueil croulant sous les lys. C'est une très longue allée. Ils mettent une éternité à en atteindre le bout. Je repère le pasteur dans sa grande robe blanche recouverte d'un gilet noir. Une chaîne en argent garnie d'une croix pend à son cou. Il a l'air cool. Il a un look affirmé. Je parie qu'il a déniché son collier chez Dolce & Gabbana ; ils vendent des chapelets et des trucs dans ce goût-là. Une fois arrivés, les hommes marquent une halte près d'un grand cierge doré.

J'entends quelqu'un renifler et se moucher. J'observe Ed à la dérobée. Il se tamponne les joues avec son mouchoir, puis le range dans sa poche.

Je frissonne. Il fait frisquet ici. Il y a un courant d'air, et le fait que ma robe ait la taille d'une serviette de table n'arrange pas les choses.

— Ed, je me les gèle. Je peux t'emprunter ta veste ?

— Tu te fiches de moi ? Tu n'avais qu'à être plus prévoyante.

— Mais j'ai froid ! (J'éternue bruyamment.) J'ai attrapé un rhume à Venise, à patauger dans le Grand Canal. J'ai bien failli me noyer…

— Tais-toi, Siobhán, s'il te plaît, siffle-t-il. Tu ne vas pas parler de ça ici !

Je lui fais un clin d'œil.

— C'est vrai. Motus et bouche cousue.

Je crois que je le rends nerveux. Ses yeux semblent prêts à lui sortir de la tête, il est blanc comme un linge. Il retire sa veste et me la donne.

Le pasteur nous demande de nous lever et d'ouvrir nos livres à la page 121. Il s'y trouve un chant intitulé : « Guide-nous, Ô Christ rédempteur ». Je ne le connais pas, mais ça ne va pas m'arrêter. Je compense mon ignorance de la mélodie par le volume et l'enthousiasme. Je chante à pleins poumons, imitant Taylor. Je me donne à fond, poussant chaque mot, grimpant dans les aigus comme une pro. À la moitié du texte, Ed m'arrache le bouquin des mains, le referme et le pose sur le banc.

— Hein ? Bon, d'accord.

Je me rassois. Tant pis.

Le pasteur nous soûle ensuite avec un discours sur le paradis, puis il appelle Ed.

— Oh, tu as vu, c'est à toi !

Ed se lève, s'avance au micro, et se racle la gorge.

— Romains 8.38-9.

Pendant sa lecture, je suçote mes doigts encore collants de caramel.

Lorsqu'il revient à sa place, je lui presse le bras.

— Tu as tout déchiré, c'était mortel !

— Merci.

— Je crois que... je devrais... Je vais dire quelques mots.

Il faut que je le fasse. Ce sera gentil de ma part. Très mystique. En tant qu'amie et employée de Tiff, ça me paraît approprié.

Prenant le chien dans mes bras, je m'élance vers le micro que tient le pasteur. Il tente de résister en s'y cramponnant, mais je suis plus forte que lui.

— Salut, tout le monde, je commence en contemplant la foule.

Des dizaines de rangées de visages me renvoient mon regard. Ils observent ma tenue avec stupéfaction. Je tire sur le bas de ma robe. Elle est effectivement très courte. Je rabats le pan de la veste sur mon décolleté. C'est parfait. Tout va bien.

— Je me prénomme Siobhán et, euh... je, euh... j'aimerais juste prendre la parole une minute. Peu d'entre vous me connaissent, mais... j'étais la meilleure amie de Tiffany.

Un glapissement retentit. Je lève les yeux et aperçois Josephina qui me fixe d'un air mauvais. *Eh ouais, arrête de rêver, connasse !* Comme si c'était elle sa meilleure amie !

— Sa nouvelle meilleure amie, je rectifie. On s'est rencontrées il y a seulement quelques semaines, mais on s'entendait comme larronnes en foire.

Je souris. Personne ne sourit en retour.

James fronce les sourcils. Je sais bien qu'il est en boucle dans son cerveau : « Tu n'es que la nounou du chien. Qu'est-ce que tu racontes ? »

— Même si notre amitié a été brutalement tuée dans l'œuf, le souvenir de ces moments passés ensemble ne me quittera jamais. Jamais. Tiffany m'a tant appris ! Elle m'a appris à être mystique, à donner le meilleur de moi-même, à… Non, c'est tout, en fait. Un jour, elle m'a dit que je lui faisais penser à elle, que j'étais comme elle en plus jeune et en plus mince. Et ça m'a comblée de joie, parce qu'elle était vraiment fantastique.

Je constate avec étonnement que j'ai la voix qui tremble. Je me suis tiré une larme qui coule sur ma joue de manière très cinématographique. Je m'appuie sur le pupitre pour garder mon équilibre. Dommage que je n'aie pas de mouchoir. Un de mes faux cils est en train de se décoller.

Il y a une femme assise au premier rang qui ressemble un peu à Tiffany, avec une vingtaine d'années de plus. C'est soit sa mère, soit une sœur jumelle cachée tellement accro aux UV qu'ils lui ont ravagé la peau.

Je reste muette un instant. *Oh, mon Dieu !* Tiff était mon amie. Ma meilleure amie au monde. Et je l'ai assassinée !

— Elle disait… Elle disait qu'elle m'adorait, j'ajoute avec émotion.

Les larmes montent, le décor se brouille. Je rassemble toutes mes forces pour ne pas craquer.

Je m'essuie les yeux et récolte le faux cil dans ma main au passage. Je renifle, clignant des paupières face à l'assistance. Les gens paraissent aussi éberlués que si je leur avais offert un numéro de pole dance en tenue d'Ève sur « Stupid Hoe » de Nicki Minaj.

— J'aimerais conclure par un haïku que j'ai composé spécialement pour l'occasion. Il s'intitule : « Merci, mon Dieu, pour Tiffany ».

Merci, mon Dieu, pour
Tiffany. Elle est hélas
Unique en son genre.

Je retourne à mon banc. Il y a un grand silence. On pourrait entendre une fourmi respirer. Ed me laisse prendre sa main. Je la caresse, même. Mon hommage émouvant lui a plu, apparemment. Je n'imaginais pas que ce serait aussi bouleversant. Je crois que j'ai besoin d'un câlin. Je me souviens de la fois où Tiffany m'a serrée dans ses bras. Elle était douée pour ça. Moi qui me faisais une joie de vivre mon premier enterrement, mon moral en a pris un sale coup. J'ai le cafard, maintenant.

Quand la cérémonie s'achève enfin, la foule se dirige vers la sortie. Je localise Josephina du coin de l'œil. Elle n'a pas l'air contente. Elle fonce droit sur moi et m'attrape par le poignet.

— Aïe !

— Toi ! gronde-t-elle.

— Quoi ?

Elle a de la force, dis donc. Je me débats.

— Je ne te fais pas confiance. Tout allait bien avant que tu ne débarques.

Je réussis à me libérer, et me frictionne le poignet.

— Ça ne va pas, non ? Je vais avoir un bleu ! Je marque très facilement, c'est un problème génétique.

— Je découvrirai ce qui est arrivé à Tiff !

— C'est ça, ouais. Bonne chance. Tu me donneras le résultat de tes recherches, que j'en parle à Ed.

— Tout va bien ? interroge Ed en voyant la figure toute rouge de Jemima.

Je lui souris.

— Tout va très bien. Janina me demandait si la police avait trouvé d'autres indices dans l'enquête sur le meurtre de Tiffany.

— Euh, non, pas encore, bredouille-t-il, méfiant.

— Parce qu'elle avait un motif, elle. N'est-ce pas, ma grande ? Je crois que tu as été renvoyée le jour même de la disparition de Tiff. C'est une drôle de coïncidence, non ? Dis-moi, es-tu allée à Venise récemment ?

Son regard passe de moi à Ed, puis de nouveau à moi. Elle ouvre la bouche et, pivotant sur ses talons, décampe à toute vitesse.

À mon avis, on ne la reverra pas de sitôt. J'essaie de ne pas trop montrer ma satisfaction.

À peine débarrassée de ce parasite, la femme qui ressemble un peu à Tiff vient à ma rencontre. Je me tends. Qu'est-ce qu'elle me veut ? Elle a une expression déterminée sur le visage.

— Bonjour, Siobhán. Je suis Cher.

Je mets un temps avant de répondre.

— Cher ? Vous êtes Cher ? Oh là là, je suis une fan inconditionnelle !

Bien sûr que Cher est venue assister à l'enterrement de Tiffany ; le contraire m'aurait étonnée.

Alors que je m'apprête à m'agenouiller devant elle et à lui baiser les pieds, une hésitation me retient. J'examine plus attentivement ses traits. Le chirurgien n'y est pas allé de main morte.

— J'adore « If I could turn back time » et « I got you babe » !

J'étudie ses cheveux blonds et ses yeux turquoise.

— Non, je ne suis pas Cher ! Enfin, pas la chanteuse. Je suis la mère de Tiffany, Cher Cawdor.

— Oh ! (Je me sens soudain ridicule.) Ce genre de quiproquo doit vous arriver tout le temps.

— En fait… non.

Je baisse les yeux vers mes baskets.

Elle s'approche de moi en écartant les bras et j'ai un mouvement de recul, croyant qu'elle veut me frapper. Au lieu de quoi elle me serre contre sa poitrine. *Ah !* Elle sent bon, comme Tiffany.

— Merci, murmure-t-elle à mon oreille. C'était un très joli discours. Tiffany avait beaucoup de chance d'avoir une amie comme toi.

Elle fait un pas en arrière, et je reste plantée là, sans bouger. Ils sont très câlins dans cette famille. Tout l'inverse de la mienne. Je ne me souviens pas que ma mère ait jamais fait preuve d'autant d'attention. Les seuls contacts physiques dont elle me gratifiait, c'était des baffes, des coups, et ses mains sur mes fesses quand elle me poussait sur l'échelle menant au grenier… Cher m'adresse un sourire chaleureux. Mon ventre fait des nœuds. J'aurais vraiment dû prendre un déjeuner digne de ce nom. Un sachet de pop-corn sur un estomac vide, ce n'était finalement pas si malin que ça.

— Les amis de Tiffany sont mes amis, dit-elle. Appelle-moi si tu as besoin de quelque chose, quoi que ce soit.

Elle fait demi-tour et s'éloigne. Je me renfrogne. Pourquoi se montre-t-elle si gentille ? Et qu'est-ce qu'elle entend par « quoi que ce soit » ? Un nouvel appart ? Une Prius ? Je la regarde partir. Une petite voix me souffle de la retenir. Cette voix – qui ? Nino ? Tiff ? Beth ? – m'encourage à tout lui avouer. Elle veut que je révèle à la mère de Tiff que j'ai assassiné sa fille. *Je suis désolée, c'était moi ; pas Ed ni un fan déséquilibré.* Mais ça me paraît absurde. Ce serait de la folie.

Je me rassois à côté d'Ed, me promettant de ne jamais écouter cette voix et ses idées à la con. Nous patientons le temps que tout le monde – grosso modo deux cents personnes – sorte de l'église.

— Ed, vous venez ? intervient James.

— Accordez-moi juste une minute, répond Ed, qui se lève et se dirige vers le cercueil.

Je me lève aussi pour le suivre.

— Ce n'est pas nécessaire que tu viennes.

— On forme une équipe, tous les deux. Un tandem. Et puis je tiens à lui dire au revoir. Je l'aimais, moi aussi.

Ed pose la paume sur le couvercle. Le cercueil est fermé. C'est bizarre, je croyais pourtant que c'était la tradition de l'exposer ouvert.

— Au revoir, Tiffany, dit-il.

À mon tour. J'hésite.

— Je ne peux pas… Oh, Tiff. Oh, Tiffany !

Quelque chose en moi se brise. J'éclate en sanglots et me jette sur le cercueil pour essayer de l'entourer de mes bras, écrabouillant tous les lys.

— Tiff a été si gentille avec moi. Elle était… comme une sœur. Une sœur jumelle.

J'essuie mon nez humide sous le regard doux d'Ed. Il passe un bras autour de moi.

— Je sais, dit-il. Elle avait de l'amour à revendre. Tu souhaites rester un peu seule ? J'attendrai.

— Non, ça va. Allons-nous-en.

Reniflant, j'éponge mes larmes d'un doigt replié.

Oh, super, mon mascara a coulé.

Nous commençons à parcourir les trois cents mètres d'allée centrale qui nous séparent de la rue.

— Je t'avoue que je me sens perdu. Nous étions mariés depuis sept ans.

— Oui, moi aussi, complètement perdue, j'approuve.

Le téléphone d'Ed se met à sonner.

Je lui lance un coup d'œil réprobateur. J'ai pensé à activer le mode avion, moi.

— Un instant, il vaut mieux que je réponde.

— Là, maintenant ?

Quel manque de respect !

— Ça pourrait être le travail. Ou la police.

Je ne cache pas mon exaspération.

— Allô ? fait-il. Ah, agent Marks…

Je tends l'oreille. C'est Flic Canon !

— Ah oui, les empreintes. Bien sûr, je me souviens. Des nouvelles ?

Le sang quitte mon visage.

Je piétine sur place, scrutant l'expression d'Ed pour deviner ce que Flic Canon lui raconte.

— Vraiment ? Bon, prévenez-moi si vous avez d'autres pistes. Au revoir, et merci pour tout ce que vous faites. Merci du fond du cœur.

Il raccroche.

— Qu'est-ce qu'il a dit ?

Sa mine s'assombrit.

— Il a dit que les empreintes prélevées sur la brosse et le parfum de Tiffany correspondent à celles trouvées sur la poignée de la valise. D'après eux, ce sont donc sûrement les siennes, et la personne qui l'a tuée portait probablement des gants.

YES ! VICTOIRE ! ME VOILÀ TIRÉE D'AFFAIRE.

— Génial !

— Chut ! (Ed regarde autour de nous, mais tout va bien, l'église est vide.) Il devait y avoir tes empreintes sur le flacon et la brosse.

— Oui, je les avais utilisés. Ha ! La chance des Irlandais !

Je récite un ou deux *Ave Maria* à voix basse tandis que nous poursuivons notre chemin dans l'allée. Je prends la main d'Ed, et nous marchons côte à côte.

En sortant, nous sommes assaillis par un flot de journalistes. Je sais que je suis censée avoir l'air triste, mais je ne peux pas m'empêcher de rayonner de bonheur.

Quelques mois plus tard
Dimanche 1er janvier, 16 heures
Hampstead Heath, Londres

Ed et moi promenons le carlin dans le parc. La température est glaciale. Il neige. Nos pas creusent des trous profonds dans la poudreuse. Le paysage est tout blanc. Le chiot est vêtu de sa doudoune Canada Goose et coiffé de sa chapka. Je me blottis contre Ed pour me réchauffer. Il paraît morose. Je ne sais pas pourquoi il est si déprimé. L'effervescence causée par la mort de Tiff est retombée. Il n'est plus considéré comme suspect. Les tabloïds ont cessé de publier des articles malveillants et la police italienne cherche à mettre le meurtre sur le dos de la mafia.

— J'ai fait un massage thaïlandais à Bébé ce matin, il a adoré ça.

— Tant mieux, marmonne Ed, distrait.

— C'était son cadeau de Nouvel An.

— Hmmm.

Il ne m'écoute pas. Ça doit être son boulot. Il travaille trop. Même à Noël, il ne s'est quasiment pas accordé de moments de répit pour jouer avec le chien et moi.

Il pianote sur les minuscules touches de son BlackBerry en plissant les yeux. Qu'est-ce qu'il est vieux jeu ! Franchement, qui utilise un BlackBerry de nos jours ?

— Après ça, je l'ai emmené chez Harrods manger du caviar beluga. C'est son préféré. Il a récuré son assiette et en a redemandé.

Ed soupire et remet son téléphone dans sa poche.

— Qu'est-ce qu'il y a ? Allons, Ed. Tout le monde fait des erreurs. Arrête de t'en vouloir d'avoir tué ta femme. Elle n'aimerait pas que tu te morfondes comme ça à cause d'un seul et unique faux pas. Tu ne crois pas ?

Il ne répond pas.

— Hein ? Tu ne crois pas ? Hein ?

— Oui, tu as raison.

Je lui tapote le dos avec un sourire. Un sourire forcé. Je ferais bien de suivre mes propres conseils. Ça a été dur, ces derniers mois, de continuer à vivre dans sa maison sans elle. Entourée de ses affaires, de son chien. Ses vêtements sentent encore son odeur. *Allez, Alvie, courage. Tu te débrouilles très bien jusqu'à maintenant. C'est pour Nino que tu fais ça.*

Je repense à mon fiancé. À sa belle gueule. Ça fait un bail que je ne l'ai pas vu. Il n'est pas apparu depuis Venise, précisément. Nos conversations me manquent ; le sexe aussi. Il doit être content que je planche avec autant d'assiduité sur notre plan. Il me laisse gérer, il sait que je suis une pro. J'ai la situation en main.

— J'ai encore perdu un client, me confie Ed. Mon plus gros investisseur moscovite vient de transférer ses fonds à un concurrent. Ça ne présage rien de bon. D'autres investisseurs risquent de l'imiter s'ils n'ont plus confiance dans mes placements.

Je hoche la tête.

— Ce qui est arrivé à Tiffany, ça a nui à ton business, pas vrai ?

— Il n'y a pas que ça. (Il me regarde dans les yeux. Je vois qu'il est en proie à une lutte intérieure. Il a pris dix ans d'un coup. Le stress, sans doute.) La presse a l'air de se calmer, tout va bien de ce côté-là. Écoute, Siobhán, j'ai une idée. Je crois que ça pourrait arranger les choses. C'est... euh... Ça va peut-être te surprendre. Mais qu'est-ce que tu dirais qu'on se marie ?

Je cligne des paupières pour chasser la neige de mes cils.

— D'où tu sors cette idée ?

— Je sais que c'est un peu fou. C'est rapide, on ne se connaît pas très bien, mais pourquoi pas ? Non ? Nous sommes déjà liés par un secret, alors pourquoi pas par un serment ? Ta compagnie m'est précieuse. Je ne supporte pas d'être seul. Et tu t'occupes rudement bien du chien, Bébé t'adore. Alors, qu'est-ce que tu en penses ? Pour que la nouvelle année soit bonne...

J'en suis bouche bée.

Les rouages de mon cerveau turbinent à deux cents kilomètres-heure. J'assimile l'information. Pourquoi le milliardaire Ed Forbes me propose-t-il de l'épouser ? C'est vrai que j'ai beaucoup bûché sur mon projet de ressembler à Tiffany. Et si Ed l'aimait assez pour lui demander sa main, ça paraît logique qu'il m'apprécie aussi. Je suis devenue beaucoup plus mystique depuis quelque temps. Je me suis mise au biking, et j'ai lu plus de manuels de développement personnel qu'Oprah Winfrey. J'ai même commencé à manger du tofu (c'est parfaitement fade et insipide). Je n'imaginais juste pas que ça fonctionnerait si vite, pourtant il faut croire que j'ai réussi mon coup. En seulement une poignée de mois ! Nino avait raison depuis le départ.

Mais quand même, de là à envisager le mariage ? Sérieux ? Je suis certaine qu'il y a une autre explication. Aurait-il peur que je le fasse chanter ? N'importe quoi. Comme si j'étais capable d'une chose pareille ! N'empêche qu'il a conscience que j'en sais trop à propos des casseroles qu'il traîne, des squelettes qu'il cache dans son placard (presque au sens propre, d'ailleurs). Oui, c'est sûrement ça. Il est possible qu'il soit amoureux de moi, mais il est plus probable qu'il souhaite garder ses amis près de lui, et ses ennemis plus encore.

J'étudie son visage derrière le rideau de flocons.

— Tu veux réellement m'épouser ? Est-ce que j'ai pris du LSD à mon insu ? Parce que j'ai l'impression d'halluciner.

— Oui, pourquoi ? C'est une si mauvaise idée ?

Je le considère, clouée sur place. Oh, waouh ! Il est peut-être véritablement amoureux de moi.

— Tu viens ? lance-t-il, quelques mètres devant.

Je distingue à peine sa silhouette à travers le voile blanc.

Je me sens soudain euphorique. Suis-je en train de rêver ? Ou de tourner dans un clip vidéo ? Pour un morceau de DJ Khaled, peut-être ? Je reste plantée dans la neige, les flocons tourbillonnant autour de moi.

— Siobhán ?

Je ne bouge pas. Je suis stupéfaite. Pétrifiée au milieu du parc. Le vent glacial me transperce. Je ne m'attendais pas à ce qu'il me demande en mariage, il m'a prise au dépourvu.

— Ne t'en fais pas, Siobhán, on aura le temps d'en discuter. Rien ne nous oblige à précipiter les choses. Rentrons avant de nous transformer en glaçons. Ça vire à la tempête.

— Ed. Ed, écoute-moi ! je crie en courant vers lui. Ce n'est pas une décision à prendre à la légère. Ça ne se fait pas d'épouser de parfaites inconnues. On ne se fiance pas sur un coup de tête avec la nounou de son chien !

— Tu n'es pas une inconnue, réplique-t-il d'une voix forte pour couvrir le hurlement du vent. Tu vis chez nous depuis un bon moment déjà, et tu étais l'amie de Tiffany. Elle savait cerner les gens. Tu te sous-estimes. Tu n'es pas que la nounou du chien, tu es aussi une chef sushi talentueuse. Les sashimis que tu nous as préparés l'autre soir étaient extraordinaires.

Il n'a pas tort.

— Oui, c'est vrai, je concède.

— Je te suis reconnaissant de tout ce que tu as fait. Et j'ai besoin d'une épouse. Je ne vaux rien tout seul.

Oh là là, mon Dieu,
Putain de bordel de merde,
Je vais me marier !

TROISIÈME STASIMON

Je rêve de mon mariage depuis que j'ai douze ans. J'imaginais une cérémonie en grande pompe avec un garçon appelé Jacob Welch. J'étais folle de lui. Nous devions nous marier, lui et moi. Mais Beth a tout gâché.

Il y a quatorze ans

— Beth, je peux t'emprunter tes épaulettes ?

— Non, tu n'as qu'à t'en acheter.

— Allez, elles compléteraient trop bien mon look.

Ma sœur s'exaspère.

Nous sommes en train de nous préparer pour notre première boum du collège. J'ai mis mes sandales compensées, un survêtement jaune fluo et des boucles d'oreilles autocollantes en forme de fruits (j'en ai une paire différente pour chaque jour du mois et aujourd'hui ce sont des cerises). J'essaie de me coiffer devant le miroir, mais le résultat est abominable et une odeur de cramé s'échappe du fer à gaufrer de Beth. J'ai piqué à ma mère son rouge à lèvres et son crayon à yeux, et je me suis dessiné un long trait à la Cléopâtre sur les paupières. Je ne m'étais jamais maquillée toute seule avant, mais là c'est une occasion spéciale. Je me trouve canon, je ressemble à une chanteuse. Beth, elle, a opté pour une petite robe noire. C'est d'une banalité. Aucune fantaisie. Une Mercredi Adams version blonde. On dirait qu'elle s'est habillée pour un enterrement.

En temps normal, le jeudi soir, je zigouille des Tamagotchis, je perds à *Super Mario Bros*, *Tetris* ou *Pac-Man*, puis je passe des heures sur WordArt à créer des écriteaux « FICHEZ LE CAMP » pour les placarder sur ma porte. Mais pas aujourd'hui. Aujourd'hui, rien n'est pareil. Je suis excitée comme une puce parce que Jacob Welch sera là…

J'applique les dernières touches à mon style de la mort qui tue. Après avoir vaporisé mes cheveux, mon visage et mes bras de laque pailletée argent, je recule et m'admire dans la glace. *Parfait !* Je pourrais faire partie du groupe Aqua. Ou même être la nouvelle Gwen Stefani. À la seconde où il posera son regard sur moi, Jacob Welch tombera raide dingue. J'entends déjà résonner la marche nuptiale.

— Waouh ! fait Beth quand elle me voit. C'est… Tu es… vraiment… waouh !

— Je danserai avec Jacob ce soir. Je te parie qu'on va s'embrasser.

— Berk ! s'exclame-t-elle avec une grimace.

— Avec la langue et tout…

— Je suis sûre qu'il embrasse comme un lave-linge.

— Je suis sûre que non.

— En tout cas, moi, je n'aurais aucune envie de l'embrasser.

Je m'entraîne à rouler des pelles avec le miroir, le maculant de traînées de bave et de rouge à lèvres. Pouah, il a le goût amer et chimique du Mr Propre. Je me demande quel goût aura Jacob Welch. Je l'ai vu manger du steak haché au déjeuner, alors je suppose qu'il sentira le bœuf.

— Alvina ! gueule ma mère depuis le rez-de-chaussée. Descends tout de suite !

Je pousse un soupir. Quoi encore ? J'étais plongée dans mes rêveries, moi. Dans ma tête, embrasser Jacob Welch, c'est comme embrasser Leonardo DiCaprio dans la cabine du *Titanic* : la moiteur, la sueur, la peau nue. J'essuie le miroir avec la manche de mon gilet. La salive le brouille en s'étalant. Je glisse les doigts dessus, laissant une empreinte de main poisseuse.

— J'arrive !

Je dévale l'escalier, trébuchant à cause de mes sandales. Je dégringole les dernières marches et atterris en bas sur les fesses.

Ma mère est dans le salon, furieuse, les mains sur les hanches, les lèvres pincées.

— Tu n'iras nulle part tant que tu n'auras pas démêlé ce truc.

Elle désigne le ressort multicolore de ma sœur qui gît sur le pouf, tel un serpent arc-en-ciel écrasé par une voiture.

— Pourquoi ce serait à moi de faire ça ? Ce n'est pas moi qui l'ai emmêlé.

— Oh, tu es vraiment comme ton père ! Irresponsable. Vous mettez le bazar et vous laissez les autres ranger derrière vous. Pas de discussion, ma chère.

Oh, elle m'a appelée « ma chère ».

— Et quand je dis « ma chère », c'est une façon de parler, ajoute-t-elle.

J'attrape le ressort et m'attelle à la tâche. J'ai l'impression d'être Cendrillon. Je ne parviens pas à désentortiller ce fichu jouet, il est totalement coincé.

— C'est pas possible !

Je la déteste. Ma mère est un monstre. Je vois d'où Beth tient ça.

J'entends des pas dans l'escalier. C'est elle, justement.

— Tu es ravissante, mon ange, s'exclame maman en l'admirant. Tu vas faire des ravages !

Je fais la moue. Ma jumelle a l'air d'un cadavre. Son visage semble encore plus pâle que d'habitude avec sa robe noire. Elle ne s'est pas maquillée, et même pas ondulé les cheveux. Elle n'a fait aucun effort. Elle ne se rend pas compte que c'est la soirée du siècle !

— Je vais prendre une photo, dit maman. Beth, mets-toi ici et fais un sourire. Voilà. Dis : « *Cheese* ». Vas-y, ma belle. Fais l'amour à l'objectif.

Misère…

Ma mère s'empare de son Polaroid, et clic !

— Et moi ? J'ai fini de démêler le ressort !

J'ai enfin réussi à le remettre en état. Il pendouille entre mes doigts.

— Oh non, je n'ai plus de pellicule. (Elle secoue la photo.) Tiens, regarde, Beth. Cindy Crawford tout craché !

— Mais, maman…

— Alvina, le Rubik's Cube de ta sœur n'est toujours pas terminé.

— Mais, mamaaaan…

— Ça suffit. Je ne veux rien savoir !

Je traverse la pièce en traînant les pieds pour prendre le Rubik's Cube posé sur l'étagère. J'entreprends de retirer les pastilles de couleur et de les recoller au bon endroit. Beth éclate de rire.

— Est-ce qu'on peut t'emprunter ton téléphone ? demande-t-elle à notre mère.

Aucune chance qu'elle accepte, je songe en permutant les petits carrés. Son portable ? La bonne blague ! C'est le Saint-Graal. Elle ne l'a jamais prêté à personne.

— Bien sûr, répond-elle. Comme ça, tu pourras me joindre lorsque tu voudras que je vienne te chercher.

Je relève la tête, bouche bée. On parle bien de son téléphone, là ? J'y crois pas.

Ma mère prend son sac à main et farfouille dans le bric-à-brac qu'il contient.

— Voilà, dit-elle enfin en le tendant à ma sœur qui jubile. Allez, en route ! (Je me lève pour les suivre.) Non, pas toi ! Toi, tu restes ici finir le Rubik's Cube.

C'est pas vrai. Ça va pas recommencer ! La dernière fois qu'il y avait une soirée, j'ai dû faire le mur en me faufilant par la fenêtre du palier et aller là-bas en courant dans le noir.

— Mais j'y suis presque !

C'est tellement injuste ! Je sors derrière elles en me dépêchant de repositionner les facettes vertes, rouges, bleues et jaunes. Arrivées à la voiture, ma mère s'installe au volant et Beth saute sur la banquette arrière puis me claque la portière au nez, avant de la verrouiller. *La salope !*

— Attendez ! je crie en cognant sur le toit. Il est terminé, regardez ! Laissez-moi monter !

J'agite le Rubik's Cube sous les yeux de ma mère. Elle fronce les sourcils derrière le pare-brise, met le contact, et l'espace d'une fraction de seconde je suis persuadée qu'elle va me rouler dessus.

— D'accord, viens, grommelle-t-elle en faisant vrombir le moteur.

Ma sœur déverrouille la portière. Je l'ouvre et me glisse sur la banquette à côté d'elle.

— Tu n'as qu'à le prendre, dit-elle en jetant le téléphone sur mes genoux. C'est super lourd, ce machin.

Je recueille précieusement l'affreux Nokia comme s'il s'agissait d'un lingot d'or.

— Si tu as le malheur de le perdre, gronde maman en se retournant vers moi, ne t'avise pas de revenir à la maison.

Beth et moi arrivons au collège à dix-neuf heures tapantes. Les enceintes diffusent « Saturday Night » de Whigfield à plein volume. Je suis ma sœur à l'intérieur du réfectoire. Des spots colorés clignotent. Un des profs a accroché une boule disco au plafond. J'inspecte la foule. *Où est Jacob Welch ?* Pas encore là, on dirait. Il se fait désirer, forcément, comme tous les mecs cool. Je vais m'asseoir au bord de l'estrade pour boire un Capri-Sun, balançant les jambes, les talons cognant contre le bois. J'observe les filles et les garçons qui bougent au rythme de la musique. J'ai des papillons dans le ventre. Ça sent le Axe, les odeurs corporelles et l'adolescence. En m'apercevant, quelques-uns se mettent à rire ; ils se donnent des coups de coude et me montrent du doigt en pouffant.

— Joli, le look ! ricane l'un d'eux.

— Ouais, je sais.

Il est mille fois mieux que notre uniforme, et bien plus chouette que leur look à eux. Leurs tenues sont moches. Je suis la mieux habillée du lot. Les garçons portent tous un jean et un tee-shirt bleu, blanc ou noir ; et les filles des robes si courtes qu'on leur voit le bas des fesses.

Je tends le cou, surveillant la porte.

— Vicky a de la vodka ! crie quelqu'un par-dessus le martèlement de la basse de « Men in black » par Will Smith.

Je jette un coup d'œil vers Mrs Hunt, la prof chargée de nous tenir à l'œil : elle ne semble pas avoir entendu. Mr Clarke, le prof de sport, est à la sono. Il est nul.

De la vodka, super ! Je n'y ai jamais goûté. Je suis sûre que c'est délicieux. Je vais chercher Vicky Jones pour lui demander de m'en filer.

Je descends de l'estrade et me fraye un passage dans la cohue, fouillant des yeux les groupes de filles. Elle n'est pas là ; elle doit être dehors. Je sors dans le couloir, et repère Vicky près de l'issue de secours avec d'autres nanas, agglutinées autour de ce que je suppose être la bouteille d'alcool.

— Salut, Vicky ! je lance en approchant tranquillement.

Vicky est une meuf populaire et en temps normal je n'oserais pas l'aborder, mais la curiosité me perdra, et je veux expérimenter cette vodka. Peut-être que ça me calmera les nerfs. En tout cas, ça ne coûte rien d'essayer. Je me sens hyper stressée à cause de Jacob.

— Tu es déguisée en quoi ? me demande-t-elle en reluquant mon ensemble fluo. Je savais pas que c'était une soirée costumée.

— Disons Sporty Spice, si ça te fait plaisir. (J'indique la bouteille de Smirnoff qui dépasse de sous son haut.) Si tu m'en laisses boire un peu, je te donne mon stylo quatre couleurs.

Ce stylo est mon bien le plus précieux. Il peut écrire en rouge, en vert, en bleu ou en noir, au choix. Je sais qu'il lui fait envie. D'ailleurs, à qui ne ferait-il pas envie ?

Elle éclate de rire, aussitôt imitée par sa cour.

— Pas question. Casse-toi, Alvina.

Elles me tournent le dos et s'envoient des goulées en gloussant.

Je rebrousse chemin, furieuse. Qu'elles aillent se faire voir, ces connasses. Je franchis les portes du réfectoire. Jacob est arrivé. J'aperçois ses boucles blondes qui dominent la foule. Il est plus grand que tous les autres garçons, et maigre comme un clou. Il arbore son sourire ravageur, qui s'étire d'une oreille à l'autre. Je fonds. Il est encore plus beau que Leonardo DiCaprio et que tous les membres du groupe Boyzone. Oh ! là, là ! qu'il est craquant ! J'aimerais trop l'embrasser. On va se marier, tous les deux. Je le sais. On est faits l'un pour l'autre.

Beth fonce vers lui, camée au sucre, tétant sa limonade à la paille. Elle me coule un regard, les yeux brillants. Qu'est-ce qui lui prend ? La musique est forte. Le refrain de « Living on a prayer » beugle à nos oreilles. Jacob se met à danser avec ma jumelle. Je cligne des paupières. Je n'arrive pas à y croire. Ils dansent ensemble. Oui, c'est bien elle, avec sa robe à la noix. Je reste plantée là, à les fixer bêtement tandis que Bon Jovi s'égosille. Ma sœur m'adresse un clin d'œil victorieux. Je me sens mal. Qu'est-ce qui se passe ? Mon monde s'écroule. Tous mes rêves se brisent en mille morceaux. Vicky déambule à côté de moi, avec sa bouteille de vodka toujours planquée sous son haut. Je la lui fauche et détale.

— Hé, reviens ! crie Vicky.

Rien à foutre. Je cours me réfugier dans les toilettes. Je pousse le verrou, m'assois lourdement sur la cuvette et m'enfile une grande lampée de vodka. L'alcool me brûle la gorge et me flanque un haut-le-cœur.

— Berk ! je fais en recrachant la moitié.

C'est immonde, ce truc. Encore pire que le Mr Propre. Mais peu importe, je vais tout boire. Il reste la moitié de la bouteille et je la finirai. Personne ne m'arrêtera. Ni Vicky, ni Beth, ni même ma mère. Et Mrs Hunt non plus. Personne.

J'avale le liquide transparent. Mes yeux pleurent, mon nez coule. Je me force à déglutir, refoulant mes larmes, m'étouffant presque. Une fois la bouteille vide, je la balance sur le sol où elle tournoie un instant.

Je m'essuie les yeux, me barbouillant les mains de crayon noir.

J'entends un grand bruit. Quelqu'un cogne de l'autre côté. C'est Vicky : je vois ses pieds en dessous.

— Alvie ! Alvie, rends-moi ma Smirnoff !

Je shoote dans la bouteille, qui roule sous le battant.

— Quoi ? Tu l'as terminée ? Il y avait quasiment un litre ! Tu me dois six livres.

Le verre tinte contre le carrelage quand elle la ramasse, puis ses pas s'éloignent et la porte des toilettes claque. Je pose la tête contre le mur frais de la cabine. Je n'en reviens pas que ma sœur ait dansé avec Jacob. Comment a-t-elle pu me faire ça ? Elle sait que je craque pour lui depuis des mois. Depuis l'année 1996. Elle ne l'aime même pas. Je m'affale un peu plus sur la cuvette. Le décor tourbillonne autour de moi et je commence à voir double. Oh non, qu'est-ce qui m'arrive ?

QUATRIÈME ÉPISODE

Lundi 2 janvier, 16 heures
Hatton Garden, Londres

Ed m'emmène acheter une bague de fiançailles dans un quartier chic de la capitale. Accompagnés du chien, nous marchons bras dessus, bras dessous devant les vitrines étincelantes de bijoux.

— C'est ici, indique-t-il.

Nous entrons dans une boutique où un vendeur nous accueille.

— Mr Forbes, quel plaisir !

Alors que je mate les rangées de diamants, la sonnerie du portable d'Ed se fait entendre.

— Il faut que je réponde, excuse-moi, dit-il d'un air désolé. C'est un nouvel investisseur russe.

— Pas de problème, bébé.

Bébé se met à aboyer.

— Mais non, pas toi !

— *Zdravstvuyte*, Dimitri, dit Ed. Je vais bien, merci, et vous ?

J'examine les parures. Certaines pierres sont gigantesques.

— Non, non, tout va bien. Tout est sous contrôle.

— Celle-là ? j'articule en silence, lui montrant une bague sertie d'un magnifique diamant en forme de cœur.

Il acquiesce. *Génial.* Je ne prends même pas la peine de m'attarder sur l'étiquette. Le caillou est plus gros que celui de Tiffany. Celui que j'ai balancé dans le Grand Canal.

— Non, je vous assure, poursuit-il. Ne vous inquiétez pas. Votre argent est en sécurité avec moi.

— Je peux essayer celle-là ? je demande au vendeur.

— Naturellement, madame.

J'enlève mon anneau de grenade – l'alliance que Nino m'a offerte –, et je le range dans mon Birkin avant de glisser la bague à mon doigt. Elle projette des reflets arc-en-ciel sur ma peau.

— Ce sera elle ! Je l'adore.

— Oui, oui, dit Ed. En fait, je vais bientôt me remarier. Oui, à une femme ! précise-t-il en riant.

J'agite mon annulaire sous son nez. J'aurais tellement aimé que Tiff voie ça.

Mercredi 4 janvier, 10 heures
Pronovias, New Bond Street, Londres

Le vacarme assourdissant d'un marteau-piqueur résonne dans une portion de la chaussée en travaux. La Bentley opère un virage, quittant Oxford Street pour New Bond Street. Je regarde par la vitre teintée. Nous passons devant la vitrine de chez Miu Miu. J'explore des yeux la rue en effervescence : c'est le paradis du shopping ici. Un fantasme de fashionista question boutiques de luxe : Ralph Lauren, Mulberry, Celine. Plus loin, Victoria's Secret. Oh, tiens, j'irai y faire un tour tout à l'heure pour mes emplettes du voyage de noces.

J'y dénicherai un truc sexy pour émoustiller Ed. Il faudra peut-être que je pousse jusqu'à Soho. Nous n'avons pas encore couché ensemble ; c'est trop bizarre. Nous attendons la nuit de noces. Il veut sans doute que ce soit un moment privilégié, avec des bougies parfumées et tout le tralala. Il doit croire que je suis vierge (c'est trop mignon), parce que je suis irlandaise et extrêmement religieuse. Je n'ai pas cherché à le détromper. S'il me parle d'hymen, j'évoquerai les tampons. Les mecs ont horreur de causer tampons. Plus je pense au sexe avec Ed, plus ça me perturbe. Nous n'avons quasiment pas eu de contact physique. Pas même un baiser. Je comprends, c'est son côté traditionnel. Il est plus âgé que moi, après tout. Et pour ma part ? Quand je le reluque, il m'attire. Il est très séduisant. Mais pour être honnête, est-ce que j'ai vraiment envie de m'envoyer en l'air avec lui ?

Aucune importance. Même si la réponse était non, ça n'enlèverait rien à ma sensation de réussite. La vie est belle. J'ai l'American Express de mon homme dans mon portefeuille, sans plafond de dépenses, et dans huit jours je m'appellerai Mrs Edwin Forbes. Ha ! Rien ne m'arrêtera. Un sourire affleure au coin de mes lèvres et un gloussement pointu m'échappe. Ça dépasse mes rêves les plus fous : le fric, la Bentley, le manoir… et maintenant, l'achat d'une robe de mariée. Je suis gagnante au grand jeu du destin. Bien sûr, j'ai toujours de la peine pour Tiff, mais je ne me laisserai pas abattre pour autant.

Je crie au chauffeur de se ranger devant Pronovias, et je descends avec le carlin au bout de sa laisse rouge. Je joue des coudes au milieu des vacanciers.

— Poussez-vous ! Faites gaffe au chien !

Bébé aboie et grogne. Je me penche pour le prendre et il me lèche la figure.

— Eh, mon maquillage ! C'est dégoûtant.

J'essuie mes joues pleines de bave.

J'enfonce les portes vitrées en laiton et j'embrasse les lieux du regard. Ce n'est pas une simple boutique, c'est carrément waouh. Une zone sans touristes et ultra bling. L'air sent bon la vanille et on entend de la musique classique avec des violons dedans. Un camaïeu de blanc, rose, or, argent et ivoire s'offre à ma vue. J'écarquille les yeux : les robes sont si jolies que j'ai presque peur de m'en approcher. Je vérifie que mes mains sont bien propres et inspecte mes ongles. Puis je prends une profonde inspiration, je redresse les épaules, et Bébé et moi foulons le carrelage étincelant en direction de la vendeuse.

La flamme d'une bougie Jo Malone vacille dans le souffle du chauffage. Je surprends mon reflet dans le miroir. De qui je me moque ? Une jeune mariée, moi ? Celle de la trilogie *Kill Bill*, à la rigueur. Cette histoire se terminera-t-elle par un massacre ou par un mariage de conte de fées ? Ma sœur jumelle, elle, était faite pour être une épouse. Moi, je suis celle dont l'album du lycée disait : « Mourra probablement d'une maladie vénérienne ».

— Bonjour, puis-je vous être utile ? demande la vendeuse, avenante (ses dents sont aussi éclatantes que les robes).

— Je suis fiancée, je vais bientôt me marier.

— Félicitations ! s'exclame-t-elle d'un ton sincère. Vous venez voir nos créations, donc ?

— Oui.

Elle lit dans les pensées ! Elle gâche ses talents de voyante en bossant là.

— Par contre, je suis désolée, dit-elle en observant Bébé sévèrement, mais les chiens sont interdits ici. Il devra attendre dehors.

— Mon bébé restera avec moi !

Elle ouvre la bouche pour protester.

— Vous avez vu ma bague ? je lance en lui fourrant mon diamant sous le nez.

Elle l'examine. Ce caillou a la taille d'un petit État : le pays de Galles, ou le Liechtenstein. Je la sens impressionnée. Je remue un peu le doigt.

— Je suis Gabriella, dit-elle en souriant, tendant sa main manucurée. Quel est votre nom, *Mademoiselle*[1] ?

— Siobhán. Et lui, c'est Bébé.

Elle caresse le chiot, qui la lèche sans bouder son plaisir.

— Vous avez rendez-vous ?

— Non, c'est un problème ? Nos fiançailles sont très récentes, mais j'étais pressée d'essayer des robes tout de suite.

— Vous êtes au bon endroit ! Les modèles Pronovias sont tous magnifiques, et nous proposons une grande diversité de styles. Suivez-moi.

Elle me conduit jusqu'à un espace meublé de méridiennes et de fauteuils bas.

— Vos demoiselles d'honneur vont-elles vous rejoindre ? Des sœurs, des amies ?

— Non, pas aujourd'hui, je grommelle, avant d'ajouter sans pouvoir me retenir : mon amie Tiff est empêchée, mais elle sera là la prochaine fois.

Gabby hoche la tête.

— C'est sûr, elle me l'a promis, je continue. Elle avait déjà envie de venir aujourd'hui, vraiment, mais elle doit subir une grosse intervention chirurgicale.

Gabby tire une moue triste.

— Oh, je suis navrée pour elle.

— Ouais, moi aussi. Je prie pour qu'elle se rétablisse à temps pour le mariage. Elle est mon témoin. Je ne pourrai pas franchir ce cap sans elle.

1. En français dans le texte (NdT).

— Je comprends. J'espère que ce n'est rien de grave.
— C'est... une vasectomie.
— Elle doit subir une vasectomie ?
— Absolument. C'est très douloureux. (*Merde !* Il faut une bite pour ça, non ?) Tiffany est transgenre, si vous tenez à le savoir.
Elle me regarde d'un air apitoyé.
— Ne vous inquiétez pas, je vous aiderai à choisir. Je suis là pour ça, après tout !
— C'est mon chien qui m'aidera à choisir. Il a très bon goût.
— Je vous en prie, prenez place, dit-elle en indiquant un canapé bardé de coussins accueillants.
— Oh, avec plaisir !
Je m'enfonce dedans et pose les pieds sur la table basse. Il y a un présentoir à gâteaux chargé de macarons pastel et de wedding-cakes miniatures avec leur couple de mariés en plastique dessus. Je les considère longuement. Ils sont trop beaux pour être mangés, mais j'ai le ventre qui gargouille.
— Puis-je vous proposer une coupe de champagne ?
— Je ne préfère pas. Je suis une ancienne alcoolique.
Elle acquiesce avec bienveillance.
— Alors, quel style de robe recherchez-vous ?
— J'aimerais qu'elle soit exceptionnelle. Qu'elle vous mette les larmes aux yeux. Comme dans les mariages royaux, vous voyez ?
J'entends un bruit de déchirure.
— Mince, c'était quoi ? Le chien ?
Oups. Le carlin s'est tiré en douce. Une robe coincée entre les mâchoires, il s'affaire à mettre le taffetas en charpie.
— Ne comptez pas sur moi pour la rembourser !
— Ce n'est pas grave, grimace Gabby.

Je récupère le chien et me rassois en l'installant sur mes genoux.

— Il a faim. Tiens, Bébé, mange.

Je lui donne un gâteau et un macaron, qu'il engloutit goulûment, se léchant la truffe avec sa langue rose baveuse.

— Commençons par la forme générale. Quel type souhaiteriez-vous ? Princesse, sirène, ou courte ?

— Sirène, évidemment.

Oh là là, c'est trop cool ! Les sirènes sont incroyablement sexy.

— Quoique, non. Princesse, plutôt.

— Princesse. Formidable.

— Je sais ! Je veux une traîne qui en jette. Plus longue que celle de Diana. Combien elle mesurait, déjà ?

— Sept mètres cinq, je crois.

— Mmm, ça fait déjà long. La mienne fera huit mètres.

— Huit mètres. (Elle prend note dans un carnet.) Et le col ? Bustier, bateau, en cœur, ras du cou, en V, tatouage…

— Tatouage ?

— Oui.

— Vous tatouez la robe ?

— Non… (Elle me regarde de travers.) Ce n'est pas un vrai tatouage… C'est un effet.

— Ce n'est pas, genre, une robe tatouée sur le corps ?

— La robe fait comme une seconde peau. Elle est ornée d'un motif en trompe-l'œil, des fleurs en dentelle qui épousent la forme du décolleté. Vous vous souvenez de la robe de Kate Middleton ? Ou celle de Grace Kelly à son mariage avec le prince Rainier de Monaco.

— Peu importe. Montrez-moi ce que vous avez. Mettez-m'en plein la vue !

Elle part me chercher une sélection. Pendant ce temps, je gave le chien de macarons. Elle revient avec un portant chargé de six modèles.

— Que pensez-vous de celle-ci ?

Elle me présente une robe qui tombe jusqu'au sol, une fantaisie victorienne à froufrous avec la taille étriquée et des manches qui couvrent tout le bras.

— Trop longue, beaucoup trop longue. Vous n'avez rien de plus court ?

Elle la raccroche et m'en sort une autre.

— Plus court.

Une autre.

— Plus court. Plus court. Plus court.

Elle se saisit de la dernière.

— Non, non. Encore plus court ! Qu'elle dévoile les cuisses. Je fais un régime exprès pour ça. (Je n'ai pas encore des jambes de gazelle, mais ça ne saurait tarder.)

Gabriella tire une bouteille de Dom Pérignon du frigo, se sert un verre et en boit une grosse gorgée. Puis elle repart avec le portant.

Elle revient avec un deuxième assortiment, et exhibe un modèle arrivant aux genoux.

— Celui-ci fait partie de notre collection « romantique ». J'adore la dentelle et les broderies. Le tissu est incroyablement fluide, c'est un tulle très doux avec des perles cousues à la main...

— Quelle horreur ! Vous vous fichez de moi. On dirait les voilages de ma grand-mère.

— D'accord.

Elle repose la robe.

— Vous n'en avez pas de plus sexy ?

Elle en décroche une autre.

— Celle-ci est...

— Non, non, non. (Je lève les yeux au ciel.) Ce que je veux, c'est qu'en me voyant, il en éjacule dans son froc. Pigé ?

Des fois, j'ai peur de ne pas plaire à Ed. C'est ridicule, je sais bien. Il ne m'épouserait pas s'il n'avait pas envie de moi. Mais nous vivons ensemble depuis six mois (enfin, je loge toujours dans le chalet) et il ne m'a jamais touchée. Même pas un doigt dans la chatte. Même pas une main dans la culotte. Rien du tout. C'est déconcertant. Bon, pour être franche, ce n'est pas comme si j'étais super excitée par lui non plus. Comment ça se fait ? Peut-être que tous ces Italiens ont émoussé ma libido. Nino lui-même ne s'est pas manifesté depuis mon retour de voyage (serait-il jaloux de Silvio ?).

Gab se verse un autre verre de Dom Pérignon, qu'elle siffle cul sec, sans reprendre son souffle. Elle ferme les paupières, respire un bon coup, puis rive son regard sur moi et s'empare d'une autre robe.

— Que pensez-vous de celle-ci ? Nous sommes sur la collection « sexy ». Elle a un col plongeant et une ligne évasée qui met en valeur la silhouette. Un tissu extra-fin, presque transparent le long du décolleté. Elle est courte devant, longue derrière…

— C'est aussi sexy qu'une grenouille.

— Pardon… une grenouille ?

— Ouais.

Je songe encore à Kermit, je suppose. C'est bizarre. Moi qui croyais avoir tourné la page. Le visage de Tiff apparaît dans mon esprit.

— Pourquoi pas un bikini ? je suggère. Mais pas un bikini normal ; non, un bikini de mariée en dentelle.

Gabriella ne répond pas. Elle se contente de pincer les lèvres.

— Bon, d'accord. Pas de maillot, j'ai compris. Alors montrez-moi la création la plus chère de toute la boutique.

Elle s'éclipse encore une fois. Je donne du champagne à boire à Bébé. Ma robe coûtera plus cher que celle de ma sœur, ça ne fait aucun doute.

Elle revient avec une espèce de meringue gigantesque. Il faudrait se mettre à trois pour la transporter.

— Combien vous la vendez ? Non pas que ce soit important, je suis simplement curieuse.

— Trois cent mille livres.

Gloups.

— Elle est parfaite.

J'ouvre l'épais rideau et sors de la cabine.

Gabby pousse un ho ! d'extase, la main à sa bouche, les yeux embués. Une larme coule sur sa joue.

— Vous savez pleurer sur commande, apparemment. C'est pratique, hein ?

— Je ne fais pas semblant, se défend-elle. Vous êtes magnifique. Je suis désolée, je deviens émotive.

Je m'admire dans le miroir. On voit ma tête, et c'est tout. Le reste de mon corps est enseveli sous une avalanche de dentelle. On dirait que je me rends à une soirée à thème « gâteau », et que je me suis déguisée en omelette norvégienne. La jupe, bouffante comme pas possible, part à angle droit du corset, lequel est très décolleté et nappé de cristaux scintillants.

— Vous avez raison, je suis vraiment magnifique. (J'entends mon téléphone sonner dans la cabine.) Oh, une minute.

Juste au moment où je me jouais le second avènement de la princesse Grace ! Je m'arrache à ma contemplation.

L'écran indique : numéro inconnu.

Je prends la communication.

— Allô ? fait une voix. C'est Louise, de [inaudible].

— Euh... ouais... bonjour ?

Je ne connais personne du nom de Louise.

— Nous avons des informations sur l'accident dans lequel vous avez été impliquée il y a quelque temps.

Je déglutis péniblement.

— Qui êtes-vous ? (Merde ! Comment elle est au courant ?) Il s'agit de mon accident en Sicile ? Parce que c'en était bel et bien un.

— Et ce n'était pas votre faute.

Elle parle de Beth, je crois. De la mort de ma sœur.

— Non, ce n'était pas ma faute. Vous... vous êtes de la police ?

Ou peut-être de la mafia ? Est-ce qu'elle compte me faire chanter ?

— Nous pouvons vous aider à réclamer un dédommagement.

Je raccroche. Même si elle avait un timbre de robot, j'en ai trop dit. J'ai failli me trahir. Je range le portable au fond de mon sac et rejoins le salon d'essayage. *Putain de démarcheurs téléphoniques !* Ces gens sont des suppôts de Satan.

— Voulez-vous que je prenne une photo pour l'envoyer à votre maman ? propose Gab.

— Non, je n'envoie rien à ma mère. (À part des colis piégés, éventuellement.) Elle n'assistera pas à mon mariage.

— J'en suis navrée. Souhaitez-vous voir un choix de voiles pour compléter votre tenue ?

— Non, pas de voile. Il risquerait de coller à mon gloss. Pourquoi pas une couronne ?

Le chien me regarde et aboie. La robe lui plaît !

Huit mois plus tard
Samedi 2 septembre, 15 heures
Chapelle de Blenheim Palace, Oxfordshire

Le soleil reparaît derrière un nuage. C'est une belle journée pour un mariage.

— À mon signal, prêt, PARTEZ !

On lâche les colombes. Elles jaillissent de leurs paniers en osier et s'élèvent en roucoulant autour de la chapelle. Elles montent jusqu'au toit dans un grand froissement de plumes. Quelques-unes se perchent sur la croix, mais la plupart continuent à voler. Trente colombes. Est-ce que ça fait assez ? J'aurais dû en commander plus. Le problème, c'est le risque de fientes (il aurait mieux valu qu'on ne les nourrisse pas). L'une d'elles se pose sur un candélabre. Merde, ce n'était peut-être pas une bonne idée, cette déco extérieure. Est-ce qu'elle va prendre feu ? Comme aux Jeux olympiques où les Coréens avaient carbonisé des colombes… Je retiens mon souffle, surveillant la flamme. Mais non, ouf, la colombe ne se fait pas cramer.

— ACTION ! je lance au groupe de seize percussionnistes posté à l'entrée de l'église.

Ils entament la traditionnelle marche nuptiale. Le son des timbales résonne comme un millier de carillons. J'attends tranquillement que la basse enchaîne.

— OK, ça suffit. Ma chanson, maintenant.

Taylor Swift se met à entonner « Look what you made me do ». Elle est géniale. Bien mieux que Wagner (il est à mourir d'ennui). Tous les petits cheveux sur ma nuque se dressent. J'en ai la chair de poule. Même si ça a coûté une blinde à Ed de la faire venir de Los Angeles, ça valait largement le coup. La voilà qui part dans les aigus. Je suis à fond dans l'ambiance. Pendant ce temps, des graffeurs peignent de faux arcs-en-ciel, et des employés de chez Chanel vident vingt vaporisateurs de Coco Mademoiselle dans la nef.

J'ai embauché des filles moches dans une agence spécialisée en profils « particuliers » pour porter ma traîne et me servir de demoiselles d'honneur. Une grosse, une avec un grand nez, et une qui louche (je ne voulais surtout pas qu'une nana avec un cul parfait à la Pippa Middleton me gâche mon moment). Je les ai habillées d'une combinaison verdâtre affreuse. À côté d'elles, je suis sublime.

— Vous avez ma traîne ? Ne la lâchez pas !

La bigleuse opine du chef. Je grimpe sur le cheval, empoigne les rênes et enfonce les pieds dans les étriers.

— ALLEZ HUE, MURPHY ! ON Y VA !

Le cheval blanc hennit. Il renverse la tête en arrière, sa crinière rose flottant dans la brise estivale. Il porte un harnais avec des ailes de Pégase de deux mètres fixées dessus. Une corne de licorne est collée sur son front. Nous remontons l'allée au trot sous les yeux émerveillés de l'assistance. Tout le monde me contemple en train de chevaucher ma belle monture, ma traîne de huit mètres ondoyant derrière moi telle une rivière de perles, de dentelle et de tulle. J'ai l'impression d'être une reine.

Le carlin est sur mes genoux, la langue pendante. Les alliances sont attachées sur son crâne par un joli ruban. C'est lui qui me conduit à l'autel. Ça n'est pas très conventionnel, mais notre pasteur a l'esprit large. Ou alors Ed l'a soudoyé. Il a fallu graisser beaucoup de pattes pour organiser cette cérémonie aussi rapidement. J'aurais aimé que le mariage ait lieu à l'abbaye de Westminster, mais Ed préférait un endroit plus intime, avec la presse qui le harcelait et l'enquête en cours.

Blenheim est un chouette plan B. Je promène mon regard sur l'intérieur de la chapelle. Personne n'est assis de mon côté. Mais ce n'est pas grave, Ed a assez de famille et d'amis pour nous deux. Son côté est blindé. De toute façon, je ne voulais pas que ma mère vienne. Ma sœur et mon père sont morts. Tiff était ma seule amie. Je pense quand même à ma mère. Elle doit être à Lower Slaugther avec Ernie, j'imagine. J'aurais bien aimé qu'il soit là, lui, par contre. C'est le seul que j'aurais souhaité inviter. Il aurait été trop mignon avec un nœud papillon.

Je n'ai pas prévenu ma mère que je me mariais. J'aurais adoré lui annoncer que j'épousais un milliardaire complètement fou de moi, vous pensez bien. Beth n'a épousé qu'un millionnaire, donc c'est moi qui gagne. Mais ça n'aurait pas été prudent. Elle aurait révélé ma véritable identité et tout fichu en l'air. Ça fait un bon moment qu'on ne s'est pas parlé. Elle ne m'a pas appelée, et moi non plus. Je n'ai aucune nouvelle du procès. Je ne sais pas si elle est en prison ou en liberté.

J'aperçois Ed devant l'autel dans son beau costume blanc. Il ne m'a pas fait faux bond, ça me rassure. Je me sens presque amoureuse. J'espère que je ne m'attacherai pas trop, sinon je serai incapable de le tuer.

Il se retourne, et je lui décoche un grand sourire. Il a un drôle d'air. J'essaie de déchiffrer son expression, mais je n'y arrive pas. Une indigestion ? Je me prends à paniquer. A-t-il découvert que c'est moi qui ai assassiné sa femme ? Ou est-ce que j'ai trop abusé en mettant des ailes à ma licorne ? Il est peut-être seulement submergé de désir en me voyant dans ma robe. C'est vrai qu'elle me flatte grave.

James, le majordome, est son témoin. C'est bizarre. Pourquoi lui ? Ce n'est qu'un simple employé. Il me salue d'un hochement de tête. Pour une fois, il est aimable. Je ne réponds pas. Dès que je deviendrai Mrs Forbes, ce type devra vider le plancher.

Ed tend la main pour m'aider à descendre de la selle. Je m'accroche à lui et saute du cheval.

— Bonjour, dis-je. Tu es splendide.

Il paraît heureux.

— Toi aussi, tu es splendide.

Atterrissant dans une envolée de tulle et de dentelle, je le regarde dans les yeux. Et soudain je me rends compte que le jeu en valait la chandelle. Toutes les épreuves que j'ai traversées m'ont conduite à cet instant. Tous les meurtres, les souffrances. J'aimerais que Tiff soit là. Elle serait mon témoin. Mais on ne fait pas d'omelette sans casser des œufs… et je raffole des omelettes.

— Bienvenue ! lance le pasteur, me faisant une petite frayeur.

La mère d'Ed est assise au premier rang dans un ravissant ensemble lilas. Elle doit friser les quatre-vingt-dix ans. Elle me fait un grand sourire, que je lui renvoie.

— Mesdames et messieurs, poursuit le pasteur.

C'est là que je perds le fil. Je ne suis pas fichue d'écouter des hommes d'Église parler sans piquer du nez. J'étouffe un bâillement, les paupières lourdes. Je pivote un peu pour étudier la chapelle. Elle est jolie ; plus petite que l'abbaye de Westminster, mais assez bien décorée. Il y a tout de même un peu trop d'images de Jésus à mon goût, et un peu trop de statues aussi. Bon sang, ils sont obsédés par ce type de trucs ou quoi ? C'est digne d'une secte !

Le pasteur déclare :

— Si l'une des personnes ici présentes a une raison légitime de s'opposer à cette union, qu'elle s'exprime maintenant.

Je ricane. Dans les films américains, c'est le moment où on balise. Mais pas moi. Je suis sereine...

— Moi ! fait une voix de femme.

En deux secondes, j'avise Jolene, debout sur le devant, du côté d'Ed évidemment.

— Encore toi ? Quand est-ce que tu vas me foutre la paix ? Qui t'a invitée ?

— Jacinda ? s'étonne Ed.

— Ed, tu ne peux pas l'épouser ! Pense à Tiffany !

Il se tourne vers James, fait les gros yeux et lui désigne Jessica d'un signe de tête.

— Venez, dit le majordome en la prenant par la main pour la raccompagner à sa place.

— Désolé, glisse Ed. Elle a été très affectée.

— Quelqu'un d'autre ? interroge le pasteur.

Mais pourquoi il repose la question ?

— Moi ! fait une voix de femme (bis).

Cette fois, mon sang se glace. Je reconnaîtrais cette voix entre mille. Non, ce n'est pas possible... À moins que ? Si, c'est elle.

— Maman ?

Mavis est à la porte de l'église. Elle est minuscule, très loin, mais c'est bien elle, pas de doute. Sa silhouette se découpe contre la lumière du jour : tailleur rose, grand chapeau, talons hauts, sac à main chic. Elle se met à remonter l'allée. Tout le monde la dévisage.

Je suis paralysée. Qu'est-ce qu'elle fout ici ?

Le pasteur fronce les sourcils.

Il y a un enfant à côté d'elle. Mince alors, c'est Ernie ! Je ne l'avais pas revu depuis deux ans. Il n'était qu'un bébé à l'époque. C'était à Rome. Il a bien grandi, il est devenu un vrai petit garçon. Je n'en reviens pas ! Mon cœur se liquéfie. J'ai envie de le prendre dans mes bras.

De sentir son petit corps contre moi, de le serrer fort et ne plus jamais le lâcher.

— Je trouvais déjà ça étrange que tu travailles pour Ed, mais là !

Je suis pétrifiée, sans voix. Mon pouls s'accélère. Merde ! Ça craint. Ça craint carrément. J'ai soudain la nausée. La terre tremble sous mes pieds. Je me retiens à Ed pour ne pas perdre l'équilibre. J'ai la poitrine comprimée comme si on avait emballé mes poumons dans du chatterton. Je vois des petites étoiles. Je crois que je vais m'évanouir. Ma tronche est placardée sur toutes les pages people du Sun et des autres journaux. Forcément qu'elle allait être au courant, c'était couru.

Elle marche d'un pas tranquille, sans se presser ni rien. On dirait qu'elle évolue au ralenti, comme sur la lune. Ernie trottine derrière elle. Ed paraît simplement dérouté.

Elle s'arrête enfin près de l'autel. Je la lorgne d'un œil noir. Elle est magnifique. Son tailleur lui va comme un gant ; il est fait sur mesure, à tous les coups. Elle porte d'authentiques Louboutin aux talons de quinze centimètres. On parle d'une grand-mère, là. Trois longs rangs de perles sont suspendus à son cou. Son chapeau forme un angle qui proclame : « Je sais, je suis plus vieille que le péché, mais avouez que vous ne diriez pas non ! » (en gros, c'est une Joan Collins des environs de 2001).

J'observe mon neveu. Il est adorable. Cheveux blonds bouclés, grands yeux bleus de la couleur de la mer. Bon sang, qu'est-ce qu'il m'a manqué ! Je le mangerais tout cru. Je me baisse pour me mettre à sa hauteur.

— Tu te souviens de moi ?

Il sourit et se cache derrière les jambes de ma mère.

Je me redresse.

— Tu ne peux pas épouser cet homme, assène-t-elle en agitant son éventail pour se rafraîchir.

— Et pourquoi ça ?

Je me tourne vers Ed, qui semble un peu pâle.

— Bonjour, Edwin, lui dit-elle.

— Bonjour, Mavis. Qu'est-ce que tu fais ici ? Enfin, même si je suis ravi de te voir, naturellement.

Je les regarde l'un après l'autre.

— Heu, quoi ? Vous vous connaissez ?

Ma mère éclate de rire.

— Bibliquement, souligne-t-elle.

Elle s'approche de moi et me chuchote à l'oreille, assez fort pour qu'Ed et le pasteur entendent :

— Nous avons eu une liaison à la fin des années 1980. Tu en as été le fruit.

Je fixe Ed, puis ma mère, d'un air ahuri.

— S'il faut te le dire plus clairement : Ed est ton père.

Une exclamation de stupeur secoue l'assistance.

— BIEN SÛR QUE NON, C'EST PAS MON PÈRE ! Ce n'est pas vrai, Ed, hein ? ED ?

Il contemple ma mère.

— Cela fait une éternité, Mavis.

— Trente ans, plus ou moins, précise-t-elle avec un clin d'œil complice. Je ne t'ai jamais oublié, Edwin.

— Tu n'as pas changé du tout.

Je me sens mal tout à coup.

— Pardon, mais... on est dans *Mamma Mia*, là ? Vous allez vous mettre à chanter des chansons d'ABBA ? Comment vous vous êtes rencontrés, d'abord ?

Ma mère esquisse un sourire rêveur.

— Nous nous sommes rencontrés à Taormine.

— À Taormine ? Qu'est-ce que vous fichiez là-bas ?

— J'étais en vacances. Edwin y avait un pied-à-terre, et nous nous sommes croisés un soir dans un bar. Pour la suite, je t'épargne les détails. Beth et toi en êtes le résultat. C'est pour ça que j'étais si contente quand ta sœur s'est fiancée avec ce merveilleux Ambrogio et qu'ils sont partis vivre en Sicile. J'adore Taormine.

Je cligne des paupières. Oh, putain ! Je savais qu'elle était folle, mais pas à ce point. Ce qu'elle raconte ne tient pas debout… quoique, possible que si.

J'arrache ma traîne et la jette par terre. Je scrute Ed, pardon : mon père, puis ma mère.

— Tu n'aurais pas pu m'envoyer un texto ?

— Je voulais voir Blenheim Palace. Il y a une foire aux fromages sur le domaine, j'y ferai peut-être un tour après pour m'acheter du brie.

— T'es vraiment qu'une traînée ! je lâche en me dirigeant vers la sortie.

Ma robe s'accroche à un des gros bouquets de roses qui bordent l'allée.

— Telle mère, telle fille.

— Parce que je suis une traînée, moi ? je m'insurge, stoppant à mi-chemin.

— Oui, tout comme ma propre mère.

— Quoi ? Mamie ?

— C'est la vérité. Je n'ai jamais su qui était mon père. Et elle non plus.

Je secoue la tête, hors de moi. Je vois rouge. Plus rien n'a de sens.

— À plus tard, Ernie.

Il me fait au revoir de la main.

— On pourrait faire un test de paternité, propose Ed.

— Inutile de perdre ton temps.

— Je savais bien que ton visage me disait quelque chose. Tu as les yeux de ta mère.

Là-dessus, la vieille maman d'Ed tombe dans les pommes. Ses lunettes s'explosent sur le dallage.

— Appelez les secours ! crie Ed en courant vers elle.

Je me rue hors de l'église.

Le souffle de l'hélicoptère me décoiffe. Le bruit est assourdissant. Les pales tourbillonnent. Le sol vibre sous mes pas. L'appareil est d'un blanc éclatant avec les mots « Just married » marqués dessus et des feux de Bengale or et argent qui jaillissent de la queue. Il est ridicule.

Rassemblant mes jupes, je grimpe à l'intérieur et claque la porte derrière moi.

— Emmenez-moi à Archway.

18 heures
Archway, Londres

Vu qu'il était impossible de se poser sur le toit de l'auberge d'Archway, nous avons été obligés de demander la permission d'atterrir sur le terrain de golf de Highgate. Les golfeurs ne m'accordent pas la moindre attention quand je traverse le gazon sous la pluie battante avec le chien dans mes bras. J'imagine qu'ils ont l'habitude, ça doit arriver tout le temps ici. Une douzaine de paparazzi à scooter ou dans des voitures cabossées déboulent dans la rue et pilent en bordure de la propriété. Je suis trop crevée et anéantie pour les envoyer bouler. Je lève le minuscule cabot devant moi pour me planquer, et j'avance d'un pas lourd dans ma robe de mariée, l'ourlet s'enlisant dans la boue, mes chaussures se coinçant dans l'herbe. Je finis par semer les journalistes dans Highgate. Ils retournent à leurs véhicules. Ils n'ont pas réussi à prendre une seule photo de moi correcte grâce à mon masque de carlin.

Je remonte tout Highgate High Street, puis Archway Road. Le temps de parvenir à l'auberge, je suis trempée comme une soupe. Je ne ressemble plus à rien. Ma robe est tellement imbibée d'eau que je galère pour gravir les marches. Je cache le chiot sous mes jupons avant de franchir la pancarte « Interdit aux animaux ». Darragh est à la réception, plongé dans un jeu vidéo, comme toujours. Il ne me remarque même pas. Il est vraiment nul, comme réceptionniste. Je parviens tant bien que mal à grimper à l'étage et pousse la porte de mon dortoir.

Les occupants étaient en train de bavarder. À mon entrée, ils se taisent et me fixent des yeux. Le carlin surgit de sa planque et se met à aboyer.

— Ciao, dis-je.

Ils me regardent comme si j'étais une espèce d'extraterrestre bizarroïde qui venait de se téléporter au milieu d'eux et leur parlait dans une langue inconnue.

— Oh, une revenante ! s'exclame Roxy.

— Ouais.

— On croyait que tu t'étais suicidée, confie Bob.

— Quoi ? Qu'est-ce qui vous a fourré cette idée dans la tête ?

— Ben, on s'inquiétait. On savait pas où tu étais passée.

— J'avais des choses à faire. C'est fini maintenant.

— Est-ce que… tu t'es mariée ? interroge Bob. C'est bien une robe de mariée, ça, non ?

Ils examinent la meringue sale et dégoulinante que j'ai sur le dos.

— Non, et oui. C'est juste un déguisement. J'ai mis ça pour courir un marathon.

Ce qui explique la boue.

— Super, dit Roxy. On t'a acheté des Pringles. Tes préférés. Au cas où tu reviendrais, tu vois. Mais ils sont peut-être périmés depuis.

— Vous m'avez acheté des Pringles ? je répète, éberluée.

— Oui, confirme Bob. Goût barbecue.

— C'est bien ceux-là que tu aimes, non ? demande Roxy, tirant d'un sac un tube qui m'est plus que familier.

Je m'en saisis.

— Ouais. Merci.

Je meurs de faim. J'ouvre la boîte, et l'entame. Pourquoi est-ce qu'ils sont si prévenants ? Je leur manquais ou quoi ?

— Mignon, le chien, lance Roxy.

Je ramasse le carlin.

— C'est Bébé. Il reste ici avec moi.

— Je savais que tu reviendrais.

Bébé saute de mes bras et court vers elle. Elle le câline.

— Oh, le gentil toutou.

Bob le caresse aussi.

Mon portable sonne : « Mavis ». Hors de question. Je refuse de discuter avec ma mère. J'appuie sur « rejeter » et, par habitude, je lance une vidéo du vlog de Tiff.

— Si vous me cherchez, je serai sur mon lit, dis-je en escaladant l'échelle.

— Euh..., fait Bob. Ce n'est plus ton lit. Tu t'es barrée il y a un an, quelqu'un d'autre a pris ta place.

— Rien à foutre.

Je m'étale de tout mon long sur MON matelas, concentrée sur l'écran de mon téléphone. L'usurpateur revient et essaie de me flanquer dehors, mais je lui darde un regard si assassin qu'il quitte la chambre la queue entre les jambes. J'accède à mon appli Basecamp. Mon plan est parti en sucette. Mais au moins, je n'ai pas couché avec mon père. Ça aurait été trop dégueu.

Lundi 4 septembre, 9 heures
Hôtel Savoy, Londres

Je m'engouffre dans les cuisines du Savoy Grill. Le parfum puissant des oignons grillés me pique les globes oculaires.

— Ciao, c'est moi. Je peux ravoir mon ancien boulot ?

— Siobhán ? s'exclame Grand Chef en arquant un sourcil. Où étais-tu passée ? Tu t'es volatilisée.

— Euh, oui... désolée. J'ai eu la scarlatine. Ça va mieux.

Il paraît exaspéré.

— Tu as été absente un an. Il fallait prévenir que tu étais malade.

— D'accord, je m'en souviendrai la prochaine fois.

— Jack a repris son poste au bar à sushi.

— Ouais, mais il n'est pas aussi bon que moi.

Jack redresse la tête.

— Non, chef, c'est pas juste !

— Jack, à la plonge.

— Non, chef, pas ça !

— Bon retour chez nous, Siobhán.

Jack me dévisage, bouche bée. Je hausse les épaules.

— Pas ma faute si je suis géniale.

— Et moi ? demande un garçon, sans doute le nouveau plongeur.

— On n'a plus besoin de toi, gamin. Tu peux disposer.

Il arrache ses gants et sort en tapant des pieds.

Je me dirige d'un pas léger vers la planche à découper et empoigne un poisson visqueux : une anguille aux gros yeux globuleux et à la peau glissante.

— Je ne pensais pas que tu reviendrais, dit Jack.

— Ouais, mais vous étiez perdus sans moi.

Je décapite l'anguille argentée et entreprends de tailler la chair.

— Je suis content de te revoir, tu m'as manqué. (Je lui lance un regard sombre.) Ce n'était pas pareil sans toi, ajoute-t-il en s'éloignant.

Mouais. Si tu le dis.

Je plante mon couteau bien aiguisé dans le front d'un autre poisson et observe sa minuscule cervelle se répandre.

19 heures
Hampstead, Londres.

Plus vite ! Mais c'est quoi tous ces bouchons ? Il est presque vingt et une heures. L'heure de pointe est passée depuis longtemps, normalement. C'est n'importe quoi. Le bus à impériale roule au ralenti dans Hampstead Lane en direction de Kenwood. Assise dans le fond, en nage, je mastique mon chewing-gum avec férocité, comme si je voulais sa mort. Je crispe les mâchoires et grince des dents, complètement à cran. Il fait encore chaud et humide après cette journée ensoleillée. Il n'y a pas la clim. Mon tee-shirt colle à mon dos humide. C'est pas possible, ce trajet est interminable ! Je suis dans ce bus depuis une plombe. J'ai pas que ça à foutre, moi. Pas le temps de glandouiller.

Je m'agite sur mon siège. Le tissu m'irrite la peau des cuisses. J'écoute « Lose yourself » d'Eminem. Il est catégorique : il me dit que je n'ai qu'une seule chance. Une chance et pas plus. Si je la rate, tout sera fini. Ma mission tombera à l'eau. Je mâche au rythme de la basse, les yeux écarquillés, les poings serrés. Mes désirs n'entrent pas en ligne de compte. Je suis une professionnelle.

Le meurtre, c'est de famille chez nous. Je fais ça pour Nino. Et si je ne peux pas épouser Ed, enfin papa, ça ne sert à rien qu'il vive.

Des coups de klaxon retentissent. La rue est bloquée. Tous les véhicules sont à l'arrêt. Le vieux bus siffle et grogne. J'étreins mon sac sur mes genoux. À l'intérieur, il y a mon couteau à sushi. Oui, je l'ai volé au Savoy. Je glisse la main dans l'ouverture pour éprouver la lame, toucher le bout de sa pointe. Elle est bien effilée. Coupante comme un rasoir. Ça devrait être rapide. Aussi facile que de lever les filets d'un cabillaud ou d'émincer un tartare de thon.

J'inspire profondément par le nez, fermant les paupières. Je suis Artémis, la déesse sanguinaire. Déesse de la Chasse, de la Lune et de la Chasteté, mais surtout de la Chasse. Le reste, je m'en fous un peu. La lune, franchement, je pourrais très bien m'en dispenser. Et la chasteté ? Non merci. Je m'en vais tuer mon père. C'est mon but, mon destin. Je suis née pour éliminer cet homme. Il s'agit d'un acte prémédité. Je suis Œdipe, pas Électre. #stéréotypedegenre. J'aime ne pas faire comme tout le monde. Bousculer les codes. Je devrais être Électre parce que je suis une femme, mais je suis certaine que Freud serait d'accord pour dire que je n'ai jamais été « normale », si tant est que ça existe. Non, qu'Électre aille se faire voir. Elle a épousé son père et tué sa mère. Ce n'est pas ce que j'ai prévu. Moi, je vais tuer mon père et… tolérer ma mère (peut-être). Exactement comme Œdipe. Pas mal, non ?

Nino ne s'est pas montré depuis un moment, mais ça ne veut pas dire que je l'ai oublié ou que j'ai renoncé à ma promesse. J'accomplirai ce meurtre pour lui, comme convenu. Tiff ne nous aura pas quittés en vain.

Je terminerai ce que j'ai commencé. Je clique sur mon document Basecamp (revu et corrigé).

1. Devenir Siobhán.
2. Trouver ~~Ed~~ papa.
3. Droguer ~~Ed~~ papa.
4. Tuer Tiff.
5. Tuer ~~Ed~~ papa.

Bon Dieu, mais pourquoi ça bouchonne comme ça ? Énervée, j'observe au-dehors les voitures qui roulent cul à cul. J'aurais aussi bien fait d'y aller à pied. Je saute de mon siège et, sans ménagement, me fraye un chemin entre les autres passagers jusqu'à l'avant du bus.

— Qu'est-ce qui se passe ? je crie au chauffeur à travers la vitre de séparation.

— Quelqu'un a percuté un cerf.

Je suis la direction de son doigt.

— Ohhh, merde ! Il est énorme. Vous pensez qu'il est mort ?

— J'emprunte cet itinéraire dix fois par jour, et j'en avais encore jamais vu. J'avais bien remarqué les panneaux, mais je n'y croyais pas.

Le cerf gît sur le flanc en plein milieu de la route. Une flaque de sang noir et luisant s'étend sous son corps. Nous le doublons. Ses yeux vitreux semblent me renvoyer mon regard. Ils me rappellent ceux de mon père. Je frissonne. Je vois ses muscles tressaillir. Il est donc encore vivant ? C'est une bête magnifique, un mâle gigantesque.

— Le pauvre bougre, lâche le chauffeur. Ce doit être un mauvais présage.

Il se signe. Il est superstitieux, apparemment.

— Ça n'augure rien de bon, c'est sûr. Funeste comme tout. Une catastrophe s'annonce. Mieux vaut éviter de passer sous les échelles.

Il me lance un drôle de coup d'œil sous sa casquette. Je retourne m'asseoir en ajoutant :

— Une veine que ça soit pas un chat noir !

Une fois l'accident derrière nous, le bus reprend de la vitesse. Je fixe le cerf qui disparaît au loin. « Un mauvais présage. » Ben voyons.

J'appuie sur le bouton pour demander l'arrêt et je descends au niveau du Spaniards Inn. Puis je continue à pied jusqu'à Bishops Avenue. C'est l'heure où le soleil se couche. Les nuages virent au rose et rouge. Arrivée devant la somptueuse baraque de mon père, j'enfonce la sonnette.

— Ciao. C'est moi, Siobhán. Enfin, Alvie.

Ça m'est égal. Ça ne change plus rien maintenant, tout le monde sait qui je suis. Pourtant je ne vois pas de gyrophares. La seule explication, à mon avis, c'est que mon nom de famille n'a pas été ébruité et/ou que la nouvelle de ma présence n'est pas parvenue aux oreilles des flics. Pas encore. Une chance pour moi que la police londonienne manque autant de budget. Il faut dire aussi que les meurtres pour lesquels je suis recherchée ont été commis à l'étranger. Il y a des années de ça, en plus. Peut-être qu'on les a oubliés. Les autorités sont bien trop occupées à traquer les politiciens pédophiles. Ils n'ont tout bonnement pas assez d'effectifs pour pourchasser ma petite personne. Donc, même si mon identité est désormais connue, qu'est-ce que ça peut faire ? Pour être honnête, ça me soulage de ne plus avoir à parler avec un accent irlandais en permanence. Ça devenait pénible. N'empêche, j'ai constaté qu'en reprenant mon accent anglais, il me reste une légère inflexion irlandaise. Mais j'aime bien ; ça a un côté sexy.

Quelqu'un me déverrouille le portail. Parfait. Un moment, j'ai eu peur qu'Ed – enfin, papa – soit fâché et qu'il refuse de me laisser l'approcher. Mais non, tout va bien. Il n'est pas fâché. Ce n'est pas ma faute s'il est mon père, après tout. Comment je pouvais savoir ? Je n'étais pas là quand il a tringlé ma mère (et je m'en félicite).

Le portail s'ouvre avec un cliquetis et je m'engage dans l'allée. Le gravier crisse sous mes semelles tandis que j'avance d'un pas déterminé vers le manoir. Je vais le faire. Un simple coup à la jugulaire. Je me fiche presque de me faire épingler après. Je n'en peux plus. Il faut que cette histoire s'achève. Je suis fatiguée. Fatiguée, et comme anesthésiée. Je veux mettre un terme à tout ça. Pour Nino. Pour Tiff. Je suis décidée à tuer cet homme. Quelle importance qu'il soit mon père ? Je ne laisserai pas de stupides considérations sentimentales entraver ma mission. Mon cœur bat plus vite dans ma poitrine. J'ai le souffle court. L'adrénaline afflue dans mon cerveau comme si j'avais sniffé un rail. La porte d'entrée tourne sur ses gonds, et je me raidis.

— Bonsoir, Alvina, dit ma mère.

— Toi, ici ? Mais... je pensais que...

Je fais un pas en arrière.

— Surprise, c'est encore moi ! Viens, dépêche-toi, il fait une chaleur insupportable dehors.

Je la dévisage sans un mot. Je m'attendais à voir mon père, ou James, ou la gouvernante. Argh ! Elle est resplendissante. Elle porte un paréo en soie, des pendants d'oreilles en or, de grosses lunettes de soleil Gucci et un rouge à lèvres fuchsia. Je ne bouge pas. C'est trop bizarre. Ça ne va pas du tout. Pour être franche, je suis complètement désarçonnée. J'en ai perdu le fil de mon plan.

— Pourquoi tu m'as donné le prénom d'un type qui était en fait mon beau-père ?

Un silence.

— Parce que je le trouvais joli.

— Alvin ? C'est super moche.

— Ah bon ? Tu aurais préféré Edwina ?

— Oui. Exactement. J'aurais préféré.

— Comme Edwina Currie ? Celle qui a eu une liaison avec John Major ? Brr. Crois-moi, je t'ai rendu service.

Ernie accourt dans le hall. Il a une paire de ciseaux dans les mains. Il se cache derrière les jambes de ma mère (c'est une manie ou quoi ?), puis penche la tête pour me regarder, levant les yeux vers moi entre ses longs cils. Ses joues rondes sont irrésistibles. Je ne peux pas m'empêcher de lui en pincer une.

— Salut mon lapin, dis-je, lui prenant les ciseaux. On ne gambade pas avec ça, d'accord ? C'est une bêtise. Tu pourrais te faire mal.

Je les range dans mon sac avec le couteau. Ils tintent l'un contre l'autre.

— Tu sais..., poursuit ma mère, à présent que tu connais la vérité, je peux t'avouer que tu m'as toujours fait penser à Ed. Dès ta naissance, il y avait un petit air.

Je m'arrache à la contemplation de mon bambin de neveu.

— Un air ? Comment ça ?

— Un air de ressemblance avec Ed.

— Tu sous-entends que je lui ressemblais et... PAS MA SŒUR ?

— Beth ? Oh non, pas elle ! (Elle rigole.) Elle ne me rappelait pas du tout ton père.

Ernie recule puis déguerpit. J'ai dû l'effrayer en criant.

— Désolé, petit, je marmonne.

— Beth n'avait rien en commun avec toi ou avec ton père. Elle tenait de moi.

— C'est pour ça que tu ne la détestais pas ?

Je serre les dents et plisse les paupières. Je sens une pulsion meurtrière enfler en moi.

— Bon, tu entres ou pas ?

Je ferme les yeux quelques secondes.

Je sais que ma vie suit une mauvaise pente. Il ne m'a pas échappé que je maîtrisais de moins en moins la situation en dépit de tous mes efforts. D'abord, j'ai tué ma sœur jumelle. Puis j'ai buté mon fiancé. J'ai assassiné ma première et seule amie, la merveilleuse Tiffany. Et désormais, je suis en passe de supprimer mon père. On dirait une tragédie grecque ; et en général, dans les tragédies grecques, ça ne se termine pas bien pour le héros (ou l'héroïne). Je promène mes doigts sur le couteau. Oui, je suis arrivée à un aiguillage : deux voies parallèles s'ouvrent devant moi. Impossible de faire machine arrière. Ça y est, il est temps de prendre une décision. Je dois faire le bon choix. La puissance de ce moment s'impose soudain à moi : monumentale, lourde comme le marbre. La sueur coule dans ma nuque. Une sensation d'oppression envahit ma poitrine. Voilà l'occasion de les éliminer tous les deux et d'achever la tragédie ! Il y a une dimension cathartique dans cet instant. Il paraît déterminé à l'avance. Écrit. Mais si je continue sur ce chemin, il n'y aura pas de happy end. Pas de : « ils vécurent heureux pour le restant de leurs jours ». Pas pour moi, plus maintenant. J'éclate de rire. Cette option n'a jamais existé. Je m'en rends compte subitement, c'est clair comme de l'eau de roche. Un voile a été levé. Comme si j'avais bu un sérum de vérité. Il faut que je change de tactique. Quoi faire ? Vite, réfléchissons. Est-ce que j'épargne leurs vies et j'essaie de poursuivre la mienne comme je l'entends ?

— Pour la dernière fois, Alvina, TU ENTRES OU PAS ?

J'hésite. Peut-être que je ne suis pas la fille folle, mauvaise et dangereuse que je pensais être. Je suis très gentille quand on me connaît, malgré la grosse douzaine de meurtres à mon actif. En fin de compte, qui suis-je ? QUI SUIS-JE, BORDEL ? Siobhán ? Amazone ? Alvie ? Si je ne tue pas, qu'est-ce que je pourrais bien faire ? Je n'en ai aucune idée.

— ALVINA !

Ma mère commence à rabattre la porte, mais je la repousse et pénètre dans le hall. Elle s'écarte, je savoure la fraîcheur de l'atrium. La clim est réglée à fond et le marbre amplifie l'impression de froid. Je frissonne. C'est alors que mon père apparaît. Il est looké comme… un papa. Chemise safari et bermuda à poches remonté au-dessus du nombril, le tout bien maintenu par une ceinture trop serrée. Chaussettes à rayures tirées à mi-mollet. Sandales à bouts ouverts. J'en ai le souffle coupé. Qu'est-ce qui lui est arrivé ? C'est un chapeau colonial qu'il a sur la tête ? Il ne ressemblait pas à ça avant. Je crois me souvenir qu'il était sexy. Va-t-il se mettre à faire le clown et à sortir des mauvaises blagues ? À boire de la bière artisanale dans une chope marquée « Meilleur papa du monde » ?

— Bonsoir, Alvina, dit-il en s'approchant pour me serrer dans ses bras. Ma fille, hein ? Qui l'eût cru ? (Il m'ébouriffe les cheveux comme si j'étais le chien de la famille.) Et un petit-fils ! s'exclame-t-il, rayonnant, en voyant débarquer Ernie. Quelle chance j'ai !

— « Ton fils ne l'est que pour aujourd'hui, ta fille l'est pour la vie. »

— Quoi ?

— C'est un dicton irlandais.

— Mais… tu n'es pas irlandaise.

Merde !

— Oui, je sais.

Il va me falloir du temps pour m'y faire.

— Pourquoi as-tu changé ton nom pour Siobhán ?

— À cause d'un ex qui me harcelait. J'ai fait toutes les démarches administratives. C'est mon vrai nom aujourd'hui.

J'imagine que maman lui a tout raconté, mais bon…

— Ta mère ne m'a jamais dit qu'elle était enceinte.

— Oh, Edwin, c'était terminé entre nous, explique-t-elle en riant. Ce n'était qu'une nuit de passion. Tu te souviens, n'est-ce pas ?

— Pas vraiment, bredouille-t-il.

— S'il vous plaît, épargnez-moi les détails.

Elle m'ignore :

— Nous avons fait l'amour sur la plage, Alvina. Ta sœur et toi avez été conçues en levrette contre la poupe d'une barque appelée *Amore*.

— Euh…, fait mon père. J'avais trop bu, je ne me rappelle pas bien…

— Une petite barque bleue avec un drapeau italien.

Debout sur le tapis de l'entrée, je les fixe l'un après l'autre. La lanière de mon sac glisse de mes doigts, et il tombe par terre.

— Tu habites ici maintenant ? je demande à ma mère.

La mine satisfaite, triomphante même, elle opine du chef.

— Oui. Pour quelque temps du moins. Nous avons pas mal d'années à rattraper, Edwin et moi. Je lui ai tout dit sur Elizabeth et Ernesto, bien entendu.

— Je suis désolé pour ta sœur jumelle, déplore mon père en me frottant l'épaule. Quel malheur !

Mince alors, il a réellement l'air peiné.

— Ouais, bon, faut bien mourir un jour. Ce n'est qu'une question de temps.

Je jette un regard noir à ma mère. Je parie qu'elle lui a avoué que Beth était sa préférée.

— Dire que je ne la rencontrerai jamais !

— Elle était mon portrait craché. Tu ne rates pas grand-chose.

— J'ai l'impression d'avoir en même temps perdu une fille et gagné une fille. Ça ne paraît pas trop absurde ?

Je soupire.

— Non, parce que c'est exactement ce qui s'est passé.

— Ah, tu me comprends. Viens avec moi, Alvina, je veux te montrer quelque chose.

— Vas-y, m'encourage ma mère en souriant.

Il met le cap vers le salon, et je le suis.

— Assieds-toi, je reviens dans une minute.

Je m'affale dans un des fauteuils massants, que je règle au maximum. Mmm, ça fait du bien. C'est trop bon. J'avais bien besoin qu'on me malaxe le dos. J'étais super tendue. Ce dilemme de savoir qui tuer ou non m'a bousillé les nerfs. Ma mère installe son fessier au bord du canapé en cuir beige. Je sens son parfum d'ici : d'énormes bouffées de Poison de Dior.

Ernie cavale partout dans la pièce. Il ramasse une boîte d'allumettes et entreprend d'en gratter une.

Je me lève d'un bond et lui arrache tout ça des mains.

— Ernie, non ! C'est dangereux. PAS TOUCHE ! Tu pourrais mettre le feu à la maison.

Je repose les allumettes sur la table basse. Il s'apprête à fondre en larmes. Roulant des yeux, je le prends dans mes bras. Pauvre gamin, il n'a aucune chance contre moi. J'enfouis le nez dans sa tignasse et inspire profondément. Son odeur est divine. Ses cheveux doux me caressent la joue. Bon sang, je pourrais le garder éternellement comme ça, son corps tout chaud contre le mien. Il me serre à son tour, puis tourne vers moi ses prunelles aussi bleues et infinies que ce putain de ciel.

J'ai failli avoir un bébé autrefois. C'est à ça qu'il aurait ressemblé. Je me demande quelle serait ma vie si j'avais donné naissance à l'enfant d'Ambrogio. Si je n'avais pas fait de fausse couche. Est-ce que je me trouverais dans la même situation ? Ou en train de chanter des comptines à une bande de marmots ?

Mon père est de retour. Il est chargé d'un dossier d'apparence officielle, du genre qui contient des documents juridiques ou policiers.

Je lâche Ernie et me relève.

— C'est quoi ?

— Mon testament, répond papa, sortant des feuilles et me les tendant.

— Ton quoi ?

Je m'en saisis, et épluche les pages agrafées. Il les a toutes paraphées en bas avec un « E » et un « F » tarabiscotés.

— J'ai contacté mon notaire dès que j'ai appris que j'avais un enfant.

— Un enfant ! glousse ma mère. Elle a trente ans.

— Tu ne vas pas remettre ça, maman. J'ai vingt-sept ans.

— Presque trente, tranche-t-elle sur un ton sarcastique.

— Je lui ai fait modifier mon testament, poursuit mon père. Pour que tu hérites de… la moitié.

Je suis sciée.

— Tu as… quoi ?

Il éclate de rire.

— Oui, je sais, c'est un peu étourdissant. Je te laisserai la moitié de mon capital, et l'autre moitié ira à mon petit-fils. (Il contemple avec affection Ernie, assis dans le fauteuil massant, qui tripote les boutons comme moi tout à l'heure : les chiens ne font pas des chats.) L'argent d'Ernie sera bloqué dans un fonds de dépôt jusqu'à ses dix-huit ans, mais tu recevras ta part lors du partage de mes biens.

— Moi ?

— Oui.

Ma mère affiche une mine radieuse. Mais c'est quoi, son problème ? Pourquoi elle est si ravie ? Elle n'obtient rien, pourtant.

— Est-ce que tu as, genre, une maladie grave dont tu ne m'aurais pas parlé ?

— Non, non, pas du tout. Je vais très bien, réplique-t-il en rigolant. J'ai encore bon pied bon œil.

J'étudie les documents, le front plissé. Ils m'ont l'air réellement officiels.

Je le fixe, bouche bée, et il m'adresse un grand sourire.

Ma mère, le bras passé autour de lui, le couve d'un regard admiratif comme s'il venait de remporter la médaille d'or aux Jeux olympiques.

— Edwin te lègue un milliard de livres, résume-t-elle. Ce n'est pas gentil, ça ?

Gentil ? J'ai l'impression d'être Dieu. Le Messie. Jésus-Christ. Comme j'aimerais que Tiff soit là ! Elle serait heureuse pour moi, j'en suis sûre. Même si l'argent ne l'intéressait pas.

— Jusqu'à mon décès, tu percevras une rente de cinquante mille livres par mois. J'espère que cela suffira à couvrir tes dépenses courantes.

Je lui rends les papiers.

— D'accord, merci.

Je demeure un instant immobile, assommée, puis je me dirige vers la porte.

— Où vas-tu ? interroge mon père.

— Chez moi, à Archway.

— Tu peux rester ici, si tu veux.

— Nan, mes amis m'attendent. Ils risqueraient encore de me croire morte.

J'évolue dans un état second.

— Mais tu viens à peine d'arriver ! Débouchons une bouteille de Moët pour fêter ça.

— Je ne bois pas.

Ernie a remis la main sur les allumettes. Ce môme est un danger public. Je traverse la pièce en trombe pour les lui arracher une fois de plus.

— Bas les pattes, espèce de petit pyromane !

Il se marre.

Je quitte le salon, laissant derrière moi un silence stupéfait.

— Au revoir, ma grande, lance papa joyeusement. Ça lui passera, Mavis. C'est le choc.

— À plus tard ! dit ma mère.

— Tu veux la Bentley ?

— Je prendrai le bus. (Après trois pas de plus, je m'arrête net.) En fait, vous n'auriez pas quelques pièces ? Pour payer mon ticket.

Ma mère paraît déstabilisée.

— Je n'ai jamais de... Comment dit-on ? De menue monnaie sur moi. Ed ?

— Est-ce qu'on peut régler par American Express ? Je n'ai jamais pris les transports en commun.

Je secoue la tête et tourne les talons.

— Ça ne fait rien, je marcherai.

J'appuie sur le bouton pour actionner le portail et sors dans Bishops Avenue. Maman et papa me regardent partir depuis le seuil du manoir. Le plus logique, maintenant, ce serait de le tuer de manière à faire croire à une crise cardiaque. J'hériterai pour mon plus grand bonheur d'un milliard de livres. Mais c'est sans compter la rente qu'il m'a prévue, et qui me permettra de vivre confortablement. En plus, ça fait plaisir d'avoir enfin un papa. Je pousse un soupir. Ça mérite réflexion.

Deux semaines plus tard
Lundi 18 septembre, 15 heures
Auberge de jeunesse, Archway, Londres

Allongée sur mon lit, je contemple le plafond. Il était probablement blanc autrefois, mais aujourd'hui il est beige, quasiment brun par endroits. Il y a une tache d'eau en plein milieu, et un détecteur de fumée avec une charlotte de douche fixée dessus pour pouvoir cloper quand même. Le carlin roupille, roulé en boule sur ma couette à motifs pirates. J'entends Roxy ronfler dans son pieu du bas (elle bosse de nuit et dort le jour, comme une espèce de chauve-souris). Bob est je ne sais où. Il fait certainement la manche quelque part dans Archway en jouant de son vieil harmonica et en buvant de la bière.

Je ne parviens toujours pas à intégrer que je vais hériter de la moitié de l'argent de mon père. C'est presque trop beau pour être vrai. Si je ne l'avais pas vu écrit noir sur blanc, de mes propres yeux, je refuserais d'y croire. Un milliard de livres, c'est une somme, non ? Je me demande ce que je pourrais me payer avec. J'attrape mon téléphone et fouine sur Google : « Qu'est-ce qui coûte un milliard de livres ? » Je n'ai aucun point de comparaison. Aucun repère. Si ce n'est que ça fait deux cent cinquante millions de boîtes de Pringles, mais je ne vais pas m'acheter ça. Le premier résultat mène à une liste bien pratique de dix choses qu'on peut s'offrir avec un milliard de livres. Je les fais défiler une par une : une équipe de baseball baptisée les Miami Marlins, la franchise Hannah Montana, deux Airbus. Hmm, non merci. J'aimerais mieux racheter Necker Island à Charles Branson et m'y faire construire un palais rempli de jolis garçons dévêtus. Puis je ferais l'acquisition d'une flotte d'hypercars Bugatti en sept couleurs différentes pour sillonner mon île en compagnie des jolis garçons (susmentionnés, dévêtus). Je me régalerais d'un whisky single malt de soixante ans d'âge, que je dégusterais à bord d'une navette spatiale avec Channing Tatum. Je prendrais aussi des actions chez Amazon. Cette boîte vaut mille milliards de dollars et j'en veux une part.

Dommage que Nino ne soit pas là pour partager mes gains. C'était notre projet, après tout. Nous l'avons élaboré tous les deux. D'un autre côté, il l'aurait sûrement mauvaise que mon père soit encore en vie. Et il voudrait dépenser tout le pognon en coke, ce qui me paraît inconcevable (je prévois de n'y consacrer que la moitié, et ce, pour la meilleure poudre du monde).

Je me retourne et me pelotonne contre mon oreiller. Les petits pirates se fendent la poire, comme si tout ça n'était qu'une blague. Mais ça n'a rien d'une blague. C'est la réalité. Sitôt que papa cassera sa pipe, je deviendrai fortunée. Je n'aurai plus à travailler un seul jour de toute mon existence. J'aurai de quoi consommer autant de cocaïne que j'ai envie. Je ferai ça bien, cette fois. Il ne me restera plus un millimètre de nez.

Je me questionne : quelle est l'espérance de vie des hommes au Royaume-Uni ? Je cherche la réponse sur Google : quatre-vingts ans. Putain, c'est énorme ! Il faudra que j'attende aussi longtemps ? Encore vingt ans ?

Si j'ai l'obligeance de ne pas l'assassiner, il pourrait au moins me verser une avance, non ? Ça devrait pouvoir se négocier. Les intérêts me suffiraient pour vivre. Nous trouverons un arrangement.

Je ferme les yeux et vois le visage de Tiff. Parée de son sourire rayonnant, elle me souffle un baiser. Avec un soupir, je rouvre les paupières. Sans elle, rien ne serait arrivé. Si je ne l'avais pas tuée, je serais encore dans la dèche. Je n'aurais pas été fiancée à mon père, ma mère ne lui aurait pas révélé que j'étais sa fille. J'imagine donc que c'est mieux comme ça.

Merci, Tiff. À charge de revanche.

Je ressens malgré tout une sorte de tiraillement intérieur. Qu'est-ce que c'est ? De la tristesse ? Des regrets ? Ou aurais-je mis trop de Tabasco dans mon taco du petit déjeuner ?

— Tiff ! Tiff, tu m'entends ?

Silence. Fermant à nouveau les yeux, j'inspire longuement par le nez et expire par la bouche. Qu'est-ce qu'elle disait sur son vlog, déjà, à propos de la méditation ? A priori, le cerveau humain s'apparenterait à un émetteur radio. Nos réflexions seraient des ondes, et notre épiphyse serait capable d'envoyer et de recevoir ces signaux, comme chez Eleven dans *Stranger Things*. Tout ce que j'ai à faire, c'est visualiser Tiffany dans mon esprit, formuler ce que j'aimerais lui dire, puis transmettre mon message dans les airs. D'après elle, peu importe que l'âme soit vivante ou morte. La télépathie fonctionnera quand même. Je vais tester ça.

Je me représente son joli minois : ses yeux d'un bleu profond, ses cheveux blonds.

Je suis désolée, dis-je dans ma tête.

« *Je te pardonne* », murmure-t-elle.

J'ai failli en dégringoler de mon lit. C'était sa voix ! Est-ce que mon imagination me joue des tours ? Ou est-elle véritablement entrée en contact avec moi depuis l'au-delà ?

Je ne le saurai sans doute jamais. Il n'y a aucun moyen de vérifier. N'empêche qu'elle me manque terriblement. Elle, et ses câlins.

— J'essaierai de devenir une personne meilleure, Tiff. D'être davantage comme toi...

Je prends mon Samsung et retourne visiter son vlog. Je fais défiler les vidéos de *Breakfast with Tiffany*, mais je les ai déjà toutes vues. Les images se brouillent, les lettres fusionnent, et mes idées se mettent à vagabonder. Je repense à elle et à notre séance de CrossFit. C'était démentiel. Je n'en reviens toujours pas qu'on ait gagné la compétition ! Alors que je n'avais presque pas triché, en plus. On formait une super équipe. Je me remémore la fois où nous sommes allées dans la boutique pour donner toutes ces fringues. Celle où nous avons regardé *Romy et Michelle, 10 ans après*... Je secoue la tête. Non. Je ne veux plus songer à elle. Je ne veux plus songer à rien. Ça fait trop mal. Qu'est-ce qui m'arrive ? J'ai besoin d'une aspirine, je crois. Je me souviens de nos conversations sur la spiritualité. On discutait pendant des heures et des heures, comme de vraies âmes sœurs.

Je suis distraite de mes rêveries par les vibrations de mon téléphone. C'est ma mère qui m'appelle. J'appuie sur « rejeter ». Elle appelle à nouveau. Pas question. Je ne suis pas d'humeur à lui parler.

Un e-mail tombe dans ma messagerie. Oh non, c'est elle qui m'écrit. Je l'ouvre. J'espère que ça en vaut la peine.

De : TheEdForbes@EdForbes.com
À : AlvinaKnightly69@hotmail.com
Date : 18 septembre 15:58
Sujet : Le mariage de Mrs Mavis Knightly et Mr Edwin Forbes

Chère famille, chers amis,

Nous avons le plaisir de vous convier à notre mariage le dimanche 15 octobre à 17 heures, dans la chapelle de Blenheim Palace. Veuillez trouver ci-joint le carton d'invitation. Nous serions honorés de votre présence.

Affectueusement,
Mavis et Ed

Je fixe l'écran en grinçant des dents. J'ai la haine. Elle a l'art de remuer le couteau dans la plaie. C'est abusé. La cérémonie a lieu dans moins d'un mois. C'est plus que précipité, là. Et mon héritage, alors ? Que va devenir mon fric ? Qu'est-ce qui se produira si mon père épouse ma mère ? Est-ce que ça modifiera son testament ? Et ma rente ? Il y a une pièce jointe intitulée « Invitation », mais je l'ignore. Je balance même mon portable à l'autre bout de la chambre, où il atterrit avec fracas.

Je rêve ou quoi ? Papa et maman veulent se passer la bague au doigt ? Je rejette violemment ma couette – les pirates ont l'air choqués – et je saute du lit. Roxy s'agite et émet un ronflement sonore ; je crois qu'elle va se réveiller, mais non, elle continue à pioncer. Je tourne en rond dans la pièce, écumant de rage. Elle est vraiment gonflée. Non, mais le culot ! Elle en a profité pendant que je m'occupais tranquillement de mes affaires, mystique comme pas deux, à pratiquer la méditation – merde ! – et à remercier Tiff. Moi qui m'étais promis de faire des efforts pour être plus gentille, pour être plus mystique que Tiff, maintenant J'AI DES ENVIES DE MEURTRE !

Je bourre de coups de poing les petits pirates de mon oreiller qui tentent de se faire la malle entre deux barreaux de mon lit, boxant à n'en plus finir leurs trombines idiotes. Je les frappe jusqu'à ce que des plumes s'échappent des coutures.

Je soupire. Tiff serait heureuse pour eux, elle. Elle leur achèterait même un cadeau. Non, elle ne leur achèterait rien, elle donnerait l'argent en leur nom à un organisme caritatif pour offrir des chèvres à un village africain.

Je prends une grande inspiration et enfile mes chaussures. Je fourre mon téléphone (désormais cassé) dans mon sac Birkin. Je m'en vais courir les boutiques pour me dénicher un chapeau. Je ferai preuve de maturité. Ça ruine tous mes projets, mais je jouerai le jeu. Pour le moment. Par contre, si mon testament subit le moindre petit changement, LE SANG VA COULER.

Ce n'est pas la première fois que ma mère me vole mon mec. Je me souviens de l'épisode du magasin de location de vidéos, à Cheltenham. C'était un samedi soir, et Beth et moi étions venues choisir un film…

Il y a quinze ans

— Encore ?

— Oui, encore, confirme Beth.

— Mais on l'a déjà pris la dernière fois. Et la fois d'avant.

— Je sais. Je l'aime bien.

— Pas moi. Il est débile.

— Il n'est pas débile !

— Si. Un gros chien stupide qui traîne avec une bande de gosses, franchement…

— J'adore la scène où il sauve Emily dans la piscine.

Je lève les yeux au ciel.

— C'est n'importe quoi. Les chiens ne sauvent pas les gens dans les piscines !

— Si, quand ce sont des saint-bernard.

Elle m'exaspère. Pourquoi est-elle si agaçante ? Je préférerais ne pas avoir de jumelle. C'est trop tard maintenant, j'imagine ; j'aurais dû l'absorber dans le ventre de notre mère.

Je lui montre ma sélection.

— Et pourquoi pas *Dirty Dancing* ?

— Maman n'acceptera jamais, il est interdit aux moins de quinze ans.

— Elle voudra bien si c'est toi qui lui demandes.

Beth secoue la tête.

— Moi, c'est *Beethoven* que je veux.

— On l'a déjà vu plein de fois. Il me sort par les trous de nez !

Je remonte la rangée d'étagères croulant sous les cassettes vidéo et les jeux. Ils sont classés par ordre alphabétique et par genre, comme « Horreur » et « Films familiaux ». Au bout de l'allée, plusieurs affiches sont accrochées au mur. J'aperçois celle où Patrick Swayze pose dans un débardeur noir moulant, avec ses longs cheveux blonds et ses muscles saillants. Il est super mignon.

— Maman, on peut louer celui-là ? je supplie en lui tendant la cassette. S'il te plaît !

— C'est celui que tu as choisi ? demande-t-elle à ma sœur, la prenant et étudiant l'image sur la jaquette. Patrick Swayze. Joli. Je l'ai bien apprécié torse nu dans *Ghost*.

— Il paraît qu'il est génial.

— Non, ce n'est pas celui-là le mien, pleurniche Beth. C'est celui-ci.

— *Beethoven* ? Encore ? Tu l'as déjà emprunté treize fois. Tu n'es pas lassée ?

— Moi j'en ai ras le bol !

— C'est notre préféré, soutient ma jumelle.

Je serre les poings, enfonçant les ongles dans mes paumes.

— J'aimerais mieux m'arracher les yeux plutôt que de le regarder encore.

— Bon, ce sera donc *Beethoven*, pour ne pas changer. Fin de la discussion.

— Merci, maman, dit Beth en souriant.

— De rien, mon ange. (Elle caresse les cheveux dorés de ma sœur.) Allez, dépêche-toi d'aller chercher des bonbons.

— On ne peut pas louer les deux ? je suggère.

— L'argent ne tombe pas du ciel, Alvina. Depuis la mort de ton père, je compte chaque sou pour pouvoir vous nourrir toutes les deux. Tu n'en as jamais assez.

Je suis Beth en direction de la caisse, écrasant la moquette d'un pas lourd. Elle obtient toujours tout ce qu'elle veut. C'est pas juste. On me dit toujours non, à moi. Quand je serai grande, je ferai en sorte d'avoir tout ce que je désire. Je rattraperai toutes ces années de privation.

Un des murs du magasin est tapissé de trucs à grignoter : chips, seaux de bonbons, chocolats en papillotes. Je repère un alignement de Pringles et m'empare d'un tube goût fromage et oignons.

— Je peux prendre ça, maman ?

— Pas ce soir.

Je le remets à sa place. Je ne sais même pas pourquoi j'ai posé la question.

Il y a un chariot avec un grand compartiment vitré rempli de pop-corn sucré et salé. On perçoit le pop-pop-pop des grains qui explosent. Mmm, ce parfum onctueux et douceâtre... La chaleur de la cuve irradie à travers le verre. Ça me fait bien envie, ça aussi.

— Maman, je peux en avoir, s'il te plaîîîît ? demande Beth en pointant le chariot du doigt.

— Bien sûr, mon trésor.

Pas croyable.

Je pars attendre à la porte. L'air froid s'insinue par l'interstice. Dehors, les feuilles mortes et des mégots de cigarettes tourbillonnent dans le vent. Je resserre les bras autour de moi.

Pendant que notre mère fait la queue pour payer, Beth me rejoint. Elle écoute son nouveau Walkman. Les voix des New Kids on the Block couvrent la musique qui passe dans le magasin, « Bad » de Michael Jackson. Je regarde ma sœur croquer son pop-corn. Croc, croc, croc.

— Tu en veux ? propose-t-elle.

Je refuse d'un mouvement de tête.

— Connasse, je grogne.

— QUOI ? JE T'ENTENDS MAL.

— CONNASSE !

Elle plisse le front.

— MAMAAAAAN, ALVIE M'A TRAITÉE DE CONNASSE !

C'est là que je pète les plombs. Je la pousse brutalement, me précipite vers le chariot et le renverse. Il se fracasse par terre, projetant des éclats de verre et du pop-corn dans tous les coins. Il y en a partout sur la moquette. Tout le monde observe la scène. La turbine électrique prend feu et les flammes commencent à se propager. Odeur de sucre brûlé. Fumée. Chaleur soudaine sur mon visage.

— Alvina, stop ! Tu es folle ou quoi ? s'écrie ma mère.

Je sors du magasin à toute allure et fonce vers le parking. Il pleut des cordes. Dans la rue, il fait complètement noir. Le vent glacial me fouette la figure. Je cours sans m'arrêter, sans changer de direction ni ralentir. Je cours jusqu'à ne plus en pouvoir, jusqu'à ne plus savoir où je vais. J'erre dans la campagne du Gloucestershire, fatiguée, affamée, frigorifiée.

Trois ou quatre heures plus tard, j'ai les pieds en compote à force de marcher. Il fait si froid que je ne sens plus mes joues. J'ai les lèvres gercées, le nez qui coule et les cheveux dégoulinants de pluie. Je tremble comme une feuille. Je parviens tout juste à me glisser dans un trou au milieu d'une haie. Tombant d'épuisement, je m'endors, pour ne me réveiller qu'à l'aube.

Je retrouve le chemin de la maison dans la matinée, appuie sur la sonnette et m'écroule là, sur le paillasson. Lorsque je rouvre les yeux, je suis au lit avec une fièvre de cheval.

J'ai attrapé la grippe cette nuit-là. Une très mauvaise grippe. J'ai failli y rester. Évidemment, ma mère ne m'a pas chouchoutée. C'est Beth qui avait droit aux câlins. J'ai passé deux semaines au lit devant *Beethoven*. Je déteste ce film. Et je déteste ce chien stupide. Si on m'impose d'écouter encore une fois la *Symphonie n° 5*, je vais commettre un meurtre. N'empêche, ça n'aurait pas été si terrible de demeurer tout ce temps couchée à cracher mes poumons si je n'avais pas surpris ma mère en train de mater *Dirty Dancing* en s'empiffrant de popcorn et en sirotant un daiquiri à la pastèque, tout en se caressant devant Patrick Swayze, la main dans le pantalon. C'est moi qui l'avais vu la première. Il aurait dû être à moi.

Patrick était mon premier amour ; j'aurais donné ma vie pour lui.

Dimanche 15 octobre, 17 heures
Chapelle de Blenheim Palace, Oxfordshire

Je ne serais pas venue au mariage si je ne souffrais pas d'une forme aiguë de FOMO (Fear Of Missing Out : peur de rater quelque chose, pour ceux qui ne maîtrisent pas l'anglais et ne parlent pas en acronymes). Et puis aussi, je me suis dit qu'il y aurait à manger. Je n'en reviens pas de me retrouver là de nouveau. Peut-être que papa a obtenu un rabais sur le second mariage parce que le premier a capoté ? Je n'en reviens pas non plus que ma mère ne m'ait pas demandé d'être sa demoiselle d'honneur. Elle aurait demandé à Beth, cette Madame Beauté de mes deux, j'en suis persuadée. À défaut, elle a accordé ce privilège à trois de ses amies. Elles ont toutes l'allure de Patsy Stone d'*Absolutely Fabulous*, avec leur choucroute blond platine et leur maquillage à la truelle.

Ernie se tient au premier rang. Je n'arrive pas à détacher mes yeux de lui. Il est habillé d'un costume en modèle réduit. C'est le plus joli des garçons d'honneur. Il pivote vers moi, et je lui fais coucou. Il me rend la pareille avec un grand sourire. Je fonds directement. Je lui fais une grimace, et il éclate de rire.

Assise au fond de l'église, je gigote sur mon banc en bois et tripote nerveusement mon chapeau neuf. Il me gratte, je crois qu'il est trop petit. Ou alors c'est mon crâne qui est trop gros. Le rebord est si large qu'on dirait une soucoupe volante, et son feutre est d'un jaune trop vif, avec des fleurs en plastique qui n'arrêtent pas d'attirer les insectes. Une guêpe vrombit tout près de mon oreille.

— Va-t'en !

Je gifle l'air de la main et elle finit par partir.

Après une attente qui me paraît durer des heures, à m'agiter sur ce siège inconfortable, ma mère dit enfin : « Oui ».

Papa dit : « Oui » à son tour. Oh non, l'imbécile. Il ne sait pas ce qu'il fait. Pourtant il semble heureux, et d'une certaine façon je suis contente pour eux. Plus ou moins. Bon, j'ai un peu mal au cœur et j'ai du mal à garder mon petit déjeuner, mais sinon, je suis contente pour eux.

Ma mère rayonne de joie. Je vois des petits dollars clignoter dans ses mirettes. Si elle croit qu'elle peut me faucher mon pognon, elle se fourre le doigt dans l'œil.

Bien qu'elle en soit à son troisième mariage, elle porte du blanc. Sa jupe est en soie, minimaliste, tout le contraire de la mienne. Elle est brodée de roses délicates. Des strass parsèment sa chevelure. Elle a l'air extatique, quasi virginale. Je lâche un reniflement de dédain. Si elle est vierge, moi je suis le pape François.

— Vous pouvez embrasser la mariée, déclare le pasteur (le même que la dernière fois).

Ils échangent un baiser. Je détourne le regard et m'intéresse au chapeau d'une invitée, qui ressemble à s'y méprendre à une méduse. J'adorerais avoir le même.

L'assemblée sort de l'église pour se rendre dans la salle de réception. Là-bas, le groupe commence à jouer des titres d'ABBA. Je trouve ça un peu too much, à vrai dire. Mon attention est alors attirée par ma vessie. Il faut vraiment que j'aille pisser. Je romps les rangs pour chercher les toilettes. Elles sont au fond d'un long couloir, et il y a une queue interminable devant. Je me mets au bout. Ça me laisse le temps dont j'ai besoin pour méditer sur mon plan. Pour l'instant, je suis encore perturbée : je ne sais plus qui tuer, qui est mon père et qui ne l'est pas, ou si je suis défoncée au point de ne plus rien comprendre à ce qui se passe. Je relis ma liste Basecamp. Je poireaute un moment en croisant les jambes, mais mon envie devient trop pressante. Et puis zut. Je ne supporte pas les files d'attente. Les files d'attente, c'est de la merde.

Je me rabats sur les chiottes pour handicapés.

En ouvrant la porte, je pousse un cri de stupeur.

Papa et son majordome sont là, tous les deux, le pantalon au niveau des chevilles. En pleins ébats face au lavabo. Ils me fixent, ahuris, comme deux lapins pris dans les phares d'une voiture. *Nom de Dieu !* Je referme. Je rêve ? C'était bien mon père ? Je rouvre. Ouaip, c'est bien mon père. Et c'est bien James avec lui, qui me fusille des yeux, cul nu. Je referme.

— Je croyais avoir verrouillé, fait une voix à l'intérieur.

Après quoi me parviennent des bruits que je préfère ne pas décrire.

J'ai beau secouer la tête et serrer les paupières, leur image demeure gravée sur ma rétine. Quoi ? Papa aime les services trois-pièces ? Qui l'aurait imaginé ? Pas moi, en tout cas. Je savais que mon radar à homos laissait à désirer, mais mon radar à père homo est encore plus pourri.

Je reste figée. Avec James ? Waouh ! A posteriori, ça paraît évident. Papa s'habillait trop bien pour un hétéro – un Tom Ford en plus vieux. Et je n'ai jamais vu un hétéro écouter ABBA de son plein gré. Ce n'est pas non plus un fétichiste des pieds ; il raffole des chaussures et sait reconnaître la qualité, c'est tout. Tout s'éclaire maintenant. Mais quoi penser des prostituées du Savoy ? En réfléchissant bien, je ne l'ai pas vu poser un seul doigt sur elles. Ce devait être un cadeau pour le prince saoudien. Je me souviens que la suite comprenait deux chambres. Il a vraisemblablement dormi dans la seconde.

Je fais volte-face illico et m'oriente vers les toilettes des hommes. Là, il n'y a pas de queue, alors rien à foutre, j'y fonce. Les gens me reluquent d'un drôle d'air, mais je suis peut-être transgenre, qu'est-ce qu'ils en savent ?

Quand je gagne la salle de réception, je suis encore sonnée, dans un état second. Ma mère se trouve à l'entrée en compagnie d'Ernie, entourée d'une foule d'admirateurs.

Elle se délecte de l'attention que lui vaut son nouveau statut de Mrs Edwin Forbes.

— Félicitations, maman. Pour votre cadeau de mariage, j'ai fait envoyer en votre nom une douzaine de chèvres au maire de Weybridge.

— Quoi ?

— Weybridge est une ville du Surrey. Maman, il faut que je te parle. C'est assez urgent.

— Va me chercher un verre, je meurs de soif, chuchote-t-elle à mon oreille tandis que nous nous faisons la bise.

Son haleine empeste le gin. J'ai l'impression qu'elle titube légèrement. Elle a dû boire avant la cérémonie. Elle est bien partie pour se bourrer la gueule.

Je fais signe à un serveur portant un magnum de Moët & Chandon. Alors qu'il commence à remplir une flûte, ma mère s'empare de la bouteille et du verre.

— Laissez-nous ça. Tu en veux, Alvina ?

— J'ai arrêté, je te signale.

Je prends Ernie par la main, attrape le poignet de ma mère et l'entraîne dans mon sillage. Nous nous asseyons à une table. Ernie s'installe sur mes genoux.

— C'est quoi, ça ? demande-t-elle en désignant mon chapeau. Tu t'es déguisée en vaisseau spatial ?

J'ignore sa remarque désobligeante.

— Ernesto, tu veux regarder des dessins animés sur mon téléphone ?

Il opine du chef.

— Je m'en doutais.

Je lui trouve *Peppa Pig* et lui prête mon portable. Il rigole, tout joyeux. Il me rappelle l'enfant qui est en moi. Je ne l'ai pas vu depuis un bail, celui-là. Je passe les bras autour de lui et braque les yeux sur ma mère.

Il faut que je lui dise. Je n'ai pas le droit de lui cacher ce secret. C'est le jour de leur mariage, bon sang ! En plus, c'est trop savoureux. Comment résister ? L'ennui, c'est que ça va la contrarier. Elle risque même de pleurer. C'est une journée exceptionnelle pour elle. Est-ce qu'elle a vraiment besoin d'être informée de ça ? Je suis censée faire des efforts pour devenir meilleure. Je l'ai promis à Tiffany. D'un autre côté, j'ai aussi promis à Nino de tuer mon père, et il est encore en vie. (Peut-être devrais-je simplement accepter que je suis nulle pour tenir mes promesses ? Je ne peux pas être douée dans tous les domaines, hein. Je ne me prénomme pas Beth.)

Je me penche vers elle, baissant la voix.

— J'ai surpris papa en train de baiser avec le majordome.

Son expression est difficile à déchiffrer sous le Botox.

— Où ça ?

— Dans les toilettes pour handicapés.

Elle fronce le nez.

— Oh, Ed. Les toilettes. C'est d'un vulgaire !

Elle avale une très longue goulée de champagne et retouche son rouge à lèvres.

— C'est tout ce que ça te fait ?

— Quel mauvais goût, franchement. Être propriétaire du Savoy et s'envoyer en l'air dans les toilettes !

— Quoi ? Le Savoy est à lui ? Mais oui, forcément. Enfin, peu importe. (Je secoue la tête. J'ai raté mon coup de théâtre.) Papa est homo, maman.

La voilà qui éclate d'un rire hystérique. J'ai peur qu'elle se fasse pipi dessus.

— Je sais. Je suis au courant depuis des années. Aussi homo qu'Elton John !

Elle essuie une larme, puis se sert encore un verre. Elle le siffle cul sec avant de le remplir à nouveau. Eh ben. Elle va être torchée de chez torchée.

— Je suis son alibi, confie-t-elle.

— Quoi ? Comment ça ?

— Ce mariage est une couverture, explique-t-elle en murmurant. Edwin a des investisseurs dans certains pays, tu vois, comme la Russie, Brunei, l'Ukraine… Les gens sont homophobes là-bas. Il doit être marié pour donner le change. Tu ne savais pas ?

— Mais si, bien sûr.

Alors c'est pour ça qu'il voulait que je sois sa femme ? En tout cas, j'étais loin de me douter que s'il n'entreprenait rien avec moi, c'est parce qu'il préférait les mecs. Le scoop ! Moi qui croyais qu'il se comportait en gentleman. Qu'il attendait le voyage de noces. Ça aurait été tellement romantique. La bonne nouvelle, c'est que ma mère non plus ne baisera pas avec lui. Cette idée me provoquait des cauchemars.

— Non, tu ne savais pas ! pouffe-t-elle. Mon Dieu, je pensais que personne n'était dupe ! Sauf les Russes, naturellement. Tu ne vas pas leur répéter, hein ?

— Non, je ne vais pas cafter aux Russes.

— Terriblement homophobes, marmonne-t-elle dans sa flûte.

— Mais, vous... vous avez couché ensemble... dans les années 1980 ?

— Ma foi, tu n'es pas le fruit de l'Immaculée Conception !

— Tu l'as dégoûté des femmes, c'est ça ?

— Pas du tout !

— Il t'a prise pour un homme, alors ?

Elle me foudroie du regard.

Ha ! Ils devaient être bourrés jusqu'au trognon.

— Au fait, j'ai bien réfléchi..., commence-t-elle.

Je sens que je ne vais pas aimer la suite.

— Pour cette histoire de testament...

Je vois très bien où elle veut en venir. Je lis en elle comme dans un livre ouvert. Mais pas un livre sympa, non ; un livre du genre *Une journée d'Ivan Denissovitch* ou *Mein Kampf.*

— Eh bien, continue-t-elle, maintenant que je suis l'épouse d'Ed...

— Ça fait à peine cinq minutes que vous êtes mariés.

— Oui, mais il n'en reste pas moins que je suis son épouse.

— Laisse-moi deviner. Quand il mourra, les milliards seront à toi ?

Elle me fixe durement tout en regonflant son chignon.

— Si par malheur je devenais veuve et survivais à mon cher époux...

— Maman, tu ne vas quand même pas le tuer, n'est-ce pas ?

Un blanc.

— Non, bien sûr que non !

— Maman…, j'insiste en soutenant son regard. Parce que nous savons toutes les deux que tu l'as déjà fait. D'ailleurs, puisque j'y pense, comment ça se fait que tu ne sois pas en prison ?

— Je suis innocente jusqu'à preuve du contraire. Et il n'y a justement aucune preuve.

— Qu'est-ce qui s'est passé ? Tu m'as annoncé que tu devais aller au tribunal, et tu n'as plus donné de nouvelles. Je me suis dit qu'on avait réinstauré la peine de mort et que tu avais été exécutée.

Elle rigole.

— Le procès n'a jamais eu lieu ! Ils n'avaient pas suffisamment d'éléments à charge. Ce n'était qu'une grosse perte de temps.

C'est exaspérant. Il n'y a de veine que pour la canaille.

— Preuve ou pas, nous savons toutes les deux que tu es coupable.

Elle se penche vers moi en plissant les paupières.

— Est-ce que tu portes un mouchard ?

— Non, maman. Je ne porte pas de mouchard.

— C'était un coup de génie ! Vraiment. J'ai été très inspirée. Je lui ai fracassé le crâne avec un gigot congelé, que j'ai ensuite servi pour le déjeuner du dimanche avec de la menthe et des pommes de terre au four.

— Pardon ?

— Nous avons mangé la pièce à conviction. Nous avons mangé l'arme du crime.

— Nous ?

Je la dévisage, bouche bée. N'empêche, j'avoue que ce n'était pas bête du tout.

— Enfin bref, je suis sortie d'affaire. C'était il y a des lustres, de toute façon, et il n'était pas ton père, alors quelle importance ?

Effarée, je la contemple pendant qu'elle remplit une énième fois sa flûte.

— C'est horrible comme mentalité ! Tu as pensé à moi ? Sérieux, tu crois que c'est un bon exemple à montrer à ta fille ?

— Beth ?

— Non, moi !

— Toi ? Ha ! Tu es un cas désespéré. Tu l'as toujours été.

Je secoue la tête, incrédule.

— Depuis ma naissance ?

— Oui. Tu es née mauvaise. (Elle hausse les épaules et boit d'une traite son champagne.) Tu es de la mauvaise graine.

— On était monozygotes, Beth et moi.

Elle lève les yeux derrière ses faux cils. Son regard est comme qui dirait flageolant. Elle vide le fond de la bouteille dans son verre. Je me sens pompette rien qu'à l'observer.

— Bon, écoute, Alvina, dit-elle d'un ton grave avant d'être interrompue par un hoquet.

Oh non, quoi encore ? Je ne suis pas sûre de pouvoir en encaisser davantage.

— J'hériterai de la fortune d'Ed, bien évidemment, et je la léguerai à Ernie. Tu ne la mérites pas. Tu tiens de moi : pourrie jusqu'à la moelle.

Elle pose la joue sur la table et se tait.

La nappe est imbibée de champagne. Elle se vautre dedans. J'attends de voir si elle va continuer à parler, mais elle se met à ronfler.

— Maman. (Je lui tapote le dos.) Maman ? MAMAN ? MAMAN !

Je sens la colère enfler en moi : une déferlante de rage.

Je lui donne une gifle.

— RÉVEILLE-TOI !

Je suis comme elle ? Elle a raison. *In vino veritas.* La vérité éclate au grand jour. Je saisis sa main, qui retombe mollement quand je la lâche. Est-ce qu'elle est morte ? Non. Alors c'est moi qui la tuerai. Comment ose-t-elle me voler mes milliards ? C'est mon fric, j'ai travaillé dur pour l'avoir. D'un autre côté, pourquoi ça m'étonne ? Oh, bon Dieu ! Où est papa ? Encore en train de tringler le majordome, sans doute. Quel bordel !

— Viens, Ernie. (Je le cale dans mes bras, puis je récupère mon téléphone que je glisse dans mon sac.) Je te reprends ça, désolée. Allons trouver les amies de mamie.

— D'accord, répond-il.

Je plante un baiser au sommet de sa tête. Il est trop mignon.

Nous traversons la salle.

— Bonjour, dis-je en m'invitant dans le groupe de Barbie sur le retour. Pourriez-vous surveiller le petit-fils de Mavis quelques instants ? Elle est… indisposée, et je dois partir.

— Bien sûr, dit l'une d'elles. J'allais justement m'occuper des enfants. Je m'appelle Ursula. Vous devez être… Alvina ? Ou est-ce Siobhán ?

— N'importe. Les deux me vont. C'est Siobhán, en fait.

— Vous ressemblez tellement à votre mère !

Je fais la grimace et lui tends le gamin.

— À plus tard, petit bonhomme. Tope là !

— Tope là !

Il lève sa menotte et je lui tape dedans.

En me perdant dans ses grands yeux bleus, une vague de panique monte au creux de mon ventre. Je ne veux pas le laisser. Et si je ne le revoyais jamais ? S'il arrivait quelque chose ? Je l'ai déjà abandonné trop souvent. Je me penche pour lui faire un câlin.

Pas maintenant, Alvie. Un peu de bon sens. Ce n'est pas le moment. Le pauvre chou. Enfin, il sera très bien avec Ursula la sorcière des mers. Je presse sa petite épaule.

— Mama, fait-il.

J'ai subitement un pincement au cœur, que je m'efforce d'ignorer.

Je retourne vers la mariée comateuse et aperçois le chauffeur d'Ed assis à la table à côté.

— J'aurais besoin d'un coup de main, dis-je en lui désignant ma mère toujours affalée sur la nappe.

— Certainement, madame.

Il accourt, tout sourires.

Nous attrapons Mavis par les aisselles et la soulevons. Sa chaise bascule, son verre tombe par terre, sa robe s'accroche à quelque chose. Mais elle n'est pas lourde. Elle est plutôt légère, au contraire. Moi qui suis habituée à transporter des corps toute seule – vous parlez de poids morts ! –, ça me change agréablement d'avoir quelqu'un qui m'aide, pour une fois. Nous la trimballons hors de la salle. Quelques invités nous suivent des yeux, mais la plupart ne font pas attention à nous et continuent à rire, bavarder et danser.

Nous passons devant le gâteau de mariage à six étages, encore intact. Deux petites figurines accolées trônent dessus. Je les arrache au glaçage royal et les fourre dans mon décolleté. Nous longeons ensuite une table chargée de dizaines de cadeaux joliment emballés. J'avise une boîte Tiffany turquoise enrubannée de noir. Je jette un coup d'œil en coin au chauffeur : il ne regarde pas de mon côté. Hop, je la fauche elle aussi. Pauvre Tiffany. Je me demande si elle aimait la marque qui porte son nom. Je planque la boîte dans mon sac Birkin. Personne ne s'en apercevra.

Nous allons jusqu'à la Rolls Royce garée dans l'allée. Sa plaque indique toujours « T1FF 1 ». Je n'ai pas eu le temps de la changer. Ma mère non plus, apparemment (« MAV15 » ? : quelle horreur). Je tasse ma mère à l'arrière avant d'embarquer à mon tour. Alors que je vais refermer la portière, elle se met soudain à vomir.

Après quoi elle se rendort sur mes genoux. Je contemple les mouvements de sa poitrine. Elle marmonne dans son sommeil. Putain, ce que ça va être bon de lui faire la peau ! Enfin ! Est-ce que je vais vraiment passer à l'acte ? Après toutes ces années ? Je suis peut-être Électre, en définitive. Peut-être que c'était écrit. Elle n'aurait pas dû me voler mon mari. Elle n'aurait pas dû saboter mes plans.

Ce n'est même pas une question d'argent. C'est pas ça qui me fout en rogne. Au fond de moi, je suis restée cette petite fille, punie dans le noir au grenier, qui frappe contre la trappe en criant : « Laissez-moi sortir ! » Effrayée par le moindre craquement, le moindre bruit. Pleurant en silence. J'ai six ans et je ne comprends pas pourquoi elle aime Beth et pas moi.

Alors, comment je vais m'y prendre ? Arme blanche ? Chute dans l'escalier ? Instrument contondant ? Ou mieux, la piscine… Ça a bien marché la dernière fois. Toutes ces années à me traiter comme l'antéchrist. À me faire passer pour l'enfant à problèmes. Possédée par le démon. Peut-être qu'elle a vu juste, finalement ?

J'observe son visage ; elle est totalement dans les vapes.

J'extirpe la boîte Tiffany de mon sac et je l'ouvre : des boucles d'oreilles en diamant ! Je les essaie. Pendantes et volumineuses, elles forment une cascade de pierres scintillantes sur une structure en or blanc. Je me reluque dans le rétroviseur central : très Audrey Hepburn. Je décide de ne pas les enlever. Je serai magnifique à l'occasion de mon grand règlement de comptes.

Lundi 16 octobre, 2 heures du matin
Bishops Avenue, Hampstead, Londres

— Ici, c'est très bien.

— Je vous aide à l'emmener à l'intérieur, décrète le chauffeur.

Titubant sous le poids de ma mère, nous parcourons l'allée de gravier en direction de l'entrée. Je trouve ses clés dans son sac et pénètre chez mon père. Nous la portons jusqu'à l'ascenseur.

— Je me débrouillerai seule pour la suite, dis-je en appuyant sur le bouton.

— Vous êtes sûre que vous n'aurez pas besoin de moi en haut ? Je pourrais vous prêter main-forte pour la mettre au lit.

— Non, vraiment. Vous en avez déjà fait beaucoup. Retournez à la soirée.

— D'accord, si vous insistez. Bonne nuit, madame.

— Au revoir.

Je me force à sourire, faisant de mon mieux pour ne pas avoir l'air d'une criminelle.

Ma mère me glisse des mains et s'écroule sur le sol en marbre. L'ascenseur arrive, mais je n'y monte pas. Je regarde le chauffeur traverser le hall en sens inverse et quitter la maison. Sitôt qu'il disparaît et que j'entends la porte d'entrée se refermer, j'attrape ma mère par les chevilles et je la tracte derrière moi.

C'est parti.

Tout est calme. Il n'y a personne dans les parages. Tous les employés sont au mariage. Je dois me dépêcher.

Je ferai en sorte qu'on croie qu'elle s'est noyée dans la piscine. L'autopsie montrera qu'elle était ivre au dernier degré. Son corps me semble à présent peser une tonne tandis que je le remorque à travers le manoir. J'ôte mes talons ; ils sont hyper hauts et commencent à me faire mal. J'enlève aussi mon chapeau ridicule, et je le balance sur la table basse.

Je lutte pour la traîner sur l'épaisse moquette. Je sens un craquement dans ma nuque et les muscles de mes jambes sont tendus à l'extrême. Génial. Je vais déguster demain matin. C'est pire que le CrossFit. Il faudra que je pense à faire des étirements, sinon l'acide lactique s'accumulera et j'aurai une démarche de canard. *Magne-toi, Alvie ! Du nerf !* Sauf qu'elle est plus lourde que prévu, alors qu'elle n'est même pas encore morte. Je fais une halte près des portes-fenêtres qui mènent au jardin. J'en déverrouille une et apprécie la fraîcheur. Il fait sombre dehors. Le ciel est noir, les nuages dissimulent les étoiles. L'eau de la piscine est turquoise, joliment illuminée par les spots.

Empoignant à nouveau ses chevilles, je la sors sur la terrasse. Les éclairages automatiques s'allument. Elle rebondit par terre avec un bruit mat assez peu élégant. Je m'arrête. Va-t-elle se réveiller ? Son crâne a heurté le pas de la porte. J'attends de voir si elle bouge, mais ses bras sont tout mous et sa tête ballotte sur le côté comme une poupée de chiffon. Tout va bien. Elle est totalement K.-O. Je la tire sur le dallage jusqu'au bord de la piscine. Puis je reprends mon souffle, les mains sur les genoux. Quel marathon ! Je ne perçois que le son de ma respiration et…

— Tu vas me tuer, c'est ça ?

Je me pétrifie. Je deviens livide. Je mets un moment à retrouver ma voix. Une fois capable de parler, je réponds :

— Non, pas du tout. Je voulais juste… te faire prendre l'air.

— Tu vois, je te l'avais dit. Tu es mauvaise. Mauvaise de bout en bout. Vas-y, fais-le.

Je reste immobile.

— Tu me rendras service, poursuit-elle. Je ne me supporte plus.

— Mais qu'est-ce que tu racontes ? Tu as trop bu, je décrète, reprenant contenance. Allez, lève-toi !

Je rapproche une chaise longue pour qu'elle s'y installe. Les pieds en métal crissent par terre.

— Mon mari est homo. Je ne suis plus toute jeune. Il est clair que je ne vieillis pas bien. J'ai de plus en plus de mal à garder la ligne.

— Je ne vais pas te tuer. N'importe quoi !

— Tu es pareille que moi, affirme-t-elle. Nous finissons toutes par ressembler à notre mère. Je suis devenue comme la mienne. C'est une malédiction.

— Je ne suis pas du tout comme toi. Je suis tout le contraire.

Je la hisse sur la chaise longue, où elle se laisse rouler. Elle éclate de rire.

— Tu m'as toujours fait penser à moi. À mon côté le plus sombre. La part hideuse et détraquée que je cherchais à tout prix à cacher.

Je serre les dents et ferme les yeux. Elle a le don de me faire sortir de mes gonds. Cette fois, je ne réagirai pas. J'essaie de respirer lentement, comme au yoga. Que ferait Tiffany à ma place ? Mais ma mère se remet à ricaner, et je pète un câble. Quel monceau de conneries ! Pourquoi faudrait-il que je me laisse emmerder ? Le monde se porterait beaucoup mieux sans elle. La planète entière pourra m'exprimer sa reconnaissance.

Je la chope et la conduis au bord de la piscine. Ses cheveux plongent dans l'eau, faisant naître des remous à la surface. Elle crie. Elle est penchée en arrière dans le vide, moi au-dessus d'elle, haletante. La figurine des mariés s'échappe de mon décolleté. Plouf ! Je les regarde couler et disparaître, loin, loin, loin, vers le fond.

— Vas-y, fais-le, dit-elle. Allez ! Tu es née mauvaise. C'est moi qui t'ai créée.

— Qu'est-ce que tu me chantes, bordel ?

Je raffermis ma prise, enfonçant les doigts dans sa chair.

— J'ai fait de toi un monstre, annonce-t-elle fièrement. Tu es mon chef-d'œuvre. Et à présent, mon monstre se prépare à abréger mes souffrances.

— Répète-moi ça ?

Ma voix sonne à mes oreilles de façon étrange et effrayante. J'ai les mains qui tremblent, les épaules crispées, les muscles raidis par l'effort de la maintenir au-dessus de la piscine. Je la secoue encore et encore et encore.

— RÉPÈTE-MOI ÇA !

— Je veux que tu me tues.

Je la fixe dans les yeux. Elle est complètement torchée. Elle n'a pas les idées claires.

Pourquoi est-ce qu'elle m'a appelée son « chef-d'œuvre » ? Qu'est-ce que ça signifie ?

Elle pousse des gémissements de sorcière malfaisante. Elle est flippante. Elle a délibérément fait de moi une criminelle. Elle me voulait à son image.

— Je ne suis pas la bête de Frankenstein ! Je ne suis pas ta création ! Je suis moi-même !

Elle s'esclaffe.

— Tu es un monstre, comme moi.

Je me fige : j'ai cru entendre un bruit. Je me redresse, mais tout est tranquille dans le jardin. On voit maintenant les étoiles par une trouée dans les nuages. Je frissonne. L'une d'elles est plus lumineuse que les autres. Serait-ce Tiffany ? Serait-ce son âme qui m'observe de là-haut ? Brille-t-elle aussi fort que le soleil ?

— Laisse tomber, je le ferai pas.

Je refuse d'accomplir sa prophétie. Je ne suis pas née psychopathe. J'étais une incomprise. Je relève ma mère d'un coup sec.

Elle s'effondre sur les dalles. Ses cheveux sont trempés.

— Allez, debout. Viens te coucher. Tu as trop bu.

Je la prends par la main.

— Non, c'est pas vrai, grommelle-t-elle.

— Mais si. Tu t'inventes des choses. Tu es folle. Et tu racontes n'importe quoi. Tu as totalement perdu les pédales.

Je l'aide à se remettre sur ses pieds. Nous parcourons la terrasse en chancelant, ma mère accrochée à mon cou, s'appuyant sur moi, me bavant même dessus. Est-il possible que je me plante depuis tout ce temps ? Que ce soit mon éducation, et pas la nature, qui m'ait rendue mauvaise ? Qui m'ait corrompue ? Qui ait fait de moi une meurtrière ? Ma méchanceté n'est peut-être pas innée, en fin de compte. C'est ma mère qui m'a changée en monstre. Ha ! Elle a essayé, du moins. Elle voulait que je sois comme elle. « Nous finissons toutes par ressembler à notre mère. » Ce sont bien ses mots, non ? Eh bien, pas moi. Pas cette fois. Non ! Plutôt crever. Dire que si elle est enfin fière de moi, c'est pour avoir tenté de la tuer. C'est insensé. On marche sur la tête. Dans le genre malsain !

Je commence à comprendre (même si ça me fait mal au cerveau). J'ai été le sujet d'une expérience de psychologie. Ma mère a toujours dit à ma sœur jumelle qu'elle était formidable. Beth était la gentille, le petit ange, l'enfant chérie. Et moi, elle me répétait que j'en étais la face sombre. Le rejeton du diable. C'est elle qui voulait que je sois comme ça. Personne ne naît méchant. Elle avait assassiné son mari et m'a façonnée de telle sorte que je suive sa trace. Jusqu'à aujourd'hui, j'ai réalisé ses prédictions tordues. Je lui ai cédé les commandes de mon existence. C'est elle qui était derrière tout ça ! J'ai pigé. Tout est clair désormais. C'est de la folie, mais c'est la vérité. Elle est plus cinglée encore que j'imaginais !

Je transporte ma mère à l'intérieur.

— Je t'emmène à ton lit, mais tu dois me promettre de ne pas tuer papa.

— D'accord, promis.

Je sonde son regard vitreux. J'ai beaucoup de peine à la croire sur parole. Mais je n'ai pas d'autre option, je suppose, à partir du moment où j'ai décidé de l'épargner.

— Sauf en cas de légitime défense, je précise. Je suis désolée de te dire ça, maman, mais il faut que tu le saches : il est peut-être dangereux.

— Edwin ? Tu plaisantes ! glousse-t-elle.

Nous traversons le salon, ma mère pesant sur mes épaules et traînant des pieds sur la moquette.

— C'était il y a longtemps... mais je sais ce qu'il a fait dans les années 1980.

— Qu'est-ce qu'il a fait ?

Je pousse un soupir. Ça n'a plus d'importance maintenant. Autant lui dire.

— Il a volé un tableau à un certain Enzo, Enzo Brusca. Cette œuvre valait beaucoup d'argent, et Enzo s'est suicidé à cause de ça.

Elle me contemple, pliée en quatre.

— Le Da Messina ? Ce vieux truc ? Mon Dieu ! Ce n'est rien du tout ! C'est moi qui ai eu l'idée de le faucher. Ed l'a vendu et ça lui a servi à construire son capital.

Je la dévisage.

— C'était ton idée ?

— Ed n'aurait jamais eu le cran !

Elle en pleure de rire. Je ne sais pas pourquoi cette nouvelle me surprend. Ça colle parfaitement au personnage. Évidemment que c'était ma mère. Qui d'autre ? C'est elle qui a dérobé le tableau. Papa est tout bonnement trop gentil pour ça.

Nino et moi, on s'est trompés de cible.

C'est alors que Nino surgit (enfin, son fantôme) en plein milieu de la pièce. Je ne l'avais pas vu depuis des mois. Il a l'air en forme.

— Ah, te voilà, toi. Ça fait un bail. T'étais où ?

Je sais ce qu'il veut. C'est logique. Je sais pourquoi il revient à cet instant. C'est la faute de ma mère si son père a mis fin à ses jours. Je scrute ses yeux. Ils sont sans âme, vides, noirs. Il veut que ma mère crève. Qu'elle paye. C'est l'heure de sa vengeance.

Fermant les paupières, je secoue la tête. Je ne suis plus la même à présent. J'ai compris certaines choses. Je ne le ferai pas, même pour lui.

— Je suis désolée, mais c'est terminé, Nino.

— À qui tu parles ? demande ma mère.

— Chut, à personne.

— Alvie, ma belle, dit Nino.

Soudain tout est limpide. Nino ne m'a jamais réellement aimée. Pas comme m'aimait Tiffany. Ce n'était qu'une histoire de sexe avec lui (quoique démentiel, le sexe). J'inspire un grand coup. J'ai changé. Je ne suis plus obligée d'agir de la façon dont j'ai toujours agi. Je peux prendre mes décisions seule. Je peux choisir. J'ai mon libre arbitre. Tout n'est pas écrit. Tout n'est pas prédestiné. On n'est pas dans une tragédie grecque, bordel ! Il est temps de passer à autre chose. Une onde de chaleur monte de mon cœur à ma gorge et à mes joues, puis je me sens rougir. Je rassemble tout mon courage pour dire :

— Nino, s'il te plaît, ne revient plus jamais.

Et il disparaît.

5 heures

Je borde ma mère dans son lit, laissant une veilleuse allumée.

— Essaie de dormir un peu.

Je gagne la salle de bains sur la pointe des pieds – après le sabre de samouraï sur le mur, revoilà la baignoire où Tiffany est morte –, et je me dirige vers l'armoire à pharmacie. Les mains tremblantes, je l'ouvre et prélève une boîte d'aspirine. Puis je la referme et retourne dans la chambre. Je dépose l'aspirine sur la table de chevet, près d'un verre d'eau.

— C'est pour toi, dis-je, mais elle dort déjà.

Je reste un moment immobile, à la regarder respirer. *Bon sang, il s'en est fallu de peu.*

Je sors un papier et un stylo du tiroir. J'écris : « Ernie est avec Ursula. N'oublie pas d'aller le chercher. »

Après un instant d'hésitation, je place le mot à côté d'elle, pour qu'elle le lise en se réveillant demain matin. Je soupire. Pauvre gamin. Pauvre Ernie.

Si certains problèmes
Trouvent un sens, tant de questions
Demeurent sans réponse.

Je m'affale dans un fauteuil et joue avec mon téléphone. Tout se bouscule encore dans ma tête. *Fait chier.* Pour tenter de cerner un minimum le cerveau irrémédiablement dérangé de ma mère, j'entreprends de fureter sur Google : « Comment rendre mon bébé méchant ? » Une proposition m'attire l'œil : « Au secours, je crois que mon bébé est possédé par le diable ». Je clique, et tombe sur un article décrivant un phénomène appelé « psychose puerpérale ». Je lis. Je lis et lis encore, sans pouvoir m'arrêter. Oh, mon Dieu ! C'est une réalité. Ça arrive tout le temps. Il n'y a pas que moi. Il n'y a pas que ma mère. Il existe d'autres enfants « démons ». Je parcours le site en long et en large. Puis j'en visite un autre. Et un autre. Ce n'est pas un trouble très courant, mais il est attesté. Les mères en sont quelquefois victimes. Elles croient que leurs mioches sont possédés. Elles les croient maléfiques. Je n'en avais jamais eu vent, mais cette psychose expliquerait beaucoup de choses. Je me demande ce qui l'a déclenchée. Qui de la poule ou de l'œuf ? Est-ce qu'elle a pensé que j'étais née mauvaise, puis s'est persuadée que ça découlait de sa volonté ? Ou est-ce que j'étais un bébé normal, et qu'elle s'est donné pour mission de créer une machine à tuer ? Je ne le saurai a priori jamais.

Peut-être qu'elle avait un mal fou à s'occuper seule de ses deux bébés, et qu'elle a fini par projeter sur moi ses délires. La tempête hormonale, le manque de sommeil, les hurlements en stéréo… et pour couronner le tout, le meurtre tout frais de son mari. Elle devait être sacrément stressée. Les conditions du désastre étaient réunies. Elle a pété les plombs. Elle a fait de Beth l'enfant prodige et de moi la brebis galeuse. Est-ce qu'elle y croyait vraiment ? Moi en tout cas, j'y croyais. Waouh ! C'était donc ça. Voilà ma vie résumée en un mot : psychose. Je ne suis pas née criminelle, je ne suis même pas née méchante. Ça n'a pas d'importance que mon cœur soit placé du mauvais côté. On s'en fout. On s'en bat les couilles. Ça ne veut rien dire. J'ai un cœur d'or, a dit Tiffany. J'ai une âme. Un esprit. Je peux choisir mon avenir, mon destin. Je suis belle comme un cristal. Je ne suis plus une gamine. Je suis une adulte. Une femme. C'est moi qui décide qui je veux être. J'ai un job, bon sang.

Je m'extirpe du fauteuil et range mon portable dans mon sac. Je refuse de vivre une minute de plus dans l'ombre de ma mère.

Je rabats la porte de la chambre derrière moi et longe le couloir jusqu'à l'ascenseur. Dans la cabine, j'appuie sur le bouton du rez-de-chaussée. Épuisée, je plaque le front contre le miroir pour me reposer un peu. La fatigue me submerge comme un raz de marée. Putain, je suis sur les rotules. Je ferme les yeux, savourant la fraîcheur du verre contre ma peau. Je crève de chaud sous mes multiples couches de dentelle. J'ai les joues en feu. Alors que je suis prête à m'endormir debout, les portes se rouvrent. Je reste un instant immobile dans le hall. Je n'ai pas très envie de rentrer chez moi, pas encore. Je suis trop vannée pour faire le trajet. Au lieu de quitter le manoir, mes pas me guident vers le jardin. Je traverse le salon sans bruit en direction des portes-fenêtres. Un peu d'air frais me fera du bien. J'ai besoin de respirer. La soirée a été mouvementée, émotionnellement parlant. Je regrette que Tiff ne soit pas là. Elle saurait quoi faire, elle. Elle avait la tête sur les épaules. Elle donnait l'impression d'avoir toutes les réponses aux questions existentielles, d'avoir carrément Dieu en ligne directe. En tout cas, elle serait fière que j'aie raccompagné ma mère à son lit. C'était la chose la plus mystique à faire, c'est certain. Je ne veux pas ressembler à Mavis.

Je lui ai donc laissé la vie sauve. C'est une première. Je ne suis pas forcée de jouer son jeu. À l'avenir, je serai qui je veux, gentille ou méchante, ou probablement quelque part entre les deux – une nuance de gris, un être humain.

J'entrebâille le battant. Pauvre Tiff. Et j'en viens même à me dire… pauvre Beth. Je n'aurais jamais cru penser ça un jour, mais elle ne méritait pas de mourir. Si ça se trouve, elle n'était pas vraiment parfaite, elle était une victime elle aussi, toujours dans l'obligation d'être la fille modèle, sans le moindre défaut. Oui, bien sûr, c'était une connasse. Mais je me rends compte aujourd'hui que ce n'était pas elle, l'ennemi. Nous jouions toutes les deux un rôle que nous n'avions pas choisi. Je ne peux pas m'empêcher d'éprouver un profond sentiment de regret pour ce qui aurait pu être. Beth et moi aurions pu être amies, qui sait ? Comme je l'étais avec Tiff.

Je prends une longue inspiration. Du calme, oublie ça. C'est du passé. Ça n'a plus d'importance. Il faut regarder vers l'avant, pas vers l'arrière. *Hakuna Matata.* Tout ira bien à la fin, et si ça ne va pas bien, c'est que ce n'est pas la fin.

Je sors. Dehors, l'aube a déposé un voile d'humidité partout. Le parfum de l'herbe et de la rosée me parvient. Le soleil se lève, et le ciel rose est rempli de nuages qui forment deux immenses ailes d'ange, formidables et majestueuses. Des volutes longues et fines comme des plumes décorent l'horizon. Les premiers rayons les teintent d'or. C'est un spectacle éblouissant. Je le savoure quelques secondes. Je n'ai jamais vu un ciel pareil. On dirait un tableau de la Renaissance, une peinture italienne, religieuse. Il souffle une légère brise et le mouvement des nuages est à peine perceptible, mais si on est bien vigilant, on remarque qu'ils bougent, murmurent, dansent presque. C'est sublime. Il faut que je prenne une photo. Je n'aurai même pas besoin de la retoucher. Aucun filtre. Je commence à chercher mon téléphone pour immortaliser la scène et la poster sur Instagram, mais je suspends mon geste : et si elle disparaissait subitement ? Elle pourrait se dissiper à tout instant. De toute façon, ce ne sera jamais aussi beau sur un écran. Non, je ne prendrai pas de photo. Je garderai cette vision pour moi, comme un secret. N'empêche, Tiff aurait adoré. Elle parlait sans arrêt des anges, de la manière dont ils dessinent des signes dans les nuages, des plumes blanches et des arcs-en-ciel, pour nous montrer qu'ils veillent sur nous. J'étais sûre que c'était des conneries, mais d'un coup, je ne suis plus si catégorique.

— Ohé, Tiff ! je crie vers le ciel. Tu m'entends ?

Qu'en est-il des autres personnes que j'ai tuées ? Beth. Nino. La bonne sœur. Est-ce que l'enfer existe ? Si oui, est-ce que j'irai ? Et si je m'achetais une nouvelle conduite ? Si je ne tuais plus que des poissons à partir d'aujourd'hui ? Des poissons et quelques crustacées ?

Je reporte mon attention sur le jardin, dont la noirceur de la terre est baignée d'une lueur surnaturelle. Il semble magique dans le demi-jour. Mystérieux. Spectral. Il se déploie devant moi : les statues, le verger, le pigeonnier, la piscine, mon vieux chalet. Le chant des oiseaux emplit l'air, leurs pépiements mélodieux font comme une chorale. J'inspire profondément, humant les effluves des fleurs. Exception faite des gazouillis, le silence règne, un silence de mort. Je me sens soudain très seule. L'atmosphère est dérangeante à cette heure.

Frissonnante, je replie les bras autour de moi et avance jusqu'au bord de la piscine. Je contemple un long moment le bassin. L'eau est calme et immobile, la surface aussi lisse qu'un miroir. J'observe mon reflet, ce visage qui me renvoie mon regard, mais aucune émotion ne me traverse. Je suis comme engourdie. Ces yeux vides sont les miens, je le sais. Pourtant, ils pourraient appartenir à n'importe qui. Alors que je fixe ce visage dans l'eau, il se transforme en celui de Tiffany.

Je ferme les paupières. *Arrête tes bêtises, Alvie. C'est ton imagination qui s'emballe.*

L'odeur du chlore envahit mes narines. J'inspire une nouvelle fois à pleins poumons, tends les bras au-dessus de ma tête, et je plonge. Je remonte pour prendre une bouffée d'air fébrile, grelottante, la peau couverte de chair de poule. Je ne m'attendais pas à ce que l'eau soit si froide, si mordante ; elle me fait l'effet d'une gifle. Le liquide glacé enveloppe mon buste et le poids de ma robe me tire vers le bas, le tissu collant à mes cuisses comme s'il voulait que je me noie. Je bats des jambes, le souffle court, luttant pour respirer.

L'image de Tiffany surgit dans mon esprit. Elle sourit. Sourit. Sourit. J'ai assassiné mon amie. J'ai failli assassiner ma mère. J'ai assassiné Beth, ma sœur jumelle. Oh, Beth. Elle a disparu. Disparu.

Le temps ralentit.

Se stoppe net.

Je coule. L'air s'échappe de mon nez, des bulles remontent à la surface. Je les vois s'éloigner…

Beth…

Ambrogio…

Salvatore…

Le prêtre…

Les mafiosi…

Mon agresseur à Bucarest…

La religieuse…

Les flics…

Nino…

Tiff…

Et j'ai failli assassiner mon père aussi. Oh, mon Dieu ! Je suis une criminelle. Il m'a fallu du temps, mais à présent, j'en prends vraiment conscience.

Je m'assois sur le carrelage au fond de la piscine. Des silhouettes sombres se dressent au-dessus de moi. Une douzaine d'ombres floues qui entourent le bassin. Je cligne des paupières et me frotte les yeux, puis regarde à nouveau. *C'est impossible !* Ce sont tous les gens que j'ai tués. Ils ont quelque chose de fantomatique à travers l'épaisseur d'eau. Derrière eux, l'aurore colore le ciel en rouge sang. J'aperçois le visage de Beth. Je tends vers elle une main blafarde qu'elle cherche à attraper, mais elle est trop loin. Je ne peux pas l'atteindre.

Je suis désolée, Beth. Sincèrement.

Nino se tient à côté d'elle. Ses orbites forment deux puits. Il a un rond noir au milieu du front. Il se détourne et s'en va.

Au revoir, Nino. Au revoir.

Tiff est là également, son corps rayonnant d'une lumière irisée. Ses cheveux dorés brillent comme une auréole. Elle est très jolie. Il y a aussi la bonne sœur que j'ai écrasée à Rome, encore vêtue de sa robe noire. Elle fait le signe de la croix puis se baisse vers l'eau. Elle en recueille un peu dans ses paumes, puis la reverse dans le bassin. Qu'est-ce qu'elle fout ? Est-ce qu'elle me bénit ? C'est quoi ce cirque ? Un baptême ? Je hurle, je hurle de toutes mes forces, mais aucun son ne sort, rien. Il n'y a que moi, les morts, et l'eau froide, si froide, pleine de bulles qui s'élèvent.

QUATRIÈME STASIMON

Lundi 16 octobre, 10 heures
Auberge de jeunesse, Archway, Londres

Chère Miss Faelan,

Félicitations ! Nous avons le plaisir de vous informer que vous avez remporté le premier prix de notre concours « Poèmes du métro » pour votre haïku intitulé : « Vide de l'été ». Vous trouverez ci-joint un chèque de cinquante livres, et votre poème sera exposé dans cinquante rames du métro londonien. Votre œuvre a été choisie parmi des milliers de participations, et nos juges ont été unanimes dans leur décision de vous accorder la première place. Ils ont été impressionnés par l'émotion brute et l'angoisse existentielle que vous avez réussi à transmettre sous une forme aussi condensée. Nous vous souhaitons une belle carrière dans l'écriture et attendons avec impatience de découvrir d'autres de vos haïkus.

Mes sincères salutations,

Mrs J. L. Abrahams

Présidente de la fondation « Poèmes du métro ».

Je relis la lettre six fois avant de la replier. Je sors le chèque de cinquante livres et examine d'un œil étonné l'ordre auquel il est adressé et les chiffres. Il est bien marqué : « À Miss Siobhán Faelan », c'est-à-dire moi. Enfin non, pas vraiment moi. C'est mon nom de plume. Mais c'est moi quand même, si vous voyez ce que je veux dire. Et il y a bien indiqué : « cinquante livres ». Cinquante livres britanniques pour moi toute seule ! J'ai du mal à y croire. Personne n'avait jamais aimé mes haïkus avant. La plupart des gens les détestaient, même. Je ne compte plus le nombre de fois où on (ma mère, Beth, mes profs, mes anciens chefs) m'a conseillé de cesser de perdre mon temps à écrire de la poésie. Et maintenant, ça ? L'appréciation de mon talent, enfin ! Une sorte de petite légitimation. Et je n'ai même pas encore trente ans. Dire que je pensais ne jamais être reconnue de mon vivant, comme Keats ou Van Gogh.

Atchoum !

J'éternue, renifle et m'essuie le nez. J'ai dû attraper un rhume à cause de ma baignade matinale. Putain, quelle horreur ! On ne m'y reprendra plus. C'était vraiment flippant…

Je regarde l'heure. Si je ne pars pas tout de suite, j'arriverai à la bourre au Savoy. Je fourre le dernier Pringles dans ma bouche, et je le fais couler avec un peu d'eau en buvant directement au robinet ; je n'ai pas le temps de m'emmerder à chercher un verre. Bébé me lèche les doigts quand je dépose une tranche de filet de bœuf dans son assiette. Je remplis aussi sa gamelle d'eau, que je place sur le carrelage de la cuisine.

— Sois sage, cache-oreilles. À plus tard. Si tu veux mâchouiller des chaussures, choisis celles de Bob, pas les miennes, pigé ?

Il lève la tête et se passe la langue sur la truffe. Je lui ébouriffe les poils de son petit crâne, puis je me précipite vers la porte. Je dévale l'escalier et quitte le bâtiment. Moins d'une minute après, je suis dans le métro.

— Salut ! je lance à la cantonade en m'engouffrant dans les cuisines.

— Oh, salut, Siobhán, répondent mes collègues.

Je bâille.

— Couchée trop tard ? demande Jack.

— Mouais.

— Tu as fait quoi ?

— Euh, j'étais de mariage.

Je me lave les mains, enfile ma toque et mon tablier, puis empoigne mon couteau. Je sors du frigo un beau morceau de poisson bien rose et commence à le trancher. J'enfonce la lame dans la chair (celle du poisson, pas celle de Jack). Elle est à peine visible tellement je coupe vite, vive comme l'éclair, tout en sifflotant « Shake it off » de Taylor Swift. Elle est cool aussi, cette chanson-là. Elle m'encourage toujours à ne pas prendre les choses trop au sérieux.

— Tu es de bonne humeur, constate Jack à côté de moi.

— J'ai remporté la première place d'un concours.

— Ah oui ? Un concours de quoi ?

— De poésie. (Ça fait frimeuse, mais je m'en fous.)

— Eh bien, tu es pleine de talents ! s'exclame-t-il en me donnant un petit coup de coude dans les côtes.

— Oui, je confirme en riant. Oui, absolument.

Je peux tracer mon propre chemin, gagner mon propre fric.

— Faire des sushis, écrire des poèmes, rester jolie coiffée d'une toque…

— Et ce n'est qu'un échantillon ! je souligne en pointant mon couteau vers lui.

Mon téléphone se met à sonner. C'est ma mère. Je décroche.

— Salut !

— Alvie ?

— Je suis au travail, maman. Je suis occupée. Qu'est-ce que tu veux ?

— Nous partons en voyage de noces, Ed et moi. Nous allons aux Bahamas, aux Fidji, aux Maldives et au Mexique.

— James vous accompagne ?

— Oui. Mais pas Ernesto. J'aimerais que tu le gardes.

— Ernie ?

— Oui. Ton neveu, tu te souviens ? Il est à la maison avec Fifi, la gouvernante. Il faudrait que tu ailles le chercher.

— Ernie ?

— Oui, tu es sourde ?

— Tu es où, là ?

— Dans l'avion d'Ed.

(Ils n'ont pas perdu de temps...)

— Ah, Percy. Tu seras absente combien de temps ?

— À peu près deux mois, lâche-t-elle après un instant d'hésitation. Peut-être plus.

Sa voix est étrange et distante. Deux mois, hein ? Je le sens toujours quand elle ment.

— Tu ne comptes pas revenir, pas vrai ?

Un blanc.

— Non, ma chérie, en effet.

La communication est interrompue. Aucun son ne me parvient à part des parasites.

— Maman ? Maman ? Putain ! NE TUE PAS ED !

Mais c'est trop tard. Elle ne m'a pas entendue. Elle est partie. Je fixe le téléphone. C'est la première fois qu'elle m'appelle « ma chérie ». J'ai du mal à cerner ce que je ressens.

Elle me laisse mon neveu ? *Vraiment ?* Je revois sa frimousse : ses prunelles couleur océan, son sourire adorable, ses cheveux doux comme des flocons de neige. Elle me confie le fils de ma sœur. Il est tout à moi, rien qu'à moi. C'est un cadeau inestimable. Il vaut bien plus que des millions de livres. Mais pas tout à fait un milliard, quand même.

— Ça va ? s'inquiète Jack, posant la main sur mon épaule.

Je me tourne vers lui, hébétée.

— Quoi ?

Il rit.

— Est-ce que tu vas bien ?

— Oui, je vais bien.

Nous vivrons tous les trois ensemble, Ernie, le chien et moi. On s'en sortira parfaitement.

— Je vais bien.

— D'accord...

— Je t'assure, je vais bien.

Il y a de fortes chances pour que ma mère bute mon père dans le seul but d'hériter de sa fortune. Je le sais. Je ne suis pas stupide. Mais l'idée ne me dérange pas autant qu'elle le devrait pour l'instant. Je n'ai aucun contrôle là-dessus de toute façon. Ce n'est pas de mon ressort.

Je respire un grand coup et recommence à trancher mon poisson. Tout se passera bien. Je vais devenir maman. Avec deux personnes à charge. Me voilà maman. Maman solo. Qu'est-ce que je ferai avec l'enfant de Beth ? Je suppose qu'il est temps de fréquenter des gens vivants plutôt que des morts dans ma tête. En plus, Ernie est un véritable petit ange. Fermant les yeux, j'inspire par le nez et expire par la bouche. Si je suis capable de commettre des meurtres en toute impunité, je devrais être capable d'élever un marmot. C'est vrai quoi, ça ne peut pas être si dur que ça. Je coupe, coupe, coupe, les paupières toujours closes. Je me débrouillerai.

— Tu es une tueuse, toi, lance Jack. À faire ça les yeux fermés.

— Non ! (J'ouvre les paupières.) J'étais une tueuse. C'est fini maintenant.

— Quoi ?

— Non, rien.

Ce que je voulais dire, c'est que dorénavant, ma philosophie, ce sera un peu moins « œil pour œil » et un peu plus « tends l'autre joue ».

— En fait, je dois me sauver. J'ai mon gamin à aller chercher.

Je repose le couteau sur la planche et dénoue mon tablier.

— Tu es givrée, dit Jack. Tu es givrée, mais je t'aime bien.

Je souris toute seule en poussant la porte.

— Qui ne m'aimerait pas ?

EXODOS

Une semaine plus tard
Lundi 23 octobre, 10 heures
Chancery Lane, Londres

Je transbahute Ernie dans sa poussette jusqu'en haut de l'escalier, tout en tirant cache-oreilles par sa laisse et en m'efforçant de ne pas louper une marche. Je sonne, entre et passe dans la salle d'attente. Après avoir rangé la poussette près de la machine à café, je m'installe dans un fauteuil et m'empare d'un magazine. Le chien et moi regardons par la fenêtre, sur laquelle les gouttes de pluie glissent en traçant des lignes sinueuses.

— Miss Faelan ? fait une femme.

Je me lève en sursaut.

— Euh, non. Enfin, si ! Si, c'est moi. Je crois. Bref.

Une barre se dessine sur son front. La femme semble perplexe.

— Vous êtes bien miss Faelan, n'est-ce pas ?

— Oui. Aujourd'hui, oui. Tout va bien, c'est bien moi.

Je repose le magazine de déco sur la table basse et récupère mon parapluie tout déglingué. Mes vêtements mouillés ont laissé une trace d'humidité sur le siège.

On dirait un peu que je me suis pissé dessus, alors que pas du tout, j'étais juste trempée comme une soupe.

Je suis la femme dans un couloir étroit.

Elle toque à une porte.

Je retiens mon souffle. *Qu'est-ce que je fiche là ?*

Je lis la plaque sur le battant : « Gregory Firth, notaire ». Par habitude, je me mets à transpirer. Je n'aime pas les hommes de loi, ni la loi.

— Oui, fait une voix étouffée.

— Miss Faelan, monsieur.

Elle s'écarte et je m'introduis dans le cabinet, où une odeur de poussière et de livres moribonds me fait éternuer. Un homme vieillissant est debout derrière un bureau en acajou. Il se penche pour me serrer la main.

— Gregory Firth, dit-il.

— Ah, oui, bien sûr. Siobhán Faelan.

— Enchanté.

Il me fait signe de m'asseoir sur un siège en cuir noir.

— Bon, pourquoi vous m'avez fait venir ? je lui demande. Vous voulez me parler de quoi ?

Il disparaît presque entièrement derrière des piles de dossiers et de documents divers. Ses sourcils blancs broussailleux dépassent de ses lunettes sans monture.

— Vous n'ignorez certainement pas, mademoiselle, que vous êtes l'exécutrice testamentaire de votre père.

— L'exécutante, je corrige.

Je lâche un soupir. Je devine pourquoi je suis ici : ma mère héritera de tout, et je ne recevrai absolument rien. Pauvre de moi. Pauvre Ernie. Pauvre Bébé, aussi : il ne survivra pas s'il doit manger de la bouffe pour chien de supermarché. Il a des goûts de luxe. Je m'avachis sur mon siège et regarde le plafond. Je suis condamnée à finir fauchée, alors, hein ? À préparer du poisson pour les autres et à griffonner mes petits poèmes…

— Comme vous le savez, votre père s'est récemment remarié.

Oh, bon sang...

— Oui, oui, je sais. Il a encore rectifié son testament, c'est ça ?

— Effectivement. Et en tant qu'exé...

— Exécutante.

— En tant... qu'exécutante testamentaire, vous devez lire et signer le document. Il n'y a qu'une seule modification, très minime. Ce devrait être rapide.

— Comme vous voulez, je réponds en levant les yeux au ciel.

Gregory me tend une feuille. Tout en haut est écrit : « Codicille au testament de Mr Edwin Forbes ». Je parie que ma mère est déjà en train de dilapider son milliard. Elle doit être habillée en Versace et bardée de diamants. Elle s'est sûrement offert des chiottes en or massif. Et un super yacht plus gros que celui de Roman Abramovitch. Elle est tellement matérialiste. Ha ! Tellement pas mystique. Pas comme Tiffany et moi. De toute façon, j'en veux pas, de ce pognon. Je m'en fous. Ça ne me dit plus rien.

Je survole le texte. Bla, bla, bla, bla, bla...

« Je lègue à mon épouse, Mavis Forbes, une grenouille en céramique de la dynastie des Song du Nord, estimée à quatre-vingt-six millions de livres. »

Kermit ? La grenouille ridicule ?

Je relis la phrase. Ça s'arrête là, il n'y a rien d'autre. *Hein ?* Je tourne la feuille, mais le verso est vierge. *C'est une blague ou quoi ?*

— Veuillez signer lorsque vous aurez terminé de lire, s'il vous plaît.

— Quoi ? C'est tout ? Et le reste du testament ?

— Il n'a pas changé. La fortune de Mr Forbes sera divisée entre vous et le jeune Mr Knightly, lorsqu'il aura atteint sa majorité, naturellement, s'il est encore mineur au moment du décès.

— Merde !

Gregory sursaute.

— Je veux dire, flûte ! Désolée. C'est juste que... si j'avais su que cette grenouille valait si cher, je l'aurais manipulée avec plus de précautions. (Il a l'air de comprendre.) Quoique... non. Pour être honnête, sans doute que non.

Je sors de l'étude du notaire en sifflotant « Love Story » de Taylor. Heureusement que j'ai eu la bonne idée d'ouvrir un compte en banque au nom de Siobhán ! Le soleil brille maintenant à travers une brèche dans les nuages. Il y a même un magnifique arc-en-ciel en technicolor qui s'étire d'un bout à l'autre de l'horizon. J'éclate de rire toute seule, caressant mon leprechaun. Ma mère n'obtiendra que dalle. Tout sera pour le môme et moi ! Bon, quatre-vingt-six millions de livres, ce n'est pas vraiment rien, ça fait même beaucoup. Elle ne mérite pas autant, je trouve. Mais après tout, qu'elle se les garde. J'ai décidé de lui pardonner. Je lui pardonne absolument tout.

Qu'est-ce que Tiff m'a dit déjà, l'autre jour, dans ma tête ?

« Je te pardonne. »

C'est ça. C'était très mystique. J'ai lu dans un de ses bouquins de développement personnel que pardonner à autrui avait des vertus libératrices. Le pardon rend libre...

— Je te pardonne, je murmure à personne en particulier, en direction du ciel.

Et vous savez quoi ? Je me pardonne aussi à moi-même.

Je me sens plus légère tout d'un coup.

Je stoppe un taxi qui passe. Je charge le chien et le gamin à l'intérieur, puis je grimpe à l'arrière.

— Chez Harrods, s'il vous plaît. Et que ça saute !

Composition et mise en pages
Nord Compo à Villeneuve-d'Ascq

CET OUVRAGE
A ÉTÉ ACHEVÉ D'IMPRIMER
SUR ROTO-PAGE
PAR L'IMPRIMERIE FLOCH
À MAYENNE EN MAI 2021

N° d'impression : 98367
Imprimé en France